G.-E. PAPILLAUD

INSTITUTEUR PUBLIC EN RETRAITE
OFFICIER D'ACADÉMIE

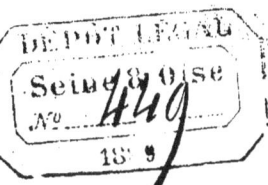

UNE PAROISSE

DE

L'ANCIENNE SAINTONGE

MONTBOYER

DU XIVe SIÈCLE A NOS JOURS

PRIX : 5 FRANCS

EN VENTE :

CHEZ L'AUTEUR, A MONTBOYER

ET

LIBRAIRIE BARRAUD, Place Marengo, ANGOULÊME

1899

MONTBOYER

DU XIVe SIÈCLE A NOS JOURS

UNE PAROISSE

DE

L'ANCIENNE SAINTONGE

MONTBOYER

DU XIVᵉ SIÈCLE A NOS JOURS

PAR

G.-E. PAPILLAUD

INSTITUTEUR PUBLIC EN RETRAITE

OFFICIER D'ACADÉMIE

POISSY

IMPRIMERIE DE S. LEJAY

—

1899

A mes Concitoyens.

AVANT-PROPOS

~~~~~~~~~~

Le travail que j'ai le plaisir d'offrir à mes concitoyens est le fruit de longues et pénibles recherches datant déjà d'assez loin. J'en eus l'idée en 1886, lors du projet de rétablissement des voûtes de l'Église, détruites à une date inconnue, mais évidemment durant les guerres de religion. Je crus alors trouver d'utiles indications dans les vieux registres de notre état-civil; ce fut en vain. En revanche j'y puisai de nombreuses notes sur les vieilles familles de l'endroit et la fin de nos dissensions religieuses.

Plus tard, j'eus l'occasion de fouiller les papiers poudreux des familles Sallier et Beillard de chez Mousset. Quel ne fut pas mon étonnement d'y trouver de nombreux actes, tout délabrés, il est vrai, mais établissant d'une manière irréfutable la date de la création à Montboyer de la petite propriété, avec l'origine positive de nos villages actuels, au lieu et place des anciens « maysnes » de la seigneurie!

Durant d'autres hivers, de nombreuses liasses de vieux titres furent de même mis obligeamment à ma disposition par les familles Petit de La Boisse, Favier, Durandeau-Debect, Jaulin, Penard et plusieurs autres. J'y relevai non seulement la confirmation des données précédentes sur la transformation de la propriété à Montboyer, mais aussi une foule de renseignements sur l'établissement, au milieu du XVe siècle, des rentes perpétuelles en nature, alors librement consenties en faveur du seigneur, comme prix de la vente du sol par lui faite aux cultivateurs de ce temps. C'était peu après le départ des Anglais. Le pays était à l'époque tellement ruiné que seigneur et paysans n'avaient ni sou ni maille.

D'autres détails sur le service de la dîme, l'établissement et la perception des tailles, m'ont de même fourni matière à d'intéressants articles, destinés à faire connaître les mœurs de nos pères, à éclairer l'opinion et à rétablir la vérité des faits sur toutes ces choses du passé, dont le souvenir s'altère parfois avec le temps, et que la malignité des hommes a souvent aussi faussées ou présentées sous un jour défectueux.

Je dois trop de pages de ce livre à l'obligeance des nombreuses familles qui m'ont honoré de leur confiance en me livrant leurs vieux parchemins, pour ne pas leur offrir ici l'expression bien sincère de ma vive gratitude. En retour, je me ferai un devoir — autant que les forces me le permettront — de fournir par écrit, à toutes celles dont les noms n'ont pu trouver place dans ce travail, déjà trop volumineux, les notes que j'ai pu recueillir sur leurs ancêtres et leurs diverses générations jusqu'à ces derniers temps.

Janvier 1899.

MONTBOYER

CHAPITRE PREMIER

MONTBOYER

~~~~~~~~~~

Topographie.
Origine. — Situation jusqu'au XVe siècle.

Montboyer formait autrefois, du côté nord-est, l'extrême limite de la Saintonge, qui confinait en ce point avec l'Angoumois par la rivière de la Tude et son petit affluent, le ruisseau de Peudry.

Cette paroisse, d'une assez grande étendue, a le sol généralement calcaire et fort accidenté. Elle est formée de trois vallées peu profondes et parallèles dans la direction du Nord au Sud. Celle du levant est arrosée par la Tude et celle du couchant par le ruisseau du Neulhiac, fortement grossi à mi-chemin, par les eaux puissantes de la Grand-font. Quant à la vallée du milieu où figure notre bourg, elle est quelque peu resserrée entre deux collines, au pied desquelles s'étend une étroite prairie, où coule le Mardasson, (1) tout petit

(1) Dans quelques vieux actes du xviie siècle on trouve parfois Mardasson avec un e. Seuls, deux notaires du lieu ont ainsi orthographié le mot. Mais comme ils écrivent de même cherpentier, herpenteur,

ruisseau, à sec la moitié du temps, et dont les eaux, quand
elles sont ravivées, vont tomber dans le Neulhiac, un peu
au-dessous du pont de Boisse.

*
* *

Pas la moindre donnée sur les origines de notre bourgade.
Aussi ne peut-on émettre à ce sujet que de timides conjec-
tures.

Tout près du bourg, vers le plateau des Egreteau, et dans
la vallée du Neulhiac, sur le versant opposé à la Grand-font,
la charrue du laboureur glisse en certains endroits comme
sur une pierre polie, et parfois elle y soulève des débris
de roche et de tuiles à rebords, si solidement cimentés,
qu'ils semblent toujours plutôt brisés que disjoints. Il y a là
évidemment des restes de constuctions romaines, peut-être
même les fondements d'une de ces élégantes villas que
durent élever dans nos contrées plusieurs des riches plé-
béiens chargés par Rome, au IV° siècle (1) de défricher un
reste important de forêt vierge, s'étendant de la banlieue de
Médialum Sanctonum (Saintes) aux confins des Lémovices.

Cette destruction des derniers débris de nos forêts, et
les défrichements qui en furent la conséquence, obligèrent
évidemment le chef romain fixé dans nos parages, à élever

chérente, nous croyons devoir maintenir le mot Mardasson tel qu'il est
écrit dans tous les autres actes du temps passé.

De nos jours — cela part d'un bon naturel — quelqu'un a écrit la
Mare d'Asson ; mais outre qu'il n'y a nulle part trace de vieille mare
dans le pays, la finale du nom ne se rapporte pas, que je sache, à aucun
nom de famille ou de lieu dans la paroisse. Ce n'est donc là qu'une
appellation fantaisiste, ne reposant sur aucune donnée sérieuse, mais
qui aurait du moins le mérite, si jamais quelque referendum venait
l'approuver, d'éviter la forme trop à la Cambronne qu'un simple changement de lettre peut donner au nom déjà si malsonnant de notre minuscule ruisseau.

(1) **Marvaud.**

près de sa villa de vastes abris pour ses esclaves et les
nombreuses familles de Gallo-Romains accourus sous ses
ordres. Établis à proximité d'une source abondante, ces
logements secondaires ne peuvent-ils pas avoir été le point
de départ de notre bourgade ? Cette supposition a bien
quelque vraisemblance. Au IVᵉ siècle, en effet, la Gaule était
en grande partie chrétienne. Saint-Martial et ses successeurs
avaient depuis longtemps évangélisé nos contrées, et conquis
à la foi, par la promesse d'une vie meilleure les déshérités
de toutes les classes et la presque totalité des peuplades
primitives, peu disposées à accepter les faux dieux des
Romains. De ce nombre fut sans doute la petite colonie de
travailleurs opérant dans notre région. Elle dut grandir avec
le temps. Aussi plus tard, quand en dépit des persécutions,
le christianisme sortit victorieux de la lutte et réunit dans
son sein toutes les classes de la société, depuis le dernier des
esclaves jusqu'au plus puissant des proconsuls, ces premiers chrétiens s'empressèrent de transformer en un monu-
ment plus durable, la salle primitivement consacrée à la
prière en commun. Alors ce cénacle des premiers âges
devint avec le temps l'église primitive du lieu, autour de
laquelle restèrent fidèlement groupés dans la suite, les descendants de nos premiers pères dans le christianisme.

Au siècle suivant, une nuée de barbares s'abattit sur le
pays, chassa les Romains, rasa leurs riches monuments et
détruisit les églises. Mais la foi survécut à ce désastre ; et
quand les Visigoths eurent repassé la frontière, les églises
reparurent plus belles que jamais. Childebert, dit l'histoire,
ayant poursuivi l'armée des Ariens jusqu'à Tolède, rapporta
de cette ville les reliques du diacre Saint-Vincent. Serait-il
téméraire de croire que nos pères, après avoir réparé ou
rétabli leur église primitive détruite par les Visigoths, aient
obtenu du roi de France, remontant vers Paris, une parcelle
des reliques du saint, sous le vocable duquel notre église a
toujours été placée, ainsi que le prouvent de nombreux

actes, et notamment un titre du xvᵉ siècle, relatant que les
seigneurs de Chalais et de Magezir se disputaient à cette
époque le droit de réparation « à l'église Saint-Vincens de
Montbouïer (1) ».

Mais avant ce dernier fait tout local, que de vicissitudes
nos pères avaient depuis longtemps endurées ! Le génie de
Charlemagne avait donné à la France une ère de prospérité
et de gloire qui s'éteignit avec lui. Sous ses faibles successeurs, l'empire du grand roi fut mis en pièces ; la France
elle-même fut morcelée et devint la propriété de puissants
barons, qui, jusque-là n'avaient eu, à titre de récompense
militaire, que la jouissance à vie des vastes domaines à eux
concédés. Devenus propriétaires, ils s'érigèrent en maîtres
absolus ; et quand les Normands envahirent le pays et portèrent sur nos côtes la ruine et le pillage, ces puissants seigneurs se bâtirent, aux lieux les plus escarpés de leurs
terres, des châteaux-forts, à l'abri desquels nos pères trouvèrent au besoin un refuge pour leur famille et tout ce qu'ils
possédaient en mobilier, grains et bestiaux. Un sentiment de
vive reconnaissance attacha dès lors fortement l'homme des
champs à son seigneur, et les charges imposées par ce
dernier, en retour de sa protection, ne parurent au début
que fort légères. Le danger passé, elles semblèrent quelque
peu lourdes, et avec le temps, finirent même par s'aggraver.
Souvent alors elles donnèrent lieu à de justes réclamations,
dont s'autorisèrent dans les grandes villes, certains corps
d'états pour racheter à prix d'or leur liberté d'action. Les
rois favorisèrent à l'occasion ce mouvement, qu'on appela
l'*Emancipation des communes* et les croisades y aidèrent
aussi puissamment, en obligeant nombre de seigneurs à céder
à prix d'argent une grande partie de leurs terres pour parer
à leurs lourdes dépenses.

(1) Transaction du 9 avril 1460 entre Charles de Talleyrand de Chalais
et Jehan Bragier, seigneur de Magezir et Montbouïer. — Pièces Justificatives n° 1.

A la longue, le mouvement s'étendit et gagna la campagne où, dès le commencement du xvie siècle, l'homme des champs racheta aussi sa liberté. Il put dès lors rester maître de lui-même, travailler à sa guise, changer de domicile, et comme nos colons d'aujourd'hui porter ses pénates d'un « maysne » à l'autre ; mais toutefois avec cette différence, qu'alors le cultivateur se fournissait d'animaux et d'instruments aratoires, qu'il avait l'entretien des bâtiments tout le temps qu'il les occupait et devait porter aux greniers du seigneur *le dixième* seulement de tous les grains et fruits récoltés dans le domaine. C'était ce que l'on appelait alors la culture à l'*agriére*, ou au dixième des produits annuels. Cette redevance seigneuriale, aussi nommée *terrage* ou *droit de champart*, ne se prélevait qu'après la dîme ecclésiastique.

Cet état de choses se maintint dans notre région jusque vers le milieu du xve siècle, époque où la propriété passa par suite d'arrentements des mains des seigneurs à celles des cultivateurs, ainsi que nous le dirons dans le cours des pages qui suivent.

CHAPITRE II

SEIGNEURIES

~~~~~~~~~~

Magezir. — La Boisse. — Château-Jollet.
Seigneurs de Montboyer
du XVe siècle à la Révolution.

Montboyer se composait anciennement de trois seigneuries : La Boisse, Château-Jollet et Magezir, réduites à deux vers le milieu du xvie siècle, par suite de la réunion du Château-Jollet à Magezir. Toutes relevaient féodalement de l'archevêché de Bordeaux avec hommage à chaque muance de seigneur.

*
* *

LA BOISSE. — La seigneurie ou juridiction de La Boisse fut évidemment autrefois une terre démembrée de la principauté de Chalais. En 1409, par le mariage de CATHERINE DE TALLEYRAND avec RAYMOND DE MAGEZIR, elle passa dans la seigneurie de Montboyer et devint plus tard avec le Château-Jollet, aussi donné en apanage à Catherine, un sujet de discordes et de longs procès entre les Talleyrand de Chalais, qui réclamaient le ressort et l'hommage de ces deux arrière-fiefs, et les seigneurs de Magezir qui faisaient tout pour s'en affranchir (1).

(1) Le traité de 1460, passé entre les seigneurs de Chalais et de Montboyer, ne fait aucune réserve à l'endroit de La Boisse. Il dit au

Au commencement du XVIIe siècle, on trouve La Boisse aux mains des CHAMPLONG (1), de la paroisse de Sérignac. Anne-Marc Viault, le dernier de cette famille qui en fut propriétaire, avait épousé en 1612 damoiselle Renée de Barbezières. Il mourut jeune, laissant un fils et des dettes, bien qu'il possédât, outre son fief de Champlong, la châtellenie de Lamaud, paroisse de Saint-Avit et celle de Saint-Cyprien avec la terre noble de La Boisse en Montboyer.

En 1621, le 16 mai, la veuve Champlong vendit à Estienne Bernier, du village de Coutellaux (2) en Montboyer, deux journaux de terre et pré à prendre dans plus grande pièce sur le ruisseau du Neuilhac, au lieu dit le Maupas de la Caze. Bernier lui versa 20 # le jour de l'acte, en l'étude de Massonneau, notaire à Chalais ; les 50 # restant du prix de la vente, étaient passibles d'une rente annuelle de 2 boisseaux de froment, 1 d'avoine et 2 chapons ; mais le 2 février suivant, Bernier versa les 50 # à la dame de La Boisse, en son logis de Lamaud, suivant quittance du notaire Mioulle.

Trois ans plus tard, Charles de Champlong (3) son fils, bien que mineur, céda à Daniel Cholous, marchand, chez

---

contraire que le seigneur de Magezir et Montboyer est et demeure seigneur de toute la paroisse. — Seule, la transaction du 15 juillet 1606 stipule qu'à dater de ce jour, le duc de La Force doit à Daniel de Talleyrand, son suzerain « hommage et droit de ressort pour La Boisse », la vicomté de Magezir restant vierge de toutes charges. (Pièces justificatives, no 1.)

(1) Cela semble bien singulier, puisque, vers le même temps, le seigneur de Magezir continue d'en servir le ressort à celui de Chalais. Probablement, quelque mariage avait dû porter ce domaine aux Champlong, avec réserve pour le seigneur de Montboyer d'en continuer l'hommage à son suzerain le seigneur de Chalais.

(2) Près chez Audigier, depuis longtemps disparu.

(3) Autographe trouvé dans les papiers de La Boisse :

« Le vint trois iuillet 1641 Grignet m'a confié un acquit de Tremblié portant sect vint liures, Charles de Champlong. »

(Ce Grignet était fermier des rentes dues audits Champlong, seigneurs de La Boisse.)

Montboyer.

et ses trois seigneuries: Magezir, La Boisse
et Chateau-Jolley.

St Martial

St Laurens

Peudry

Magezir

Bors

Brie

La Boisse

Le Bourg

Chateau Jolley

Bellon

Curac

Courlac

St Marie

N

2

Bourjadon, juridiction de La Boisse, une borderie audit village. L'acte passé le 12 janvier fut ratifié l'année suivante par sa mère, qualifiée de dame de La Boisse et de Lamaud.

En 1638, les biens de Anne-Marc de Champlong « seigneur dudit lieu quand vivait » furent saisis et adjugés au présidial de Saintes, à très haut et puissant seigneur, Charles de Talleyrand, marquis d'Excideuil, prince de Chalais, baron de Beauville et Mareuil, demeurant de présent en son château de Chalais en Xainctonge, moyennant 50,000 #. Sur requête présentée à l'encontre de cette adjudication, les héritiers de Champlong furent mis au lieu et place du prince de Chalais. Peu après, ils lui cédèrent à l'amiable la juridiction de La Boisse, au prix de 36,000 # payables dans la quinzaine à Thiviers en Périgord.

A cette vente figurèrent Charles de Champlong, seigneur de Lamaud et La Boisse; Josué de La Court, escuyer, époux de Lydie Viault, sœur de Anne-Marc; Poncet de La Court, seigneur de Marignac et de Parnaud; et Daniel de Pressac, seigneur de Puy-Arnaud au marquisat d'Aubeterre.

« Et advenant le 20ᵉ jour de juin 1641, étant en la ville de Thiviers, maison de Jehan Noel, où pend une image de Saint-Jehan, par devant nous, notaire en Périgord et en Xainctonge, ont esté présents Charles de Champlong et Daniel de Pressac, lesquels munis des plains pouvoirs de Josué et de Poncet de La Court, confessent avoir reçu de Jehan de Martin de La Grange, advocat au Parlement de Bourdeaux, faisant pour et au nom du prince de Chalais, très haut et puissant seigneur, Charles de Talleyrand, la somme de 36,000 #, en pistoles d'Italie, pistoles d'Espagne, escus d'or de France, en pièces de 55 sols avec 29 pièces de 20 sols et aultres espèces faisant ensemble la somme de 36,000 #, provenant des deniers dotaux de dame Charlotte de Pompadour, douairière de Chalais et épouse de M. Le Prince susnommé ».

Plus tard, d'autres poursuites donnèrent lieu à de nouvelles saisies, et les biens de la famille Champlong furent définitivement adjugés en chambre de Guienne, le 26 juillet 1659, au marquis de Curzay, château de Beauregard, paroisse de Saint-Mary en Angoumois, lequel ratifia, moyennant une soulte de 5,578 #, la vente précédemment faite de la terre de La Boisse au prince de Talleyrand par les héritiers Champlong.

La juridiction de La Boisse avait droit de justice moyenne et basse. Elle s'étendait au couchant de la paroisse sur toute la vallée du Neulhiac et une partie de celle du Mardasson. Elle comprenait 26 villages, plus les moulins Poineau et Rouhaut, celui du pont de Boisse étant resté jusqu'au xviᵉ siècle la propriété du seigneur de Curac (1). Cette juridiction était limitée par le chemin du Maupas de la Caze au bourg de Montboyer et englobait sur sa droite les villages et terres de chez Foucaud et de Baudin. Un peu au-dessous des Fontaines, la ligne séparative quittait alors le chemin, suivait la haie qui longeait en-dessous des prés, contournait les lavoirs de La Boisse, et par le chemin qui descend à la croix Egreteau, pénétrait dans le quartier de ce nom, passait à gauche de l'enclos de Dubreuil, puis des petits prés et allait droit à la Tavernerie. Là, elle longeait au nord les murs de la grange et du jardin, descendait au puits de la Cigogne, arrivait par le chemin jusqu'au ruisseau qui servait ensuite de limite jusqu'au pont de Boisse.

Redevenue partie intégrante de la principauté de Chalais, la terre de La Boisse perdit bien vite son ancienne juridiction dont les causes furent désormais portées au prétoire du château de Chalais. Notons en passant qu'en divers actes de l'époque, Mᵉ Jacques Cholous, de Montboyer, avocat au parlement de Bordeaux, est qualifié juge de La Boisse, et

(1) Pièces justificatives n° 11. Dénombrement de Guy d'Angoulême, seigneur de Curac, au sénéchal de Saintonge, année 1539. — Vidime, 1583.

que son fils, M° Jean Cholous, notaire au bourg, fut le
dernier titulaire en cette charge.

D'autre part, le vieux castel si négligé depuis longtemps
tombait en ruine. Les Talleyrand, au lieu de le réparer, le
vendirent aussitôt avec la métairie y attenant, à maître Jean
Cholous, sieur des Bourjadons, neveu de l'ancien juge,
moyennant 3,000 #, avec réserve toutefois des droits seigneuriaux y attachés, et dont jouirent leurs descendants
jusqu'en 1792.

L'acte de vente est du 26 mai 1671. Il fut bientôt suivi de
l'état des lieux dressé à la demande du nouveau propriétaire
par Fouyne, notaire du château, assisté de Daniel Nicolas,
juge sénéchal de la principauté, de Charles Gast, procureur
fiscal, et de Denys Lermat, maître maçon de la localité. Cet
acte constate « que la tour du levant est écroulée, celle du
couchant sans toiture, le toit aigu du logis tout désemparé ;
que la majeure partie des bois de charpente, soulivaux et
tables sont pourris et inserviables, que pas une ouverture,
porte ou fenêtre n'a ses auvents ; que les piles des portes et
les corps des cheminées doivent estre partout refaits ; que
toutes les servitudes et murs d'enceinte sont dans le plus
déplorable estat, et les bastiments d'exploitation à peine clos
et tout délabrés ».

Sans aucun doute le nouveau propriétaire de La Boisse
s'empressa de remettre à neuf cette vieille habitation. Il dut
la rétablir à peu près telle que nous la voyons aujourd'hui,
mais en lui conservant son toit aigu, que M° J. François
Filhol, notaire à La Boisse, l'un de ses descendants, fit disparaître vers la fin du dernier siècle seulement.

*
* *

CHATEAU-JOLLET. — Cette seigneurie, donnée en apanage, vers le commencement du XIV⁰ siècle, à BOSON le jeune,
fils d'un Talleyrand de Chalais, était fort restreinte et limitée

au levant par la rivière de La Tude (1). Jusqu'à sa réunion, en 1554, à la vicomté de Magezir, elle fut l'objet de continuelles difficultés entre les descendants de Boson et leur suzerain, le seigneur de Chalais. Son repaire, situé sur une éminence et entouré de larges douves, que l'on voit encore en partie, dominait la vallée de la Tude. Il dut disparaître bien avant celui de Magezir, car dès 1460, sous les seigneurs Bragier, qui arrentèrent aux tenanciers de l'époque les anciens « Maysnes » de la vicomté, on voit jusqu'au XVIIe siècle les mandataires desdits seigneurs, déposer dans la grande tour du Trésor de Magezir, les minutes des actes passés avec leurs tenanciers, et porter constamment aux granges et greniers de Magezir les fruits de toute nature revenant à leur seigneur et maître, tandis que pas un fait semblable n'est relevé pour le Château-Jollet.

Des difficultés étant survenues entre Boson, l'apanagiste du Château-Jollet, et autre Boson de Chalais, son frère aîné, à l'occasion de « l'hommage dû par le fief de Montbouyer à l'archevêché de Bourdeaux, et aultres droits seigneuriaux » assez mal définis, les deux frères eurent procès, puis se mirent d'accord par la transaction de 1359; mais ils réglèrent si mal leur différend que durant plus de deux siècles, malgré les nombreuses alliances survenues entre leurs maisons, les descendants des seigneurs du Château-Jollet ne cessèrent d'être en lutte avec leurs suzerains, les princes de Chalais.

Ainsi POURGNETTE PRÉVOST (ou Prenast), gendre ou

(1) Impossible de fixer la limite exacte de ce petit fief. Mais comme il est certain que les villages du Maine-Brun, des Gigon, Fraignaud et Brigeaud qui l'entourent firent constamment partie de Magezir, le Château-Jollet ne comprit jamais que le castel et les vastes terres le reliant au moulin de ce nom. Jusqu'au XVIIIe siècle, de nombreuses constructions s'y élevèrent néanmoins. Du plateau, elles gagnèrent peu à peu le versant de la Tude et reçurent alors le nom de Grand-Village, réduit aujourd'hui à la seule maison encore debout sur ce point. Ce fut jadis un centre très populeux.

héritier de Boson le jeune, transige en 1364 avec le même Boson aîné.

Son petit-fils, Hélie du Château-Jollet, épouse, le 2 mars 1427, Catherine de Talleyrand de Chalais et Grignols, veuve de Raymond de Magezir. Catherine fait testament, le 3 août 1440, en faveur de Marie sa fille, issue du second mariage.

La lutte se continue entre les Talleyrand et les seigneurs du Château-Jollet. Jehan de Beaupoil, duc de La Force, marié à Marie Prévost, fille de Catherine, finit par s'entendre avec Charles de Talleyrand et signe un traité de paix le 3 avril 1457.

Hélie de Beaupoil succède à Jehan, et soutient une nouvelle instance contre son suzerain. 26 septembre 1479.

Une seconde alliance rapproche de nouveau les deux familles. Jehan de Beaupoil, fils d'Hélie, protonotaire du Saint-Siège, épouse, le 3 novembre 1501, Claire de Talleyrand, fille de Jehan de Chalais. Une paix durable semble la conséquence de cette union et de l'hommage que Jehan de Beaupoil et son frère Pierre, font en 1509, de leur chatellenie au prince de Chalais.

Le 15 mai 1554, Philippe de Beaupoil, fille de François duc de La Force, elle-même dame de La Force, Masdurand et Magezir, veuve de François de Vivonne de la Chataigneraye, épouse François de Caumont, frère et héritier de Jehan de Caumont, seigneur de Montboyer, mort sans postérité. Ainsi réunies dans la même main, les deux chatellenies formèrent désormais la vicomté de Magezir et Montboyer.

*
* *

Magezir. — Le château de Magezir, situé au village du même nom, à mi-côte du versant qui fait face à Peudry, avait dans sa dépendance toute la partie nord de la paroisse se prolongeant vers le sud en une étroite langue de terre. Il ne reste de cette vieille demeure qu'un pan de muraille. Les tours découronnées qu'on y voyait encore, il y a cinquante ans, ont été en partie utilisées à la construction d'une grange et d'autres bâtiments de servitude. Bientôt même, il n'y aura plus trace des anciennes douves, que le fer niveleur de la charrue efface chaque jour davantage.

Aux premiers temps de la féodalité, le château de Magezir eut une grande importance (1). C'était une véritable forteresse ayant « tours, murailles et haut donjon, et sous sa dépendance les paroisses de Montbouyer et Sainct-Marsault de ville recougnade, avec forte enclave dans celles de Saint-Laurent des Combes, Saint-Laurent de Bersagot, Sainte-Marie de Chalais, Curac, Rimartin, ... (illisible), Condéon et Saint-Agulin ».

Détruit une première fois dans le courant du XIIIᵉ siècle par les seigneurs de Chalais et de Castillon (2), à la suite d'une lutte de voisinage, le château fut peu après rétabli. Vers 1340 les Anglais s'en emparèrent, y tinrent longtemps garnison, et en furent chassés, vers 1372, par le duc de Bourbon, qui « ensuite le voulust rendre à son ancien maistre ». Mais le prince de Chalais, qui l'avait reçu en garde, après la bataille, s'y opposa ; et plus tard, contraint d'obéir, ne rendit au seigneur de Magezir qu'un monceau de ruines.

Le château de Magezir fut, une seconde fois, réédifié ; mais occupé de nouveau par les Anglais, durant la première moitié du XVᵉ siècle, il resta sous leur domination jusqu'à la

---

(1) Pièces justificatives nº 1.

(2) Pierre II de Castillon était, vers le milieu du XIIIᵉ siècle, seigneur d'Aubeterre par suite de son mariage avec la dernière héritière des Géraux, seigneurs du lieu. Marie de Castillon, sa fille, fut mariée en 1279 à Pierre de Raymond, dont l'héritière, autre Marie, épousa Bouchard, qui fit souche à Aubeterre jusqu'en 1597, où apparaissent les D'Esparbès de Lussan. — Archives historiques de la Saintonge, Jonzac, v. xx, page 90.

reprise de la ville et du fort de Chalais par l'armée du roi
Charles VII en 1452 (1).

La seigneurie de Magezir perdit alors beaucoup de son
importance. Lors de la transaction du 9 avril 1460, qui remit Jehanne de Magezir en possession d'une partie de ses
domaines, notre vicomté se trouva réduite aux seules terres
de Montboyer ; Saint-Martial et les autres dépendances en
ayant été peu à peu détachées, à la suite des luttes si diverses
de ces malheureux temps.

*
* *

SEIGNEURS DE MAGEZIR. — En 1308, RAYMOND DE MONTBOUYER, chanoine de Saintes, le plus ancien de nos seigneurs connus, fait à Arnauld IV de Canteloup, XLIV° archevêque de Bourdeaux (1305-1332), hommage simple de sa terre de AVALHACO (2) et des autres fiefs que lui et ses frères possèdent dans les diocèses de Périgueux et de Saintes.

(1) Depuis de longues années, une forte garnison anglaise détenait le
château-fort de Chalais, et affamait le pays par de continuelles excur-
sions dans les localités voisines. Charles VII résolut d'enlever à l'ennemi ce dernier refuge en Saintonge. Il chargea Jacques de Chabannes,
grand-maître de l'hôtel de France et l'un de ses meilleurs lieutenants,
de tenter avec ses 600 hommes, grossis des recrues du pays, l'attaque
de la ville et du château. La lutte, dit la chronique, fut âpre et sanglante.
Le premier assaut coûta près de cent hommes aux assiégeants ; mais
après quatre jours de combats acharnés, la ville et le château se rendirent le 17 juin 1452. La garnison anglaise, selon l'usage du temps, put
se racheter à prix d'or ; mais les mercenaires à la solde de l'ennemi,
ainsi que quatre-vingts des habitants de la ville, furent passés au fil de
l'épée.

Quelque dure qu'elle nous paraisse aujourd'hui, cette justice sommaire
n'était alors qu'un acte de représailles tout à fait dans les mœurs du
temps. Ne tendait-elle pas aussi à détacher de la cause anglaise, à
jamais perdue, les rares Français qui lui étaient encore fidèles ?

(2) Pièces justificatives, hommage de Raymond, n° 111. Ce fief de
Avalhaco reste ici introuvable. S'il était alors dans Montboyer, il dut pres-

A la suite du malheureux traité de Brétigny, le baron de MAGNADET, mis en possession de Magezir, fait hommage au roi d'Angleterre de sa terre de Montboyer (9 juillet 1363). C'est probablement ce seigneur anglais que le duc de Bourbon, dans sa première campagne en Saintonge, délogea de Magezir en 1372.

Vint ensuite ARNAULT DE MAGEZIR, « qui eust moûlt grand desbat avec messire Hélias de Talleyrand, seigneur de Chalais, sur les fins et mèthes (limites) de sa seigneurie et justice et juridiction d'icelle. Les partyes vinrent ensuite à appointement par lequel ledict seigneur de Magezir et ses hoirs ou ayant-cause, demeura la haute justice et juridiction des dicts lieux de Montbouyer et Saint-Marsault, sans que le seigneur de Chalais poult avoir aulcune chouse ès dict bourg et paroisse ».

Ce traité fut cimenté par le mariage de Arnault de Magezir avec Catherine de Talleyrand de Grignols, fille d'Hélias, seigneur de Chalais. Arnault mourut jeune, peut-être même en défendant Magezir contre les Anglais, qui, une deuxième fois maîtres du pays sur la rive droite de la Tude, mirent garnison dans toutes les places fortes de la contrée. Peu après Catherine passa en secondes noces avec Hélie Prévost du Château-Jollet, tandis que JEHAN DE MAGEZIR, son fils, se retira avec sa famille dans son petit fief de Puy-Arnault, au marquisat d'Aubeterre, que les Anglais n'avaient pu soumettre. Jehan ne survécut que peu d'années à la perte de Magezir ; son fils RAYMOND mourut aussi à Puy-Arnault durant le temps de l'occupation anglaise.

que aussitôt changer de nom, peut-être devint-il le Château-Jollet ? car à peine cinquante ans plus tard, les terres féodales de Montboyer s'appellent dans les manuscrits du temps : Magezir, La Boisse et Château-Jollet, n'ayant aucun rapport de nom avec Avalhaco. Des recherches sur les autres fiefs que ce seigneur et ses frères possédaient dans les diocèses de Périgueux et de Saintes pourront peut-être, plus tard, nous éclairer sur ce vieux terme qui ne nous dit absolument rien aujourd'hui.

JEHANNE DE MAGEZIR, unique héritière de Raymond, devint alors la femme de messire PIERRE BRAGIER DE BRIZAMBOURG, seigneur de Montembœuf, veuf de Catherine Rochon de Puycheny, chatellenie voisine du Puy-Arnaud.

L'occupation anglaise touchait alors à sa fin. Chassés de partout, complètement battus à Castillon, nos ennemis sortirent enfin de France. Les traités de reddition du pays de Gascogne portant « qu'en tous lieux chacun doict rentrer en possession des terres et seigneuries perdues par faits de guerre », les époux Bragier se portèrent incontinent seigneurs de Magezir et Montbouïer; mais les seigneurs de Chalais « continuant les voyes de faict de leurs prédécesseurs, mirent empeschement aux dicts conjoints sur les pays assis en la rivière de Thude et le passage par où l'on va de Montbouyer à Aubeterre ».

De là un assez long procès, auquel mit fin le traité du 9 avril 1460, portant en substance : « que les époux Bragier font abandon des droits qu'ils peuvent avoir à Chalais et à Grignols, du faict de Catherine de Talleyrand, arrière-grand'mère de Jehanne; mais qu'ils seront et demeureront perpétuellement seigneurs, à cause de la dicte dame de Magezir, de toute *la paroisse et seigneurie* de Montbouyer avec tous droits de chastel et chastellenie, justice et juridiction haute (1), moyenne et basse, et de tous aultres droits et prérogatives appartenant à seigneur châtelain, lesquelles terres les dicts seigneurs Bragier tiendront à hommage lige audict noble et

---

(1) La tradition nous a conservé au levant du bourg, sur le sommet du coteau et dans la partie aujourd'hui disparue du vieux chemin de Montboyer au pont Audigier, le souvenir du lieu où se trouvait alors la potence ou gibet de la justice seigneuriale; c'est à une vieille croix encore nommée la *Croix des Justices* et que la piété de nos pères mit, sous ce nom, il y a des siècles, à la place du poteau infâmant, que nous devons cette indication. Cette croix, aujourd'hui délaissée, et tout en ruines, est bien près d'être oubliée et avec elle son antique dénomination, tant il est vrai qu'avec le temps tout s'efface, même les plus affligeants souvenirs!

puissant seigneur de Chalais au debvoir d'un *esperon d'or*, apprécié à un escu de Florence, à payer à chaque muance de seigneur ».

JEHANNE DE POLIGNAC, dame de Brizambourg et Montboyer, petite-fille ou nièce de Jehanne de Magezir, devint la femme de GUY POUSSARD, veuf de Marguerite Bouchard d'Aubeterre.

Le petit-fils de Guy Poussard, seigneur de Brizambourg et Montbouyer, épousa Jehanne de Gontaut-Biron et mourut sans postérité. Sa veuve convola en secondes noces avec JEHAN DE CAUMONT, duc de La Force, qui lui-même ne laissa pas d'enfants.

FRANÇOIS DE CAUMONT, aussi duc de La Force et frère de Jehan, épousa le 15 mai 1554, Philippe de Beaupoil, sa cousine, dame de La Force, Masdurand et Magezir, veuve de François de Vivonne de la Chataigneraye et fille de François de Beaupoil, seigneur de La Force. Ce grand seigneur réunit ainsi sous sa main les deux chatellenies de Montboyer et se qualifia dès lors vicomte de Magezir et Montboyer. Comme son prédécesseur, il eut souvent maille à partir avec les Talleyrand de Chalais.

D'après le Père Anselme VII, page 461, un JACQUES DE MONTBOYER de la famille des Beaupoil donna, le 17 septembre 1564, MARIE DE MONTBOYER, sa fille, en mariage à Léon d'Esparbès de Coignax, près Auch. Le père et la fille purent jouir de ce titre sans la possession des biens.

JACQUES NOMPAR DE CAUMONT, fils de François et de Philippe de Beaupoil, hérita de la vicomté de Magezir et Montboyer. Élevé dans le protestantisme, il échappa comme par miracle aux massacres de la Saint-Barthélemy, où périrent son père François et Armand son frère aîné. Lui-même n'avait alors que treize ans. Devenu grand, il s'attacha à Henri IV dont il suivit la fortune et partagea la gloire. Il dut plus tard à son ardeur guerrière le titre de Maréchal de France, qu'il porta glorieusement jusqu'aux dernières limites de l'âge, car il mourut en 1652 riche d'années et de mérites (1).

A la suite des difficultés depuis longtemps survenues et non éteintes entre François de Caumont père et le prince de Chalais, Jacques Nompar de Caumont crut devoir refuser à ce dernier l'hommage qu'il lui devait pour la terre de Château-Jollet. Daniel de Talleyrand donna aussitôt ordre à ses huissiers de saisir les fruits de la dite terre ; et en octobre suivant 1603, appel de cette saisie fut interjeté par le duc de La Force. Cette affaire, portée en cour de Saintes, traînait en longueur, et menaçait de prendre des proportions inquiétantes, quand les douairières des deux maisons, dame Françoise de Montluc de Chalais, et dame Charlotte de Gontaut-Biron intervinrent. Munies des pleins pouvoirs de leurs maris, elles mirent fin, par une heureuse transaction, aux difficultés pendantes (2).

1653. — ARMAND NOMPAR DE CAUMONT, fils aîné du précédent, hérita des vertus militaires de son père, et de son titre de maréchal de France. Il eut en partage avec la terre de Magezir celle de Château-Jollet qu'il donna plus tard à l'une de ses filles, mariée à un Gassion ; car, ainsi qu'on le voit dans les pièces du procès Caumont Talleyrand, ce Gassion demande en 1662 à son suzerain, l'archevêque de Bordeaux, avis et conseil sur les droits en litige à Montboyer entre lui, ses cohéritiers de Caumont et le prince de Chalais (3).

La vicomté de Magezir et Montboyer revint néanmoins,

---

(1) La cloche de Montboyer, refondue en 1607, porte en relief, les titres et qualités de ce puissant seigneur : Jacques Nompar de Caumont, seigneur et baron des baronnies terres et seigneureries de La Force, Masdurant, Castin, les Mirandes, Castelmoron, Thouneins, Desussagne, Montpaylan, Magezir et Montbouyer.

(2) Pièces justificatives : Pleins pouvoirs donnés aux châtelaines. — Nomination des arbitres. Traité n° 4.

(3) Pièces justificatives, n° 6.

peu après aux seigneurs de La Force ; et en 1668, Jacques, marquis de Montboyer la possède encore.

1672. — JACQUES NOMPAR DE CAUMONT, duc de La Force, petit-fils de Jacques Nompar, premier du nom, prévost de Bergerac, seigneur de La Force, Masdurand, Magezir et Montboyer, figure souvent dans les vieux papiers de la localité. Son mandataire, Charles Gast, procureur fiscal de Montboyer, fait plusieurs dénombrements et arrente de nombreuses pièces de terre et bois précédemment tenues à titre d'agriers, notamment au village des Blais et à celui de Cholet aujourd'hui disparu.

1694. — Une demoiselle de La Force porta ensuite définitivement la seigneurie de Montboyer dans la maison des Gassion, car de 1694 à 1715, PIERRE, marquis DE GASSION, président à mortier au Parlement de Navarre, est titré vicomte de Magezir et Montboyer, et donne, pour la perception de ses revenus, tous pouvoirs à Pierre Montrignac, avocat et juge sénéchal de Montboyer. Ce mandataire, reçoit en effet, pendant plusieurs années, les rentes avec les droits de lods et ventes dus à la seigneurie.

En 1716, JEAN DE GASSION, vicomte de Magezir et Montboyer, baron d'Andaux, colonel du régiment de Navarre, gouverneur de Dax, Saint-Leu et autres places, succède à son père, et charge aussi le juge Montrignac du soin de ses intérêts dans la vicomté.

A la date de 1748, une lettre de Pierre Filhol notaire à La Boisse, postulant à la charge de procureur fiscal de Montboyer, mentionne le décès de messire Jean de Gassion et la vacance de la vicomté.

Le 18 mars 1756, devant Mes Blandin et Batzalle, notaires à Pau, JEANNE DE GASSION, comtesse de la Peyre, dame vicomtesse de Magezir et Montboyer, fille aînée du précédent, donne procuration à Jean-Baptiste Desgraviers de Bois-Neuf, avocat en la cour de céans, pour la gérance et l'administration de ses biens.

En 1773, sa sœur MADELEINE-ANGÉLIQUE DE GASSION, palatine de Dix, dame de Montpéroux, Follen, Le Vas, Chizaine et Magezir, veuve de très haut et très puissant seigneur LOUIS-FRANÇOIS DAMAS DE THIANGES, comte d'Anlézy, domiciliée rue Saint-Dominique en son hôtel à Paris, nomme pour son mandataire général et spécial en la vicomté, messire Gérôme Désages de la Menêcle, écuyer, docteur en droit civil et canonique, et juge sénéchal de la principauté de Chalais.

En 1785, Gabriel Guimbellot, notaire à Montboyer, succède à Désages, et garde ses pouvoirs jusqu'en 1792-93, au moment où les rentes sont abolies, et les biens de la noblesse saisis et vendus au profit de la nation. Le nom d'ANGÉLIQUE DE GASSION clôt alors la liste des anciens seigneurs de Montboyer.

*
* *

En dehors des agriers et des terres arrentées jadis aux habitants de la paroisse, les seigneurs de Montboyer avaient conservé en propre, la métairie de Magezir attenant au vieux château, une borderie au Château-Jollet et deux lots de prés, un à la Tude, l'autre en-dessous du bourg au lieu dit les prés de la cour. Ce sont ces réserves qui furent saisies en 1793 sur la tête de madame Veuve d'Anlézy, malgré les démarches et les protestations de Jean-Pierre Damas d'Anlézy son fils aîné, seul et unique héritier de la famille par suite de l'acte de démission de sa mère, plus qu'octogénaire, passé à Paris le 9 février 1791, signifié aussitôt aux habitants de Montboyer, et du désistement de Louis-Alexandre-Victor Damas, son frère puîné, entré dès 1757 dans l'ordre de Malte, et pourvu depuis longtemps, hors de France, d'une importante commanderie.

A peine mis en possession de son comté, J. P. d'ANLÉZY

chargea Pierre Delugin du bourg, arrière grand-père de mademoiselle Giroudet, de ses intérêts alors doublement compromis à Montboyer par les tendances de l'époque et le décès de Gabriel Guimbellot son fermier, en retard de payement d'au moins deux annuités. Les lettres du jeune seigneur sont pleines de bons avis sur les mesures à prendre en vue des difficultés présentes, et de détails sur les démarches qu'il tente à Paris, en vue de mettre obstacle à la spoliation dont il est menacé, bien que sa mère seule ait émigré. Chaque mois, il envoie régulièrement de Paris à son mandataire pour être communiqué ici et aux commissaires du district de Barbezieux, son certificat de présence exigé par les règlements d'alors ; mais bientôt, on ne tient plus compte de cette preuve de résidence, et les dénonciations continuant de pleuvoir à Paris, les administrateurs du district passent outre des déclarations du fils, déclarent nul l'acte de démission de la mère, et font tout saisir sur la tête de cette émigrée qui mourut à Munster en 1794 (1).

La vente des réserves de la seigneurie de Montboyer eut lieu au directoire du district de Barbezieux les 15 et 16 brumaire et 6 nivôse de l'an II (5-6 novembre et 27 décembre 1793).

Le Château-Jollet fut adjugé sur enchère à François Augereau, docteur médecin au Grand-Village pour 16250 #. — Jean-Baptiste Durandeau, homme de loi aux Bouchiers prit la métairie de Magezir pour 34600 #. — Les prés se vendirent par parcelles. De celui de la cour il fut fait sept lots de chacun 6 onces. Gabriel Massonneau, mon grand-père maternel, prit le sixième pour 920 #. Ces

---

(1) Peut-être si l'on cherchait bien, trouverait-on quelque ancien fermier ou fils de régisseur plus ou moins enrichi, parmi les nombreux agents du district poussant à la saisie, et hâtant la vente des réserves de celle qui fut peut-être la bienfaitrice de leur famille : « la ci-devant Gassion d'Anlézy » comme ils la nomment par dérision, dans tous les actes de l'époque.

chiffres paraissent aujourd'hui exorbitants, mais alors l'État recevait encore dans ses caisses les assignats à leur valeur nominale bien qu'ils perdissent déjà 50 à 52 pour cent. Cette facilité de payement explique l'élévation des prix alors offerts.

CHAPITRE III

ÉGLISE

~~~~~~~

Origine et vicissitudes. — Etat actuel.

Il est à peu près impossible d'assigner une date précise à l'église de Montboyer. On sait seulement qu'elle fut réparée au XIV° siècle; mais la note qui la concerne est tellement vague qu'on en peut absolument rien conclure (1). A part le gros œuvre du chœur dont les murailles fort épaisses, avec leurs revêtements en gros appareils, semblent se rapporter à une date bien antérieure, notre église actuelle ne doit pas remonter au delà du XV° siècle. C'est en effet dans le seconde moitié du XIV° que parurent en France les premières applications du style ogival flamboyant, auquel se rattache évidemment la grande fenêtre à meneaux du sanctuaire. Mais, comme ce travail, dans une simple bourgade comme la nôtre, ne dut être que l'imitation de constructions déjà multipliées sur d'autres points plus importants, il y a certainement lieu de reporter aux années paisibles qui suivirent la guerre de Cent ans, et vers la seconde moitié du XV° siècle, la première application à notre église de cette élégante forme d'architecture.

Quant à la nef, la moindre épaisseur de ses murs, la forme en volute de ses chapiteaux, si différents de ceux du chœur,

_____

(1) Pièces justificatives n° 1.

3

tant sur les colonnes intérieures qu'aux pilastres du grand portail, permettent de supposer qu'elle n'a dû être achevée que longtemps après, et probablement sous Louis XII ou François Ier (1).

C'était alors une belle et vaste église, flanquée de solides contreforts, avec de légères voûtes à ogives, de grandes fenêtres à meneaux étroits, surmontés de gracieux raccords en pierre fine, et dont les points de départ laissés à dessein, aux fenêtres du midi, lors de la dernière restauration (1882-86), témoignent encore du style de l'époque et d'une certaine richesse d'ornementation.

Hélas! comme la plupart des monuments religieux de nos malheureuses provinces de l'Ouest, tant éprouvées au xvie siècle, l'église de Montboyer devait bientôt compter ses jours de deuil. Et en effet, moins d'un siècle après son entier achèvement, elle ne présentait plus que les ruines de ses quatre murs entièrement découronnés. Ses autels détruits, ses voûtes et son clocher effondrés, ses charpentes brûlées ou anéanties, disaient assez qu'un ennemi implacable était passé par là ; et cet ennemi, c'était le protestantisme, se vengeant de l'intolérance des temps par la plus déplorable des guerres civiles.

Nulle part en France, la lutte entre catholiques et protestants ne fut aussi acharnée que dans la Saintonge, l'Aunis et l'Angoumois. De 1550 à 1570, il n'y eut pas en effet dans toute cette région une ville, un château, une bourgade ou une abbaye de quelque importance, qui n'eut été plusieurs fois pris, repris, pillé ou saccagé (2). La lutte fut partout

---

(1) L'abbé Michon, dans sa *Statistique de la Charente,* attribue bien, en effet, à l'époque de la Renaissance cette partie plus récente de notre édifice.

(2) En Angoumois, l'enquête de 1629, dit l'abbé Nanglard, dans son *Pouillé,* constate que plus de 100 églises furent complètement détruites, ainsi que leurs presbytères. La Saintonge évidemment ne fut pas moins maltraitée.

âpre et sanglante ; et tantôt vaincus, tantôt vainqueurs, les deux partis se livrèrent à de terribles représailles. Mais le vandalisme des protestants passa toute mesure, et couvrit la France de ruines et de sang.

Ces sectaires s'acharnaient surtout contre les églises, les couvents et les monastères. Tuer sans pitié prêtres, moines et religieux, s'approprier leurs richesses, brûler ou dévaster leurs habitations avec tout ce qu'elles contenaient, leur semblait œuvre si méritoire qu'il n'est pas une seule de nos églises de campagne qui n'ait eu à souffrir de leurs déprédations : Peudry, Bors, Bellon, Courlac, Sainte-Marie, Yviers, Berneuil et tant d'autres. A Aubeterre, ils ne laissèrent debout que la façade avec son riche portail, encore assez bien conservé. Saint-Martial de Chalais, l'église actuelle, conserva pourtant ses quatre murs, les démolisseurs ayant jugé que la chute du clocher, l'effondrement des voûtes, l'incendie de la charpente et de tout le mobilier étaient une mutilation suffisante.

A Montboyer, même vandalisme ! Mais, hâtons-nous de le dire, ce ne fut pas sans lutte que l'ennemi se rendit maître de la place. La grande fenêtre à meneaux du chevet de l'église porte encore à l'extérieur trop de traces de mitraille et d'arquebusades pour qu'on puisse mettre en doute l'idée d'une attaque sérieuse et d'une résistance désespérée. Seulement, à notre grand regret, nul ne saura jamais le jour du combat, par qui nous fûmes attaqués, ni quels furent les courageux défenseurs de la religion de nos pères. Évidemment, les nôtres durent céder au nombre, et leur glorieuse défaite ne put que hâter la ruine complète de leur église, dont le vainqueur fit bien vite sauter les voûtes et le clocher.

Inutile d'ajouter que là, comme partout ailleurs, les protestants se donnèrent la triste satisfaction de profaner et de brûler, sous les yeux d'une population en larmes, tous les pieux objets qu'elle vénérait : autels, reliques, croix, statues, images et vases sacrés. Il ne leur resta plus pour compléter, à

Montboyer, leur œuvre de destruction, qu'à faire main basse
sur le presbytère, que sans nul doute ils réduisirent en cendres (1), ainsi que les archives de la paroisse, car pas la
moindre note ne nous est restée des siècles antérieurs ; et
DE LA HAUTIÈRE, premier curé nommé à Montboyer après
les guerres de religion, dut acheter dès son arrivée, pour
se loger au bourg, la maison et les dépendances qu'occupe
encore le presbytère actuel.

Assurément l'échauffourée de Montboyer ne fut, au point
de vue général, qu'un fait de bien mince importance, et je
m'explique que resté inaperçu, il ne se trouve relaté nulle
part. Mais ce que je ne puis comprendre, c'est que les contemporains — et sans aucun doute, il y avait alors à Montboyer des hommes marquants (2) — n'aient pas écrit le
moindre mot, en vue de transmettre à leurs descendants le
souvenir des faits malheureux dont ils avaient été les témoins,
peut-être même les victimes. Jehan Allary, vicaire à Mont-

(1) Ce presbytère détruit par les protestants devait occuper, au nord
de l'église, le même emplacement que le champ de foire actuel. Jusqu'à
ces derniers temps ce lieu a porté le nom de Chapelanie, corruption de
chapellenie, presbytère, logement du curé ou chapelain de la paroisse.
Un fait, du reste, vient à l'appui de cette assertion. A propos d'un droit
de plaçage sur la rue, contesté en 1820 par la commune au sieur Bouchard, propriétaire de la maison qui fait l'angle de la rue des Halles, une
délibération du conseil municipal en date du 9 juillet 1821 établit qu'a-
vant 1789 le champ de foire actuel était un enclos dont les curés jouissaient de temps immémorial et que la foire du bétail s'était tenue jusqu'alors dans les rues, lesquelles étaient toujours restées, comme aujourd'hui, une propriété communale.

(2) La cour de céans comportait au moins un juge sénéchal, un procureur fiscal, nombre d'autres procureurs, notaires ou avocats, tous plus
ou moins instruits et capables de nous peindre, s'ils l'eussent voulu, aussi
bien que les médecins, les apothicaires et les maîtres d'école alors en
titre, les désastres de ces malheureux temps. A moins que, compromis
eux-mêmes dans les événements d'alors, ils aient jugé sage, ou leurs
descendants, de faire disparaître plus tard, pour l'honneur de leur nom,
toute relation rappelant les faits regrettables de cette malheureuse
époque.

boyer de 1616 à 1630, à peine cinquante ans après la ruine de l'église, n'en dit de même absolument rien; et sur ses registres, les plus anciens que nous possédions, on cherche-rait en vain l'intéressant récit des réparations provisoires qui furent faites à notre église, avant que lui ou ses prédécesseurs, s'il en eut, aient pu y offrir le saint sacrifice.

Selon toutes probabilités, une restauration sérieuse de l'église de Montboyer ne dut être entreprise qu'après l'Edit de Nantes, alors que nos malheureuses campagnes s'étaient un peu remises des longues calamités de ces derniers temps. Elle fut achevée de 1630 à 1660, grâce aux libéralités du curé DE LA HAUTIÈRE, à la mémoire duquel la population reconnaissante assurera une messe d'obit chaque semaine, réduite au bout de huit ans, par décision de l'évêque de Saintes, à une messe chaque mois.

Pas la moindre note non plus sur ce qu'il advint à l'église de Montboyer durant la période révolutionnaire. Si j'en crois les récits de quelques vieillards honorables que j'ai connus et qui avaient été les témoins de cette époque néfaste, l'é-glise de Montboyer, après l'abolition du culte en 1793, de-vint, comme nombre d'autres, le centre obligé des bruyantes réunions de l'époque. C'est là que les violents et les habiles politiciens du lieu se rendaient populaires en déclamant du haut de la chaire transformée en tribune, ces discours incen-diaires qui mettaient alors si souvent en jeu la vie, l'honneur et la fortune des citoyens. Au lendemain d'un club orageux, l'ancienne église devenait une bruyante salle de fêtes, où trônait orgueilleusement la jeune déesse Raison, tandis qu'une population égarée y dansait ou banquetait à qui mieux mieux. Et quand arrivait l'époque si agitée des élec-tions, c'est là encore que se tenaient les réunions prélimi-naires, que l'on discutait le mérite des candidats, et qu'au jour dit, on proclamait après boire les heureux élus!

Ces orgies eurent un terme. Le peuple, dégoûté de tant de sacrilèges, bénit avec empressement la main puissante qui releva les autels et rendit les églises à leur première destination. C'était en 1803, Martial-Madeleine Hardy, ancien curé de Montboyer, réfugié en Espagne en 1792, quitta aussitôt la terre d'exil ; et, à la grande joie de sa paroisse vint de nouveau prendre possession de l'église et de la cure. Tout s'y trouvait dans le plus complet dénuement. Des deux cloches qui existaient à son départ, il ne restait plus que l'ancienne. Au fort de la tourmente révolutionnaire, les patriotes de Montboyer avaient jugé que l'ancienne cloche était suffisante pour appeler aux réunions politiques et donner l'alarme en cas de besoin. Que faire de la nouvelle (1), qui n'était plus dès lors qu'un meuble inutile et encombrant ? Sa suppression fut votée par acclamation, et la pauvre cloche aussitôt descendue s'en alla, je ne sais où, sous la patriotique étiquette d' « offrande à la patrie », faire un canon ou des gros sous.

*
* *

État actuel. De cette époque à nos jours, aucune réparation sérieuse ne fut faite à l'église de Montboyer. En 1860, le vieux clocher menaçait ruine. Sous l'habile direction de M. Warin, architecte diocésain, l'ancienne charpente pyramidale en bois fut remplacée par une autre en fer boulonné, de près de 20 mètres de haut. Cette belle flèche, recouverte en forte ardoise, ne coûta pas moins de 14,000 francs.

L'intérieur de l'église était de même fort délabré : les murs tout décrépits et rongés de salpêtre, s'en allaient par la base. Il en était ainsi des piliers sur lesquels repose la lourde charge du clocher, qui tous étaient plus ou moins lézardés.

(1) J'ai souvent entendu parler de cette cloche par un vieux sacristain, François Dubreuil, mort en 1854, à quatre-vingt-dix ans. Il la supposait moitié moins lourde que l'ancienne. L'anneau en bois d'orme par où pendait dans l'église la corde de cette cloche existait encore au plafond du clocher lors des dernières réparations. Il était plus de mi-usé.

Quant aux plafonds en planches, bien que souvent réparés, ils tombaient en lambeaux et à certains moments, la chute des débris de bois ou de tuiles, des poussières et des graviers, laissait fort peu de sécurité aux fidèles.

Une complète restauration intérieure était depuis longtemps jugée indispensable, et la population réclamait avec instance le rétablissement des anciennes voûtes (1). Mais les fonds manquaient et le clocher n'était pas entièrement soldé. Un digne prêtre, l'abbé Brunet, récemment nommé à Montboyer, leva heureusement la difficulté. Sous ses auspices, une souscription ouverte parmi les habitants produisit en quinze jours plus de 10,000 francs. L'État en donna 4,000, le département 450. D'autres secours, recueillis un peu partout, grâce au zèle du nouveau pasteur, fournirent encore plus de 3,000 francs. Il fut alors possible de mettre en adjudication les travaux projetés à l'église et comportant cinq travées de voûtes à ogives, la reprise dès la base, des colonnes de la nef et du chœur, celle du gros pilier du clocher, le revêtement à neuf des murs et l'érection d'une sacristie (2). Quant à l'établissement de deux contreforts extérieurs jugés nécessaires pour consolider les murs un peu légers de la nef, il fut couvert par le rabais de 12 o/o fait par l'entrepreneur, et des dons particuliers permirent de remettre, à quelque chose près, dans sa forme primitive le grand vitrail du chœur, non compris dans l'adjudication. Cette belle verrière, fournie par la maison Dagrand, de Bordeaux, coûta 1,400 francs. Dans le bas, saint Vincent, diacre, patron de la paroisse, tient la droite de Notre-Seigneur, et saint Ausone, patron du diocèse, est à gauche. Au-dessus, l'artiste a pu encadrer dans les gracieux raccords de l'ogive le moine

(1) Voir au registre paroissial de Montboyer la note très détaillée de tous ces travaux.

(2) Voir pièces justificatives n° 4 bis, comment, malgré les entraves apportées par l'Administration supérieure, les voûtes de l'église ont pu être rétablies.

saint Cybard, et saint Martial, premier apôtre de l'Angoumois.

Il fallait au sanctuaire une mosaïque en harmonie avec le
vitrail; elle coûta 650 francs, et il fut donné 1,250 francs à
Ducloux, marbrier à Angoulême, pour le dallage en ciment
du reste de l'église.

Avec un intérieur aussi richement rajeuni, il était impossible d'utiliser désormais le vieux mobilier de l'église. Diverses familles du lieu firent alors assaut de générosité au
moyen de dons manuels, ou en pourvoyant elles-mêmes aux
achats. Une jeune veuve, en souvenir de la première communion de son fils, paya l'autel en marbre blanc de la Sainte
Vierge. Sa mère, au nom d'un autre petit-fils, offrit celui du
Sacré-Cœur en tous points pareil au premier, et sortant
comme lui des ateliers de Sainte-Germaine de Toulouse;
coût : 1,000 francs chacun. Une troisième famille fit don de
la nouvelle chaire. Cette œuvre remarquable provient de la
maison Charron et Beausoleil, sculpteurs à Poitiers, et n'a
pas coûté moins de 1,900 francs. Enfin, à l'occasion d'un
mariage, notre église a été un peu plus tard gracieusement
pourvue de deux jolis lustres qui en décorent la nef. La sta-
tue qui surmonte l'autel de la Vierge, et la jolie garniture de
flambeaux qui se voient aux gradins, sont aussi des offrandes
particulières. Restait à remplacer l'ancien confessionnal.
Le sculpteur de Poitiers, à la demande de la fabrique,
en a fourni un du même style que la chaire, et du prix de
500 francs.

De toutes les vieilleries de notre église, une seule est
restée debout, c'est l'ancien maître-autel en bois tout sculpté
et doré, style Louis XIV, donné par Nicolas Cochois, docteur en Sorbonne et curé de Montboyer de 1660 à 1684.
Cet autel, plus de deux fois séculaire, a été remis à neuf
lors des dernières réparations. Il tient toujours dignement sa
place dans notre humble sanctuaire, dont il est encore le plus
bel ornement.

Restait la vieille façade de l'église dont l'état de vétusté formait un contraste frappant avec les belles réparations de l'intérieur. Le haut du mur surtout était fort délabré et souvent il s'en détachait d'assez grosses parcelles. Seul le grand portail, abrité durant des siècles, sous le parvis couvert (1) qui occupait anciennement tout l'espace compris entre l'église et la rue, et qui fut détruit par la route en 1851, était assez bien conservé. Ses décors, en tout semblables à ceux de la vieille maison Lajeunie, située rue des Halles, la faisaient évidemment remonter à l'époque de la Renaissance, sous les règnes de Louis XII ou de François Ier.

Quelque urgente que parut la mise à neuf de cette façade, la commune ne pouvait y songer avant le solde des emprunts déjà contractés. L'intervention et les généreuses libéralités d'un enfant du pays, M. Élie Paulet né en 1826 au Grand-Village, commune de Montboyer, ancien négociant à Barbezieux, permit de passer outre et de hâter la mise à exécution des travaux.

M. Martin, architecte d'Angoulême, eût aussitôt mission d'établir les plans et devis des réparations projetées, lesquelles comportaient les déblais de ce qui restait de l'ancien parvis avec ses cinq marches d'accès ; l'édification d'une

(1) Sorte de ballet ou hangar de la largeur de la façade de l'église, faisant saillie jusque sur la rue alors assez étroite, et sous lequel le syndic assisté des notables donnait communication à la sortie de la messe, aux habitants assemblés, des publications pouvant les intéresser ; ou bien il les consultait sur les réclamations faites, sur les réformes proposées et les décisions à prendre dans l'intérêt de tous ou de chacun. Toujours quelque notaire assistait à la réunion, et rédigeait séance tenante, dans un acte appelé *acte capitulaire*, la décision, le vote de la population, à la suite des propositions du syndic ou de quelque paroissien lésé ou mécontent. Voir chapitre VII — maîtres d'école — l'acte capitulaire du 20 novembre 1757 contre Boursaud.

grande porte cintrée surmontée d'une jolie rosace dans le style de l'ancienne église; enfin le revêtement, avec blocage de 20 centimètres d'épaisseur, sur toutes les autres parties du vieux mur.

Sur le devis s'élevant à 4503 fr. 69, l'adjudicataire fit, le 26 janvier 1896, un rabais de 4 pour cent. Les travaux s'ouvrirent le 17 août et ne prirent fin qu'en janvier de l'année suivante. Bien qu'ils eussent quelque peu laissé à désirer, ils n'en furent pas moins acceptés par l'architecte et les autorités compétentes. L'honorable M. Paulet couvrit aussitôt, non seulement les dépenses du devis, mais une série de travaux supplémentaires s'élevant à 649 fr. 59, dans lesquels — chose regrettable — n'a pu être compris le peu de dallage restant à faire dans le haut de l'église, et laissé à dessein lors des réparations de 1886, par suite de l'incertitude où l'on était du niveau qu'occuperait le seuil de la grande porte, quand viendrait le moment de remettre la façade à neuf.

CHAPITRE IV

CURÉS

—

Curés et vicaires du XVI⁰ siècle à nos jours.

La paroisse de Montboyer relevait anciennement pour le culte de l'évêché de Saintes et faisait partie de l'archiprêtré de Chalais. Eu égard à l'importance du lieu, et plus encore sans doute à leur mérite personnel, les curés de Montboyer portèrent presque tous, de 1630 à 1792, le titre d'archiprêtres de Chalais. L'un d'eux remplit même pendant plus de vingt-cinq ans la charge très honorable de *Syndic* du clergé de Saintonge.

Nos plus anciens registres qui remontent seulement aux premières années du xvii⁰ siècle ne mentionnent alors à Montboyer aucun curé en titre. Cela tient évidemment à l'état de trouble et de désordre où se trouvait le pays à la suite des luttes religieuses qui, vers 1565 avaient amené la ruine de notre église et du presbytère. Avant cette date, aucun nom des anciens curés de Montboyer ne nous est parvenu, si ce n'est celui de messire LE BELCIER qui figure dans un vieil acte des papiers de La Boisse. Le 24 mars 1581, un Talleyrand de Chalais, seigneur de Grignols, donne quittance à ses fermiers des terres de Bonnes, Montmalan et La Baurie en Saint-Christophe, d'une somme de « 6000 escus d'or sol » pour les droicts lui revenant dans ces seigneuries, et aussi « pour l'afferme à eux faicte par maistre Guabriel Le Belcier, escuyer, prestre curé dudit Montbouïer, de tous les revenus et fruits décimaux de sa cure, durant les années 1579, 1580 et l'année présente 1581, s'élevant pour les trois dictes années au sylx (1) de la somme totale ».

Les Le Belcier étaient de souche béarnaise. Une de leurs branches s'était depuis de longues années implantée en Saintonge. Gabriel Le Belcier, curé de Montboyer en 1580, devait être fils de Pierre le Belcier, baron de Cozes, diocèse de Saintes, et de Charlotte de Boulainviliers, et frère de Catherine Le Belcier mariée en 1581 au vaillant seigneur de Crazannes et de Bourdet, Jehan Acarie, chevalier de la chambre du roi, capitaine de cent chevaux-légers, tué sous les murs de Montauban en 1621, après s'être distingué sous Henri IV et Louis XIII dans plusieurs combats mémorables.

Ce doit être sous le curé Le Belcier ou sous son prédécesseur que l'église de Montboyer fut ruinée par les protestants. Bien avant cette époque, nombre de curés, selon le déplorable usage du temps, donnaient leur paroisse en commende, en touchaient les revenus, n'y résidaient presque jamais et s'y faisaient remplacer par des vicaires perpétuels et à portion congrue. La présence du vicaire Allary, qui signe seul à Montboyer, durant nombre d'années, aux premières pages de nos registres, de 1616 à 1628, semble autoriser cette supposition. Autrement il faudrait admettre — ce qui est possible encore — qu'à la suite des luttes religieuses où, dans notre région, le clergé eut tant à souffrir, la cure de Montboyer, faute de prêtres disponibles, dut rester un assez grand nombre d'années sans titulaire. ALLARY, curé de Sainte-Eulalie (Aulaye) près Barbezieux, administre

(1) Sixième de 6000 escus, soit 3000 # pour les trois années. Voir pièces justificatives, n° 8.

seul en effet la paroisse durant plus de douze années, et trois autres vicaires lui succèdent jusqu'à l'arrivée du curé DE LA HAUTIÈRE en janvier 1630.

1630-1662. MICHEL JARNIGHAN, sieur de LA HAUTIÈRE, nommé curé de Montboyer, signe son premier acte le 1ᵉʳ février 1630. Durant les trois premières années de son ministère, il ne paraît à Montboyer qu'à de rares intervalles, mais bientôt il ne quitte plus sa paroisse, et travaille de toutes ses forces à réparer les maux dont elle a tant souffert. Ses vertus et ses libéralités lui gagnent tous les cœurs. Chacun l'aime et le recherche. Aussi que de baptêmes à Montboyer où il figure comme parrain ! L'acte suivant à la date du 10 août 1650 indique, entre autres choses, tous ses titres et qualités : « Ledict jour a été baptisée en l'église de céans, Marie Danyaud, fille du sieur Guillaume Danyaud, substitut au procureur d'office à Montboyer, et de honneste femme Anne Bourdin sa compagne. A été parrain noble homme et honorable discrète personne, messire Michel de Jarnighan de la Hautière, prestre, docteur en théologie, curé de Montboyer, archiprêtre de Chalais, prieur de Soubise et syndicq général du clergé de Saintonge. Marraine, Marie Danyaud fille de, etc. »

La Hautière fut le bienfaiteur de la paroisse. Il trouva l'église de Montboyer à peine relevée de ses ruines et en acheva la restauration. De plus, il acquit de Charles Gast, de Bois-Neuf, les bâtiments, cour et jardin, que ce dernier possédait au bourg, et qui forment le presbytère actuel. A sa mort, il en fit don à son successeur et aux habitants catholiques de Montboyer, par l'entremise de son frère Louis de Jarnighan, sieur de la Robinière, suivant acte du 20 mai 1665, reçu par Mᵉ François Brisson, notaire royal à Montboyer.

1663-1679. NICOLAS COCHOIS ne fut pas moins généreux que son prédécesseur. Il rebâtit la cure et décora de boiseries solides l'intérieur d'un appartement dont il fit plus tard une chapelle à son usage (1). Il embellit l'église et l'orna du maître-autel en bois sculpté que nous possédons encore et qui remonte évidemment aux années prospères du règne de Louis XIV.

Docteur en Sorbonne, Cochois fut un prêtre de grand mérite. Missionnaire éclairé, brillant orateur, il acquit bien vite dans le pays une immense popularité. Entre temps et pour le service de la cause catholique, il publia divers ouvrages de controverse (2) qui étendirent au loin sa renommée, si bien que de Blanzac, Nonac, Salles de Montmoreau, Chillac, Parcoult, Confolens et même de Bordeaux, nombre de familles marquantes vinrent faire à Montboyer abjuration entre ses mains.

1679-1684. GUILLAUME DUCLOS. Cochois malade, résigne la cure de Montboyer en faveur de Guillaume Duclos et se retire à l'abbaye de Chancelade près Péri-

(1) Ces boiseries parfaitement conservées, furent utilisées dans l'église en 1833 par le curé Marcellin, en un revêtement de 3 mètres de haut sur les deux murs du sanctuaire où elles étaient encore en 1884.

(2) *La condamnation de l'usure par l'Écriture.* Angoulême, imprimerie Pelard, 1672.

Conviction manifeste et évidente de la fausseté de la prétendue religion réformée, dédié au prince de Chalais et à son frère le marquis d'Excideuil. Angoulême, Mathieu Pelard, 1674, 150 pages.

Discours polémique de la véritable Église. Angoulême, Pelard, 1676, 227 pages.

Formulaire d'instruction sainte ou Méthode pour instruire le peuple de la campagne. E. Bichon, 1676, 690 pages.

Élévation chrétienne et catholique sur les psaumes de la pénitence, dédiée aux pécheurs impénitents et aux hérétiques opiniâtres de l'archiprêtré de Chalais, et particulièrement de ma paroisse de Montboyer. Avec approbation des Drs E. Petiot et Martial Hardy. Angoulême, Mathieu Pelard, 281 pages.

Aucun de ces ouvrages n'a été retrouvé à Montboyer, deux sont aux archives de Saintes, les autres faisaient partie de la bibliothèque du château de Chalais, où j'ai pu en relever les titres. Cette bibliothèque, ainsi que la galerie des tableaux vient d'être enlevée (fin octobre 1894), par les ordres de MM. De Galard et d'Aremberg, héritiers du dernier prince de Chalais.

gueux, d'où il revient souvent visiter ses anciens paroissiens. Les deux prêtres achèvent alors de concert les conversions commencées, et président aux nombreuses plantations de croix (1), transcrites par leurs soins au second registre des abjurations encore à nos archives.

1684-1722. Louis Roche occupe trente-quatre ans la cure de Montboyer. Trois des jeunes protestants convertis par ses prédécesseurs étant retournés à l'hérésie, il les ramène définitivement à l'église et meurt avec la consolation de ne laisser dans la paroisse que quelques vieux religionnaires endurcis.

1722-1726. Élie Rousseau succède au curé Roche le 17 mars 1722. Il afferme les dîmes de la paroisse à son neveu Tissereau des Bouchiers, alors que Cholous et Masson, fermiers de son prédécesseur, avaient encore trois années de jouissance à exercer. De là, procès fort ruineux pour les intéressés et très désagréable à la population qui

---

(1) *Plantation de croix.* « L'an 1680 et au mois de mai, M. Duclos curé de Montboyer et archiprêtre de Chalais, ayant avec lui Gabriel Dupuy son vicaire, et François dit le Bon, par eux furent plantées et bénies solennellement, avec prédications à chacune, les croix saintes et augustes : 1º de chez Guillemain, dit le Calvaire ; 2º de chez Daniaud de la Tude ; 3º de chez Dallet ; 4º des Bouchiers ; 5º de la maison de La Boisse ; 6º de chez Rabier ; 7º de la cour du presbytère ; 8º des Daniaud de La Boisse ; 9º de chez Durandeau ; 10º de Jardronne ; 11º du grand-village appelé le Château-Jollet ; du Fagnat tout joignant Chalais ; 13º du Bugt dans la paroisse de Sainte-Marie, M. Daguet en étant curé ; 14º de chez Brijaud ; et le mardi de la Pentecôte, la croix de chez le Duc, proche le bourg ; 16º la croix du pible plantée par M. Cochois, ancien curé de Montboyer ; les croix de chez Audigier, le Maine-Sec et chez Motard le 27 septembre, puis celle de chez Bourdelais en Saint-Martial, chez Bouchet, chez Poineau, chez Bodit ; chez Simonet et celle de M. Venot médecin au bourg ; enfin la croix de Larochechalais, dans la place, paroisse de Saint-Aigulin, celle de chez Rodard, proche le bourg, où assista M. Hays... La croix du pont de Boisse, celle de la petite Pierre-Rouge, la croix de la Ronde paroisse de Peudry ; celles d'Yvier, dans quasi tous les villages ; celles de Curac, de Sérignac et de la Grange, paroisse de Chalais ».

ne sait à qui payer. Rousseau condamné avec son neveu à Montboyer et à Saintes, laissa ce dernier tenter seul une nouvelle instance à Bordeaux (1) ; car, par ordre supérieur, il dut se retirer au couvent des Bénédictins de Saint-Jean-d'Angély, où une pension de 160 # lui fut allouée sur les dîmes en litige.

Rousseau est le seul des archiprêtres qui n'ait point eu de vicaire à Montboyer. Tous les actes de ses registres sont écrits et signés de sa main, quand toutefois... il les écrit. Plusieurs, en effet, sont encore en blanc, bien que, sous son successeur, bon nombre de familles, informées des lacunes existantes, soient venues avec leurs témoins, faire de nouvelles déclarations et en réclamer l'inscription tardive en leur lieu et place sur les registres de la paroisse.

1727-1751. CLAUDE PERRAULT prit la cure de Montboyer dans des circonstances assez difficiles. Il échoua dans ses tentatives de conciliation auprès des familles que le procès de son prédécesseur avait divisées ; mais sa sage administration et sa fervente piété le rendirent cher à tous ses paroissiens.

1751-1762. LOUIS-AUGUSTE HARDY, natif de Taillebourg n'administre la paroisse que durant neuf années. Atteint de paralysie en 1762, il résigne tous ses pouvoirs en faveur de Martial-Madeleine Hardy, son neveu, qu'il s'était du reste associé comme vicaire dès son arrivée à Montboyer. Il meurt (2) en 1771 à l'âge de 71 ans.

---

(1) Ce malheureux procès donna lieu à tant d'incidents qu'il fut bien près de s'éterniser. Il dura près de 70 ans et ne prit fin que par la transaction du 14 septembre 1794 passée entre Jacques Masson et Jean Filhol, descendants des fermiers Cholous et Masson, et les héritiers Tisseraud représentés alors par Pierre Durandeau, curé de la Clotte, Jean-Baptiste Durandeau son frère, Pierre et Jacques Durandeau ses neveux.

(2) L'an 1771, le 29 septembre, a été inhumé le corps de Louis Hardy, prêtre, docteur en théologie, ancien curé de cette paroisse et archiprêtre de Chalais, décédé hier après avoir reçu les sacrements, âgé de 71 ans

1762-1792. MARTIAL-MADELEINE HARDY est curé de Montboyer et archiprêtre de Chalais, jusqu'à la Révolution. Il refuse de prêter serment à la constitution civile du clergé et quitte la cure le 2 mars 1792 (1). Retiré à Châteauroy, paroisse d'Orival, chez son neveu Martin, il met à la hâte quelque ordre à ses affaires et disparaît.

1792-1793. GUILLAUME-ESPAGNON DESZILLE. Deux jours après, Martial Hardy est remplacé à Montboyer par G.-E. Deszille, prêtre jureur, qui signe les registres jusqu'au 4 novembre suivant. A cette date, Pierre Guimberteau, maire de la commune, vise par ordre supérieur lesdits registres, et les passe à Gabriel Bourdier, jeune notaire, revêtu par les administrateurs du district de Barbezieux des fonctions d'officier de l'état-civil.

Le 14 octobre 1793 le curé assermenté est encore à son poste, car il fait, lui-même, ce jour-là, à la mairie, la déclaration du décès de son voisin Pierre Gigon, sabotier, et

environ, en présence des soussignés Constantin curé de Curac et ..... (illisible), archiprêtre de Chalais.

La dignité d'archiprêtre était donc sortie de Montboyer lors de la résignation de la cure de cette paroisse en 1762 par le curé défunt, en faveur de son neveu. A quelle date y revint-elle ? Martial-Madeleine en fut cependant pourvu, puisqu'en 1784 une commission en règle de l'Évêque de Saintes P. L. de Larochefoucaud, signée Dupavillon, grand vicaire, charge le sieur Hardy curé de Montboyer et *archiprêtre* de Chalais, d'impartir la bénédiction nuptiale à Robin Lamaud et à demoiselle Marguerite Julien de Saint Genis de Blanzac, mariés clandestinement à Cressac le 24 février dernier, et demandant la réhabilitation de leur union.

(1) Obligé de vider immédiatement les lieux pour faire place au curé jureur, il dut loger son mobilier dans le voisinage, chez Dubreuil, sacristain, Desrives tailleur, Etienne Roux, V. Bousquet, Ganivet Font-Léger, Lajeunie médecin et Guimbellot. Plus tard le tout fut saisi par ordre du Gouvernement et vendu le 16 vendemiaire an III et jours suivants (2 octobre 1794) par Martin huissier à Chalais, assisté de Délugin commissaire, Daniaud Jean et Antoine officiers municipaux. Dix vacations produisirent 5,363 francs payés en assignats, perdant déjà près des 3/4 de leur valeur nominale.

4

signe à l'acte comme témoin avec le titre de prêtre, curé de
Montboyer. Il dut cesser ses fonctions vers la fin de 1793,
lors de la suppression du culte, car on ne trouve plus nulle
part trace de sa présence à Montboyer.

1793-1803. Pendant ce temps, Hardy était passé en
Espagne avec Dumeteau, curé de Sainte-Souline, Duplaizy,
curé de Saint-Aigulin, et plusieurs autres. Durant leur long
séjour à l'étranger, ces malheureux eurent pour correspondant à Montboyer M. Pierre Delugin (1) qui, par l'intermédiaire de mademoiselle Cholous Saint-Hubert, de Bordeaux,
alliée aux Filhol, de La Boisse, leur fit de nombreux envois
d'argent, notamment à l'époque de leur retour.

1803-1812. A la suite du Concordat, le curé Hardy repa-
rut à Montboyer avec le titre de desservant. Mais il ne nous
reste aucun registre de l'époque ; et s'il n'eut alors vendu les
immeubles qu'il possédait à Montboyer, nous n'aurions aucune preuve de son séjour ici. Heureusement, les minutes
du notaire Bourdier, gracieusement mises à ma disposition
par leur possesseur actuel, l'honorable M. Debect, mentionnent à cette époque plusieurs ventes où il est qualifié,
prêtre desservant la commune de Montboyer. Dans les papiers de mademoiselle Giroudet figure aussi une quittance de
M. Hardy, curé de Montboyer, reconnaissant avoir reçu, le
28 octobre 1809, la somme de 500 francs comme complément
d'un prix de vente non porté à l'acte dudit jour. Vers la fin de
1811 il se retire à Saint-Jean-d'Angély, d'où il écrit à son

---

(1) En février 1802 M. Hardy écrit d'Espagne à M. Delugin de lui envoyer 500 francs par l'entremise de mademoiselle Cholous Saint-Hubert,
de Bordeaux.

Le 15 décembre de la même année, l'abbé Dumeteau écrit de Saint-
Sébastien qu'il attend, ainsi que ses compagnons d'exil, la publication
du concordat pour rentrer en France immédiatement.

De son côté M. Delugin annonce à mademoiselle Saint-Hubert qu'il
espère partir pour Bordeaux vers la mi-mars 1803, aussitôt avis reçu de
la mise en route de M. Hardy, afin de lui mener en cette ville un cheval
prêt pour son retour à Montboyer. (Papiers Filhol et Petit, de La Boisse.)

ami Delugin, le 25 août 1813, cette dernière lettre : « N'é-
crivant que très difficilement, et n'ayant qu'un moment pour
vous répondre, je reconnais que vous êtes entièrement quitte
envers moi, pour les meubles que vous m'avez vendus à Montboyer ; mon neveu Guimbellot m'ayant versé les 89 francs que
vous me deviez pour solde. Signé : Hardy ».

1812-1825. FRANÇOIS RAULHAC, petit-fils ou neveu de
Guillaume Raulhac, maître sellier à Montboyer, décédé au
bourg en 1780, fut desservant de Curac à son retour d'Espagne. Nommé ensuite à Montboyer, il y resta près de douze
années et partit pour Condéon à la suite de quelques difficultés avec le colonel Desgraviers, propriétaire au bourg.
Avant la révolution l'abbé Raulhac était curé de Bardenac ;
ses meubles y furent saisis et vendus en 1794 avec les deux
ou trois parcelles de pré qu'il possédait. L'administration des
domaines vint plus tard réclamer à son frère de Blanzac une
somme de 47 francs pour solde de l'article Raulhac, arrêté
au sommier du bureau de Chalais. Le frère répondit avec
raison que n'ayant rien eu de la succession de l'exilé, il ne
voulait rien payer ; l'article fut annulé.

1825-1832. PAGÈS, neveu de Jean-Clair Pagès, professeur
au séminaire d'Angoulême, et ensuite curé de la Couronne,
n'administre la commune que sept années, et baptise votre
très humble serviteur le 6 mars 1826. Vers cette époque, il
confie aux frères Fiora, peintres italiens, divers travaux
d'église, entre autres un grand tableau de saint Vincent,
patron de la paroisse, destiné à masquer la grande croisée,
à demi murée et surtout fort délabrée du chevet de l'église.
Prêtre généreux, il héberge tout le temps les peintres, et
couvre seul la plus grande partie du prix exigé. Son oncle,
devenu infirme, l'appelle à la Couronne en juin 1832.

1832-1835. JEAN-ETIENNE-VICTOR MARCELLIN succéda
à l'abbé Pagès. Orateur agréable, prêtre de talent, zélé,
très charitable, il gagne vite à Montboyer toutes les sympathies. Il trouve à son église un intérieur trop pauvre, et pour

y remédier, il fait des quêtes qui doivent couvrir toutes les dépenses. Il se met aussitôt à l'œuvre, restaure les murailles, répare les plafonds de la nef et du chœur, les badigeonne d'azur et y colle sur cartòn un apothéose de la Vierge, peint et découpé par lui-même (1). Puis il exhause le maître-autel (2) de six marches, et lambrisse les deux côtés du sanctuaire avec les boiseries de la cure enlevées à l'ancienne chambre Cochois.

Malheureusement ces travaux se firent un peu à l'étourdie. Le produit des quêtes devint insuffisant. Sur le refus du curé de faire connaître le chiffre de ses recettes, le conseil municipal qui, du reste, n'avait point été consulté pour les travaux, refusa tout secours. La fabrique seule lui fournit 150 francs. De là, dissentiment, brouille entre le curé et la municipalité, ayant à sa tête le docteur Dallidet. V. Marcellin demanda ou reçut son changement, le 1er août 1835, il quitta Montboyer pour Châteauneuf qu'il dut aussi abandonner quatre ans plus tard, à la suite de nouvelles entreprises plus que téméraires. Il sortit du diocèse en 1840.

1835-1839. JACQUES-ANDRÉ CHAFFARD, neveu de Mgr J. Joseph Guigou, alors évêque d'Angoulême, succéda à l'abbé Marcellin dont il avait été ici le vicaire. — Ce jeune

---

(1) Tout enfant que j'étais, j'avais, je me le rappelle encore, la chair de poule, chaque fois que le garçon menuisier, chargé de ces dangereux travaux, se faisait hisser au plafond, au moyen de cordage, dans un solide panier d'osier, pour y clouer les étoiles en papier doré et les petits anges voletant autour de l'immense vierge qui occupait le centre de ce fragile décor.

(2) L'unique marchepied du maître-autel laissait, au dire du curé, l'officiant trop au niveau des fidèles, il fut exhaussé de six marches avec un retour d'équerre si encombrant, qu'il absorba jusqu'à ces dernières années la majeure partie du sanctuaire.

En déplaçant l'autel, l'abbé Marcellin trouva la pierre sacrée vide des reliques autrefois anéanties par les protestants. Dans un voyage qu'il fit à Lyon, son pays natal, il obtint de l'archevêque Mgr Gaston des Pins, la remise d'une minuscule relique de saint Vincent, constatée à nos archives par un titre en forme. L'arrivée de cette relique donna lieu à une fête extraordinaire où toute la population assista sous la direction d'un nombreux clergé.

prêtre ne fit que passer à Montboyer, et revint à Marseille, son pays natal, où il fut plus tard pourvu d'un canonicat. Le curé Chaffard n'avait point, comme son prédécesseur, le don de la parole, et montait rarement en chaire. C'est sans doute en souvenir de la nécessité où il se trouva souvent à Montboyer d'appeler un confrère voisin ou quelque missionnaire à son secours, qu'il a, de son vivant, en 1879, gracieusement fait don à la fabrique de la paroisse d'une rente annuelle de 36 francs en 3 °/₀ destinée à défrayer les prédicateurs apportant leur utile concours à nos plus belles fêtes.

1839-1865. MICHEL COGNET, remplaça Chaffard le 1ᵉʳ septembre 1839. Il était frère aîné de Paul Cognet, ancien curé de Jarnac, mort chanoine à Angoulême, le 12 janvier 1880. Le curé Cognet n'a laissé à Montboyer que d'excellents souvenirs. Sa mort mit toute la paroisse en deuil. Il fut enterré, le 6 janvier 1865, sous la croix du vieux cimetière ; et près de là, en raison de leurs bienfaits pour l'église, deux membres de la famille eurent une place réservée (1).

1865-1867. FRANÇOIS PETIT, ancien curé de Saint-Brice, occupa fort peu de temps le poste de Montboyer, qu'il quitta pour celui de Bors.

1867-1877. ANTOINE CHASSANG, curé de Pillac, lui succéda. D'un naturel peu conciliant, il ne put s'entendre avec F. Dubreuil sacristain dont la famille tenait la charge à Montboyer depuis près de 150 ans et le congédia (2).

(1) Lors de l'ouverture du nouveau cimetière, en 1881, les héritiers Cognet, alors représentés par madame veuve Monis, de Châteauneuf, et son fils Ernest Monis, sénateur de la Gironde, nièce et petit-neveu des défunts, furent pressentis par la municipalité au sujet du transfert dans le nouveau cimetière des restes mortels de leur famille; sur leur refus écrit d'y concourir en aucune façon, quelques amis des pauvres défunts s'y employèrent de grand cœur. Notons en passant que c'est grâce aux secours d'argent fournis durant près de quinze années par le curé de Montboyer, sa sœur Justine et le curé de Jarnac, que le fameux Monis a pu devenir..... ce qu'il est — un parvenu peu reconnaissant.

(2) A propos du sacristain Dubreuil, mis à pied par son curé, je transcris ici ce que je sais des sacristains de Montboyer.

Cet acte diversement apprécié par la population, créa quelques difficultés au curé qui menaça d'abandonner Montboyer pour la cure de Chalais dont la vacance était prochaine. L'abbé Chassang, trompé dans son attente, dut accepter le doyenné de Baignes; mais il trouva dans cette localité si peu de sympathie, qu'il démissionna bientôt et se retira dans sa famille, à Blesle, près de Brioude, où il mourut en 1885 (1).

1877-1882. Léon Chambaud. Sous son administration,

1628-1643. Simon Barre, qualifié de marguillier, signe comme témoin en décembre 1628 à l'acte de baptême de Jehan Rabier. Durant près de 15 ans, son nom se retrouve à presque toutes les pages, ce qui porte à croire qu'il était de service quotidien à l'église, et par conséquent sacristain. Dans nos campagnes, du reste, on se sert encore souvent du mot *mérillier* (corruption et abréviation de marguillier) pour désigner le sacristain.

Le 8 décembre 1678, Pierre Guillier, sacristain, figure au baptême de Marsaut-Bourdier, fils de Jehan Bourdier, marchand tanneur chez Poineau et de Marie Daniaud. Jehan Dumeteau, religionnaire converti avec toute sa famille le 8 janvier 1679, devenu sans doute fervent catholique, assiste comme sacristain au décès de Jehan Chauvin. Samuel Dumeteau, son fils, lui succède en 1706 et meurt encore jeune en 1713. La charge de sacristain passe alors à Trolong, fils d'un boucher de chez Rodard, puis à Savattier, l'année suivante 1727 à Cessac, et enfin aux Dubreuilh qui, de père en fils, l'ont gardée jusqu'à ces derniers temps : — Louis Dubreuilh, maître barbier, de 1729 à 1730. — Antoine, de 1730 à 1734. — Simon, aussi barbier, de 1734 à 1743. — François, de 1743 à 1760. — Autre François, marchand coquetier, de 1760 à 1782. — François Henri, même profession, de 1782 à 1822, décédé en 1854. — François, son fils aîné, dit la Bille-d'Or, époux de la veuve Beillard, de chez Mousset, de 1822 à 1830. — Jean, frère puiné, coquetier, de 1830 à 1869. — Enfin François, fils du précédent, de 1869 à 1876, sous le curé Chassang.

Pierre Murat, succède au dernier des Dubreuilh, mais il se tient mal, et sous le curé Brunet quitte forcément son emploi, le 16 octobre 1890. Il est aussitôt remplacé par Jean Desrozier, aîné, titulaire actuel, ancien sacristain de la paroisse de Saint-Quentin.

(1) C'est au curé Chassang qu'est due la création du porte-cierges des services funèbres. A cette occasion, et en vue d'éviter les courants d'air qui faisaient perdre beaucoup de cire, il fit avancer jusque dans le chœur les corps des défunts qui, jusque là, suivant un ancien usage, stationnaient durant l'office sous la coupole du clocher.

le nouveau presbytère fut édifié à la place de celui qu'avait fait reconstruire Cochois en 1670, et qui alors tombait en ruines. Le jeune curé venait à peine de s'y installer, quand il fut délégué par ses confrères de la région pour un pélerinage expiatoire en Terre-Sainte, où il mourut (1).

1882-1891. FRANÇOIS BRUNET, né à Mazerolles en 1844, prêtre en 1867, ancien vicaire de Champagne puis curé de Rougnac, prit possession de la cure de Montboyer le 17 août 1882. C'est à cet excellent prêtre que nous devons la belle restauration de notre église. Son zèle infatigable et son ardente charité le firent triompher de tous les obstacles et lui permirent de mener à bien une œuvre aussi importante. Son travail était à peine achevé, quand il fut appelé au doyenné de Mansles, le 29 mars 1891. Il emporta les regrets de toute la paroisse.

1891. ANTOINE PORTAL. L'abbé Brunet fut remplacé le 23 du même mois par M. Antoine Portal, curé actuel, né à Vazeilles Limandre (Haute-Loire), le 19 novembre 1846; prêtre en 1871, ancien vicaire de Mansles, puis curé de Fontenille.

*
* *

VICAIRES. — Soixante-deux vicaires se succédèrent à Montboyer de 1616 à 1792, sous huit curés. La plupart sont de la paroisse ou des environs. Ils sont souvent en exercice jusqu'à quatre à la fois, mais toujours deux au moins, et leur séjour à la cure varie de six mois à dix ans et plus.

1616-1627. JEHAN ALLARY (2), curé de Sancta Eulalia

---

(1) Par son testament, écrit la veille de son départ, le curé Chambaud a fait don à la fabrique de Montboyer de 20 francs de rente 3 0/0, à la charge de trois messes annuelles à son intention. Il lui a laissé aussi son harmonium.

(2) Des registres-minutes de Jehan Allary, les plus anciens que nous possédions, il ne reste que les années 1621-1626 et 1627, petits cahiers d'autant plus intéressants qu'ils sont couverts des signatures des chefs

(Saint-Aulaye de Barbezieux), est le plus ancien vicaire connu (1). Il administre seul la paroisse durant près de onze ans. François Bos et Méconnat, ses confrères voisins, l'aident souvent dans ses travaux, ainsi que Pierre Allary, son frère, ancien vicaire de Chatignac et de ....

Allary a pour successeur GERMAIN BROSSEAU, en 1627 — LAFFARADE en 1628 — GRANDCHAMP et BOS, de 1628 à 1630. — Sous PÉROUST vicaire, de 1630 à 1634, apparaît enfin le premier curé de l'époque, MICHEL JARNIGHAN DE LA HAUTIÈRE. Péroust quitte Montboyer pour la cure de Saint-Laurent des Combes. Viennent après lui : D'ARTIGUE 1635 — ROLAND et ROUGERIE, de 1636 à 1641 — IVETTE en 1642 — DE LA BUSSIÈRE, de 1643 à 1649 — MAURICE, de 1650 à 1661 — CHOLOUS et DUBOST, de 1662 à 1664, avec FAUVET et REYGNER ; ce dernier prolonge son séjour à la cure jusqu'en 1671. BLAISE MARGOET, DELÉGLISE et GABRIEL DUPUY s'y trouvent de 1671 à 1685. Dupuy figure

de famille alors les plus en vue : les Poussard, les Montrignac, les Bouchier, les Poyneau, les Danyaud, les Brisson, les Chauvin, les Bourdier, les Cholous, etc., presque tous conseillers à la cour ou juges, avocats, procureurs, notaires, chirurgiens, greffiers, praticiens, sergents, fort vieilles souches dont quelques rejetons figurent encore honorablement dans la contrée.

(1) En janvier 1897 relevé sur un vieil acte du xvᵉ siècle le nom d'un vicaire ayant administré Montboyer près de deux cents ans avant Allary. « Les dictes chouses furent faictes et accordées au lieu de Montbouïer, en l'hostel de mon dict sieur de Magezir, en présence de Anthoyne Randat, receveur de la dicte terre et seigneurie, de Nicolas Randat, frère dudict Anthoyne et de messire JEHAN FRAIGNAUD, prestre, vicaire de ladicte église de Montbouïer, le 21ᵐᵉ jour d'apvril, l'an 1460 ; et j'ai signé l'original du présent escript sur parchemin. — Signé, J. Bragier. » Baillette des Esgreteaux, chapitre XII.

Puis le 17 août 1477, par un autre acte, on voit ce même Jehan Fraignaud, prestre vicaire, arrenter aussi du seigneur de Montboyer, pour lui et les siens, le *maysne de la Pencherie,* situé vers l'est et à mi-côte du versant qui fait face au bourg. La famille Fraignaud habita ce maysne très longtemps et lui laissa son nom, qu'il porte encore aujourd'hui. (Papiers Penard des Daniaud de La Boisse.)

à toutes les abjurations de l'époque et aux plantations de croix (page 47). Longtemps associé aux travaux des curés Cochois et Duclos, il s'occupe spécialement de l'éducation de la jeunesse et fait ensuite don à la paroisse de la maison où il enseigne (1). Il passe enfin curé de Courlac.

Paraissent aussi vicaires de Montboyer, en même temps que les précédents : BUFFETEAU en 1672 — BERTRAND en 1673 — CHAUVET et CUISANT, de 1673 à 1681 — CENDRET en 1679 — LASSAIGNE en 1681 — DENYS DANIAUD de l'Anglade, fils de Guillaume Daniaud, notaire, et d'Anne Bourdin, sa compagne, de 1681 à 1683. Nommé curé de Saint-Laurent, il passe plus tard à Saint-Félix — BELLAYGUE curé de Saint-Cyprien, est aussi vicaire à Montboyer, de 1681 à 1687 ; et après lui PIERRE DANIAUD, de 1683 à 1686, fils de Gabriel Daniaud, procureur fiscal de la vicomté. — On trouve ensuite ROUX, vicaire en 1687 — NÉGRIER, de 1687 à 1692 — HERIER et FONTFAYOLLE en 1693 — JULES BARREAU en 1694 — DEPAY en 1695 — MALBA et BARRIER, de 1696 à 1699 — VERNET, aussi en 1699 — PIERRE MENANTEAU de Montboyer, de 1700 à 1706 — POUGET, curé de Saint-Laurent, vicaire de 1706 à 1712 — GALLO et JALLET en 1713 — HILLAIRET et JOLLY en 1714 — GUILLARD, de 1714 à 1718 — RAULHAC GABRIEL, de 1719 à 1727 — DELAFAYE, de 1728 à 1738, avec PARIS depuis 1731 — PIERRE DANIAUD en 1734 — DAGUESSEAU en 1735 — DUCHATEL en 1736 — CHÉTIF, de 1736 à 1745 — BOERRY en 1745, avec DURANDEAU de 1743 à 1748 ; ce dernier devint curé de la Clotte. — Enfin BASCLE, de 1749 à 1751.

De 1751 à 1768, MARTIAL-MADELEINE HARDY est vicaire avec BARREAU et FOUYNE de Louis-Augustin Hardy, son oncle, alors titulaire de la cure de Montboyer. — DUMETEAU,

_____

(1) Cette maison, saisie en 1793 comme propriété ecclésiastique, ne put être vendue et fit retour à la commune en 1813. Pièce justificative n° 9.

né au bourg en 1744, vient après. Devenu curé de Sainte-Souline, il est déporté en 1792. Huon le remplace à Montboyer de 1766 à 1771, le même sans doute qui fut plus tard curé jureur à Juicq. Pierre Hervoit, vicaire à Montboyer, de 1771 à 1777, devient ensuite curé de Saint-Martial de ville Récognade. Goutteux et infirme, il n'en est pas moins condamné à la déportation et se retire à Barbezieux, chez un ami où ses papiers sont saisis. Pelletreau lui succède comme vicaire, de 1777 à 1783 ; puis Alexandre-Charles-Henri Arsonneau, prieur de Sainte-Radegonde de 1783 à 1790 ; et enfin de Manny qui, à l'exemple du curé Hardy, refuse le serment à la constitution civile du clergé et quitte la cure de Montboyer le 24 mai 1792.

Depuis la Révolution la paroisse n'a plus eu de vicaire, sauf sous le curé Marcellin, où apparaît, de 1833 à 1835, le jeune André Chaffard, neveu de l'évêque Guigou.

CHAPITRE V

DIME

~~~~~~~~~~~~~~~~~~~~~~~~

Diverses sortes de dîmes. — Perception directe. Fermiers. — Produit de la dîme à Montboyer au XVIᵉ, XVIIᵉ et XVIIIᵉ siècle.

La *dîme* constituait autrefois le principal revenu du curé. Prélevée sur les produits du sol, elle variait comme eux, suivant les circonstances, et devenait parfois assez aléatoire, surtout dans les années de disette, mais elle n'en était pas moins toujours suffisamment rénumératrice pour le curé qui trouvait dans l'élévation des prix une compensation à la rareté des grains récoltés.

Simple don volontaire dans le principe, la dîme devint obligatoire sous Charlemagne, et s'appliqua non-seulement comme à ses débuts au blé et au vin, mais à tous autres grains, et plus tard au maïs ou blé de Turquie, importé en en Saintonge vers 1660 seulement.

Tant que le produit de la dîme fut perçu par le curé ou son représentant, domestique ou autre, la dîme ne donna lieu qu'à de rares difficultés, les ecclésiastiques, à quelques exceptions près, ménageant toujours le pauvre peuple et n'exigeant de lui que ce qu'il pouvait raisonnablement donner. Mais il cessa d'en être ainsi quand les dîmes, comme les rentes et les tailles, furent mises en ferme, et

perçues par un étranger. La main lourde du fermier se fit
alors sentir. Plus de procédés bienveillants, plus de conces-
sions possibles ! Sous prétexte de satisfaire à ses engagements, le fermier se montra implacable dans ses exigences.
Il perçut jusqu'au dernier sou, et bien souvent, irrita le
malheureux cultivateur par de choquantes investigations. De
là, de nombreuses difficultés, parfois suivies de procès fort
ruineux.

*
* *

La dîme était de trois sortes :

1° La *dîme ordinaire* qui se percevait suivant les lieux, de
la 12ᵉ à la 16ᵉ quantité sur le blé, l'avoine, l'orge, le maïs et
le vin.

2° La *dîme verte* prélevée comme la précédente sur les
autres graines des champs, pois, fèves ou haricots verts ou
secs.

3° *Les menues dîmes ou de basse-cour* s'appliquaient aux
jeunes volailles, veaux, agneaux, porcelets, avec évaluation
en argent au 12ᵉ environ des produits constatés. Cette dernière n'était point en usage dans notre région.

Par exception, le chanvre se décimait au cinquième ou
au quart. Il faut dire que la culture de cette plante ne prit
une grave extension chez nous qu'au XVIIIᵉ siècle. Elle cessa
ici vers 1849.

Étaient exempts de la dîme tous les fruits et grains des
jardins. Un vieil usage accordait le même privilège aux
produits *des chaintres* et *courts sillons ensemencés*. Mais à la
longue, certains cultivateurs laissèrent à dessein des chaintres tellement démesurées et de si nombreux courts, que les
fermiers finirent par se récrier, et obligèrent les curés déci-
mateurs à intervenir. Sauf quelques quittances, je n'ai rien
trouvé à Montboyer de relatif à ces faits ; et c'est dans les

vieilles minutes des notaires Fouyne de chez Tabourin, et Hillairet de Sérignac, en partie conservées à La Boisse, que j'ai relevé les notes suivantes :

« M. d'Aguet, curé de Sainte-Marie, ouvre en 1671 une instance à Saintes contre ses paroissiens. Par jugement du 18 mars 1672, rendu au Présidial de cette ville, les dits habitants de Sainte-Marie sont condamnés à payer les dîmes des chaintres et brejons ensemencés. Sur appel fait l'année suivante en cour de Bordeaux, un arrêt du 17 mars 1673 confirma la sentence des premiers juges.

En 1676, messire Noël Dupuy, curé de Sérignac, fait à son tour, à l'issue de la grande messe du 17 avril, sommation aux habitants de sa paroisse de payer à son fermier la dîme des chaintres, courts sillons et brejounées, sous peine de poursuites immédiates. Il leur rappelle qu'il n'a jamais exigé d'eux que la dîme au quinzième sillon de tous les produits de leur terre arrentée, et au seizième, des champs qu'ils tiennent à droit d'agrier. Il espère qu'en raison de ces procédés bienveillants, ils voudront bien se rendre à ses désirs, et éviter un conflit. Séance tenante, fut signé un acte d'accord entre les parties.

Déjà, par transaction du 9 octobre 1672, messire Jean de La Jeunie curé de Bazac, avait réglé pareille difficulté avec ses paroissiens, représentés par Pierre Escudier syndic dudit lieu, haut et puissant Jehan de Morel, seigneur de Chamberlane, Chenevière et autres places, Jehan de Laporte, seigneur de Puyferrat, Jehan Fourestier, sieur de Grand-Champs, Jehan Rabot, sieur de Marense et autres. Convenu par le ditacte, signé FOUYNE notaire :

1° « Que toute instance devant les tribunaux reste à partir de ce moment suspendue ;

2° Que la dîme du blé et autres grains se levera à la manière accoutumée, mais aussi sur les chaintres et courts sillons ;

3° Et celle du millet et du maïs, au quinzième sillon seulement ;

4° Celle du vin frappera seulement les vignes à piquets et gyollats (1) à piquets, à raison de *quatorze basses* pour *une* dans les vignes à droit d'agrier, et de *treize* pour celles à droit de rente, sans que ledit sieur curé ait jamais rien à prétendre dans les *courants, haulains* et *autres arbres* portant vignes dans leurs terres ;

5° Enfin, qu'une grange sera achetée près du presbytère, ou édifiée dans les ayreaux en dépendant, en vue de faciliter au curé du lieu la rentrée de ses dîmes. Le Sieur La Jeunie se chargeant du *tiers* de la dépense (2). »

*
* *

A la suite des guerres de religion, et alors que presque toutes les paroisses étaient encore dépourvues de prêtres,

(1) Joualles.

(2) Au moment de mettre sous presse, un ami me communique *le Commentaire de l'Usance de Saintes,* où je lis : Article X. — *Des dîmes.* qu'en vertu d'une ordonnance de Charles IX sur la matière, arrest fut rendu le 18 mars 1682 par le Parlement de Bordeaux, au rapport de Mᵉ Thibaud, en faveur de messire Guillaume Duclos prestre, curé de Montbouyer contre ses paroissiens, enjoignant à ceux-ci d'avertir le curé avant de couper leurs grains ou fruicts, et donnant audit curé le droit de prendre son douzième sillon du côté qu'il voudra dans la pièce ensemencée et de le couper et enlever au fur et à mesure que les cultivateurs prendraient leur part. L'arrêt ajoute que le curé aura droit de dîme sur les vignes et treilles à piquets, mais non sur celles végétant dans les arbres vifs; qu'il n'a rien à prétendre sur les légumes, lins et chanvres cultivés dans les enclos ou jardins réservés de la grandeur d'un journal, pour les propriétés à deux bœufs, mais dans lesquels on ne sèmera blé, avoine, seigle ni maïs, à moins de les faire consommer en vert. Les autres grains: pois, fèves, haricots, lins ou chanvres y pouvant mûrir sans être décimés.

Autre article de la même cour du 13 août 1634, déboutant de ses prétentions le curé de Saint-Séverin d'Aubeterre et autorisant par chaque paire de bœufs employée aux cultures, un jardin d'un journal d'étendue, d'un demi journal pour un bœuf, et de la même grandeur pour chaque ménage de journaliers, vulgairement nommés alors laboureurs *à bras* et n'ayant aucun bétail à leur disposition.

les dîmes durent être affermées on données en commende, et les produits centralisés au profit des évêchés ou des maisons religieuses chargées d'instruire et de former les nombreux sujets destinés aux trop nombreuses cures vacantes.

L'acte suivant confirme le fait, puisqu'il est antérieur de quelques années à l'arrivée à Montboyer, vers 1615, de son premier vicaire en titre.

« Oblige (1) du 3 juillet 1609 par lequel Gabriel Jolinet propriétaire au village des Couteleaux (2), reconnaît devoir et promet payer au terme de la Saint-Michel prochaine, à Gaston Lemeusnier, sergent royal aux Bouchiers, et à Jehan Cholous dit le Petit, son beau-frère, marchand au bourg de Montboyer, fermiers des dîmes de la paroisse, tant en son propre nom qu'en celui de ses co-tenanciers de la prise des Audigiers, Caillaux, Couteleaux et Cosson, la quantité de quatre-vingt-dix-huit boisseaux froment représentant le total des dîmes sur la dite prise pour l'année courante 1609 ».

Mais, dès la nomination à Montboyer du curé de la Hautière en 1630, les fermes générales cessèrent ; et par suite de conventions faites avec le curé, chaque village paya les siennes, ainsi que le prouvent les quittances ci-après :

« Je soussigné ai reçu de Pierre Gigon de la Senerie sept boisseaux de froment et la somme de 4 # d'argent pour prix des grains et de la vendange qu'il me devait sur la dîme de l'année dernière 1645.

DE LA HAUTIÈRE, curé de Montboyer ».

« J'ai reçu d'André Daniaud la somme de vingt-neuf livres 5 sols, pour la ferme des dîmes que je lui ai faite de la prise des Poitou et des Billard. Il est de moitié avec Mathurin Chabosseau son voisin.

Ce 12 juin 1686, ROCHE curé de Montboyer.

(1) Obligation, reconnaissance de dettes.
(2) Ce village, situé près de celui des Audigiers, n'existe plus depuis un siècle environ.

« Reçu de Jean Rouhaut et de Guillaume Nadaud le nombre de 40 boisseaux de froment qui m'étaient dûs pour la dîme de chez Mousset, plus trois boisseaux d'avoine, sans préjudice des deux chapons de l'année courante.

12 octobre 1691, ROCHE curé.

« Guillaud Nadaud et Jean Rouhaut m'ont donné, pour être remis au curé de Montboyer, 40 boisseaux froment et 3 boisseaux d'avoine, représentant la dîme due pour l'année courante.

A L'Anglade ce 16 octobre 1694, signé, DANIAUD ».

A partir de cette date, les fermiers seuls prélèvent de nouveau les dîmes et donnent quittance.
« Pour chacune des années 1718 et 1719, j'ai reçu de Pierre Poyneau 36 boisseaux de blé pour la dîme du village et prise de La Senerie.   GAST, de Bois-Neuf ».

« Année 1733. Daniaud de l'Anglade, fermier des dîmes de Montboyer, a sous-affermé celle de chanvre et de maïs de la Prise des Audigier à François Avril de chez Cosson pour la somme de 60 #.   16 juin. Signé, AVRIL, DANIAUD.

« Jacques Guimbellot et Jean Bourdier, marchands au bourg, fermiers des dîmes de la paroisse, ont reçu de Jacques Lagarde, de Chez-Mousset, leur sous-fermier, le nombre de 28 boisseaux de froment et un d'avoine, dus pour l'année courante 1745 sur la prise des Mousset et de l'Anglade ».
Suivent sept autres quittances des mêmes.

« Le 17 septembre 1779, reçu de Jean Montrignat la somme de 60 # pour les dîmes des Fragnaud et des Duc, que je lui ai sous-affermées.   G. GUIMBELLOT, fermier. »

*
* *

Ces quittances, sans suite et en trop petit nombre, ne permettent d'établir que très imparfaitement le produit annuel des dîmes de Montboyer. Au XVIIᵉ siècle, par suite du bas prix des grains, les curés du lieu en retiraient évidemment moins de 2,000 #. Ce revenu de nos anciens archiprêtres n'était point alors exagéré en raison des charges de leur ministère; la nombreuse population de Montboyer exigeant pour la régularité des services du culte, la présence presque continuelle à la cure de deux vicaires au moins. Mais avec le temps, par suite de l'extension donnée aux cultures, et surtout de la concurrence des fermiers, qui toujours majoraient leurs enchères en vue d'obtenir la concession de l'année suivante, les dîmes s'élevèrent graduellement. Dès 1780, elles valaient près de 3,000 # et en 1787, au moment où elles étaient si près de sombrer avec tout l'ordre des choses existant, un fermier ambitieux (1) crut devoir offrir au curé la très grosse somme de 4,000 # par an, laissant encore entendre qu'il réaliserait pour lui-même un béné-

---

(1) G. Guimbellot, notaire chez Gigon, dont le fils avait épousé Victoire Béra, nièce du curé Hardy, fut évincé en 1787 par l'acte capitulaire du 6 octobre, de la ferme générale des dîmes de la paroisse, précédemment arrêtée entre Mᵉ Hardy et lui. De là discussion et procès. Ce fait nous est révélé par une lettre de Guimbellot père, retrouvée dans de vieux papiers, et qu'avec l'assentiment du propriétaire j'ai pu conserver aux archives de la fabrique. Ce fermier mécontent y soutient que les accusations répandues dans le public contre son fils et lui sont sans fondement, et il blâme vertement Desgraviers, syndic de la paroisse, et Lamorine, notaire, qui a rédigé l'acte sus-indiqué. « Mon fils, ajoute-t-il, a bien pu dire que si le curé, son oncle, vivait encore vingt ans, cela lui vaudrait 20,000 # de bénéfice, mais toutes les autres clauses de l'acte sont entièrement fausses ».

On le voit, les gros bonnets de l'époque ne laissaient pas que de se nuire; mais à quelque genre de danse qu'ils se livrassent, c'était toujours, comme aujourd'hui, Jacques Bonhomme qui payait les violons.

5

fice net de 1,000 #. Évidemment, une *dîme* de 5,000 #, alors
arrachée aux propriétaires et cultivateurs de Montboyer, qui
devaient en outre prendre sur leur récolte, la *rente* due au
seigneur, et payer au roi les nombreuses *tailles* qui, chaque
année, comme de nos jours, ne faisaient que croître et... non
embellir, parut à la population tellement excessive, que par
l'acte capitulaire du 6 avril 1787, le syndic et les habitants
de Montboyer protestèrent contre les conventions arrêtées
entre Guimbellot et le curé, et la ferme n'eut pas lieu (1).
Du reste, en outre du prix exorbitant qu'avait atteint la dîme,
les procédés hautains et si souvent humiliants dont usaient
généralement, vis-à-vis du pauvre peuple, ceux qui étaient
chargés de la recueillir, exaspéraient à tel point la population,
qu'à la longue, la dîme devint souverainement impopulaire
et resta le plus décrié de tous les impôts. Aussi ne faut-il
point s'étonner si, en 1789, des quatre coins de la France,
les cahiers de doléances du Tiers-État se montrent, avec
ceux de la majeure partie des autres corps constituants, una-
nimes pour réclamer la suppression de la dîme, comme la
première et la plus impérieuse de toutes les réformes à établir.   Mars 1895.

Des recherches postérieures à cette date nous donnent
à quatre époques différentes le produit exact de la dîme à
Montboyer, du XVIe au XVIIIe siècle. C'est dans les vieux
papiers de La Boisse et des Daniaud, gracieusement mis à
notre disposition par les familles Petit, Penard et Lavaud,
que nous avons pu retrouver les textes suivants, établissant
d'une manière indubitable que la dîme produisit à Montboyer 1,000 # en 1581 — 1,922 # 13 sols en 1623 —
2,620 # en 1753 — et près de 4,000 # en 1787.

----

(1) Pièces justificatives n° 10. Lettre de Guimbellot à son procureur
près la cour des Aides, à Paris.

*
* *

1° 1581. — Quittance (1) d'un seigneur de Chalais et de Bonnes, constatant que ses fermiers ont perçu à Mont-boyer, durant les années 1579, 1580 et 1581 les dîmes de la paroisse revenant au curé Le Belcier, et s'élevant à 1,000 ♯ pour chaque annuité.

*
* *

2° 1623. — Extrait des affermes de bled, grains et fruicts décimaux de la (2) paroisse de Montbouyer, pour l'année courante, avec les noms des divers fermiers.

	Boisseaux de froment.
Les Mousset (village ou prise), affermés à Jehan Pasquet pour.	60
La Roche et Maine-Sec, affermés à Motard pour	28
Les Dallet et Michelon, affermés à Constantin pour	16
Les Rabiers et Moulin-Rabier, affermés à Cho-lous, fermier général, pour	38
Le Pible et le Renondeau, affermés à Pierre Ar-naud, pour	18
Le Bouchet, Couprie et Tallement (3), affermés à Michaud et Couprie pour.	35
Les Gigon, Maine-Brun, et Jardronne, affermés à Gabriel Chauvin (2 boisseaux pour moi), pour	45
A *Reporter*.	240 B^x.

(1) Voir pièces justificatives n° 8.
(2) Vieux registre des Cholous de 1548 à 1717, conservé à La Boisse.
(3) Village depuis longtemps disparu.

Report.	240 Bˣ.

Report. . . . . 240 Bˣ.

Les Bodits et Éliots, affermés à Simon Chaignaud
(ceux de Bomard réservés), pour. 19

Les Daniaud de Tude, affermés à Bardon pour 28

Les Poictou, Billard et Gourdin, affermés à François Gaboriaud pour 27

Le Château-Jollet, affermé à Clément Barre pour 60

Les Audigier, Couteleaux, Cosson et Caillaux,
affermés à André Giraud et Chiron pour . . . 75

Les Ducq, affermés à Jehan et Guillaume Ducq
pour 42

La Vaurette, affermée à Mazury pour 5

Les Poineau, affermés à Jehan Chauvin pour . . 38

Les Germain, Senerie et Petite-Chaume, affermés à Christophe Pinard pour 14

Les Bouchier, Dutour et Jousseaume, affermés à
Jehan Texier pour 24

Les Foucaud, affermés à Mathurin Robert pour 27

La Pierre-Rouge et Rullier, affermés à Christophe Arnauld pour. 36

Les Berthelot-Petits et chez Rouhault, affermés à
Michaud et Couprie, pour 46

Les Rillac, Rivière et Moulin-Rouhault, affermés
à Didier pour. 30

Les Fraignaud, affermés à Abraham Chauvier
pour 11

Les Texier, affermés à M. le Juge Cholous pour 5

Les Égreteau et Poirier, affermés à Baumard pour 19

Les Baudin et Bourjadon, affermés à Motard et
Daniel Cholous pour. 21

Les Unaux au bourg, affermés à Cholous, fermier
général pour 36

Les Blais et L'Anglade, affermés à Cholous, fermier général pour. 41

A reporter. . . . . . 844 Bˣ.

Report.	844 Bˣ.

Les Brijaud, Guyard, Mauxion et Simonet, affermés à Cholous, fermier général, pour 50

La Forêt et Durandeau, affermés à Jehan Mousset pour 6

Les Daniaud de la Boisse et autres, affermés à Cholous, fermier général, pour 47

Les Motard et autres, affermés à Cholous, fermier général, pour 26

Total des boisseaux. . . . 973 Bˣ.

Ces 973 boisseaux de blé calculés au prix moyen de 32 sols, les cours du blé variant alors d'ordinaire de 25 à 40 sols le boisseau, produisent argent . . . . 1556 # 16

Maïs et millet. — Les millets de toute la paroisse, affermés à Léonard Daniaud et à Jehan Grignet, des Daniaud et Boisse, pour 120 boisseaux font, à 12 sols l'un. . . . . 72 #

Chanvres (1) *et lins.* — Ceux de La Boisse sont affermés à D. Cholous. . . . . 10 #

Du Château-Jollet, Rabier, Moulin-Rabier, à André Chaignaud. . . . . 5 # 10

Des Gigon, Michelon, Dallet, Jardronne, Durandeau, Bouchier, Marquet et La Forest à Mazerit Thioulet . . . . 6 #

Des Pierres-Rouges, Senerie et tout le plateau, à Chéri Arnauld. . . . . 1 # 5

A reporter. . . . . 1651 # 11

(1) La culture du chanvre ne prit une grande extension dans la contrée que vers la fin du XVIIᵉ siècle.

Report.	1651 # 11

Du bourg, à David Dumeteau, moins ceux de
Baumard et de Cholous l'advocat . . . .   3 #

Des Blais, Mousset, Pible, Renondeau, Audigier, Couteleaux, Caillaux, Cosson et L'Anglade, à Pierre Arnaud. . . . .   12 #

Vins. — De La Boisse, comptés dans la ferme
pour. . . . .   100 #

Ceux de Gâte-Fer, Pierre-Rouge, Rullier, La
Chaume, la Senerie, chez Germain, sont affermés
à Jehan Gaboriaud. . . . .   20 #

Du Château-Jollet, Maine-Brun, Les Roches, à
André Merlet. . . . .   27 #

Des Rabier, Bouchier, Marquet, Jardronne,
La Forest et Durandeau, avec réserve de ceux de
Gaston Lemeusnier, co-fermier de Cholous. . .   17 #

Du Pible, Renondeau et Guillemain, à Hillairet
et Cholous . . . .   10 # 10

Des Caillaud, Tonnelles, Blais et Belair, à
Simon Dumeteau . . . .   28 # 10

Pour les Audigier, Cosson, Grande-Tonnelle
et Brandard, la dîme sera levée à notre main, et
celle de chacun de nous mise à part. Les vignes
de La Boisse et du Château-Jollet remises en
grains cesseront de compter.

Les vignes de Gaston Lemeusnier et de M. le
Juge doibvent. . . . . , ...   3 # 2

En admettant que la dîme due par les propriétés
particulières des fermiers Lemeusnier et Cholous
et non inscrite ici aurait produit. . . . .   50 #

le chiffre total de la dîme en froment, millet,
chanvre et vin se serait élevé en 1623, pour
Montboyer, à. . . . .   1922 # 13

* *
*

3° 1733. — Aujourd'hui 3 may 1733, par-devant le notaire
soussigné et les témoings cy-après nommés, a été personnellement estably messire Estienne Perrault, docteur en
théologie, prêtre-curé de la paroisse de Montbouyer, demeurant au bourg, lequel de sa bonne volonté a affermé
comme il afferme par ces présentes, et promet de faire jouir
à MM. Jean Daniaud, advocat à L'Anglade, et François
Desgraviers, sieur de Bois-Neuf, demeurant tous les deux
en la paroisse de Montbouyer, présents stipulant et acceptant, sçavoir est : Tous les fruits décimaux de la dite paroisse
et à lui appartenant, pour par les dits sieurs Daniaud et
Desgraviers en jouir tout ainsi qu'aurait pu le faire le dit
sieur Perrault cédant, ou ses prédécesseurs et leurs fermiers
qui en ont joui ou dû jouir, sous la réserve toutefois de la
maison presbytérale avec bâtiments, jardin et prés en dépendant. Ladite ferme faite pour le temps et espace de six années consécutives à prendre des métives prochaines, moyennant le prix annuel de 2470 #, trois tonneaux de vin rouge,
90 boisseaux de blé froment, 40 boisseaux d'avoine, 36 boisseaux de blé d'Espagne et six charretées de paille que les
dits Desgraviers et Daniaud ont conjointement et solidairement promis, sous la renonciation à tous droits de division,
discussion ou ordre de droit, de bailler et payer audit Perrault, les dites 2,470 # en deux termes égaux, le premier à
Noël prochain, le second à la Saint-Jean suivante 1734, et
toujours ainsi d'année en année jusqu'à la fin du bail. Et pour
ce qui est du blé froment, avoine, maïs et paille, aux prochaines métives, avec le vin après vendange. Le tout évalué
150 #, pour ainsi continuer de même chaque année. Convenu en outre qu'en cas de vimère ou fortuit sur les fruits de
la dite paroisse, le curé ne subira aucune diminution des
prix ci-dessus indiqués. Tout ce que dessus, les parties l'ont

ainsi voulu et accordé, stipulé et promis de l'entretenir sous l'obligation de l'hypothèque de tous leurs biens présents et à venir. Fait et passé, étant au dit bourg, en la maison presbytérale, en présence de Michel Berthomé et de Jean Godinaud, demeurant au bourg de Montbouyer, témoins connus et requis qui ont déclaré ne sçavoir signer. Signé à l'original Perrault curé, Daniaud de L'Anglade, Desgraviers et de moy Boucherie, notaire héréditaire. Enregistré à Chalais par Vergnon, qui a reçu 32 # (1).

*
* *

Et 4° 1787. — Ferme verbale des dîmes de Montboyer, consentie en janvier 1787 par le curé Hardy à son neveu G. Guimbellot, moyennant 4000 #, et à laquelle la population s'opposa par l'acte capitulaire du 6 avril de la même année.   Octobre 1896.

(1) Cet acte fait partie d'un dossier resté entre les mains de Mᵉ Jean Penard, notaire aux Daniaud de Boisse, chargé en 1753 par les héritiers Perrault de Saint-Trojan, de poursuivre le sieur Daniaud de L'Anglade, avocat et procureur, pour le paiement du solde des dîmes restant dû au curé défunt. Ce Daniaud de L'Anglade, bien que maître par sa femme du moulin de Talence sur la Dronne, de la métairie de chez Feuillet en la Génétouse, et de plusieurs maisons à Chalais, n'en tomba pas moins dans l'infortune. Un long procès avec sa belle-sœur, Marguerite Martin, épouse séparée de biens de André Cherbonnier, sieur de Salles, ancien prévôt de la sénéchaussée de Saintonge, avait mis grand désordre dans ses affaires. Bientôt il ne put satisfaire à ses engagements. Les Perrault (dossier ci-dessus visé) firent saisir à L'Anglade les récoltes sur pied. A la longue tout se vendit. Jean Penard prit le moulin et la métairie, et François Desgraviers acheta L'Anglade en 1766, aussitôt le décès de son co-associé. Quelques années plus tard, les enfants Daniaud revinrent par lésion. Un procès s'ensuivit, qui prit fin par la transaction du 4 juin 1778. Par cet acte, que possèdent les Dubreuil de chez Baillou, François Desgraviers ne garda de la métairie de chez le Main, comprise dans la vente de L'Anglade, que les versants faisant face à ce dernier village, et laissa tout le plateau et les bâtiments à Suzanne et à Marie Daniaud, épouse de Sicaire Gélinard, dont sont descendus les Bourdigeau, encore propriétaires en ce lieu.

CHAPITRE VI

ÉTAT-CIVIL

~~~~~~~~

**Date de sa création. — Vieux registres disparus.
État de ceux qui restent.**

Jusque vers le milieu du xve siècle, l'état-civil des individus ne fut jamais en France légalement constaté. Les
nobles tenaient bien, autant que possible, note exacte de
leur filiation ainsi que les familles aisées, où il y avait,
comme on disait alors, « clercs et lettrés » ; mais le gros de
la population ne conservait que par tradition le souvenir de
ses ancêtres. Aussi que d'erreurs, de confusions, d'incerti-
tudes, et même de fraudes dans la plupart des familles pauvres
de l'époque !

Journellement appelés à bénir et à sanctifier par la prière
les naissances, mariages et décès, les curés des paroisses
furent évidemment en ces premiers temps, les témoins les
plus sûrs à consulter dans les discussions des familles, les
difficultés et procès auxquels les successions donnaient
alors si souvent lieu. Mais eux-mêmes ne pouvaient-ils pas
se tromper ? Et alors la justice n'en arrivait-elle pas,
malgré les plus louables intentions, à frapper quelquefois à
faux ?

En vue de remédier à un si déplorable état de choses, et
d'assurer, d'une manière certaine, l'âge et l'identité des
individus, une décision du synode de Séez, ville de Norman-

die, enjoignit, en 1524, aux curés ou vicaires, sous peine de 50 sols d'amende, de tenir registre des baptêmes, avec date de la naissance, nom et prénoms de l'enfant ainsi que ceux du père et de la mère.

Cette sage mesure, dont l'excellence frappa tout le monde, fut bien vite essayée sur d'autres points, et rendue exécutoire dans tout le royaume par l'ordonnance de François Iᵉʳ, en date du 1ᵉʳ août 1535 (1).

Malheureusement les premiers registres tenus à Mont-boyer, en vertu de la décision royale, ne nous sont point parvenus. C'est évidemment aux luttes des guerres de religion que nous devons une aussi grande perte. Pour ce qui est de nos archives postérieures à cette douloureuse époque, elles ont été aussi, il y a une trentaine d'années, bien près de disparaître.

En 1842, ces vieux papiers, mis sous cordes, ne pouvant loger dans l'armoire de la nouvelle salle de mairie (2) furent rélégués au grenier où on les oublia complètement. Quinze ans plus tard, la maison était habitée par Nadal, maître sabotier qui trouva commode — car alors journaux et impri-més ne pleuvaient pas comme aujourd'hui dans tous les ménages — de plier dans les vieilles paperasses de son grenier, les clous et autres articles de son débit. Et voilà nos pauvres archives mises en lambeaux, débitées, vendues

---

(1) « Sera faict dans tout notre royaulme registre en forme de preuve de baptême qui contiendra le jour et l'heure de la nativité et par l'extrait dudict registre se pourra prouver le temps de la minorité ou majorité, et sera pleine foy à cette fin.

« Sera aussi tenu registre de la sépulture des personnes tenant bénéfices ou aultre afin de prouver ledit temps de la mort au jugement des procès ; et, afin qu'il n'y ait fraude aux dits registres, ils seront signés de deux tesmoings et du curé ou vicaire sous peine de grosse amende ».

L'édit de Blois de 1579 prescrivit aussi l'inscription du mariage restée jusqu'alors facultative.

(2) Ancienne maison Penard boucher alors adjoint au maire ; aujour-d'hui à la famille Levêquot. Cette maison fait face au champ de foire.

au détail, passant journellement de la main inconsciente du sabotier dans celle de ses nombreux clients ! Pourrait-on jamais qualifier assez sévèrement l'incurie de l'autorité d'alors, vouant par le plus regrettable oubli, nos intéressantes archives à une si complète destruction ! (1)

Heureusement un dimanche matin, l'attention d'un jeune habitant du bourg (2) fut attirée sur l'étalage du sabotier par un vieux registre à feuilles jaunies par le temps, où il lut les restes d'un acte de baptême de l'année 1616. Fort intrigué, il apprit du sabotier que bien d'autres registres pareils traînaient dans son grenier, et que jusque-là, deux seulement avaient été utilisés. Ordre fut aussitôt donné de mettre en lieu sûr tous ces débris de nos archives, dont quelques cahiers, et des plus intéressants, étaient depuis longues années entre les mains de Rullier garde champêtre. Tous furent alors réunis, classés et étiquetés, en vue d'en faciliter l'usage. Depuis ils ont pu être renfermés dans des cartons destinés à les préserver de toute détérioration.

(1) J'ai eu occasion de compulser tous ces cahiers à l'occasion de la dernière réparation de notre église, et j'y ai puisé une partie des notes qui servent de base à ce travail. La perte de pareils documents eut été évidemment fort regrettable.

(2) J. Ollivier aujourd'hui secrétaire de la mairie, receveur buraliste et de la poste auxiliaire.

CHAPITRE VII

MAITRES D'ÉCOLE

~~~~~~~~~

Liste de ceux qui sont connus de 1560
à nos jours.

Si l'on en juge par les nombreuses signatures apposées aux actes de baptême, mariage et décès de nos plus anciens registres, et de quelques actes antérieurs, qui nous sont parvenus, Montboyer dût être autrefois une paroisse relativement éclairée ; malheureusement nous ne connaissons que très peu des maîtres d'école qui s'y sont succédé.

En 1560, JEHAN ROUAULT (1) est « instructeur de la jeunesse au bourg de Montbouyer ». Plusieurs pages d'un compte de tutelle fort délabré, trouvé dans les vieux papiers de la famille Petit de chez Gilet, sont de l'écriture de ce vieil instituteur, ainsi que deux quittances (2) et autres notes

---

(1) D'une des anciennes familles de Montboyer qui, vers 1460, après le départ des Anglais, arrenta des seigneurs de La Boisse, le « maysne » et le moulin de ce nom. Deux notaires du nom de Rouault figurent, à Montboyer au XVIIe siècle.

(2) « Maistre Jehan Rouault, tenant école d'enfants à Montbouyer, confesse avoir reçu de Laurent Giraud, soi-disant tuteur, et administrateur des biens et terre de Jehan Giraud, fils de feu Salmon Giraud, la somme de... sols pour avoir nourri de toutes choses, enseigné et correctionné au dict collège ledict Jehan Giraud, fils de Salmon Giraud, l'espace

relatives aux mois d'école du mineur Jehan Giraud, son élève et à diverses fournitures payées par le tuteur.

1665. Cent ans plus tard, un PIERRE CROISIN, marié à Catherine Aumaître, habīte Montboyer et figure, avec le titre de « praticien » le 19 janvier 1668, au contrat de mariage d'André Albert du Moulin Rouault avec Léonarde Giraud de chez Cosson. Le 2 août de l'année suivante, ce même Pierre Croisin est qualifié de « Précepteur » dans un autre acte de mariage entre Christophe Giraud et Jeanne Albert, sœur d'André. « L'homme de loy » était-il donc passé « Régent » dans l'intervalle des deux noces ? Il resta en tout cas bien peu de temps en charge, car dès 1670, nous lui trouvons à Montboyer un successeur.

1670-1680. JEAN GUILLEMET « précepteur », signe aussi sur nos vieux registres, et figure comme témoin à de nombreux actes.

1680-1697. Son fils, PIERRE GUILLEMET, lui succède en 1680. En qualité de « clerc », Pierre avait déjà, depuis trois ou quatre ans, signé nombre d'actes de baptême, mariage et décès. Nommé « instructeur de la jeunesse », il continue près de vingt ans à tenir les registres de l'état-civil

de quatre mois, qui sont aux mois de juin, juillet, août et septembre de l'année 1553.

« Puis confesse avoir reçu dudict Girault pour avoir nourri de toutes choses, enseigné, correctionné et logé ledit Jehan Girault, fils dudict Salmon Giraud, ung an entier, qui commença le 1er jour d'octobre 1553, et finit le même jour dudict mois d'octobre 1554. Sçavoir est : la somme de dix-huit livres, une pinte d'huile et une charretée de bois, dont je me tiens pour bien payé envers ledict Giraud, desquelles présentes sommes il lui en fait et signe quittance.

Faict et passé au bourg de Montbouyer le 25e jour de novembre 1554 ».

                    « Signé ROUAULT. »

(1) M. Audiat prouve par de nombreuses citations, dans le volume xxv des archives de la Saintonge, page 155, que les clercs de notaire ou de procureur, alors appelés praticiens étaient aussi fort souvent maîtres d'école dans leur paroisse. (Note du 10 février 1897).

et figure à presque toutes les abjurations de l'époque.

Marié en 1670 avec Perrine Maucoudier, il eût plusieurs enfants, entre autres une fille, mariée à Sainte-Marie, et Jean Guillemet, artiste peintre, qui mourut chez Simonnet.

1698-1709. JEAN DURANDEAU, fils de Martial Durandeau et de Berthomée Gentil du village des Durandeau, paraît à Montboyer vers 1698, avec le titre de « régent, maistre ès-arts libéraux ». Il a, comme son prédécesseur et maître, une fort belle écriture, près de laquelle fait souvent tache, sur nos registres, celle du vicaire ou du curé de l'époque. Marié à Suzanne Phœnix, il a de nombreux enfants, quitte Montboyer vers 1709, et va tenir école à Chalais. Son fils Pierre épouse, en 1732, Anne Tisseraud du village des Bouchier où, quelques années plus tard, il s'installe comme propriétaire, et devient la souche des Durandeau, alliés aujourd'hui à la famille Debect.

Les titulaires de l'école de Montboyer restent ensuite inconnus durant plusieurs années.

1717-1753. Maître BOURSAUT, malmené par la population, suivant l'acte capitulaire du 20 octobre 1737 (1), ne fut

(1) Aujourd'huy 20 octobre 1737, par devant le notaire royal soussigné, et témoins bas nommés, estant au devant de l'église de Montboyer et de la principale porte d'entrée, à issue des deux messes célébrées par messieurs les curé et vicaire dudit lieu, a comparu en sa personne, maistre Jean Cholous, notaire royal et procureur fiscal du présent lieu, assisté de Jeau Michelon, maître chirurgien, sindicq électif de la présente paroisse, lesquels nous ont dit et remontré que quelqu'un des ennemis cachés dudit sieur Cholous, en son absence, au passage de monseigneur le marquis de Gassion, lieutenant général des armées du Roy, et seigneur de la présente paroisse, à la fin du mois d'août dernier, ont fait porter au dit seigneur diverses plaintes contre lui par certains particuliers, et notamment par le nommé Boursaud, cy devant régent au présent lieu; et quoique toutes ces plaintes soient supposées, elles pourraient peut-être ôter de l'esprit dudit seigneur marquis de Gassion, la confiance qu'il avait en ledit Cholous, en l'honorant de sa charge de procureur d'office. Et se voulant justifier de toutes les calomnies qu'on aurait pu lui imposer, il est conseillé de réclamer la voix publique des

point évidemment successeur immédiat de notre compatriote. Il resta néanmoins plusieurs années à Montboyer. Mais les sympathies de la population lui firent complètement défaut.

1735-1758. JEAN PIRAUT et son fils Pierre, dirigent ensuite successivement l'école de Montboyer. Petit-fils de Nicolas Piraut, marchand, frère de Pierre Piraut, juge sénéchal de la vicomté de Magezir, et neveu de Pierre Merlet, notaire royal, greffier de ladite cour, Jean Piraut s'installa comme instituteur à Montboyer, sous le patronage de ses parents et des nombreux amis de sa famille. Il fit bien vite oublier son peu intéressant prédécesseur. Sous son habile direction l'école de Montboyer fut toujours prospère. Un acte de 1753 porte que Jean Petit, de chez Gilet en Saint-Laurent, met en pension pour un an chez Blondeau, auber-

principaux habitants du présent lieu, et leur demander quels sujets de plaintes ils ont eu contre luy, et s'ils savent qu'il ait persécuté ou opprimé les habitans, et iceux vexés par force et violence, dans leurs biens ou leurs personnes. Et parlant au général des dits habitans, et notamment aux personnes de : Me François Ganivet, sieur Desgraviers, juge sénéchal du présent lieu — François Brisson, docteur en médecine — Pierre Filhol, bourgeois — Daniel Cholous, marchand — Jean Guimbellot — Jean Penard, n. roy — J. Bourdier, marchand — Joseph Audigier, sergent — Vincent Amelin, marchand — P. Mousset, marchand — Michel et Jacques Bourdier — J. Penard, sergent — André Daniaud — J. Verdine — P. Motard — J. Antoine — F. Birot, marchand — J. Albert — André Chauvin — Gab. Piat, notaire et procureur — Pierre Chaillot — Marie Antoine — V. de P. Masson — Louis Dumeteau, marchand — F. Blondeau, cordier — Ant. Giret, laboureur — André Rullier — marquis Audigier — M. Bourdey — D. Motard — F. Arnaud — J. Dumeteau — J. Beau — Daniel Arnaud — J. Veillon — F. Lorain — J. et P. Trolong — F. Foussé, boucher — G. Gabonaud — J. Sureau — P. Petit — J. André — François Sallier — L. Gros — J. et André Montauzier — P. Bomard — Ch. Ferrand — J. Fouyne et autres habitants de la paroisse, ont unanimement et d'une même voix dit et certifié qu'ils n'ont jamais eu occasion de se plaindre dudit Cholous, qui a toujours vécu dans cette paroisse avec applaudissement, qu'il a rendu divers services aux habitants d'icelle ; et que si quelques-uns de ses ennemis ont porté ou fait porter des plaintes à monseigneur le marquis, elles ne peuvent être que fausses et supposées ; que toutes celles que le dit Boursaud, cy devant régent, a pu porter, ce n'est giste au bourg, son neveu Jean Cholous, pour qu'il fréquente l'école de maître Jean Piraut, instituteur au dit lieu. Jean Piraut tint classe à Montboyer jusqu'à sa mort, en 1758, et laissa pour lui succéder son fils Pierre.

1758-1792. Simon Pierre Piraut avait épousé en premières noces Marie Chataignier, décédée en 1755. En 1770, il passa en secondes noces avec Catherine Poineau, de laquelle il eut deux filles. Aimé et considéré comme l'avait été son père, il fut le conciliateur de bien des différents dans la paroisse. On retrouve aussi son nom à toutes les pages de nos registres de l'état-civil ; et en 1790, il figure comme témoin au mariage de Denys Motard, en compagnie du jeune Marquet, son élève. Il quitte sa charge au fort de la Révolution et meurt en 1796.

A cette époque, le corps enseignant perd à Montboyer de sa stabilité habituelle, et deux ou trois instituteurs ne font que passer de 1792 à 1798.

que par aine du sieur Cholous, qui avait retiré de son école ses enfants pour les envoyer chez d'autres régents ; que même ils savent que d'autres habitants ont été obligés d'en uzer de même et notamment les sieurs Birot — Filhol — Avril — Gros — Blondeau — Antoine — Marie Antoine — V. Masson et Audigier, à cause du peu de soin que le dit Boursaud avait de leurs enfants auxquels il n'a presque rien enseigné pendant plusieurs années qu'ils ont été à son école ; que même cela a engagé quelques-uns des plus riches habitants d'avoir chez eux des régents pour instruire leurs enfants, ce qui les entraînait à de fortes dépenses ; que même ils ont été obligés à diverses fois de requérir M. le curé du lieu de chasser le sieur Boursaud de la maison commune qu'il occupait inutilement et empeschait le logement d'un autre précepteur. Ce que tous les habitants sus-nommés attestent, certifient et ont requis moy, notaire soussigné, de leur en donner acte pour valoir et servir ce que de raison. Le tout escrit de ma main et signé en présence de Jean Bordes de Chalais et de P. Damour de Saint-Martial. Plus de quarante habitants sachant écrire ont signé avec le notaire Boucherie.

Nota. — Boursaud quitta en effet la maison d'école de Montboyer le 1er octobre 1735 ; mais il continua de demeurer au bourg où il eut de Marie Avezon sa femme, un fils nommé Laurent, baptisé le 26 mai 1737. Boursaud dut tenir à Montboyer quelque école libre, car dans son testament du 5 septembre 1742, il est encore qualifié du titre d'instructeur de la jeunesse.

1792-179... Maurice, successeur de Piraut, tient école dans l'ancienne maison Guet, cordonnier, la seconde après les halles. Pas d'autre indication le concernant.

179...-1806. Élie Roche l'y remplace et assiste comme témoin, avec le titre de régent, à un acte de colonage du 29 floréal an VIII, devant Bourdier, notaire.

1790-1819. Jean Ducongé, né à Montboyer en 1759, était l'aîné des dix enfants d'autre Jean Ducongé, ancien arquebusier au bourg, et de Marie Tisseraud (1) des Bouchier, petite-fille de Pierre Tisseraud et de Marie Guérin, du même village. Élève de Pierre Piraut, Ducongé fit en même temps à la cure de Montboyer ses études de latin. Il fut reçu à vingt ans « maître ès-arts libéraux » et alla, comme instituteur, planter sa tente à Verteillac, où il épousa Antoinette Dulac, morte en 1787, puis Antoinette Prioré, de laquelle il eut quatre filles.

Revenu à Montboyer vers 1790, Ducongé y tint l'école en concurrence avec Maurice Roche ; mais un peu plus tard, à la suite d'un partage de famille, il se retira dans sa propriété de chez Rabier, où il continua de faire la classe pendant près de trente années. Cette école, bien qu'éloignée du centre, fut longtemps prospère. Ducongé était actif, intelligent. En dehors de son enseignement primaire, il apprenait à nombre de ses élèves les rudiments de la langue latine. Les frères Filhol, de La Boisse, les Guimbellot, les Dumeteau, les Durandeau, les Desgraviers, les Mousset, les Lajeunie, les Cholous, mon oncle Massonneau, ancien curé de Bazac, toute la jeunesse d'alors, filles et garçons, génération aujourd'hui complètement disparue, suivit ses leçons.

_____

(1) Marie Tisseraud eut en partage une borderie chez Rabier, qui échut ensuite à son fils l'instituteur. Celui-ci la transmit à Julie Ducongé, l'une de ses filles, épouse de Vincent Maurin, ancien tailleur chez Rabier. Cette même propriété est aujourd'hui aux mains de Jean Maurin, affranchisseur, petit-fils du vieux maître d'école.

Mais à la fin, on se lassa d'une école si peu à proximité du gros de la population ; et, à la demande de quelques habitants, de jeunes maîtres vinrent, de 1812 à 1819, s'installer successivement au bourg. De ce nombre fut un nommé Pierre LEBRETON, instituteur, qui figure comme témoin, le 28 juin 1815, au testament de Marie Guimbellot, épouse de M⁰ Gabriel Bourdier, notaire à Montboyer. Au rapport des vieillards que j'ai connus, aucun de ces jeunes maîtres ne put néanmoins s'y maintenir. Faible et un peu vieilli (1), Ducongé ne reçut bientôt qu'un nombre d'élèves assez restreint, et il arriva un moment où, à Montboyer, les pères de famille ne surent plus où faire instruire leurs enfants, l'école du bourg n'existant plus depuis 1817.

1821-1844. En 1821, sur les instances de quelques amis (2), un tout jeune maître vint prendre possession du poste à Montboyer.

C'était mon père FRANÇOIS PAPILLAUD, né en 1802, fils de Pierre Papillaud et de Marie Fournier, propriétaires à la Gourdine, commune de Condéon. Ne pouvant se loger dans l'ancienne maison d'école, fort délabrée et non close, le nouveau venu s'installa au premier, dans la vieille maison à galerie des Sallier, de chez Rabier, encore aujourd'hui à la famille, et faisant face au puits de la Chapellenie. Mais avant d'y ouvrir son école, en novembre 1821, il dut se munir

---

(1) Ducongé vécut encore de long jours, et conserva jusqu'à sa mort, survenue en 1841, la toilette et les goûts du vieux temps. A près de soixante années de distance, j'ai encore souvenir de ce petit vieillard vif, alerte, malgré l'âge, portant toujours souliers à boucle, bas rouges, culotte courte, veste à larges basques et à collet droit, et surtout, ah! surtout, une énorme gerbe de cheveux blancs, soigneusement ficelée, lui pendant dans le dos, sous l'élégant couvert d'un petit tricorne, tout comme le reste parfaitement démodé.

(2) Léonard Favier, boucher aux Daniaud, François Mousset, du bourg, et Jean Albert, du moulin Rouhaud, alors en relations avec mon grand-père, l'engagèrent vivement à envoyer son fils, élève de M. Prince de Baignes, ouvrir une école à Montboyer.

de l'autorisation écrite du savant curé de Montmoreau, Jean Lée, ancien missionnaire, alors délégué par l'Administration pour constater les capacité, orthodoxie, bonne vie et mœurs des jeunes gens aspirant dans la région à la direction d'une école. Mon père n'obtint du reste, son véritable brevet de capacité qu'à vingt et un ans, après examen, passé à Bordeaux devant M. Dauzat, inspecteur d'académie.

Marié peu après, en 1824, à Marie Massonneau, ma vertueuse mère, François Papillaud vint aussitôt habiter chez le Duc, où, après avoir approprié deux salles de classe et un logement convenable, il ajouta à son école, alors très fréquentée, un petit pensionnat primaire.

Vint ensuite la loi de 1833 qui réorganisa l'instruction primaire dans toute la France. En vertu de cette loi, le mandat de conseiller municipal étant désormais incompatible avec celui d'instituteur communal, mon père dut résigner les fonctions de conseiller qu'il tenait depuis plusieurs années déjà de la confiance de ses concitoyens. Il fournit ensuite à l'Administration les pièces exigées pour la conservation de son poste d'instituteur à Montboyer, et reçut son institution ministérielle le 25 février 1835 (1).

Durant dix ans, grâce à une facilité de travail peu ordinaire, et à son infatigable zèle, mon père put suffire seul à ses nombreux travaux. Les grands jeunes gens qu'il pré-

---

(1) L'école de Montboyer compte évidemment dans les 30,000 écoles dont la création a été jusqu'à ce jour si injustement attribuée à la loi de 1833. Mais cette école, comme celles de la majeure partie des autres communes ne reçut alors qu'une *sanction d'existence*. Mon père la dirigeait depuis dix ans, et ses prédécesseurs remontent sans interruption jusqu'au XVII° siècle. Si, pour les temps antérieurs, les documents relatifs aux écoles font défaut, ce n'est point une raison pour croire que la jeunesse en ce vieux temps était privée des moyens de s'instruire. On ne voyait point alors de cure sans école. A défaut de loi, le zèle et le dévouement des corporations religieuses pourvoyaient largement à leur création. Voir à l'appui de ces dires le récent et bel ouvrage de M. Audiat sur *l'Instruction primaire, gratuite, laïque et obligatoire avant 1789*. (Saintes, 1896).

parait au brevet ou à l'école normale lui aidaient bien à
certains moments ; moi-même je faisais souvent la petite
classe et le suppléais dans la surveillance ; mais il se trouvait
souvent débordé, et alors il empiétait sur la nuit pour que
rien dans l'école ne restât en souffrance. Jamais maître ne
fut plus dévoué pour les enfants confiés à ses soins !

1844-1882. Après deux ans de séjour à l'école normale
d'Angoulême, votre serviteur, GUILLAUME-EUGÈNE PAPIL-
LAUD, fils du précédent, prit à son tour, en 1844, la direction de l'établissement. Le travail à deux devint plus facile et
nous pûmes, après quelques retouches à notre local, donner
plus d'extension au pensionnat, où ne cessait d'affluer la
jeunesse des environs.

Peu après, la loi scolaire de 1850 édicta de nouvelles
prescriptions sur les pensionnats. Nul ne put plus tenir
pension s'il n'avait au moins vingt-cinq ans révolus. J'arrivais
à cet âge en 1851 seulement, et je m'empressai aussitôt
d'envoyer ma demande d'ouverture avec pièces à l'appui. Le
30 septembre suivant j'étais autorisé à recevoir vingt pen-
sionnaires.

En 1852, par suite de la suppression de l'École Normale
d'Angoulême, certaines écoles du département furent dési-
gnées pour recevoir et dresser à la pratique de l'enseignement, les jeunes aspirants au brevet de capacité, alors désignés
sous le nom d'élèves-maîtres. Mon école fut de ce nombre.

Malheureusement, peu d'années après, en 1854, des
des deuils de famille et une grave maladie modifièrent complètement ma situation. Sur l'avis du médecin, je dus m'abstenir de tout travail. Le pensionnat fut fermé, et, durant
dix-huit mois, mon vieux père me suppléa à l'école. Il ne
cessa point ensuite de partager mes travaux, et fut, jusqu'à sa mort, arrivée en 1864, un bon guide et le plus dévoué
des collaborateurs.

Sous l'empire des nouvelles lois scolaires, et grâce aux
tendances de l'époque, les notions d'agriculture figurèrent

désormais dans le programme des matières de l'enseignement. Je saisis avec empressement cette occasion de mettre
à profit le peu de connaissances que j'avais acquises, en suivant de 1858 à 1860, le cours public d'horticulture que
faisait à certains jeudis, le savant professeur Georges dans
le jardin de Bardines, près Angoulême. J'essayai, au début,
d'une ou deux leçons par semaine, et cette nouvelle branche
de mon enseignement ayant un certain succès, je dus arrêter
un programme et donner dès lors plus de corps à mes
leçons.

Quelques années après, sur l'avis de M. Chaumeil, inspecteur primaire, qui déjà plusieurs fois, avait eu occasion
de contrôler mes travaux, je pris part au concours ouvert
par le Comice agricole de Barbezieux, pour un ouvrage
d'agriculture pratique, destiné aux écoles de l'arrondisse-
ment. Cinq manuscrits furent présentés. A l'unanimité, le
mien fut jugé digne du prix de 500 francs offert par le Comice ;
deux autres obtinrent seulement des mentions très honorables.

Plus tard, en 1881, et en dehors d'autres récompenses
accordées à mon école, à divers concours et expositions,
j'obtins à titre de premier prix pour mon enseignement pratique et quelques publications agricoles, le legs Godard,
alors distribué pour la première fois, sous le patronage de
la Société des Agriculteurs de France, aux instituteurs de
la Charente et des départements limitrophes.

Ces diverses récompenses ne visaient que la partie
agricole de mon enseignement. Pour la direction des études,
et la bonne tenue de mon école, j'avais obtenu la médaille de
bronze en 1850, avec rappel en 1858 ; puis en 1863 la
médaille d'argent. Les palmes académiques me furent dé-
cernées en 1878. Je n'y comptais point, n'étant pas dans le
mouvement. J'en fus néanmoins très honoré, car alors, elles
n'étaient point encore cette récompense banale que vous
savez, donnée aujourd'hui un peu à tort et à travers, sou-

vent détournée de son but, et ne servant plus, dans la grande majorité des cas, qu'à reconnaître les services... électoraux des faiseurs et des intrigants.

Instituteur à Montboyer depuis trente-huit ans, je fus mis à la retraite en 1882. Libre désormais, je consacrai tout mon temps à des travaux agricoles, surtout à la culture de la vigne. Mon ancien champ d'études servit alors à de nombreux essais dont tout le monde put profiter. Le succès ayant depuis couronné mes efforts, nombre de cultivateurs imitent aujourd'hui mes plantations de Monplaisir, et tout porte à croire qu'avec le temps, la culture de la vigne reprendra enfin chez nous la place avantageuse qu'elle y occupait autrefois.

1882-1885. ALEXANDRE CHAUVIN, précédemment instituteur public à Brie-sous-Chalais, me fut donné comme successeur à Montboyer. La commune n'ayant pas de maison d'école, le nouvel instituteur usa deux années de mes salles de classe. Ensuite il alla s'installer dans le fameux groupe scolaire des Egreteaux, assez mal agencé en ce qui concerne le logement des maîtres et la disposition des préaux. Ce bâtiment scolaire n'en coûta pas moins près de 32,000 francs.

Peu après, l'école publique de Chalais ayant été enlevée aux Frères qui la dirigeaient depuis de longues années, M. Chauvin fut appelé à ce poste, et quitta Montboyer en 1885. Sous son habile direction, la nouvelle école de Chalais devint un pensionnat prospère. Aujourd'hui elle a presque rang d'école supérieure ; et grâce à l'aptitude et au zèle de son directeur, elle compte à son actif, chaque année, des succès fort satisfaisants.

1885-18... ÉMILE ARGOULLON, fils d'un ancien maître d'école de Saint-Quentin, précédemment instituteur à Mérignac, fut alors nommé à Montboyer. Sous sa bonne direction, l'école est toujours nombreuse et prospère : il n'en saurait être autrement avec un maître si dévoué, se donnant

tout entier à sa classe. Dans l'intérêt de la jeunesse, nous
souhaitons à M. Argoullon un long séjour à l'école de
Montboyer.

*
* *

Jusqu'en l'année 1858, l'école de Montboyer fut une
école mixte, recevant, en deux classes séparées, les filles et
les garçons. Mademoiselle ÉTOURNEAU, fille de l'instituteur
de Brossac, ouvrit, la première dans la commune, une école
de filles — novembre 1858 — et la dirigea jusqu'à sa mort
en 1877.

Mademoiselle ÉMILIE BOUSSION des environs de Cognac,
lui succéda ; puis vint mademoiselle BÉTHOUIGT en 1879 ; et
en 1880, madame veuve THÉNAUD qui se maria avec le
facteur Morillière. A cette dernière, succéda madame veuve
LAMBERT, née Laralde, qui épousa le jeune Célestin Repert,
aujourd'hui instituteur au Tâtre. Mesdames CHEVRIER et
BOUJUT ne firent que passer à l'école de Montboyer de 1884
à 1886. Cette dernière fut remplacée par mademoiselle
ALAIN, ancienne institutrice à Barbezieux, aujourd'hui
encore en fonctions à Montboyer. Aucune de ces institutrices n'a jamais eu beaucoup d'élèves ; l'école des sœurs de
Sainte-Marthe recevant le plus grand nombre des petites
filles de la localité. 1892.

Sous les jeunes institutrices qui se succédèrent après
mademoiselle Alain, l'école perdit presque toutes ses élèves.
Madame veuve BOUJUT qui la dirige aujourd'hui, inspire
bien plus de confiance aux familles ; aussi les bancs de son
école semblent-ils se regarnir chaque jour davantage.

Janvier 1898.

CHAPITRE VIII

CLERCS OU ÉTUDIANTS

~~~~~~~~~~

**Curés éducateurs. — Clercs de Montboyer entrés
dans le sacerdoce.**

Mais au XVII° siècle, il n'y a pas seulement que les maîtres
d'école qui enseignent à Montboyer. Nos savants archiprêtres, tous docteurs en théologie, secondés par de stu-
dieux vicaires, y ouvrent aussi des cours de latinité et autres
études préparatoires, suivis avec grande assiduité par la
jeunesse de la localité et des environs. A leur seconde année d'études, ces étudiants prennent le nom de *Clercs*, et les
vocations se dessinant avec le temps, les uns se vouent au
sacerdoce, d'autres se destinent à l'étude des « loix », plusieurs à la médecine. Un des bons côtés de cet enseignement, c'est que, chacun selon ses vues, peut ici mener de
pair la pratique et la théorie. Ainsi, en dehors des heures
de classe, l'aspirant médecin accompagne le docteur qui
cause en route des secrets de son art, et apprend à son
élèves les vertus des plantes du pays. De son côté, l'élève
apothicaire se fait matin et soir au métier en triturant des
mixtures, tandis que le clerc de notaire ou de procureur se
dresse aux roueries de la procédure, en noircissant force
papier timbré. Évidemment, les leçons de choses ne datent
pas d'hier, quoi qu'on en dise.

Ces jeunes étudiants signent parfois comme témoins aux actes de baptêmes ou autres, consignés sur nos vieux registres, et se donnent des qualificatifs évidemment passés de mode aujourd'hui :

Henri Venot, clerc, se dit, en 1670, *compagnon chirurgien*, — Pierre Boucherie est, à la même époque, *garçon apothicaire* chez Michel Brisson, au bourg, — Antoine Gros, Jean Crassat, François Dumeteau, Jean Rousset, François Dumonteil (1), clercs, se succèdent au bourg de Montboyer de 1748 à 1770, chez Jean-Charles Michelon, médecin renommé, avec le titre de *garçons chirurgiens*, — Charles de Laroche, *aide chirurgien* chez le même, déclare en 1758, au baptême de Jean Mesnier que, sur l'avis de Marguerite Doublet, sage-femme, il a donné, à la maison, l'eau à cet enfant, — Jacques Fouyne, *apprenti chirurgien*, accompagne François Brisson dans ses visites aux malades, en janvier 1753, — Raymond Daniaud, *escholier en philosophie*, assiste au baptême de Pierre Masson, le 24 juin 1711, — François Chauvin, fils du notaire en 1650, — Denys Daniaud de L'Anglade, en 1654, — Jehan Thillard, en 1679, — Jehan Gigon, en 1680, — Guillaume Seguin, — Pierre Mousset, fils du sergent, — Pierre Guillemet, fils du maître d'école, et bon nombre d'autres, sont tout simplement *clercs*, ainsi que Pierre Danyaud, — Pierre Goret et Pierre Lavaud, en 1706, — Pierre Durandeau, en 1740, — François Daniaud de L'Anglade, fils du sénéchal, — Bourdier, en 1742, — et Dumeteau en 1750.

Vingt ans plus tard, on ne trouve pas trace de *clercs* à Montboyer. La jeunesse dut se porter alors vers des collèges en renom, ou des universités naissantes.

---

(1) Voir son acte d'apprentissage, pièces justificatives n° 11.

*
* *

Étudiants de Montboyer devenus prêtres :

1° JEHAN CHOLOUS, fils de Jacques, avocat au Parlement de Bordeaux, et de Marguerite Verdeau, naquit à Montboyer en 1619 (1). Il eut pour parrain messire Jehan Verdeau, son oncle maternel, curé d'Angeduc, et fut un des premiers élèves du curé de La Hautière. Sous-diacre en 1642, il fut parrain de Jehan Poineau, fils du notaire. Comme diacre il signa, l'année suivante, au baptême de Marie Cholous, sa nièce. Prêtre et vicaire de Montboyer en 1644, il baptisa Jehan Cholous son neveu, fils de Cholous des Rompis, devint en 1645 curé de Médillac, puis curé de Saint-Martial de Ville recognade, de 1667 à 1676. La cure de Bouteville, qu'il occupa ensuite durant deux années, fut son bâton de maréchal.

2° PIERRE CHOLOUS, frère du précédent, ne laissa à Montboyer aucune trace de ses débuts dans l'apostolat. Il fut à la fois curé et prieur de l'église Saint-Saturnin de Brie-sous-Chalais, de 1663 à 1683. Il passa ensuite curé de Berneuil, conservant jusqu'en 1717, année de son décès, le titre de prieur de Brie, qu'il transmit à Jacques Cholous, son petit-neveu, ayant déjà, en 1683, résigné la cure de cette paroisse, en faveur de François Cholous, autre membre de sa famille.

(1) Du xviiᵉ siècle à la Révolution, le clergé se recrutait généralement dans la classe bourgeoise. Il n'était point alors de famille aisée qui ne comptât de nombreux prêtres parmi les siens. Il en fut de même évidemment pour les siècles antérieurs, et nos vieilles familles des Pyrault, des Rouhault, des Poynaud, des Chauvin, des Motard, des Joussaume et des Montrignac qui, en leur temps, détinrent aussi la fortune et les charges à Montboyer, durent aussi fournir leur contingent de prêtres au pays. Malheureusement aucun document ne nous est resté pour confirmer cette supposition.

3° FRANÇOIS CHOLOUS, fils de Jehan Cholous, des Caillots, et de Sébastienne Delaunay, naquit à Montboyer en 1657. En 1683, il prit à Brie la succession de Pierre Cholous, son oncle, promu curé de Berneuil. Quatre ans après, François abandonna Brie pour une destination restée inconnue.

4° JACQUES CHOLOUS, né chez Simonnet en Montboyer, vers 1683, était fils de Jehan Cholous bois Dunaud, et de Marie Blanc. Il devint, en 1715, curé de Passirac, et simultanément prieur de Brie-sous-Chalais, par suite de la démission de son grand-oncle, curé de Berneuil. En 1766, il mourut à Passirac, laissant la majeure partie de sa succession à Jeanne Cholous, une de ses nièces, épouse de Mᵉ Jean-François Filhol, notaire à La Boisse.

5° DENYS DANIAUD, né en 1654, était le quatrième fils de Mᵉ Guillaume Daniaud, notaire et procureur à l'Anglade, et de Anne Bourdin. Il resta cinq ans vicaire à Montboyer, fut curé de Saint-Laurent des Combes, de 1685 à 1699, puis de Saint-Félix jusqu'en 1725, époque de son décès. Sa présence aux fêtes religieuses de la localité est très souvent constatée sur nos registres.

6° PIERRE DANIAUD, cousin du précédent, fut vicaire de Montboyer de 1684 à 1686 et curé de Saint-Martial jusqu'en 1704. Il assista comme parrain, en 1700, au baptême de Pierre Daniaud de l'Anglade, fils de Gabriel, avocat et procureur, et de Marie Audoin.

7° HENRI BRISSON, né en 1684, onzième fils de Jean Brisson, notaire au bourg, et de Catherine Baumard, reçu prêtre en 1708, devint curé de Chenaud, où il fit testament en avril 1754. Il laissa à ses neveux et nièces sa part de propriété à Montboyer, donna aux pauvres de sa paroisse les grains engrangés lors de son décès, laissa ses ornements et livres à son église de Chenaud, et réclama pour le repos de son âme, cent messes et trois services, avec assistance de six prêtres à chacun : l'un à huitaine, le second à quinzaine, le troisième à la quarantaine, allouant pour tous droits 30 # à chacun de ses confrères, avec hébergement à la cure aux frais de ses héritiers.

8° André Daniaud de l'Anglade, licencié en droit civil et canonique, fut curé de Deviac de 1762 à 1778. Il mourut, laissant le souvenir d'un grand cœur et d'un homme de bien. Sur les données de quelques vieillards (1) qui l'avaient connu, un nommé Garraud, avocat, journaliste à Barbezieux, le dépeignit comme un vrai modèle de charité et de dévouement, dans une histoire locale dont le château de la Faye avait été le théâtre peu d'années avant la Révolution. Mais à la suite d'une action judiciaire ouverte, vers 1850, par les héritiers de certains figurants, auxquels la publication de l'ouvrage déplaisait par trop, l'auteur se tut et mit, dit-on, le reste de ses notes au panier.

Ce digne prêtre fut le dernier des descendants de la famille de l'Anglade, autrefois si prospère. Il eut la douleur d'assister à sa chute et d'en subir tous les déboires. Du patrimoine de ses pères, il ne put sauver qu'une partie de la métairie de chez le Main, qu'il abandonna à ses deux sœurs, Suzanne et Marie, cette dernière épouse de sicaire Gellinard, grand-père des Bourdigeaud actuels.

9° Pierre Durandeau, de la famille des Durandeau, du village de ce nom, en Montboyer, naquit aux Bouchiers en 1733, d'autre Pierre Durandeau, bourgeois, fils de l'ancien maître d'école, et de Anne Tisseraud, fille de Pierre Tisseraud et de Marie Guérin, propriétaires aux Bouchiers. Il figure dans tous les papiers de la famille comme curé de la Clotte, petite paroisse près de Montguyon (Charente-Inférieure), où il mourut, après avoir fait le partage de sa métairie de chez Marquet entre ses trois neveux : Jean-Baptiste, Pierre et Jacques, dont il avait été précédemment le tuteur.

(1) MM. Bodin et Constantin, propriétaires à Deviac.

10° Un autre PIERRE DURANDEAU, vicaire à Montboyer, de 1748 à 1751, était cousin du précédent et petit-fils de Jehan Durandeau, le maître d'école. On ne sait ce qu'il devint.

11° GABRIEL DUMETEAU, né au bourg en 1743, de Jean Dumeteau, marchand, et de Marie Bourdier, fut vicaire de Montboyer en 1768, l'année même où Martial-Madeleine Hardy y devint curé, en remplacement de son frère Louis, atteint de paralysie. Nommé curé de Sainte-Souline en octobre 1776, l'abbé Dumeteau garda ce poste jusqu'à la Révolution. Mais ayant refusé le serment à la Constitution civile du clergé, il dut se cacher, tout un hiver, à Montboyer, chez sa sœur Thérèse (1) où, d'après la tradition, et au dire de ma mère, il fit faire la première communion à de nombreux enfants de la localité. Il prit ensuite la route de l'exil et rejoignit en Espagne le curé Hardy. Rentré en France vers la fin de 1802, l'abbé Dumeteau vint reprendre son poste à Sainte-Souline où il mourut le 13 mars 1803, peu de temps après sa nouvelle installation.

12° PIERRE DANIAUD fut, d'après Mr Nanglard, curé de Saint-Martial de 1743 à 1776 et en même temps archiprêtre de Chalais de 1750 à 1754.

13° Un DUMETEAU, dont nous ne retrouvons de même aucune trace, aurait été vicaire de Bazac, puis curé de Brossac de 1767 à 1771.

14° PIERRE LOUIS LAULAIGNE, né à Montboyer en 1758, était fils d'Henri Laulaigne, maître chirurgien au bourg, et de Anne Joubert. Curé de Brossac, au moment de la Révolution, il refusa le serment et passa la frontière le 22 messidor an II (11 juillet 1794). Sur un ordre de Guimbellot Louis et de Desmontis, administrateurs du district de Barbezieux, on fit à Montboyer le partage de la succession des

(1) Alors propriétaire chez le Duc, de la maison occupée aujourd'hui par le colon de la famille Bourdier.

époux Laulaigne, et la tierce partie, revenant à l'exilé, fut aussitôt saisie, séquestrée, puis affermée 250 # à Pierre Roullet, praticien à Saint-Christophe, son beau-frère. En 1803, l'abbé Laulaigne rentra au pays et fut nommé desservant de Bazac, où il mourut en 1819.

15° PHILIPPE FILHOL, fils de maître Jean-François Filhol, notaire, et de Jeanne Cholous, naquit à La Boisse en 1765. Destiné à la prêtrise, il fit ses études à Bordeaux, sous le patronage de Jacques Cholous Saint-Hubert, son oncle, avocat distingué au Parlement. Il entra fort jeune au séminaire de cette ville et il y fut tonsuré avant ses dix-huit ans accomplis. Puis, le 4 juin 1783, il fut pourvu en cour de Rome, de la chapelle de Notre-Dame de La Garde, dans l'église d'Ambarès, à la suite de la résignation du 15 février 1783, faite en sa faveur, par messire Jean-Jacques Ballette, prêtre, docteur en théologie, curé de Saint-Sulpice-entre-deux-mers. Un acte du 27 mai 1784, signé Esmond, notaire, constate la prise de possession dudit bénéfice par le jeune abbé (1).

Quand éclata la Révolution, Philippe Filhol était-il curé d'Ambarès, vicaire de Saint-Sulpice ou de toute autre paroisse du diocèse de Bordeaux ? Rien ne le constate; le fait positif, c'est qu'il refusa le serment à la Constitution civile du clergé, et que, rentré dans sa famille et forcé de sortir de France, il partit de Montboyer avec un passeport en règle. « Je soussigné, Pierre Guimberteau, propriétaire à Montboyer, certifie qu'étant maire de la dite commune en 1792, j'ai délivré un passeport, de concert avec les membres qui composaient alors la municipalité, à Philippe Filhol, prêtre, né en cette commune, fils de Jean François Filhol et de Jeanne Cholous, pour s'expatrier en vertu de la loi du 26 août 1792; lequel passeport est du 14 octobre de la

(1) Papiers de La Boisse où se trouvent aussi les autres documents cités dans cette note.

même année, et qu'il n'est point à ma connaissance qu'il ait fait aucune autre absence. Montboyer, le 18 nivôse an IV (31 janvier 1796); signé : Bourdier, Mousset, Daniaud et Guimberteau ».

Peu après son départ, les biens de l'exilé, consistant dans la cinquième partie des immeubles de La Boisse, furent saisis, séquestrés et ensuite adjugés à titre de ferme, par le tribunal du district de Barbezieux, à Jean-François Filhol, son frère aîné, moyennant 140 # par an. Puis, le 5 messidor an II (24 juin 1794), sa part de meubles fut vendue sur la place publique par le ministère de Parenteau, huissier à Chalais, commis à cet effet, et produisit 1,011 # 5 sols, payées en assignats perdant déjà le tiers de leur valeur nominale.

Survint ensuite la loi du 2 fructidor an III, qui ordonna la main-levée du séquestre, en faveur des héritiers des biens saisis. Une note relevée sur le registre de Guimbellot, alors percepteur à Montboyer, constate que la part d'immeubles attribuée à l'exilé payait un impôt annuel de 47 # 5 sols.

L'abbé Filhol, que tout le monde alors croyait en Espagne, s'était adroitement soustrait à la loi de l'exil. Au moment d'être débarqué sur la terre étrangère, il eut un tel accès de douleur qu'un des gardiens le prit en pitié, le cacha, lui fournit un déguisement, des papiers, et le déposa, au retour, dans l'un des ports du littoral, d'où le jeune prêtre put enfin gagner Bordeaux et se réfugier chez sa cousine, Charlotte Pétronille Cholous, fille de Jacques, récemment décédé. Cette demoiselle habitait alors avec sa mère, rue Puy-Paulin, près de l'Intendance. A la faveur d'une porte dérobée qui lui permettait, au moment du danger, de se garer dans un étroit réduit, l'abbé Filhol résida ainsi clandestinement à Bordeaux durant les plus mauvais jours, et y exerça secrètement le saint ministère au milieu d'un cercle d'amis fidèles et dévoués.

A un moment donné, le bruit de sa présence à Bordeaux

prit une certaine consistance. Non seulement la maison des dames Saint-Hubert fut l'objet de la surveillance la plus active, mais des recherches furent aussi ordonnées à Montboyer et dans toutes les propriétés appartenant à la famille. A La Boisse, comme à Barbezieux, ses frères et sœurs durent fournir à l'Administration des preuves écrites de leur civisme.

« Je soussigné, agent municipal de la commune de Montboyer, certifie et atteste que Jean-François Filhol, Anne et Marie Filhol, frère et sœurs, ne se sont point émigrés, qu'ils n'ont point été portés sur aucune liste, ayant résidé sans interruption sur le territoire de la République. Fait à la Maison commune de Montboyer, le 9 pluviôse an IV (3 janvier 1796) de la République une et indivisible. Signé : Michelon, agent municipal. Vu et vérifié véritable la signature ci-dessus par nous, Administrateurs municipaux du canton de Chalais, ce 10 pluviôse an IV. Signé : Pierrat, Landreau, Hérier, Girard, Condemine et Birot ».

« Je soussigné, agent municipal de la commune de Barbezieux, certifie que Jean-Charles Filhol, officier de santé, habitant la commune, frère de Philippe Filhol, prêtre déporté en 1792, n'a jamais émigré et n'a été porté sur aucune liste d'inscription. Barbezieux, le 7 pluviôse an IV. Signé : Gallier, De Vallier et Loquet, agents municipaux. Pour vu des signatures ci-dessus : Lamorine et Robert, commissaires du district ».

Un temps vint enfin où le calme se fit dans les esprits ; et bien avant le Concordat, dans certains quartiers des grandes villes, comme dans les petites localités dirigées par des hommes sans prévention contre les principes religieux, quelques prêtres relevèrent sans bruit les autels, et reprirent discrètement leurs fonctions sacerdotales. L'abbé Filhol dut en agir ainsi à Bordeaux, car dès le Concordat, il fut pourvu d'un service à la Cathédrale, et ensuite d'un canonicat qu'il garda jusqu'à son décès. Ce digne prêtre mourut le

20 octobre 1814, à peine âgé de quarante-neuf ans. On lit dans son testament, à la date du 14 janvier 1814 : « Je donne à l'église de Montboyer mon calice (1), mes burettes d'argent, mes ornements, mes aubes et autres linges d'église, ainsi que mon missel, et je prie M. le curé de se souvenir de moi au saint sacrifice ».

*
* *

A dater de la Révolution, les vocations religieuses se font rares à Montboyer. De 1789 à nos jours, on en compte trois seulement.

1° PIERRE MASSONNEAU, mon oncle maternel, né au bourg de Montboyer, en 1796, de Gabriel Massonneau, maréchal, praticien vétérinaire, et de Marie Constantin, entra au séminaire d'Angoulême en 1816, l'année même de la fondation de cet établissement par Mgr Lacombe. En compagnie des Filhol, des Guimbellot, des Desgraviers, ses camarades de l'époque, Massonneau avait appris à Montboyer les rudiments du latin, chez le magister Ducongé de chez Rabier, et passé ensuite quatre années à la cure de Nonac, où le savant abbé Jacques Cousin, curé du lieu depuis 1805, préparait les jeunes clercs des environs aux fonctions ecclésiastiques. Prêtre en 1820, l'abbé Massonneau alla remplacer à Bazac son compatriote Laulaigne. Il administra cette paroisse durant cinquante-trois ans et y mourut fort regretté le 11 mai 1873.

2° FÉLIX JEAN-BAPTISTE DURANDEAU, le sixième des sept enfants de Jacques Durandeau, propriétaire aux Daniaud de La Tude, et de Anne Poirier, naquit en 1808. Il fut vicaire régent de Villefagnan, professeur, puis directeur

---

(1) Ce calice à coupe d'or, style Louis XV, est toujours à la sacristie de Montboyer, ainsi que les burettes et leur plateau en argent massif. Les linges et ornements sont usés ou à peu près inservables.

au grand séminaire d'Angoulême et mourut curé-doyen de Larochefoucauld. Ce fut un prêtre fort zélé et d'une grande piété. Il avait érigé aux Daniaud, dans la maison neuve de la famille, une jolie chapelle où il disait la messe, durant le court séjour qu'il faisait, chaque année, à son village natal. A sa mort, il fit don à la fabrique de Montboyer de tout ce qu'elle contenait, y compris les ornements et le beau calice en vermeil dont on n'use ici qu'à nos plus grandes fêtes.

3° L'abbé MARCELLIN OLLIVIER, aujourd'hui curé de Vouharte, clôt en ce moment la liste des prêtres du diocèse qui eurent Montboyer pour berceau. Né au bourg, le 26 avril 1856, ce digne prêtre fut le troisième des quatre enfants encore existants de défunt Isidore Ollivier, et de Marie Augeay, son épouse. Dès son plus jeune âge, il eut le goût des choses religieuses et fut, durant trois années, le plus assidu des enfants de chœur du curé Chassang, qui lui apprit les rudiments du latin et le fit admettre, en 1870, au petit séminaire de Richemont. En octobre 1875, notre jeune clerc entra au grand séminaire et, ses études terminées, il fut ordonné prêtre par Mgr Sebaux, le 7 juin 1879, puis chargé du vicariat de Larochefoucauld. Il ne resta que peu de temps à ce poste d'épreuves et fut promu, le 18 août 1880, à la cure de Vouharte, qu'il occupe encore aujourd'hui, à la satisfaction de toute la paroisse.

CHAPITRE IX

CATHOLIQUES ET PROTESTANTS

~~~~~~~~

Leur proportion dans la Paroisse. — Progrès de l'hérésie au XVIᵉ siècle. — L'abbé Cochois. — Abjurations nombreuses constatées sur deux registres.

Dès le milieu du xviᵉ siècle, le protestantisme compta quelques adhérents à Montboyer. Y furent-ils jamais bien nombreux ? Ce n'est pas à croire, surtout si l'on en juge par le petit nombre de vieillards des deux sexes, portant encore ici, vers la seconde moitié du xviiᵉ siècle, des prénoms tirés de la bible, comme il était alors d'usage dans toutes les anciennes familles des religionnaires (1). A cette époque, les protestants occupaient à Montboyer presque

(1) Au bourg sont les Abraham et Simon Égreteau, personnages assez marquants pour donner leur nom au quartier qu'ils habitent. On lit encore en effet « rue Égreteau » à l'angle d'une vieille maison de ce quartier. Puis les Joël, Samuel, Sara et Abraham Dumeteau, les Daniel, Michelon, les Jacques, Gédéon et Isaac Roux, les Daniel et Judith Cholous.

David Guimbellot d'une vieille souche de protestants, domicilié chez Gigon, passe acte, en 1580, avec Jacob, Simon et Sara, ses frères et sœur. Son village alors de huit ou dix feux, n'est peuplé que d'hérétiques, si bien que près de trois quarts de siècle s'écoulent sans qu'on enregistre de ce lieu une seule naissance catholique, ni aucun décès.

tout le quartier des Égreteaux ; et dans la paroisse, cinq villages au plus sur soixante-dix-huit : Ce qui les porte à peine au quinzième de la population totale.

L'hérésie ne gagna réellement de terrain à Montboyer que vers 1660, alors que Michel Bellot, nouveau ministre fort goûté à Chalais, obtint, avec le concours des anciens de cette ville, la réouverture du temple. Tout fut alors mis en usage pour y attirer la population de Montboyer, et les jeunes vicaires du curé mourant La Hautière, furent impuissants à soutenir la lutte.

Durant plusieurs années, nombre de catholiques de la paroisse se rendirent assidûment au prêche à Chalais, et finirent par tomber dans l'erreur. Les archives protestantes de cette petite ville constatent en effet que plusieurs ménages de notre localité, déjà mariés à l'église, reçurent de nouveau la bénédiction nuptiale des mains du ministre Bellot qui, vers la même époque, enregistra aussi une quarantaine de baptêmes d'enfants (1).

L'abbé Cochois, prêtre de grand mérite, nommé curé de Montboyer en 1663, contrebalança bien vite la déplorable influence du ministre Bellot. Docteur en Sorbonne, brillant orateur, missionnaire ardent, tout pétri de science et de foi, il se multiplia tellement qu'il fit partout tête à l'ennemi. Sa parole éloquente, convaincue, persuasive, lui gagna tous les cœurs. On vint de fort loin assister à ses conférences ; et ses ouvrages de controverse fort goûtés du public, furent bientôt dans toutes les mains. En moins de dix ans, il ramena à l'église, non seulement les malheureux apostats de l'époque, mais aussi un grand nombre des hérétiques du vieux temps (2).

Deux registres conservés à nos archives, relatent ces faits. Le premier comprend 57 abjurations, de 1667 à 1679 ;

----

(1) Pièces justificatives, extraits des registres protestants de Chalais, n° 12.

(2) Pièces justificatives, n° 13, actes d'abjuration.

le second en note treize en 1679 — douze en 1680 — deux en 1681 — sept en 1683 et une seulement en 1684. Plusieurs feuilles manquent aux registres. Au revers de la couverture figurent en outre, chacune en une ligne et sous forme de notes, 33 abjurations, obtenues les 20, 21, 23 et 25... 1685. Ces dernières paraissent précipitées. Furent-elles le résultat de quelque pression administrative, ou causées seulement par la panique que dut produire dans le pays l'annonce de la prochaine entrée en campagne des dragons du régiment de Pinsonnel, chargés par Louvois d'opérer avec ceux du brigadier d'Asfeld (1) partant de Saint-Jean-d'Angély, contre certaines localités trop remuantes de la haute Saintonge ?

Quoi qu'il en soit de ces dernières conversions, trois seulement ne furent pas durables. Jeanne Égreteau et Marie Masson, cousines germaines, domiciliées chez Gigon, sont notées comme relaps, et se convertissent de nouveau en 1701, en compagnie de Jacques Guimbellot, aussi du même lieu ; et pour ce dernier, dit-on, après trois mois de préparation sérieuse, laquelle fut évidemment fort insuffisante, puisque le 28 mai 1713, ce même Jacques Guimbellot, alors époux de mademoiselle de Saint-Romain, se convertit de nouveau et transcrit de sa propre main l'acte suivant au registre des abjurations :

« Je Jacques Guimbellot, fils de Jacob et de Marguerite Cholous, demeurant chez Gigon, paroisse de Montboyer, en Saintonge, ai fait abjuration pour la seconde fois de la religion prétendue réformée, dans laquelle mes père et mère m'avaient élevé, laquelle j'abjure de nouveau et déteste de tout mon cœur, demandant pardon à Dieu de mon infidélité passée, faisant aujourd'hui résolution ferme de vivre et mourir dans la pratique de la religion catholique apostolique

(1) Officier suédois au service du roi, devenu plus tard Maréchal de France (Revue de Saintonge 1898, page 118).

et romaine, voulant même que M. le curé, entre les mains duquel je fais ladite abjuration et profession de foi, en cas d'infidélité, se serve du présent acte pour me faire punir, si je ne m'acquitte pas des devoirs que j'embrasse. Témoins : Bomard praticien, Pierre Masson marchand, Pouget vicaire, Roche curé, Troplong sacristain qui ont signé avec moi, Jacques Guimbellot ».

Le total des conversions obtenues à Montboyer par les curés Cochois, Duclos et Roche, s'élève à 138, dont les trois quarts au moins sont au profit de la paroisse ; les autres convertis, personnages plus ou moins marquants des localités voisines, s'empressant de faire sanctifier ici, leur retour à la foi catholique, par ceux-là même qui leur en ont fourni les moyens.

Notons parmi les derniers ; Marie Charron de Chenaud, en Périgord — Pierre Bernard maître Chapellier à Parcoult, accompagné de son père, de ses frères et beau-frère et de M. Dubey son curé, — Marguerite de Lavergnie de Brossac, — Joseph Robert de Saint-Laurent, — Marie Gilbert de Sallignac et son frère Paul Gilbert, maître chirurgien — Jacques Gomme Marchand à Bourdeaux, paroisse de Sainte-Eulalie, — Renée Champagne de Chillac, — Guillaume Mesnier de Nonac, — Pierre Guerrit praticien à Saint-Eugène en Périgord, — Isaac Babaud, sieur de Praineau, advocat au parlement de Paris, demeurant à Confolens, paroisse de Saint-Barthélemy, — David Beauregard, maître chirurgien à Rioux-Martin et la famille Beauchamps, des Roches-en-Curac (sic), composée du père, de la mère et de trois enfants de vingt à vingt-trois ans.

Chacune de ces abjurations était inévitablement à Montboyer l'occasion d'une véritable fête religieuse. Outre les parents et les amis de la famille convertie, il y avait toujours à l'église nombreuse assistance et bon nombre des notabilités de l'endroit. Deux curés au moins présidaient à la cérémonie et un notaire à ce spécialement appelé, qui dressait toujours en due forme l'acte d'abjuration (1) devenu nécessaire au nouveau converti. Par suite on ne compte pas moins de cinq, dix ou quinze signatures à chaque acte d'abjuration ; et à part quelque religionnaire de marque, à la conversion duquel tout le monde assiste, ce sont toujours les familles entières, bien que souvent pauvres, qui réunissent le plus de sympathie. L'acte suivant en est une preuve : « Aujourd'hui 18 janvier 1679, Abraham Roux tailleur d'habits. habitant le village de Fraignaud près le bourg, âgé de quarante-cinq ans, et Marthe Labrousse sa femme âgée de trente-cinq ans, accompagnés de leurs enfants : Abraham Roux âgé de quinze ans, Jacques Roux âgé de quatorze ans, ayant chez eux une fille paralytique âgée de douze ans, et une autre de deux ans, ont comparu publiquement dans l'église Saint-Vincent de Montboyer, devant M. Nicolas Cochois, prêtre, docteur en théologie, curé de Montboyer et archiprêtre de Chalais, lesquels en présence des témoins soussignés, du notaire et de plusieurs autres, ont fait abjuration de la prétendue religion réformée et de toutes les erreurs contraires à la foi catholique, et promis de vivre et mourir selon les enseignements de la Sainte Église catholique apostolique et romaine. Les dits Roux ont déclaré ne savoir signer, de ce dûment interpellés. Signé Cholous, Montrignac notaire royal, François Montrignac juge sénéchal, Denys Daniaud procureur, Desrozier, Guillemet maître ès-arts, Brisson notaire, Blanc, Brisson médecin, Duchemin, Brisson et Pierre Goret clercs, Cendret vicaire et Duclos curé ».

(1) Pièces justificatives, n° 14.

CHAPITRE X

PROFESSIONS DIVERSES

~~~~~~~

Cultivateurs. — Marchands. — ·Chervaires. — Tisserands, etc. — Culture du chanvre. — Son extension. — Professions disparues.

Anciennement, comme aujourd'hui encore, la majeure partie de la population de Montboyer cultivait la terre; mais il n'était point de famille de cultivateurs, si peu nombreuse qu'elle fut, qui n'exerçât une industrie quelconque, ou ne se livrât à quelque commerce. La difficulté des transactions, résultant du mauvais état des chemins et du peu de sécurité que parfois ils offraient, obligea, durant des siècles, chaque localité à se suffire à elle-même et à se pourvoir de toutes les choses de première nécessité, soit en les fabriquant sur place, soit en les y centralisant au moyen d'apports successifs. De là cette foule de cultivateurs se transformant à l'occasion en petits marchands, et allant chercher au loin ce qui manquait au pays : le fer, aux forges du Périgord ou à quelques dépôts plus rapprochés; le sel, aux entrepôts d'Angoulême ou de Cognac, parfois même à la cachette isolée du faux-saulnier; enfin la laine vers Blanzac ou les rives de la Charente; tandis que d'autres achetaient sur place les grains, l'huile, le chanvre, le fil, la toile et la serge, dont ils approvisionnaient les marchés de Barbezieux et de Larochefoucaud, rapportant souvent de ce dernier centre le merrain

dont on fabriquait ici les fûts à eau-de-vie. Passaient aussi
dans le pays de nombreux marchands des grandes villes,
colportant dans les maisons riches de la campagne, la soie,
les bijoux, les fines épices et la parfumerie. Deux Bordelais,
Jean Nicolas et Jacques Gommes, dont nos registres mentionnent, à l'église de Montboyer, les actes d'abjuration, aux
dates du 8 octobre 1671 et 18 octobre 1676, étaient évidemment de ces négociants de passage.

Et dire que tout le commerce d'alors se faisait à dos
d'âne, de cheval ou de mulet! Que de montures et de con-
ducteurs il fallait pour une telle besogne! Il faut bien ajouter
qu'en dehors des travaux absorbants des semailles et de la
récolte, tout le monde était ici un peu marchand, même les
cadets de famille. C'était souvent aussi le lot de tous ceux
qui, par faiblesse de constitution, infirmités ou autres causes,
ne pouvaient s'appliquer utilement à la culture du sol.

Fort souvent aussi, en vue d'ajouter à leurs petits bénéfices,
les fabricants du lieu voituraient eux-mêmes au loin leurs
propres produits. Alors on voyait, en effet, les Bourdier, si
longtemps propriétaires des tanneries de la font-Poineau,
porter leurs cuirs aux villes voisines, et la famille Avril, de
chez Cosson, travaillant du même métier, fournir au détail
les cordonneries du voisinage. Il en était de même des tisserands de profession et des sergiers, qui écoulaient à dos
de mulet quantité de leurs produits sur Saintes et sur Barbezieux.

Dans la classe des travailleurs, les deux métiers les plus
en vogue étaient, en ce temps, ceux de *chervaires* et de
tixiers à toile. Point de famille de colons ou de propriétaires
qui ne comptât, parmi les siens, un peigneur de chanvre, ou
quelque tisserand. Le fils aîné, héritant de droit de la navette
de son père, ajoutait, à chaque génération, un anneau de
plus à cette longue chaîne de cultivateurs-tisserands qui prit
fin dans nos campagnes il y a cinquante ans à peine, et dont
quelques descendants, bien que ne faisant plus de toile au-

jourd'hui, n'en conservent pas moins religieusement le vieux meuble de la famille. Comme preuve de ce fait, ne voit-on pas encore souvent, aux déménagements de la Saint-Michel, certains cultivateurs de la contrée voiturant avec leurs meubles le traditionnel métier des ancêtres ?

*
* *

Dès la fin du xviie siècle, le pays produisait beaucoup de chanvre. Peu ou prou, chacun tenait à en récolter. Pas un ménage qui n'eut alors sa chenevière; et les bordiers, ou simples locataires ne disposant que d'un jardin, se privaient volontiers de certains légumes pour ensemencer en chanvre quelques-uns de leurs carrés (1). On manque évidemment de données suffisantes pour indiquer, dans le xviiie siècle, le produit annuel du chanvre à Montboyer; mais en se basant sur quelques quittances de l'époque, il est possible d'arriver à une approximation suffisamment exacte. En 1712, le curé Roche retire argent 300 # de la ferme de sa dîme de chanvre, ce qui, à 2 sols 1/2 la livre, donne 2,600 livres pesant de filasse, et pour toute la paroisse environ 11,000

(1) Le 29 mai 1631, Françoise Merlet, sœur d'un notaire du bourg et veuve de Gabriel Pascaud, en son vivant maître chirurgien, vend à Jehan Montrignac, dit Lachaume, marchand au bourg, les maison, jardin et chenebard (chenevière) qu'elle possède à Montboyer, entre le cimetière et la fontaine du Grand-Lavoir. L'acte, signé Brisson, notaire, porte que la propriété vendue touche, du côté couchant, aux bâtiments, jardin et chenebard de l'acquéreur, et d'autre part aux aireaux, jardin et chenebard d'Hélias Coiffard. Cela ne fait pas moins de trois chenevières dans l'étroit espace sus indiqué. Il est vrai que le pré Guérin d'aujourd'hui avait alors bien moins d'étendue, ne formant au nord qu'une bande étroite arrosée par le Sarrillon, se prolongeant du côté levant jusqu'au cours du Mardasson.

Les actes de ferme ou de vente du xviie et xviiie siècle, portant fourniture de semences, n'indiquent jamais moins de deux boisseaux de graine de chanvre et souvent cinq ou six pour chaque propriété.

livres. Cette dîme, à l'époque, se prélevant du cinquième au quart.

*
* *

Avant de devenir de la toile, le chanvre passait en bien des mains et subissait de nombreuses transformations. Mis à poignées lors de l'arrachage, il était, de là, porté au royeur, où une immersion de huit à dix jours dissolvait la gomme reliant la filasse à la chenevotte. Séchées au soleil et au besoin chauffées au four, ces poignées étaient ensuite passées au *machoir*, vulgairement *machour*, puis à la *beurge* en bois à lamelles plus fines, et même au chevalet de fer pour en détacher toutes les aigrettes. La filasse, qui se détachait de ce travail, prenait le nom de *chanvre en rames*, et mise en paquets, elle était alors passible de la dîme du cinquième revenant au curé.

Plus tard, le chanvre passait aux mains du *peigneur* qui, moyennant un ou deux liards par livre pesant, en tirait quatre qualités de plus en plus fines : *têtes*, *étoupes*, *reparonnes* et *brin*. Et c'est sous ces différents noms et en paquets de formes spéciales, qu'il était alors distribué aux fileuses : le brin aux plus habiles, les reparonnes aux médiocres, les étoupes, têtes et rapail (1) aux jeunes filles débutant dans le métier, ou aux vieillards dont la vue trop affaiblie s'opposait à la confection des fils fins.

Filer le chanvre était alors l'unique occupation de nos villageoises (2); et si, parfois, il arrivait que la récolte de

(1) Rebut, chanvre mort sur pied, ne pouvant faire que des toiles à sacs, ou des cordes pour les écuries.

(2) On ne tricottait pas encore à la campagne. Les tailleurs et tailleuses confectionnaient des chausses en grosse serge, à ceux qui d'ordinaire en portaient. Les bas tricottés ne furent d'usage dans les familles riches que vers la fin du xviie siècle. Le peuple n'en usa que bien longtemps après.

l'année ne suffisait pas à l'activité de la famille, on prenait chez le curé, ou quelque riche propriétaire du lieu, de nouvelles quantités à filer. On veillait tard alors ; et c'est à la pâle lueur de la résine, cette lumière du pauvre à l'époque (1), que la famille entière travaillait tout l'hiver : les hommes, assis à leur métier à toile, jouant gaiement de la navette, les filles et les femmes faisant de nombreuses et grosses *fusées*. Et quand parfois, en vue de rompre la monotonie du travail et de s'égayer un peu, afin de trouver la soirée moins longue, les fileuses du voisinage venaient faire la veillée en commun, oh ! alors, on allumait deux résines au lieu d'une ; et nos fileuses, quenouilles au côté, groupées autour de l'âtre brûlant, devisaient à qui mieux mieux en faisant tourner le rapide fuseau. Parfois aussi, elles chantaient à l'unisson le vieux Noël ou la romance du jour : et il était rare que la soirée se terminât sans que l'agréable conteuse de l'endroit eut débité son Petit-Poucet, Barbe-Bleue, ou la légende alors si goûtée de l'infortunée Geneviève de Brabant.

Bon vieux temps, où es-tu ? Ah ! si loin que tu sois, combien encore ton souvenir m'est doux ! Et que j'aime à me reporter à ces jours heureux de ma première jeunesse !

(1) La bougie alors n'était pas connue, et la chandelle de suif, aujourd'hui si dédaignée, était encore rare et chère. On n'en usait à la campagne que dans les fêtes de famille, réunions, noces ou festins. Le reste du temps, on s'éclairait partout à la résine. Dans les villages, chaque ménagère fabriquait elle-même sa provision d'hiver ; ou bien elle se la procurait chez l'épicier du coin, en paquets de douze pour deux sous.

Cette chandelle consistait en un léger cordon de chanvre peu tordu que l'on trempait à diverses reprises, après refroidissement successif, dans un bain de résine fondue, jusqu'à ce qu'elle eut atteint la grosseur du doigt. La résine brûlait vite, pétillait, donnait force fumée. On la suspendait dans la cheminée entre les côtés d'un morceau de bois fendu nommé *lioube*, ou d'un ressort en fer de même forme dont le bout opposé tenait dans un trou de la muraille.

*
* *

Au bourg de Montboyer, outre les maçons, tailleurs, charpentiers, maréchaux, sabotiers, cordonniers, barbiers, etc. — ouvriers de tous les temps et de tous les lieux — on voit figurer, du XVIᵉ siècle à la Révolution, une masse de professions ayant aujourd'hui disparu, ou tout au moins changé d'étiquette. Il y avait surtout alors des *saulniers* (marchands de sel) — des *chervaires* (peigneurs de chanvre), — des *tixiers à toile* (tisserands), — des *escardeurs* de laine — et des *sergiers* renommés. Les Ducq, dont la famille, fort ancienne, donna son nom à notre quartier, avaient leurs métiers dans la vieille maison à galerie que la mienne a remplacée. De père en fils, ces propriétaires restèrent sergiers au bourg près de deux cents ants; et quand, par suite d'alliances, ils allèrent habiter l'Anglade et Chez Mousset, ils se réservèrent, pour plusieurs années, la jouissance de l'appartement où étaient installés leurs métiers, et prirent par acte (1) l'engagement de guider dans l'étude de leur profession Jehan Ducq, leur neveu, fils de feu Guillaume et de Marie Petit.

A ce même quartier des Ducq se trouvait alors aussi un maître *chapelier*, Jacques Bourdier, allié à la famille Duc. Son fils l'y remplaça de 1678 à la fin du siècle. Au bourg, figurait en ce temps le maître d'école Jean Guillemet, sous le titre ronflant de *maître ès-arts libéraux*. Pierre, son fils, lui succéda au même titre en 1693. Abraham Dumeteau était de même au bourg « maître *hostellier* ». Pierre Ducongé, « maître *arquebusier* », lequel laissa, pour lui succéder, Élie Ducongé son fils, le grand'père du maître d'école, dont il est parlé page 82; Danyaud, marchand *ferron*, fort

---

(1) Acte de partage des enfants Duc, du 25 juin 1660. Montrignac, notaire. (Papiers de famille).

achalandé ; Jean Renard, *sellier;* Michel Brisson, *apothi-caire;* Jean Amelin, marchand de *serges et draps;* Jean Brisson, *sirurgien* (sic), avec Herier et Louis Cholous, que remplacèrent ensuite Jean Dufour et les frères Laulaigne. Puis vinrent avec le même titre, François Brisson et les Michelon père et fils. Ce dernier n'eut pas, comme *médecin*, la main heureuse. Il perdit très jeune ses quatorze enfants, puis sa femme et mourut dans la force de l'âge en 1812.

CHAPITRE XI

JUSTICE

La sénéchaussée de Montboyer. — Juge sénéchal.
— Greffier. — Procureurs, Sergents-royaux. —
Notaires faisant fonction de procureurs.

Au XIIIe siècle, alors que les seigneurs de Montboyer
possédaient non seulement toute la paroisse, mais aussi
Saint-Martial et de fortes enclaves en Saint-Laurent, Brie,
Curac, Sainte-Marie et autres lieux, ils avaient droit de
haute, moyenne et *basse* justice. Mais, après la guerre de
Cent ans, la seigneurie ayant été démembrée et réduite à
la seule terre de Montboyer, la vicomté ne conserva que le
droit de *moyenne* et *basse* justice, et sa sénéchaussée ne
s'occupa plus que des affaires de second ordre. Elle n'en
subsista pas moins jusqu'en 1791, et continua de tenir
ses séances dans son prétoire ordinaire, situé sous la halle,
partie compris entre la maison Guimbellot-Bois (aujourd'hui
maison Bonnin) et le passage qui, sous ces mêmes halles,
mène du côté midi, aux servitudes de cette maison. Il reste
en ce point, sur les deux murs, où est aujourd'hui adossé le
refuge des mendiants, des traces de cette ancienne construction qui fut démolie en 1792.

A la tête du parquet de Montboyer, était alors un juge

sénéchal (1) assisté de son greffier et d'un procureur fiscal, chargé par le seigneur de la défense de ses intérêts particuliers et de ceux du roy. Au lieu d'huissiers pour la mise en cause et la citation à comparaître, on avait alors les sergents-royaux, au nombre de deux au moins, attachés à la dite cour, souvent trois ou quatre, afin que dame Justice n'eût pas à chômer. Nul plaideur ne pouvait se présenter à l'audience, même dans les causes du plus mince intérêt, s'il n'était assisté d'un procureur. C'était absolument comme aujourd'hui, quand, pour un procès sérieux, on constitue avoué au tribunal de Barbezieux. Cette immixtion de tant d'hommes de loi au sein de toutes les petites juridictions d'alors, était certainement le plus grand obstacle au règlement des affaires courantes. D'incidents en incidents, les choses se compliquaient à tel point qu'en fin de compte, bien que les frais cotés pour chaque paperasse écrite ou signifiée, fussent absolument faibles, ils n'en arrivaient pas moins à décupler fort souvent la valeur de l'objet en litige.

Un fait certain, c'est que le gros des procureurs ne vivait que de chicane ; et que, pour quelques délicats qui ménageaient les clients, bon nombre d'autres étaient habiles à les mettre en mauvais chemin, et à rendre douteuses les meilleures situations. Souvent même, il leur arrivait de prolonger les débats jusqu'à la ruine à peu près complète de leurs malheureux clients (2).

---

(1) Officier de justice dans une juridiction déterminée, le juge sénéchal était le principal officier du seigneur. Magezir et Montboyer, ne firent jamais qu'une seule sénéchaussée. La Boisse eut aussi, à certaines époques, un juge séparé : mais, quand elle passa aux mains des Talleyrand, les affaires de cette juridiction furent portées à la sénéchaussée de Chalais.

(2) Mathieu Tissereau, propriétaire chez Motard en 1780, demandeur en désistat contre Pierre Rullier pour un pré que Tissereau père avait vendu à ce dernier, arrive à produire devant le juge sénéchal de Chalais, à la suite d'un nombre infini d'audiences, cinquante-et-une pièces :

*
* *

Juges sénéchaux ayant occupé le siège de Montboyer de
1605 à 1789 : JACQUES PYRAULT, 1605-1624 ; — PIERRE
NICOLAS, 1624-1662 ; — Jehan BRISSON, notaire royal, juge
suppléant aux mêmes dates : DANIEL NICOLAS, 1662-1673 ;
— PIERRE MONTRIGNAC du Grand-Village, 1673-1701 ; —
FRANÇOIS MONTRIGNAC au bourg, 1701-1712 ; — JEAN
CHOLOUS, postulant, 1715 ; — GABRIEL DANIAUD de
l'Anglade, 1722-1740 ; — FRANÇOIS GANINET DESGRA-
VIERS, 1740-1762 ; — J. GANIVET DESGRAVIERS, 1762-
1787 ; — BARTHÉLEMY BOUCHERIE de la Case, 1787-1791.

*
* *

Greffiers : PIERRE MERLET, notaire au bourg, 1605 ; —
FRANÇOIS MERLET, 1640-1661. — MATHIEU CHOLOUS,
1665-1672 ; — JEAN DAMOUR, 1673 ; — ARNAULT BRISSON,
notaire, 1688. — MATHURIN BAUMARD, 1706-1737 ; —
JEAN FOUYNE, 1740 ; — GUIMBELLOT, 1760-1776 ; —
DUMETEAU, 1776-1780 ; — VENOT, 1780-1787 ; GABRIEL
GUIMBELLOT, 1791.

*
* *

Procureur fiscal. — Occupèrent ce poste : SIMON DA-
NYAUD, des Danyaud de Boisse, 1610 ; — MATHIEU et
JEAN CHOLOUS, de 1610 à 1670 ; — BAUMARD père et fils,
de 1680 à 1730 ; — JEAN CHOLOUS, 1730-1740 ; — JEAN
FILHOL, 1740-1760 ; — GANIVET DESGRAVIERS, 1770-1787.

exploits, appointements, dires, copies, requêtes, **avenirs**, quittances
signifiées ou inventoriées à l'audience du 7 juin 1784 par son procureur.
Le procès ne prit fin qu'en 1786, après la ruine complète de Tissereau.

* *
*

Procureurs. — Sous ce titre, nous retrouvons tous les notaires et praticiens du temps disséminés un peu partout, au bourg et dans les villages. En 1673, on en trouve jusqu'à six à la fois en exercice à Montboyer. Jugez quelle consommation de papier timbré devaient faire tant d'hommes de loi, en leur double qualité de notaires et de procureurs. Les notaires les mieux en titre se qualifiaient alors : notaires royaux héréditaires. Les autres ne figuraient dans leurs actes que sous le nom d'arpenteurs-jurés. Ces derniers avaient charge dans tous les démêlés où le fisc était en cause, de vérifier les contenances des diverses prises (1) de la paroisse et d'établir les cotes dues par chaque propriétaire proportionnellement à l'étendue de terre qu'il possédait. Leur travail en ce point devait concorder avec les données fournies par les baillettes du xv⁰ siècle, alors religieusement conservées par les intéressés. Et c'est en relatant dans leurs actes les dates de ces vieux titres, les faits y énoncés, en nous les transcrivant même parfois en entier, que ces notaires nous ont conservé de précieux éléments sur la création de la propriété foncière à Montboyer, avec les noms des propriétaires qui l'acquirent, et de ceux, bien plus nombreux encore, qui la possédèrent plus tard. La majeure partie de ces vieux actes porte la signature du notaire Penard. Leur unique défaut est d'être trop rares.

*
* *

Liste des Notaires de Montboyer ayant presque tous fait

(1) Étendue de terre comprenant tout le lot anciennement arrenté au même individu par le seigneur du lieu, parfois une partie du village, rarement le village entier. Chez Mousset renfermait 4 prises ; chez Rabier 6 ; chez Simonnet 2 seulement.

fonctions de Procureurs aux audiences de la cour de céans (1).

11 juillet 1451. Thérot Constantin. — Baillette de la prise des Égreteau.

15 août 1457. Durousseau. — Baillette du 1er et 2e mas de la prise des Gigon.

15 mars 1472. Simonnet. — Baillette ou arrentement de Pierre Bragier, seigneur de Magezir et de Jehanne sa femme, en faveur de Guillaume Guyard.

17 mars 1524. Dangibaud. — Mariage d'Antoine Delezinier avec Marguerite Audigier fille d'André chez Audigier.

29 may 1568. Charles au bourg. — Oblige de Pierre Dubreuil d'Yviers à François Cholous marchand au bourg.

8 juin 1563. Genteault. — Oblige de Guillaume Raffin au même.

25 septembre 1584. Motard chez Poirier. — Échange entre Jehan Audigier dit le mousnier et François Delezinier.

1572 à 1614. Jousseaume. — Vente par Simon Danyaud. d'une terre aux Jolinet-Couteleau près des Audigier à Jehan Delezinier. — 16 février 1572.

16 février 1589, Rouault. — Oblige de 27 # 10 sols par Mathurin Giraud de chez Cosson en faveur de messire Viault, seigneur de Lamaud et de Chamberlane, et avocat au parlement de Bourdeaux, pour vente de blé.

10 janvier 1593. Pirault, chez Berthelot. — Vente par Mathieu Giraud de chez Cosson à son père.

20 janvier 1594. Symon Danyaud, aux Danyaud de Boisse. — Quittance de 260 # par François Poyneau à son père, meunier au moulin du même nom.

15 juin 1613. Pierre Sureau. — Échange entre Mathurin Giraud des Petits-Mousset et Billandeau.

---

(1) Le relevé détaillé de tous les actes encore existants de ces anciens notaires serait certainement d'un grand intérêt pour notre histoire locale, mais nous ne mentionnerons ici qu'un seul de ces actes en regard du nom de chaque notaire.

... mars 1615. BERTRAND CHAUVIN aux Danyaud de Boisse. — Son acte de mariage avec Marguerite Cholous.

3 novembre 1616. GRIMAUD. — Quittance de Barthélemy Danyaud de chez Motard à son père Léonard Danyaud des Danyaud de La Boisse.

2 janvier 1618. MASSONNEAU. — Quittance de 25 # de Pierre Sanson de chez Bouchet à son père Étienne.

16 janvier 1622. J. POUSSARD, au bourg — Partage d'une métairie chez Gigon entre David Guimbellot et Jeanne Sauvaget sa femme, d'une part, et Nonciade Guimbellot femme Hérier, de Farziou d'autre part. Témoins Jacques Dumeteau, Chiron, fils à Simon, J. Michelon, J. Esgreteau, Pierre de la Ville Dubois, Lavaud et Grimaud. (Papiers Poitevin).

1628. HÉLIAS BOURDIER, chez Poineau — Oblige de 26 # par François Motard à Jehan Jaulin.

1619-1630. J. CHAUVIN. — Vente de fonds par Jehan Rillac à Pierre Gaboriaud.

7 décembre 1632. ROBINAUD. — Calcul de la prise des Guyard à la demande de Cholous, chez Brijaud.

16 janvier 1636. MICHELON chez Michelon. — Vente par Marguerite Masson, veuve Jaulin chez Mousset, à François Giraud.

1646-1663. MERLET, au bourg. — Cheptel de moutons de 23 # donné par Christophe Giraud de chez Cosson à Étienne Audigier de chez Audigier.

1620-1645. MALEUILLE, aux Daniaud de Boisse. Calcul d'un mas de la prise de chez Gigon, 28 novembre 1630.

1660-1689. MICHEL BOURDIER chez Poineau. — Fait de nombreux actes dans la juridiction de La Boisse, payant les droits de lots et ventes à Chalais.

1660-1682. BRISSON, au bourg. — Mariage de J. Faucher et de Marie Chollet domestique à La Boisse. 25 octobre 1677

1684-1720. FRANÇOIS BRISSON, au bourg. — Obligation de 117 # par Michel Nadeau de chez Mousset à M. Bousquet du bourg, 14 may 1674.

5 janvier 1644. MONTRIGNAC, Grand-Village. — Vente par J. Delezinier à Pierre et Christophe Giraud.

1671-1704. MONTRIGNAC, au bourg. — Oblige de Abraham Dumeteau marchand boucher à Léonard Daniaud de chez Motard pour vendition de deux moutons, prix 4 #.

1630-1370. CHOLOUS, au bourg. Oblige de 20 # de Pierre Duc, sargier au bourg, à François Montrignac, sergent royal, 7 juillet 1664.

16 mai 1680, GENTAULT. — Arrentement de la prise des Blais, entre 25 tenanciers et le duc de La Force seigneur de Montboyer. (Papiers Veillon François chez Foucaud.)

1693-1730. J. BOMARD, au bourg. — Vendition de trois pièces de terre à André Petit de la Roche, par Catherine Gilbert.

1709-1742. P. PIAT, au bourg. — Mariage de François Avril, fils de Joseph et de Mathurine Giraud, de chez Cosson, avec Jeanne Berguin, fille de Paul et de Jeanne Tisseraud de Grateloube.

1724-1762. J. PENARD, aux Daniaud — Copie de la Baillette des Guyard sur l'original alors fourni par M. Augereau du Grand-Village, fermier des droits seigneuriaux.

15 mars 1743. J. FOUYNE. — Baillette d'arrentement du village des Favraud-Grimaud-Baudin.

1769-1772. Ph. PENARD, aux Daniaud. — Calcul de la prise des Égreteau. (Papiers Giroudet.)

1712-1728. J. CHOLOUS. — Transaction entre Baumard notaire et procureur, et Pierre Dallet de chez Dallet. Dallet a défriché une chaume achetée de Baumard, et l'a plantée en vignes. Ce dernier l'attaque en désistat, et obtint en plus un titre de rente seconde de 6 # par an.

1745-1770. CHOLOUS Saint-Hubert chez Brijaud fut l'un des plus riches notaires du temps. A sa mort, il possédait tout chez Brijaud, chez Guyard, chez Simonet, avec les trois quarts de la Tavernerie et trois maisons au bourg de Montboyer.

6 mars 1752. A. BRISSON. — Mariage de Marie Filhol fille de Pierre Filhol notaire à La Boisse avec Sulpice Bourrut sergent royal chez Pineau en Saint-Martial.

1740-1759. P. FILHOL. — J. Troplong, boucher chez Rodard, vend à Jaulin, son beau-frère, un banc de boucher sous les halles de Chalais. 8 septembre 1753.

10 juin 1766. G. DESGRAVIERS. — Ferme de la métairie des Guyard par Dumonteil de la Tavernerie à J. C. Michelon médecin au bourg.

6 juillet 1791. J. F. FILHOL. — Obligation de 30 # par Montrignac marchand boucher, à Dubreuil au bourg.

1780-1798. BARTHÉLEMY BOUCHERIE. — Règlement après procès entre Tisseraud père et fils de chez Motard. 2 décembre 1788.

1760-1783. GUIMBELLOT. — Traité après procès entre Montrignac de chez Fragnaud et Espière son beau-frère, des Daniaud de La Boisse. 4 novembre 1779.

1782-1812. DUMETEAU, au bourg. — Résiliation de ferme entre ledit Montrignac et le curé Hardy, en date du 7 octobre 1788.

Octobre 1787. G. BOURDIER. — Arrentement par P. Daniand bougeois, propriétaire chez Michelon, d'un aireau et jardin à Pierre Rabier de chez Dallet.

*
* *

Sergents-Royaux, exerçant dans la sénéchaussée et parfois aussi, mandataires à Chalais.

LOUIS BOURJADON au bourg, 1474, — ROBERT LEMEUSNIER aux Bouchier, de la famille des Lemeusnier d'Angoulême, 1630, — GASTON CHOLOUS, beau-frère du précédent, de 1626 à 1640, — JACQUES NEBOUT aux Bouchier, de 1632 à 1650, — JEAN CHAUVIN au bourg, de 1608 à 1625, — JACQUES BERNIER chez Rabier, de 1650 à 1670, — FABVRAUD chez Fabvraud, de 1640 à 1660, JEAN MOUSSET chez

Mousset et au bourg, de 1656 à 1680, — FRANÇOIS MONTRI-
GNAC aussi au bourg, de 1671 à 1693, — ROUTHIER, idem,
1726, — AUDIGIER chez Audigier, 1737, — PIERRE MOUS-
SET, au bourg, de 1730 à 1751, — MICHEL PETIT, à La
Roche, et au bourg après son mariage avec Marie Penard
des Daniaud de La Boisse, de 1751 à 1764, — JEAN BAU-
MARD au bourg, de 1744 à 1774, — JEAN PENARD des
Daniaud de La Boisse, de 1740 à 1762, — LUZINIER (1) chez
Audigier, 1766, — DE LA ROCHE, chez Le Blais, 1768, et
ARRONDEAU de chez Dallet, le dernier en exercice à Mont-
boyer, de 1770 à 1791.

(1) Descendant des Delezinier, figurant au même village durant les
siècles précédents.

CHAPITRE XII

CRÉATION
DE LA PETITE PROPRIÉTÉ

~~~~~~~~~~

Sa date. — Premiers arrentements. — Sous quel
seigneur. — Baillettes ou actes de cession. —
Conditions. — Les anciens « Maysnes » deviennent nos villages actuels. — Copies de baillettes.

Il faut remonter jusqu'au milieu du xvᵉ siècle, pour trouver
à Montboyer la première trace de la propriété foncière.
Avant cette époque, les terres de la Vicomté étaient le
patrimoine exclusif du Seigneur du lieu, qui, chargé de fournir terres et logement aux cultivateurs de l'époque, prélevait chaque année, à titre de *redevance*, droit de *terrage* ou
d'*agrier*, le dixième environ des produits du sol, en froment,
seigle ou avoine. De son côté, l'homme des champs devait
pourvoir à l'entretien des bâtiments tout le temps qu'il les
occupait, et se fournir de bestiaux et d'instruments aratoires. C'étaient bien là des charges quelques peu onéreuses ; mais on vivait de si peu, à l'époque, qu'avec un peu
d'ordre et de soins, le chef de famille élevait sans trop de
misère, ses nombreux enfants, qui restaient inévitablement,
après lui, dans l'humble condition où son père l'avait lui-
même laissé.

Malheureusement, nos pères avaient alors souvent à

compter avec la disette, la famine, les épidémies et la guerre. La terrible guerre de Cent ans, fut pour eux, entre toutes, particulièrement désastreuse. Isolés et sans moyens de défense aucun, ils étaient journellement en butte à la rapacité des bandes armées qui, sans cesse sillonnaient le pays : Anglais, Français ou Allemands à la solde du roy, sans compter les cruels Routiers, troupe nombreuse de vagabonds et de soldats sans emploi, qui durant les trèves, couraient la campagne, faisaient main basse sur tout, ne laissant jamais derrière eux que le ravage et la désolation.

Vers la fin de cette déplorable lutte, les Anglais chassés de partout s'étaient fortifiés à Chalais, d'où leur nombreuse garnison acheva d'affamer le pays. Aussi, quand le roi Charles VII vint les déloger de la place (1), les campagnes environnantes étaient à peu près désertes. Le cultivateur, constamment à la merci d'un ennemi insatiable qui, chaque année, pillait ses champs, vidait ses greniers, enlevait ses bestiaux et ses meubles, avait fui momentanément vers des régions moins malheureuses. Aussi, quand, après le départ de l'Anglais, il put, en toute sécurité, réintégrer le foyer de la famille, il ne retrouva chez lui que la misère et des ruines ; et c'est néanmoins à cet excès de maux qu'il dut, quelques années plus tard, l'heureux changement apporté à sa situation.

Durant tout le temps de l'occupation anglaise, les seigneurs de Magezir, chassés de leur château, s'étaient retirés dans une autre de leurs terres à Puyarnaud, aujourd'hui Emparnaud, marquisat d'Aubeterre. C'est là que Jehanne de Magezir, dame de Montboyer, perdit son père Raymond, fils de Jehan de Beaupoil, et qu'elle épousa, vers 1448, le seigneur de Brizambourg, Messire Pierre Bragier, veuf de Catherine Rochon de Puycheny, paroisse de la Menescle, châtellenie voisine de Puyarnaud.

(1) Voir, page 23, la note relative à la prise de Chalais.

Au départ des Anglais, les seigneurs de Magezir vinrent reprendre possession de leur terre, mais la trouvèrent « en tel estat et délasbrement que rien n'en purent plusieurs années tirer ». Trop pauvres eux-mêmes par suite de « faicts de guerre » pour remettre en état les habitations à demi-ruinées de leurs anciens maysnes, avec l'espoir d'y caser à nouveau leurs colons, les seigneurs de Magezir offrirent à ces mêmes cultivateurs, de leur céder en toute propriété et jouissance, moyennant une redevance fixe, annuelle et perpétuelle, nommée *rente*, les dits maysnes, tels qu'ils se trouvaient alors, avec un choix des meilleures terres d'alentour, une certaine étendue de prés dans les vallées du Mardasson et de la Tude, et un lot de bois suffisant pour les besoins de la famille. De plus, ils laissèrent au nouveau propriétaire du sol toute liberté de s'agrandir suivant ses facultés, soit en arrentant ses nouvelles terres, soit en les prenant comme autrefois à l'agrière avec le dixième du revenu réservé au seigneur.

L'idée était trop neuve pour être admise sur le champ ; mais elle fit des progrès avec le temps ; et moins de quinze ans plus tard, tous les domaines de la seigneurie de Montboyer étaient devenus la propriété exclusive de ceux-là même qui, de temps immémorial les avaient tenus à titre de terrage ou d'agrier.

Les actes d'arrentement alors passés entre les seigneurs de Montboyer et leurs tenanciers, reçurent le nom de *baillettes*, du vieux mot bailler, donner. Aucune de ces cessions ou baillettes du temps n'est antérieure au seigneur BRAGIER. et toutes, sans exception, portent son nom et celui de JEHANNE DE MAGEZIR. C'est donc à ces seigneurs que revient chez nous le mérite de la première attribution du sol à ceux qui le cultivent, et de la création de la petite propriété dans la vicomté de Magezir. Cette sage mesure acheva d'émanciper l'homme des champs. Elle releva son courage abattu et le cloua, pour des siècles sur la terre de son choix. Alors, maître absolu dans sa pauvre chaumière, il put à son gré diriger ses travaux, modifier ses cultures, toucher à son habitation, acheter, vendre, échanger, enfin transmettre à ses enfants ce noyau de propriété, ce premier patrimoine acquis, devenu *village* avec le temps, et qui porte encore, à quatre siècles et demi de distance, le nom de son premier acquéreur.

Ainsi le « maysne de la Bourrerie » arrenté en mars 1457 par le mandataire du seigneur Bragier « aux trois frères Danyaud : Jacques, Marc et Colas, cultivateurs au dict maysne, paroisse de Saint-Vincent de Montbouïer » s'appelle encore aujourd'hui les DANIAUD de la Tude ; les maysnes de MONTJOYE et de GASCON, cédés en avril de la même année à Jacques et à Hélias Mousset, sont devenus le village actuel des MOUSSET, encore divisé en deux parties bien distinctes. Et le maysne de la PENCHERIE, dont le nom faisait image et répondait si bien à la position qu'il occupe, en face du bourg sur le versant ouest du coteau, n'est-ce pas à JEHAN FRAIGNAUD, son acquéreur du xve siècle, qu'il doit son nom actuel ? Et le quartier des DUCS au nord du bourg, et celui des ÉGRETEAU à l'ouest ne s'appellent-ils pas aussi des noms de leurs premiers acquéreurs ? De nombreux actes, dont quelques copies nous sont parvenues, disent en effet qu'il en fut de même pour tous les villages actuels de la paroisse : chez RENONDEAU, chez BRIJAUD, chez RABIER, chez MOTARD, chez POINEAU, chez RIVIÈRE, etc., qui tous perdirent leur nom primitif, pour prendre celui de leur nouveau maître.

De toutes les vieilles familles d'alors qui s'établirent dans la paroisse, deux seulement occupent encore à Montboyer la propriété acquise par leurs ancêtres : l'une est représentée au bourg par M. Henri Cholous ; l'autre, chez Audigier, par M. Frédéric Audigier géomètre. Malheureusement, M. Audigier n'a qu'une fille ; et l'exception signalée en sa faveur n'aura pas longtemps sa raison d'être. La famille des

Rullier de La Chaume habitait de même il y a moins d'un siècle, le village de Rullier en Montboyer. Quelque mariage dut la porter dans sa résidence actuelle, où elle va aussi disparaître faute d'héritiers directs. De même bien d'autres de nos anciennes familles habitent encore Montboyer, mais n'y occupent plus le village qui fut le berceau de leurs pères. Ainsi une branche de la famille Motard, sortie vers 1650 du village de ce nom, réside dans la commune au village de La Roche, tandis que les représentants actuels des familles Poineau et Daniaud sont passés chez Motard ; une branche des Audigier, chez Poineau ; les Mousset, chez Couprie et au bourg ; les Couprie aux Daniaud de Boisse ; les Michelon, chez Gigon ; les Gigon, chez Cosson ; les Durandeau, aux Bouchiers ; les Rullier à La Chaume ; les Galais au bourg, etc.

Il serait de même facile d'établir que, par suite de mariages ou autres causes majeures, la plupart de nos familles du xve siècle durent, avec le temps, se transplanter ailleurs. De nombreux actes, d'accord avec la tradition, disent en effet que les familles Rivière de Saint-Laurent — Rabier de Bardenac — Foucaud de Saint-Martial — Favraud de Nonac — Poitou de Brie, et tant d'autres, portant nos noms de village, ont eu à Montboyer leur point de départ.

Par contre, notre population actuelle, venue de partout un peu, porte évidemment des noms divers rappelant ceux de plusieurs villages des localités environnantes. Sans aucun doute, nos familles Guilledon, Chiron et Lagarde, sortent des villages de ces noms, dans la commune de Brie ; de même, les Veillon nous viennent de Saint-Félix — Les Birot, de Sainte-Souline — les Lusseau de Chatignac — les Coiffard, de Saint-Vallier — Les Viaud de Bellon — Les Sureau de Saint-Martial — les Lalande, de Rioux-Martin. Il suffirait évidemment de remonter de quelques générations dans la filiation de ces familles, pour avoir la preuve de cette dernière affirmation.

9

*
* *

BAILLETTES.— Nous avons le regret de constater qu'aucune
des baillettes du xvᵉ siècle, passées entre les seigneurs de
Magezir et nos pères, ne nous est parvenue. Mais les copies
de trois d'entre elles, et des plus intéressantes, ont pu être re-
trouvées. Grâce à l'obligeance de leur détenteur, nous pou-
vons les reproduire ici. Nous y joindrons aussi le résumé
de certains actes bien postérieurs, mais fort précieux néanmoins, nommés *calculs* ou *ascensements*, relatant à diverses
époques l'arpentement de certains prises, et la fixation des
cotes de chaque propriétaire, au prorata de l'étendue de ses
terres. Au xviiiᵉ siècle, Mᶜ Jean Penard, notaire et arpen-
teur-juré aux Daniaud de La Boisse, est le plus souvent
chargé de ce travail. Dans le préambule de ses actes, il
rappelle que l'ancienne baillette lui a été remise par quelqu'un des *intéressés*. Il en relate au besoin les clauses essen-
tielles, et donne parfois de tels détails, que ses dires nous
suffisent largement pour suppléer l'acte qui nous manque
aujourd'hui. A ce point de vue, les calculs ou arpentements
de ce notaire et de quelques autres de ses confrères, nous
semblent précieux, aussi nous réservons-nous de les reproduire ici, après avoir constaté quel fut à diverses époques,
s'il est possible, le chiffre annuel de la rente payée à Montboyer.

Ce chiffre fut évidemment le même tout le temps. Chaque
prise ou village ne dut jamais payer que le montant de la
rente porté à la baillette primitive, sauf les cas d'arrentements nouveaux. Mais les terres arrentées subirent avec le
temps de nombreuses transformations. Elles furent divisées,
subdivisées, échangées ou vendues; et leurs diverses parcelles, en passant de main en main, grandirent ou diminuè-
rent, et par suite se trouvèrent chargées de redevances plus
ou moins fortes, mais toujours proportionnelles à leur éten-

due. Lors de son établissement, la rente fut calculée à un taux relativement faible : chaque journal fut frappé depuis une mesure ou huitième de boisseau de blé et avoine, jusqu'à un demi. La baillette des Gigon la fixe même à moins : un picotin et demi de froment, autant avoine et deux sols quatre deniers argent et chapons. Pour la prise des Égreteau au bourg, elle va jusqu'au maximum, un demi-boisseau par journal. Les bois étaient presque tous à ce dernier taux. C'était la partie du sol alors la plus chargée. Les treize journaux de bois, aujourd'hui représentés par mes vignes de Monplaisir, furent à l'époque, arrentées à Jehan Esgreteau pour six boisseaux de blé froment, autant avoine, et trente-deux sols six deniers.

A la fin du XVIIIᵉ siècle, les rentes commencèrent à se payer en argent, et au taux moyen des denrées de l'année. Presque tous les arrentements de l'époque furent faits à raison de deux sols six deniers le journal. Jacob Guimbellot paye seize sols pour six journaux un tiers aux Roches, Charles Gast paie vingt-huit sols neuf deniers pour onze journaux et demi à La Mailloterie, et généralement il en fut partout de même.

Un vieux cahier intitulé : *Papier terrier, censif de la terre de Magezir et de Montboyer, pour l'année* 1744, trouvé cet hiver, dans les papiers des Daniaud de Boisse, donne le nombre exact des boisseaux de blé, avoine, argent et chapons que dut payer Montboyer cette année-là, les nouveaux arrentements compris. Ce fut un total de 749 boisseaux froment, — 759 d'avoine, — 209 poulets et chapons, — et 253 ₶ 2 sols 6 deniers argent ; lesquels, calculés au prix moyen de 40 sols le boisseau de blé, 12 sols celui de l'avoine, et 10 ou 12 sols chaque poule ou chapon, donnèrent le chiffre de 2,343 ₶ 4 sols et 6 deniers, versés par le notaire Penard à Mᵉ Augereau, du Grand-Village, fermier en titre des rentes seigneuriales cette année-là.

Un autre tableau des rentes dues par Montboyer en l'an-

née 1787, et dressé par M⁰ Jean François Filhol, notaire à
La Boisse, porte, en raison de quelques arrentements nouveaux, 757 boisseaux 4 picotins froment, 787 boisseaux
2/3 avoine, argent 208 # 13 sols. Les grains ayant alors
presque doublé de prix, la rente évaluée en argent fut, à
cette date, bien supérieure à celle de 1744 et valut près de
5,000 francs.

Les trois Baillettes de la prise des Esgreteau.

1ʳᵉ BAILLETTE — 11 JUILLET 1451 ET 21 APVRIL 1461.

Sachent tous présents et advenir que comme il soit ainsy :
que depuis le 11ᵉ jour de juillet 1451, Jehan Esgreteau,
laboureur, demeurant au bourg de Montbouïer, eust prins de
feu Thérot Constantin ès nom, et comme procureur de
noble honorable homme et saige maistre, Pierre Bragier,
conseiller du roy nostre sire, et damoiselle Jehanne de Magezir, seigneurs de Bourg-Charente et Puy-Arnaud, certain
héritage qu'il tient à présent situé et assis en la dite paroisse,
le dict Thérot Constantin ne luy en eust encore donné ny
baillé aulcune baillette ni désignation. Obtant les divisions
des guerres qui depuis en ça sont survenues, et aussy que
ledict Thérot est depuis allé de vie à trépas, et parce qu'aujourd'huy le dict Jehan Esgreteau demande qu'on voulust
luy en bailler enseignement afin qu'au temps advenir, nul ne
luy en pust faire naistre ny donner aulcun trouble ny empêchement, et duement informé de la dicte baillette que le dict
Thérot avait escripte de son vivant, dans le temps susdict,
comme il est sûrement aparu par un registre escript de sa
main, et du considérant et regard des grandes pertes que
le dict Esgreteau a faictes en la dicte terre depuis les temps
de trouble cy dessus dicts, et que aussy, il s'est toujours
tenu audict bourg de Montbouïer et y a faict durant l'occu-

pation anglaise sa continuelle résidence et demeure; pour
ce, est-il que je Jehan Bragier, frère de mon dict seigneur
de Magezir, ès nom et comme procureur et receveur général de toutes ses terres et seigneuries appartenant à mon
dict frère et à damoiselle Jehanne de Magezir, sa fame,
comme appert par les lettres de procuration par eux à moy
données et baillées, faictes et passées en la ville de Bourdeaux, et reçues et grossoyées par Jehan Lebreton, clerc
notaire royal de la sénéchaussée en Guyenne, en présence
de Jehan Caillerat, Bertrand de L'Orme, et de Jehan Ca-
bry dict le Redon, le onzième jour de juin de l'an 1459,
certifie à tous qu'il appartiendra que j'ai baillé et baille pour
et au nom de mon dict frère et de la damoiselle sa fame, au
dict Jehan Esgreteau; c'est à sçavoir : certains masureaux,
maysne et vieilles murailles en partie desquels il a faict sa
demeure, avec six journaux de terres joignant et contigus
dudict maysne et vieilles murailles, tenant de la part du midy
à la prinse de Jehan Cholous, autrement dict Unaud, et de
l'autre à un chemin qui vient de La Boisse et frappe au
grand chemin qui passe devant l'église de Montbouyer; du
bout d'en haut aux terres labourables de mon dict seigneur
de Magezir, et d'aultre part au chemin de l'église par où
l'on va à la maison dudict Cholous Unaud.

Item, plus huict journaux de prés et bois et buissons,
dont il lui a été baillé partie par Anthoine Rodard, environ
six journaux en une pièce tenant au long du ruisseau appelé
le Mardasson, qui court de Montbouyer au Pas de Boisse
d'une part, et de l'autre au pré que François Rochereau tient
de mon dict seigneur, et d'autre bout à une pièce de terre,
bois et buisson à faire pré qui a été donnée à Guillaume
Guyard, à cause de son maysne d'Aubezy, autrement dict
Fouchier, et de côté et d'autre aux terres de mon dict seigneur, ung grand chemin entre deux; et les deux journaux
qui lui reviennent luy seront donnés et délivrés en la feste
de Saint-Jean Baptiste, prochain venant. Pour lesquels hé-

ritages cy dessus dicts, signifiés et déclairés, Jehan Esgreteau, ses hoirs et successeurs, et qui de lui auront cause, paiera à chascune feste de Saint-Michel Archange la somme de trente sols tournois, monnaie courante, deux boisseaux de froment, autant avoyne, mesure de Magezir et deux chapons bons et marchands, rendu et porté le dict cens et audict terme, au chasteau de Magezir ou ailleurs en la dicte terre et seigneurie, où le dict seigneur fera à chascun an sa recepte, sous peine de payer et gager l'amende sans que le dict héritage ou partie de yceluy le dict Jehan Esgreteau et les siens ou ayant cause de luy, puissent donner, vendre, laisser mettre ni accroître aulcun nouveau cens, charges royales, ou aultres debvoirs quelconques, à hospitaliers, moysnes, gens d'église ou de religion, amiraux, clercs, estudiants officiers du roy, ni à seigneurs ou aultres gens privilégiés quelconques. Mais si, à aultres gens laïques et non privilégiés le voulaient vendre, bailler, mettre ou transporter hors de leurs mains, faire le pourront, mais avant, seront tenus de le dire, notifier, faire à sçavoir à mon dict seigneur de Magezir ou à ses officiers ou commis, lesquels pourront avoir et prétendre pour mon dict seigneur, avant tout aultre propriétaire du sol, et semblable prix qu'un aultre luy voudra donner, bien et loyaument sans fraude.

Et a promis et sera tenu ledict Jehan Esgreteau de faire ou faire faire les réparations ès dicts masuraux de trois travées de maisons couvertes de tuiles bonnes et profitables dans deux ans prochain venant; et oblige lui et les siens à ce faire au commandement et mandement de mon dict seigneur de Magezir, de ses serviteurs et commis, ainsi que les autres hommes de sa terre seront tenus de païer. Et ainsy faisant, le dict Esgreteau et ceux qui de lui auront cause, auront charge envers le château et chatellenye de Magezir comme les aultres hommes et subjets de la terre ont accoutumé d'en servir. Aussi, aura le dict Esgreteau à prendre des bois pour bastir et édifier au dict héritage en venant demander advis au procureur du seigneur de la présente terre, d'en abattre et se faire montrer le lieu où il pourra les prendre et emporter pour faire ce que dict. Et pour tout ce que dessus, il sera tenu de faire sans fraude, bien et loyaulment, et sans jamais aller au contraire. A obligé et oblige à mon dict frère de Magezir, ou de lui ayant cause, le dict héritage avec tous et chascun ses aultres biens et choses, meubles et immeubles, présents et advenir quelconques, en quelque lieu qu'ils puissent être, s'en soumettant et tous ceux qui de luy auront cause à toutes cours et juridictions. Et aussy je luy ay promis et promets de tenir ferme et garantir envers et contre tous, le dict héritage, promettant d'en faire respecter toutes les conditions. Et afin que la présente baillette luy soit ferme et stable à perpétuité, je l'ay signée de ma main, et faict sceller du scel aux contrats de la chatellenye, terre et seigneurie de Magezir pour le seigneur et dame du lieu. Ce fut faict et accordé au lieu de Montbouyer, en l'hostel (1) de mon dict seigneur de Magezir, en présence de Anthoine Rodard, recepveur de la dicte terre de Magezir, de Nicolas Rodard, père du dict Anthoine et de messire Jehan Fraigneau, prêtre, vicaire de la dicte église de Montbouyer, le XXI° jour (21) d'apvril MCCCCLXI (1461), et j'ay signé l'original du présent escript sur parchemin. JEHAN BRAGIER.

Ensuite est écrit : Ces présentes ont été extraites, vidimées et collationnées sur le titre original fourni par Simon Esgreteau, marchand au bourg, par nous Jacques Pirault, juge sénéchal ordinaire de la chatellenye de Magezir et Montbouyer, ce requérant Pierre Baumard, marchand et

(1) Cet hostel, qui servait sans doute de pied-à-terre à nos seigneurs d'alors, ne serait-ce pas, sauf les modifications apportées avec le temps à ce bâtiment, la vieille maison de la famille Dumeteau Lajeunie, au delà des halles, sur main droite en descendant, et dont nous donnons le dessin et la description au chapitre XVII, vieilles familles, § II, les Egreteau, et figurée au plan du bourg sous le n° 38.

plusieurs aultres par vertu de l'appointement par nous donné
contre les dicts Baumard et Esgreteau, le 17 janvier 1618,
sur son original escript sur parchemin et signé Bragier, dont
nous gardons la présente copie avant de remettre le dict acte
au sieur Esgreteau.

Au parquet de Montbouyer, le 15 février 1618.

Signé : PIRAULT, juge sénéchal, et MERLET,
notaire, greffier.

2° Baillette.

15 AOUT 1457 et 3 JANVIER 1462.

Sachent tous présents et advenir que le 15° jour du mois
d'aoust 1457, Jehan Esgreteau, laboureur, eut prins d'Anthoine Rodard ès nom et comme procureur de mon dict seigneur et frère, un petit maysne appelé le maysne *Lafféleau*
avec deux journaux de terre joignant et contigus, assis en
la paroisse de Saint-Vincent de Montbouyer, et dont il ne
lui a point été donné titre baillette ni reconnaissance. Pour ce
est-il que je, Jehan Bragier, frère de mon dict seigneur de
Magezir, comme procureur général de toutes les terres et
seigneuries lui appartenant, certifie à tous qu'il appartiendra
que j'ay donné, ce jour d'huy, donne et baille de rechef et
de nouveau au dict Esgreteau le dict maysne de Lafféteau,
avec les deux journaux de terre y attenant. — Item plus ai
baillé au dict Esgreteau douze journaux en prés dont il y en a
en bois et buissons sur la rivière de Thude, tenant d'une
part à la prinse de Jehan Cholous dit Unaud, et d'autre part
à la prinse d'Alain Grimaud, que soulait tenir Philippe Raffin, d'un bout à la rivière de Thude, de l'autre au chemin
antien (ancien), qui va du pont de Boisse au moulin Château-Jollet, et desquels douze journaux, je luy en ay rabattu
deux qui lui étaient dus sur le premier héritage. — Item,
plus un masureau tenant à la 1re prinse du dict Esgreteau, un

chemin antien entre d'eux et d'autre part touche les terres de mon dict seigneur de Magezir avec y celuy deux journaux et masure près du dict maysne, tout confronté de bornes et de levées. — Item, un lopin de buissons à faire pré de 3/4 de journal ou environ qui est au dessous d'une petite fontaine dont l'eau de la dicte fontaine vient passer devant les fenestre du carrefour, et d'un côté et d'autre touche les terres de mon dict seigneur et frère. Pour lesquels dicts héritages cy dessus déclairées, Jehan Esgreteau, ses hoirs ou ses successeurs, seront tenus de payer à mon dict seigneur chascune feste de Nouel, à raison de 4 sols par journal, et un boisseau avoine, la quantité de 3 boisseaux 1/2 de froment, 13 boisseaux 1/2 avoine, 64 sols 9 deniers, et une gelnie bonne et marchande, porté le tout, dans ledit terme, au château de Magezir.   Signé : BRAGIER.

Ensuite est écrit : Vidimé la présente lettre de baillette par nous Jacques Michelon, ancien postulant de la vicomté de Magezir, en l'absence de M. le juge sénéchal d'icelle, en présence de Guillaume Daniaud, procureur d'office, sur son vrai original, escript sur parchemin, représenté par Jacques Cholous, marchand, fils de Mᵉ feu Jacques, l'avocat, et auquel il a été remis. Fait au parquet de Montbouyer, issue d'audience, ce 9 juin 1660. Signé : CHOLOUS, MICHELON, DANIAUD et BRISSON, procureur.

3° Baillette.

6 DÉCEMBRE 1472-1474.

Sachent tous présents et advenir que comme il soit ainsy : que l'an 1472 monseigneur de Magezir eust faict bailler à perpétuité à Jehan Esgreteau, laboureur au bourg de Montbouyer, une pièce de terre arable pour faire pâturage ou convertir en labourage, contenant 9 journaux ou environ (1), situés et assis au dessous et du côté nord de la maison Esgreteau et assis près d'ycelle, tenant d'une part au long du chemin antien qui de l'église de Montbouyer va à La Boisse, et d'autre part au long d'un lopin de pré que le dict Esgreteau tient déjà à rente et qui est entre la dicte prinse et certaines terres que laboure Jehan Ducq, au dessous de la maison de Pierre Chauvier, maréchal ; d'autre bout tenant au long d'un chemin antien qui part du chemin dessus dict, et tire au maysne de Louis Bourjadon, et au long d'une pièce de terre qui est une combe, que le dict Esgreteau laboure à l'agrier, de mon dict seigneur et encore à la première prinse où il fait sa demeure, pour lesquels 9 journaux le dict Esgreteau paiera à mon dict seigneur aux termes fixés 4 boisseaux 1/2 froment et autant avoine.

Item, ay depuis en ça donné l'année passée au dict Esgreteau 8 journaux de bois, boccages, landes et terres et aujourd'huy cinq journaux en plus, au total treize journaux (2) se tenant et joignant d'un bout le chemin antien qui tire de la Croix de Byterne (Croix de Monplaisir) au maysne de Lucas Saboureau sur main dextre, et d'autre côté à la prise de Pierre Michelon, et aux terres à l'agrier de mon dict seigneur, et d'un bout au lopin de bois appelé Chataigneraie arrenté, comme il est dit page 144, à messire Jehan Fraignaud, prêtre, viquaire de Montboyer, et du midi aux héritiers de feu Gigon, dict Byterne, un foussé entre deux, pour y celuy dict domayne de 13 journaux, le dict Jean Esgreteau payera aux termes et conditions ordinaires 6 boisseaux 1/2 de froment et autant avoine, mesure de Magezir, et 2 sols 6 deniers argent, moyennant quoy le dict Esgreteau

(1) Cette prise est aujourd'hui représentée par les jardin, pré et terre Giroudet, avec les grandes parcelles de Bourdier et autres joignant au midi la route, et le chemin de La Boisse au couchant.
(2) Ces treize journaux de bois, aujourd'hui en vignes, ont été défrichés vers 1804, par la famille Montrignac.

ses hoirs, ses successeurs et tous ceux quy de luy auront cause pourront tenir, posséder, exploiter le dict héritage sans néanmoins que ny luy, ny les siens puissent jamais y laisser mettre aulcun autre cens, ny rente, etc... Faict et passé au bourg de Montbouyer en présence de Anthoine Rodard et de Louis Bourjadon, sergent royal, ce 6 décembre 1474. Signé : BRAGIER.

Vidimé et collationné la présente copie sur l'original présenté par Simon Esgreteau, marchand au bourg, par nous Jacques Pirault, juge sénéchal de la cour de justice de Montboyer, en présence de Pierre Bomard, aussi marchand. Déclarons la présente copie valoir l'original que nous avons remis aux mains du sieur Simon Esgreteau. Signé : BOMARD, ESGRETEAU, PIRAUT, juge, et MERLET, greffier. Ce 17 janvier 1618.

Lettre de Baillette de la prise des Guyards.

3 MARS 1457 ET 14 MARS 1472.

Sachent tous présents et advenir que comme il soit ainsy, que dès le 1er mars 1457, Guillaume Guyard, laboureur demeurant en la paroisse de Montbouyer heust prins à rente de feu Hélias Griffon, procureur de honorable homme et saige maistre Pierre Bragier, seigneur de Magezir, conseiller du roy nostre sire, un maysne antiennement appelé le maysne d'*Aubezy*, et en ce temps maysne *Fouchier*, avec certaines terres joignantes et contigues à l'entour, avec 4 journaux de terres, bois et buissons pour convertir en pré, lesquels lui ont été donnés en deux parties, c'est à sçavoir : Deux journaux le long d'un cours d'ayve qui vient du bourg de Montbouyer, appelé Mardasson, confronté d'une part au pré de Jehan Esgreteau, d'autre part à ceux de Pierre Brigeaud et de Pierre Merlet, d'autre côté au chemin qui tire de Montboyer au pas de Boisse, un terrier entre deux, et passe le ruisseau au milieu du pré. Et les deux autres journaux joignant le pré de Jehan Cholous, le ruisseau entre deux.

Item, ay prins d'Antoine Rodard au nom et comme procureur dudict seigneur, un maysne appelé le maysne *David*, avec ses appartenances et jardins antiens et issues, sans aulcun nombrer, ni déclarer les journaux des dicts jardins et terres, avec deux journaux de bois et buissons pour convertir en pré, aussi le long du ruisseau touchant d'un bout au pré de Jehan Brigeaud, un chemin entre deux, d'autre bout à Simon Mauxion, lesquelles terres sont d'un seul tenant et harpentées par Héliot Dumain pour la quantité de quinze journaux, prenant du chemin qui descend dudict maysne Fouchier à la Tavernerie, longeant celui de Montbouyer au pas de Boisse jusqu'à l'autre qui remonte chez Mauxion (Simonnet).

Item, ayant le dict Guyard prins de moy Jehan Bragier huict journaux de pré à la rivière de Thude, confrontant d'un côté à la prise de Jehan Ducq, de l'autre à Simon Mauxion, avec la Tude d'un bout, et de l'autre le chemin du pas de Boisse au pas Audigier.

Item, encore ayt prins le dict Guyard d'Antoine Rodard 4 journaux de terre à faire pâturage à bœufs, tenant d'un cousté au long du chemin qui tire du pas de Boisse à la maison de Colas Feuillet, de l'autre à une terre à l'agrière tenue par Guyard longeant le chemin qui mène à l'hostel de Jehan Brigeaud.

Item ayt encore prins de moy le dict Guyard le 1er février dernier, deux journaux de terre à faire pasturage à bœufs joignant les quatre journaux cy dessus, au long du chemin qui dévale vers la Thude, et chet au grand chemin qui va du pas de Boisse au pas Audigier.

Tous lesquels dicts héritages ont été harpentés par Héliot Dumain, lequel dict Guyard demande qu'il lui soit donné lettre de baillette afin qu'aux temps à venir il n'y puisse avoir trouble ny empeschement. — Pour ce est-il, que je, Jehan

Bragier, frère de mon dict seigneur de Magezir, certifie à ceux qu'il appartiendra, que par le pouvoir à moy donné par mon dict seigneur et frère, moy d'hument informé de ces choses, aye de nouvel et de rechef, baillé audict Guyard, tous les dessus dicts maysnes, terres et prés descripts, et déclairés, situés et assis en la paroisse de Montbouyer, pour tous les dicts héritages tenir, posséder, exploiter dorénavant par le dict Guyard, ses hoirs et successeurs et tous ceux qui de luy auront cause. Sans que ni luy ni les siens puissent jamais laisser mettre aulcun autre cens ni renthe, etc... (comme à la première Baillette Esgreteau).

Et pour tous lesquels dicts héritages le dict Guyard, ou ceux qui de lui auront cause, doibvent et seront tenus de donner perpétuellement à chascun an et feste de Nouel, 50 sols tournois monnaie courante et 3 chapons bons et marchands, et à la Saint-Michel d'avant, 10 boisseaux froment et 17 d'avoysne, mesure de Magezir, rendus et portés tous les dicts cens et renthes au château de Magezir ou ailleurs où le seigneur fera sa recepte. Le dict Guyard fera les réparations nécessaires et amendements aux dicts héritages, aura droit aux exploits en la terre et justice de Montboyer et sera soubmis aux commandements de mon dict seigneur, etc. En foy de quoy j'ai escript et signé de ma main le présent acte, lequel a été revestu du scel des contrats de la seigneurie en présence d'Anthoine Rodard, procureur de mon dict seigneur, de Héliot Dumain, (1) harpenteur, et de Louis Bourjadon, sergent, le 15 mars 1472. Signé : BRAGIER et SIMONET, notaire.

Vidimé et collationné la présente copie sur une autre en forme à moi présentée ce jour d'huy, au Grand-Village, ce 6 avril 1472, par Mᵉ Augereau, conseiller du roy, élu lieutenant de l'Élection de Barbezieux, sur la requête de Pierre

---

(1) Cet Héliot Dumain habitait alors le village que par corruption nous appelons encore les Éliots, près les Daniaud de la Tude.

Mazière des Daniaud de la Tude. Après quoi j'ai remis au dict receveur des rentes l'original qu'il avait bien voulu prêter.

PENARD, notaire aux Daniaud de Boisse.

Arpentement du village des Fraignaud.

4 SEPTEMBRE 1751.

Aujourd'hui sur les sept heures du matin étant au village des Fraignaud, paroisse de Montboyer, sont comparus par devant nous, notaire et arpenteur juré, Jean Guimbellot, François Ganivet, juge sénéchal de Montboyer, Jean Du-meteau, marchand, Marie Piat, veuve de Louis Dumeteau, Jean Montrignac, et plusieurs autres, tous tenanciers et em-phytéotes du village et prise des Fraignaud, lesquels nous ont chargé judiciairement de procéder à la vérification de leurs cotes, après arpentement de la dite prise, ce à quoi avons procédé. L'un des tenanciers nous ayant mis en main la baillette de la dite prise, nous avons constaté : que le 17 août 1477, messire Jean Bragier, frère du seigneur de Montboyer, donna à titre de rente annuelle et perpétuelle, par le ministère de Simonnet, clerc auditeur et notaire, à messire Jean Fraignaud, prêtre vicaire de la paroisse de Montboyer, un maysne alors justement nommé *la Pencherie*, situé sur un versant à l'est du bourg, presque en face du quartier des Ducq, et comprenant sept mas séparés que nous allons successivement vérifier et cotiser à nouveau s'il y a lieu (1).

1er mas. — Il comprenait les bâtiments et terres environ-nantes formant le village actuel des Fraignaud. En présence

(1) Nous ne relevons de ce très volumineux calcul que les notes qui nous semblent de quelque intérêt.

de tous les tenanciers nous avons procédé sur ce mas à
l'application de la baillette précitée et trouvé qu'il se con-
fronte du midi au sentier non compris qui part de la pelletrie
(aujourd'hui passager) et va aboutir un peu au dessus le village, au chemin qui mène chez Gigon, des nord et levant au
chemin qui, de là, descend à la Croix Fraignaud, sur main
gauche et enfin du couchant au grand chemin allant de Montmoreau à Chalais, aussi sur main gauche. Lequel mas contient 8 journaux. Les trois premières parcelles faisant crochet après avoir longé le chemin sont la propriété de Vincent
Amelin, marchand au bourg (aujourd'hui Roux de chez Gigon). Jean Montrignac le jeune tient au village en maison,
jardin et terres, 6 parcelles faisant 6 onces 1 carreau. —
J. Montrignac l'aîné, aussi en maison, jardin et terres, 2 onces
6 carreaux. — J° Dumeteau, marchand, masures, chenevard,
terres, etc., 1 journal 2 onces. — Marie Piat, née Dumeteau,
3 onces au midi de Roux. — J. Roux, en maison, chenevière
et terre joignant la pelouse, 8 onces 8 carreaux. — J. Guimbellot, joignant le chemin qui va à la Croix Fraignaud, 2 journaux 10 onces 6 carreaux. — F. Delagarde, en maison et
jardin, joignant Montrignac, 13 onces 2/3. — Gabriel Chadefaud : maison, treillages et jardin derrière le village, 6 onces
1 carreau. — Gabriel Montauzier, en maison, chenevière et
terres, 13 onces 3 carreaux. — Marie Brisson et Marie Piat,
veuve Dumeteau Louïs, 15 onces 6 carreaux.

2° mas. — C'était L'*Ouche*. Resserrée entre le grand chemin et le ruisseau, elle allait du lavoir des Ducq à la prairie
actuelle de Bois-Neuf. Une étroite bande de pré longeait le
ruisseau ; tout le reste était en terres labourables et chenevières. Propriétaires en 1751 : Marie Piat, née Dumeteau,
— Marie Moindon, — veuve Laulaigne, — François Blondeau, — Jean Masson, — Jean Dumeteau, — Jacques
Roux, — Jean, son frère, — et François Ganivet.

3° mas. — Le mas des *Prés Fraignaud* faisait suite au
mas de l'Ouche. Il remontait le ruisseau jusqu'au delà du

pont de pierre, et contenait onze journaux, aujourd'hui dépendant de la propriété de Bois-Neuf.

4ᵉ mas. — Ce mas, dit de *Mauvesin*, était fermé par trois chemins : 1° le Chemin Creux, qui, de la Croix Fraignaud monte à la Croix Byterne; 2° le Chemin du Plateau, qui, de cette dernière mène à la Croix Gigon; 3° enfin, celui qui, de la Croix Gigon, redescend au moyen d'un assez long circuit, à la Croix Fraignaud. Ce mas contenait 14 journaux, y compris les masures du maine de Mauvesin, alors tout en ruines. C'était, à l'époque, un fort beau lot de vignes réparti entre les propriétaires de Bois-Neuf, des Gigon et de chez Fraignaud.

5ᵉ mas, dit de Sainte-Catherine. — Il se trouvait au sud du mas de la Pencherie, et comprenait, à partir de la Pelletrie, avec le sentier qui monte à la Croix Gigon, toutes les terres y attenant. Il redescendait ensuite au canton de Sainte-Catherine, longeait un peu le chemin qui vient chez Rodard, remontait ensuite vers le nord, laissait à gauche la terre des Barre, pour redescendre en ligne droite vers le Grand-Lavoir. — Contenance 13 journaux, alors répartis entre les Mousset du bourg et les Guimbellot de chez Gigon.

6ᵉ mas. — Le bois de la Chataigneraie, dépendant des Fraignaud, se trouvait dans l'angle autrefois formé par les deux chemins qui, partant de la Croix Byterne, allaient, l'un chez Michelon, l'autre au Maine-Brun, ce dernier en décrivant une longue courbe (1). Ce mas s'arrêtait du côté nord, à un fossé d'écoulement, allant vers le bois, jusqu'à la prise du bois Esgreteau. Il contenait 3 journaux 8 onces, et dépendait de Bois-Neuf, en 1751.

7ᵉ mas. — Il était sur la Tude, sous les Vaurettes et se trouvait compris entre la prise des Robert au nord, et la

(1) Ce chemin sinueux et très encaissé a été supprimé en 1882, et légalement remplacé par celui qui existe aujourd'hui, se raccordant à angle droit sur le chemin de Bois-Neuf.

prise des Brunets au midi, un fossé entre deux ; de la contenance de 6 journaux, appartenant en 1751, à Simon Cholous
de la Tavernerie, Jean Dumeteau du bourg, Jean Filhol de
La Boisse, et aujourd'hui encore aux descendants de ces
anciennes familles.

CHAPITRE XIII

CONDITION

DU PROPRIÉTAIRE TERRIEN

~~~~~~

Avantages relatifs de sa situation au XVI° et au XVII° siècle. — Habitation — Mobilier — Vêtement — Nourriture. — Progrès trop exclusivement matériels de notre époque. — Conséquences.

Moins d'un siècle après la cession de la propriété aux roturiers du lieu, et grâce aux années de paix qui suivirent la guerre de Cent ans, l'agriculture, le commerce et l'industrie prirent dans nos contrées un développement favorable. L'instruction y fut de même largement répandue. Chaque curé eut à cœur de doter sa paroisse d'un magister ; et à côté de l'école, où ce maître enseignait à lire aux enfants du peuple, les prêtres préparaient, par des études plus complètes, les fils de famille de l'endroit au sacerdoce ou aux autres carrières de leur choix. Un vicaire de Montboyer, l'abbé Dupuy, qui durant plus de dix ans, s'était occupé de l'éducation des enfants, crut devoir couronner son œuvre en faisant don à la paroisse d'une maison d'école. C'était le bon temps, quoi qu'on en dise, car chacun alors apportait, selon ses forces, son concours désintéressé à l'œuvre si éminemment utile de l'éducation des masses ; et

si, à l'époque, l'école n'était pas toujours entièrement gratuite, du moins, elle coûtait peu aux familles, rien à l'État, et
ne visait qu'à faire des hommes d'ordre et de bons chrétiens.

Le chiffre de la population allait de même partout grandissant. Il naissait chaque année, à Montboyer, de 50 à 80
enfants; et les familles de 6, 8, 10, 12 et même de 15 enfants, n'étaient pas rares. Celles de 2 ou 3 faisaient l'exception, et ne devaient cette infériorité de chiffre qu'au décès
des parents ou de leur progéniture. La moyenne, dans les
ménages d'alors, père et mère compris, était de 6 à 8,
ce qui, multiplié par 340, le chiffre des feux de l'endroit,
représentait une population d'environ 2,500 habitants, à peu
près le double de celle d'aujourd'hui. Vers 1668, le bourg
comptait de 3 à 400 âmes; le reste de la population était
disséminé dans les 77 villages, alors existants, et dont quelques-uns étaient fort populeux (1).

Cet état relativement prospère de notre région à dater du
XVI⁰ siècle, est constaté par toutes les chroniques du temps.
Montboyer comptait alors quantité de familles aisées, et
figurait au nombre des meilleures paroisses de la Saintonge.
Dès 1579, un membre d'une de nos plus anciennes familles,
Guillaume Cholous du bourg, devient conseiller à l'Élection
de Saintes; Jacques Pyrault, fils d'un fermier des rentes,
occupe, à Montboyer, en 1610, la charge de juge sénéchal;
d'autres, sortant des écoles de Toulouse ou de Bordeaux,
avec le grade d'avocats au Parlement (2), y figurèrent plus

(1) Du 10 août 1641 au 3 mai 1642, il mourut au Grand-Village 11 personnes de tout âge, enfants, femmes en couche et vieillards, sans
indication d'aucune épidémie. Ce village comptait alors de 20 à 25 feux
et couvrait une grande partie du plateau qui relie le Château-Jollet à la
rivière de Tude. Il n'en reste aujourd'hui que l'habitation de la famille
d'Asnières, toutes les autres constructions ayant avec le temps disparu.

(2) L'Avocat au Parlement plaidait toute affaire susceptible d'être
portée plus tard devant le Parlement, sorte de cour royale ou d'appel. Il
y avait en France 14 Parlements. Notre contrée relevait du Parlement
de Bordeaux.

tard comme notaires, juges ou procureurs ; et durant près de deux siècles, on voit au premier plan à Montboyer, en outre des précédentes, les familles des Daniaud de La Boisse et de l'Anglade, les Montrignac du Grand-Village, les Poussard du Château-Jollet, les Bomard, les Brisson du bourg, les Motard, les Rouhaut, les Jousseaume et les Chauvin, détenant alors les meilleures charges, et figurant en tête des riches propriétaires ou des gros commerçants de l'endroit.

Malheureusement, le manque absolu de débouchés et l'absence de toute voie de communication. ne permirent que rarement au menu peuple de prendre une part bien active à ces avantages sociaux. Tout ce que la terre produisit en dehors de la consommation locale, tout ce que l'industrie de chaque ménage put créer, n'eut d'écoulement que par l'intermédiaire de la classe aisée qui, pouvant seule entreprendre de longs voyages et des transports onéreux, fut aussi à peu près seule à bénéficier de la situation. L'état des chemins était en effet si déplorable qu'on ne trouvait partout que ravins et précipices. En dehors du pont de Boisse, d'origine romaine évidemment, pas le moindre pont sur les ruisseaux et rivières des environs. Partout des gués ou graviers, que piétons et cavaliers devaient traverser en tout temps ; aussi dans les crues d'eau, que de dangers pour les voyageurs et de retards inquiétants dans les familles !

A la longue, le cultivateur renonça à produire un excès de récolte dont il ne savait que faire, et l'industrie perdit, de même, tout essor. Les charges néanmoins grandirent avec le temps et déterminèrent parfois, dans les basses classes, un sérieux état de gêne. Heureusement, on avait alors des goûts simples ; et sauf les années de disette ou de calamités, où la charité — non pas étroite et officielle comme celle de nos jours — venait spontanément en aide à la misère publique, on se suffisait toujours à la campagne, car on savait y vivre de peu et supporter, sans trop se plaindre,

des privations souvent excessives. L'existence d'alors ne ressemblait en rien à celle d'aujourd'hui. On en peut juger par
les notes qui suivent sur l'habitation, le vêtement, la nourriture et les goûts de nos campagnards en ces temps reculés.

*
* *

Habitation. — Les logements étaient alors et sont longtemps restés, à la campagne, d'une simplicité primitive, petits, bas et fort peu éclairés. D'ordinaire, une chambre suffisait à chaque ménage. Pavée en terre, elle prenait jour le
plus souvent par la porte ou par quelque étroite fenêtre à
panneau plein dans le bas, avec grillages ou treillis en ba-
guettes de bois léger pour le haut, par où passait toujours
plus d'air que de lumière (1).

La majeure partie des habitations formaient alors galerie
sur le devant ; c'était comme un avant-corps, en bois ou en
pierre, servant de débarras, et renfermant d'ordinaire l'évier
et les vases, seaux, brocs ou cruches, servant à puiser l'eau.
Au commencement du siècle, ces constructions étaient encore nombreuses à Montboyer. Je n'en connais plus que
trois aujourd'hui : celle de la maison Vigier à Jardronne,
celle de Roux chez Gigon ; et, au bourg, celle tout récemment remise à neuf de la vieille habitation Lajeunie.

Presque partout, le mobilier était en avenant, et se composait de couchettes basses et dures, montées le plus sou-

(1) On voit encore des débris de ces vieilles fenêtres à la chambre
noire de l'ancienne maison Bourdier, chez le Duc, et dans quelques-uns
de nos villages. Le verre était alors peu usité à la campagne, et ne figurait qu'en petits carrés reliés par des lamelles de plomb, aux fenêtres
des églises ou des vieux châteaux. En 1632, *Cholous des Unau, gros*
marchand du bourg, fait réparer sa maison en dessous des halles et
vitrer deux carreaux d'une de ses fenêtres, coût : 4 # 10 sols. L'argent
ayant alors une valeur quadruple de celle d'aujourd'hui, ces deux vitres
vaudraient à l'heure actuelle, au moins 18 francs.

vent sur quatre piliers droits, reliés par des planches brutes.
Au lieu de lits, de simples paillasses ou des sacs en balle
d'avoine pour les enfants ; pour couvertures, des courtes-
pointes formées de légères couches de chanvre en rames
garnies en dessus et en dessous de toile grossière et piquées
à la façon de nos couvre-pieds actuels. Pas le moindre
rideau, si ce n'est chez les gens riches, encore les faisait-
on, le plus souvent, de grosse toile. Très peu d'armoires
aussi dans les chambres ; par ci, par là quelques vaisseliers,
ou buffets à étagères ; mais à peu près partout, des coffres :
c'était le meuble le moins cher, et par suite le plus en vogue.
Il suffisait de quatre planches pour le bâtir, et d'ordinaire,
chaque membre de la famille avait le sien. Quand, dans un
inventaire du temps, un coffre était dit « presque neuf, en
bois de noyer et fermant à clef », il n'était pas coté moins
de trois livres, un gros chiffre alors !

*
* *

Service de table. — Les familles pauvres n'usaient, pour
le service de table, que d'écuelles en bois ou de terre cuite,
provenant des poteries de la région. Les ménages plus aisés
se servaient généralement d'étain : cuillers, plats, assiettes,
gobelets, chopines, pintes : tout était de ce métal (1). La
difficulté de tenir propres ces derniers vases, à goulot étroit,
les fit supprimer dès avant 89. Alors la bouteille en verre
les remplaça. L'usage des assiettes et plats d'étain se pro-
longea dans nos campagnes jusque vers 1830. Aujourd'hui,
ce ne sont plus, dans les rares ménages qui les ont conservés, que des objets de luxe et de curiosité.

(1) Pierre Motard, cultivateur au village des Gourdin en Montboyer,
doit au rôle de 1758, 11 # 4 sols. N'ayant encore rien versé en septembre, il est soumis à garnison par le préposé au recouvrement des
tailles, qui saisit dans son mobilier : deux *plats,* quatre *assiettes* et une
pinte d'étain, qu'il met en dépôt, jusqu'à parfait paiement, chez le sieur
Gaboriaud, du même village.

Vêtement. — D'ordinaire, dans nos contrées, le campagnard n'était vêtu que de *toile* du pays ou de ses dérivés : le *refilon* et le *droguet*, dans lesquels entrait quelque peu de laine. La classe aisée s'habillait rarement de *drap;* mais le plus souvent de *serge*, étoffe grossière, faite avec de la laine commune. Gast de Bois-Neuf, fermier des rentes à Montboyer, et banquier à ses heures, paye en 1698, à Jehan Ducq, sergier au bourg, 47 ♯ pour façon de diverses pièces de *serge* et de toile, livrées à sa mère dans le courant de l'année.

Dans un compte de tutelle établi de 1550 à 1558, fourni par Laurent Giraud de chez Cosson en Montboyer, à son neveu Jehan Giraud, fils d'autre Jehan, je relève ce qui suit :

« Le 16 d'apvril 1550, j'ay achapté pour Jehan Giraud, mon neufveu, deux aulnes de drapt, valant 34 sols, pour luy faire un cazaquin, et pour le sallaire et nourriture du fabriqueur, VI sols; plus fait faire au dit Giraud un pareil de chausses de toile (culotte courte) XII sols. Achapté à Montmoreau un paret de souliers VIII sols et des galoches 6 deniers ».

Plus tard, après avoir fréquenté les écoles de Montboyer et de Montmoreau, Giraud, avant d'entrer dans les Ordres, va achever ses études au Chalaure, près des Eglisottes, où maistre Texier, vicaire du curé Frappier, donne à Giraud oncle, la quittance suivante : « Aujourd'hui 17 septembre 1555, a été présent, Saulnat du Cappet, lequel a recongnu en confessé avoir reçu de Laurent Giraud pour son neufveu, la somme de quarante sols tournois, pour raison de une robe honneste et bonne pour le susdit, avec façon et doublure d'icelle, coûtant 30 sols, desquelles dites sommes le dit Cappet donne quittance en ma présence ».

« Signé : Texier, prêtre ».

Pierre Cholous, natif de Montboyer et curé de Berneuil de 1663 à 1717, hébergeait et habillait souvent ses nièces et neveux de Montboyer (1). « Le samedy 21 may 1689, étant à Brossac, j'ay levé un habit pour Saint-Hubert mon nepveu. J'ay pris du nommé Moisne, marchand, 6 aulnes de droguet fin à 26 sols l'aulne, 8 douzaines de boutons, un quart de soye et demi once de fil. Villeneufve avec son garçon a mis trois jours pour l'y faire, pendant lesquels je les ay nourris. Pour doubler l'habit cy-dessus, j'ay fourni 2 aulnes 3/4 de toile de brin, valant 12 sols l'aulne.

3 juin. Donné à Marie Cholous ma nièce, une livre d'estin qu'elle doit filer pour se faire un manteau, et payé au cordonnier de Passirac 10 sols pour recarelure de ses souliers, etc. ».

Et ailleurs, « dernier samedy de juin 1690, j'ay achepté à Brossac, pour faire un habit complet à Saint-Hubert, 7 aulnes et demi de chaisne d'estain à 22 sols l'aulne; 8 douzaines de boutons (2) à 2 sols et demi once de soye. Pour doubler l'habit, Villeneufve a pris, chez Morpain, trois aulnes de toile ordinaire ».

Pas de luxe dans les vêtements des futurs avocats d'alors !

*
* *

Nourriture. — Absence à peu près complète de données sur la nourriture de nos pères aux siècles passés. Mais, en nous souvenant de combien dans nos campagnes, elle était encore, il y a cinquante ans, simple et frugale, on peut juger

---

(1) Registre des Cholous. Pièces justificatives n° 15.

(2) Huit douzaines de boutons pour un vêtement, et des boutons de deux sols la douzaine encore! quel luxe! La culotte courte, fendue sur le côté, à la hauteur du genou, en absorbait bien, en ce point, une ou deux douzaines; et pour le moins autant dans le haut, restaient alors quatre ou cinq douzaines pour l'habit, de quoi évidemment en mettre un peu partout!

de ce qu'elle dut être aux temps antérieurs. En 1618, Cholous, fils aîné du marchand au bourg, plus tard avocat au
Parlement, dit : « qu'en présence du cousin Jacques Cholous des Bourjadon, il s'est entendu avec son jeune frère
qui demeure avec lui, et qu'ils ont mis de côté 45 boisseaux
de méture pour leur nourriture de l'année (1) ». Il y avait
évidemment à l'époque méture et méture ; mais, si celle de
l'avocat était ordinaire, avec environ le tiers de grossailles,
quelle pouvait bien être, au même temps, celle des gens
nécessiteux ? Dans les années de disette, on vivait ici, de
fruits, dit-on, la moitié de l'année ; les chroniques racontent
de même que le menu peuple dut, à certains hivers extrê-
mement rigoureux, se nourrir de glands et d'herbages. L'in-
troduction du maïs dans nos contrées, vers 1650, fut alors
un véritable bienfait. Cette plante produisit énormément dès
le début, et son grain entra pour une large part dans l'alimentation des campagnes ; il suppléa même souvent, comme
plus tard la pomme de terre, à l'insuffisance des récoltes.
On le mangeait alors en galettes cuites sur l'âtre, ou sous le
nom de milloques, en petits pains très durs, bouillis à grande
eau. Il y a moins de soixante ans, nos campagnards en faisaient encore un pain de ménage, cuit au four, dans la proportion de trois quarts de farine de maïs pour un quart de
blé. Ce pain, très appétissant durant les premiers jours de
sa fabrication, n'en était pas moins fort indigeste ; mais les
estomacs d'alors, plus solides que ceux d'aujourd'hui, s'en
accommodaient généralement. Maintenant le maïs ne figure
plus sur nos tables que sous forme de pâtisserie, tant nos
habitudes et nos goûts ont changé !

*
* *

Le fait est que, depuis moins d'un demi-siècle, un bien-

(1) **Registre des Cholous** nº 15 des pièces justificatives.

être relatif s'est partout produit dans nos campagnes, et laisse bien loin derrière lui le passé besoigneux de nos pères. Nous devons évidemment cette situation nouvelle à l'établissement des chemins de fer, aux découvertes du siècle, à leurs nombreuses applications, tendant à simplifier le travail, à substituer la machine aux bras fatigués de l'homme ; enfin à l'accroissement continu des produits agricoles, au développement de l'industrie et à l'incessante activité de notre commerce local.

Aux yeux de tous, en effet, le progrès a aujourd'hui partout pénétré ; mais c'est au village que ses effets ont été le plus sensibles. Plus de pain noir, de vêtements de droguet, de lourds et fatigants chapeaux à larges bords, ni de ces vieilles galoches à bride que chaussait jadis, et en tout temps, la population. Fussent-elles neuves et immaculées, ces pauvres galoches n'ont plus cours aujourd'hui, à la fête du village, où figure avec plus de grâce la bottine vernie et le soulier fin. Pour le beau sexe, le foulard, aux reflets éclatants, a supplanté la coiffe à pans de nos grand'mères, qui jadis venaient à la messe en jupe et tablier de toile, de la blancheur du lis. Les jeunes filles du temps n'étaient guère autrement attifées, et marqueraient mal aujourd'hui à côté de nos élégantes, dont les ajustements recherchés brillent autant par l'excentricité de la coupe que par la couleur extra-voyante des étoffes.

Depuis moins d'un siècle, nos maisons ont de même beaucoup gagné. Percées de nombreuses fenêtres, plus saines et mieux aérées, la plupart font plus que payer de mine, et en maints endroits accusent un certain confortable. La vie y est aussi moins casanière, la nourriture meilleure et plus variée ; partout, à chaque repas un peu de viande, des légumes ou des œufs. Il y a longtemps déjà que les pauvres ménages ne vivent plus de noix sèches et de pain frotté d'ail. Cela tient à ce qu'aujourd'hui le campagnard est plus entreprenant, plus industrieux, plus débrouillard que jadis. Grâce à la facilité des transports, il écoule facilement, et à des prix suffisamment rémunérateurs, non seulement ses grosses denrées, mais aussi une infinité de produits secondaires, autrefois presque sans valeur : veaux et cochons de lait, volailles, œufs, lait, beurres, fromages, légumes, fruits et gibier, devenus à l'heure actuelle une source d'excellents revenus. Aujourd'hui, somme toute, on peut dire avec vérité que, même dans notre vieux recoin de Saintonge, jadis si délaissé, le dernier des mortels est logé, nourri, vêtu, bien mieux que le riche d'autrefois. Il peut voyager de mille façons, tout à son aise et à très bas prix, monter à l'occasion en train de plaisir ; et s'il a le gousset garni, aller à Paris en moins de temps qu'il en fallait jadis à nos pères pour faire à cheval le voyage d'Angoulême ou de Saintes. Bientôt sans doute, pour peu que quelque Préfet bon enfant ait occasion de venir repâter à Montboyer, notre commune pourra, comme Saint-Félix (1), être gratuitement dotée — mais avec l'argent des contribuables, bien entendu — d'un bon téléphone qui lui permettra de faire instantanément, et à toute distance, un brin de conversation avec un ami, ou de correspondre pour affaires — toujours moyennant finance il est vrai — aux quatre coins de la France et même avec l'Étranger.

Ces avantages, tout heureux qu'ils paraissent, sont néanmoins trop exclusivement matériels pour donner entière satisfaction à nos croyantes populations rurales. Ils ne visent en effet que la moitié de notre être — le corps — avec ses désirs, ses jouissances, ses appétits de tous les instants. Quand à l'âme, cette autre partie de nous-mêmes, toute d'essence divine, elle reste dans l'ombre, au second plan, complètement oubliée et délaissée. La secte juive et francmaçonne, qui, depuis vingt-cinq ans, préside si honteuse-

---

(1) Allusion à la circonstance qui valut, sous le préfet Laroche, un téléphone à cette minuscule commune.

ment à nos destinées, a tout fait par son enseignement, ses lois, ordonnances et décrets pour la détruire, la rendre vaine et inutile. Une science impie, orgueilleuse et félonne, l'aide ouvertement dans cette tâche sacrilège, et pousse de toutes ses forces au matérialisme le plus éhonté, en dépit de cette parole si vraie de l'Évangile, « l'homme ne vit pas seulement de pain, mais de toute parole qui sort de la bouche de Dieu ». Pour de si effrontés sectaires, l'Évangile n'a en effet que faire ici. Ses victoires sur le monde païen, ses bienfaits de dix-huit siècles, pour l'émancipation et la moralité des peuples, sont complètement travestis et méconnus ; et la religion, ses enseignements, ses dogmes et son culte, sont aujourd'hui, dans ce prétendu siècle de lumières, moqués, bafoués, violentés, bientôt même réduits à merci. Déjà, depuis plusieurs années, il n'en peut plus être question dans nos écoles ; et les jeunes générations, livrées à elles-mêmes, sans frein, sans éducation morale et religieuse, tombent peu à peu dans l'incrédulité, et de là, suivant le tempérament de chacun, dans la débauche et le crime. Aussi, à notre malheureuse époque, quelle constante aggravation dans les listes annuelles de la criminalité en France ! Au dire des statistiques, les tableaux de la folie et du suicide vont aussi toujours croissant ; et ce n'est pas sans effroi que l'on y voit figurer, en bien plus grand nombre que jadis quantité d'adolescents, de jeunes gens, d'enfants même, dont l'esprit et le cœur faussés, gâtés, pervertis par les séductions de la libre-pensée, les mauvais exemples, les écarts de la fausse science et les doctrines anti-religieuses du siècle, sont à jamais corrompus et voués au mal. Que sera-ce donc quand la génération présente, encore pleine de foi aura disparu ; que l'enfant n'aura plus sous les yeux, pour résister aux entraînements d'un enseignement matérialiste et corrupteur, l'exemple et les exhortations d'une pieuse mère, de parents chrétiens, vaillants, économes, contents de leur sort, et acceptant le cœur joyeux, mais

surtout en vue de Dieu, les biens et les maux de la vie ? Oh !
alors..... Mais n'anticipons pas sur les faits à venir. Tra-
vaillons plutôt à arrêter le flot de corruption qui nous en-
vahit de toutes parts, et que Dieu nous soit en aide !

CHAPITRE XIV

ANCIENNES MUNICIPALITÉS

~~~~~~~~~~

Syndics, notables, élections, actes capitulaires
Syndics perpétuels.

Nos vieilles municipalités communales furent longtemps
électives. En fin d'année, ou dans tout le cours du dernier
semestre, les manants (1) et habitants de chaque paroisse,
constitués en communauté, devaient, selon la coutume, se
réunir en un lieu particulier, généralement au-devant de l'é-
glise paroissiale, en vue de désigner d'un commun accord,
et sur une liste des notables arrêtée à l'avance par le syndic
alors en charge : 1° Celui qui, l'année suivante, devait remplir les mêmes fonctions de *syndic* ou de maire ; 2° un nombre
suffisant d'autres notables, chargés pour le même temps de
veiller à la répartition des impôts frappant la commune et à
la confection des rôles ; pour ensuite recueillir, chacun dans
sa région, le montant des tailles et le porter aux caisses du
Trésor, à Limoges, à Saintes ou à Barbezieux, suivant que
l'ordonnait l'Intendant.

Les archives de Montboyer n'ont pas conservé la moindre

(1) Manant n'avait pas alors le sens injurieux qu'on lui donne aujour-
d'hui. Il signifiait, dit M. l'abbé Armand, ceux qui restent au pays, du
latin *manere,* demeurer.

trace de ces élections annuelles. Pour donner une idée de ce qu'elles étaient, je dois puiser dans les papiers d'une ancienne famille de Saint-Laurent des Combes, où je copie au milieu d'une dizaine d'autres le tableau suivant :

Tableau ou recolement de la paroisse de Saint-Laurent des Combes pour servir à la nomination du *syndic* et des *collecteurs* de la dite paroisse pour l'année prochaine 1761. Lequel tableau dressé par Guillaume Antoine, syndic en charge en cette année 1760.

1re Colonne — *Septuagénaires exempts.*

Jean Bouchonneau, père, — André Constantin, père, — Pierre Grimaud, père, — Jean Boucherie, père, — Jean Martin, père, — Pierre Rivière.

Privilégié.

Le Curé de la Paroisse.

2e et 3e Colonne — *Collecteurs à tour de rôle.*

1761. Louis Buffeteau, notaire royal chez Gilet, et François Petit, laboureur à La Cabanne.

1762. Pierre Vincent, laboureur à La Case, et Jean Feuillade, maréchal au bourg.

1763. Jean Vincent, laboureur à La Case, et Jean Fouyne, meunier au bourg.

1764. Pierre Bouchonneau, fils aîné, chez Gauton, et Jean Couprie, laboureur au bourg.

1765. Mathurin Jousseaume, laboureur chez Caillaud, et Jean Bordes, laboureur au bourg.

1766. Jacques Lambert, bourgeois chez Pinard, et Michel Bonnet, chez Peuchaud.

1767. Jean Coiffard, laboureur au bourg, et François Berteau, au bourg.

1768. François Petit, marchand chez Gilet, et Michel Fouyne, au bourg.

4ᵉ Colonne — *Pauvres ou moins taxés.*

Jean Caillaud, tisserand, — Pierre Grimaud, journalier, — Pierre Blais, journalier, — Jean Daniaud, journalier, — François Laglaive, tisserand.

Fait clos et arrêté le présent tableau par les syndic, habitants et bien tenants de la dite paroisse de Saint-Laurent, assemblés le 6 octobre 1760 au-devant de la principale porte de l'église, à issue de la messe paroissiale, lesquels ont tous, d'une même voix, nommé, attesté et certifié, les dits *Louis Buffeteau*, notaire royal chez Gilet, et *François Petit* de la Cabanne, pour collecteurs de l'année prochaine 1761, et pour syndic la personne de *François Berteau* gendre de Condussier au bourg : les premiers pris en tête des 2ᵉ et 3ᵉ colonne, et le syndic au septième rang de cette dernière. Les habitants présents à cette nomination, et sachant écrire, ont signé avec le syndic. Signé : Boucherie de La Case, Couprie, Potuau, Bourdier-Bellisle, Guimbellot, Damour, Laveau, Sarrasin, Pierre Daniáud, Coiffard, Jousseaume, Buffeteau et Anthoine, syndic sortant.

Enregistré au greffe de l'Élection à Saintes, le 2 novembre 1760.   (*Signature illisible*).

A Montboyer, où le rôle des impôts, bien plus considérable, comportait souvent 4 ou 6 cartages, cahiers correspondant chacun au quart ou au sixième de l'étendue de la paroisse, on nommait toujours quatre ou six collecteurs et même davantage, ainsi qu'on le verra au chapitre suivant. Trois étaient alors pris dans la deuxième colonne du tableau, les autres dans la troisième ; le syndic était de même choisi à son rang ; et une fois passés en exercice, les uns et les

11

autres ne figuraient de nouveau au tableau qu'autant que tous les notables de la paroisse y avaient été inscrits chacun à son tour.

* *
*

En 1692, un édit de Louis XIV mit en vente les charges municipales. Un assez grand nombre de villes furent alors administrées par des *maires* doublés d'*assesseurs* pourvus en charge moyennant finance. La campagne parut réfractaire à cet ordre d'idées. En 1702 un nouvel édit, qui nous est parvenu sous forme d'affiche de l'époque, régla que la charge de syndic pouvait de même s'acquérir à prix d'argent et devenir héréditaire dans les familles qui l'auraient acquise. Aucun acte ne nous indique qu'il y ait eu alors à Montboyer un *syndic perpétuel* et c'est encore à Saint-Laurent que nous allons puiser notre modèle.

Le 25 septembre 1702, Jean Petit, marchand chez Gilet, est acquéreur de cette charge pour 165 #. Le 4 janvier 1703, il adressa requête par son procureur Arnaud, à MM. de l'Élection de Saintes pour réclamer sa mise en charge et prêter le serment demandé. Satisfaction immédiate lui fut donnée.

« Veu la requête du sieur Petit et la quittance des 165 # qu'il a versées au Trésor pour prix de la charge de syndic perpétuel à Saint-Laurent des Combes, ouy le procureur en ses conclusions, nous avons fait lever la main au suppliant, et de luy pris et reçu le serment au cas requis. Moyennant quoi il a promis bien et fidèlement exercer le dit office de syndic perpétuel, en la dite paroisse de Saint-Laurent des Combes, suivant et conformément au dit édit, arrêt et règlement, dont avons octroyé acte ; et ycelluy reçu pour en faire les fonctions et jouir de tous les privilèges, exemptions y attribués. Et ordonne que copie de la dite quittance

demeurera registrée au greffe de ce siège, pour y avoir re-
cours quand besoin sera. Mandons et ordonnons, etc. —
Fait à Saintes au bureau de l'Élection, le 14 janvier 1703.
Signé : BIBARD, RÉVEILLAUD et LUCAS BEAULIEU. Taxe,
20 sols. — Reçu 3 # et 8 sols pour les deux sols pour
livre et 3 sols pour le trésorier de la bourse commune.
Signé : GUILLOTTIN. — Contrôlé 4 sols. Signé : BOU-
CHARD ».

Les exemptions et les privilèges attachés à la charge de
syndic perpétuel étaient assez avantageux pour exciter l'envie, car en outre des faveurs qu'elle assurait, la somme versée
à l'État par le fonctionnaire devenait comme un prêt fait à la
commune et dont celle-ci devait au titulaire et à perpétuité
l'intérêt annuel au denier 15, c'est-à-dire à 6 fr. 66 pour
cent par an.

Voici le texte de l'édit :

« Louis, par la grâce de Dieu, roi de France et de Navarre, à tous présents et à venir, salut, etc... Disons que
partout où n'y aura point de maire en charge, ni d'hôtel de
ville, il y a lieu de créer et établir un *syndic perpétuel* pour
y exercer les mêmes fonctions que l'ancien syndic électif. —
Aura le dit syndic, la garde des titres, papiers et registres
de la communauté, le droit de convoquer les assemblées au
lieu à ce destiné et le devoir d'écrire les décisions et délibérations des dites assemblées. Il tiendra la main à l'exécution de nos lois et édits, préparera la nomination des
collecteurs, veillera à la rentrée des impôts, remplacera le
commissaire des guerres pour la levée des soldats, préparera le logement des troupes de passage, et fera au besoin
toutes les adjudications que nécessiteront les circonstances.
En retour, le dit syndic prendra rang après le seigneur de
l'endroit, sera marguillier honoraire et perpétuel de la paroisse avec le curé, aura droit au banc d'œuvre et à une
place dans l'église avec ban pour sa famille s'il le désire. Il
sera exempt du logement des troupes, de la collecte et de

droit de garde et guet et autres charges publiques ; et pour
alléger sa finance (le prix de sa charge), on inscrira chaque
année au rôle de la commune, pour être réparti et perçu
comme les autres impôts, le revenu au denier 15 du coût de
sa charge, lequel revenu lui sera versé par les collecteurs à
la fin de chaque exercice, et cela à perpétuité, ou tant que
la charge restera dans la famille ».

Moins de dix ans s'étaient écoulés, et déjà on se récriait
de partout contre l'institution des syndics perpétuels, qui
s'érigeaient parfois en maîtres absolus, ne tenaient plus
compte de la volonté des habitants, entravaient leurs décisions, et faisaient souvent obstacle aux actes capitulaires
provoqués par les intéressés. Partout on demanda le retour
aux anciens usages.

Vint alors une ordonnance royale autorisant les communes
à recouvrer leurs anciennes maîtrises mais en remettant de
leurs propres deniers, au syndic perpétuel qui avait cessé de
plaire, le montant intégral du prix de sa charge, précédemment versé par lui au Trésor. Il n'y a que les gouvernements
pour commettre de pareilles injustices !

*
* *

Le premier syndic retrouvé dans les anciens actes de
Montboyer est JEAN DUNOYEAU, en 1665. L'année suivante apparaît en charge JEAN MORBUE, du quartier des
Esgreteau. Comme syndic de la paroisse, il contracte vis-
à-vis de Mᵉ Charles Gast de Bois-Neuf, et au nom de tous
les habitants, un emprunt de 600 # pour couvrir d'anciennes
dettes ou des dépenses restées inconnues.

En 1669, PIERRE GABORIAUD, du village de ce nom, est
à son tour syndic de la paroisse. Devant Daniaud, notaire
aux Daniaud de La Boisse, il paye à maître Gast 105 # pour
frais de poursuites, faites par ce dernier contre la commune,
à propos de sa créance de 1666.

On voit plus tard GABRIEL DANIAUD, de l'Anglade, pré-
sider, en 1713, à l'acte capitulaire dressé à la porte de
l'église par Bouchier, notaire, en faveur des époux Giraud
de chez Cosson. Ces derniers réclament contre la taxation
erronée de 40 # qui leur était imposée pour l'année suivante,
alors qu'ils ne payent d'ordinaire que 26 #. A l'unanimité
ils sont déchargés de la différence, et leur cote remise à son
ancien point.

Le 20 octobre 1737, maître JEAN MICHELON, chirurgien
au bourg et syndic de Montboyer, provoque l'assemblée
pléniaire qui doit faire justice des dénonciations calomnieuses d'un ancien maître d'école contre le procureur fiscal
Cholous. Ce dernier, soutenu par la population, n'a pas de
peine à se justifier des fausses accusations dont il a été
l'objet, près du comte de Gassion, lors du récent passage
à Montboyer de ce seigneur à la tête de ses troupes. (Voir
chapitre VII, page 79.)

On lit dans une note des papiers Petit : « Je soussigné,
syndic de Montboyer, atteste que François Petit, marchand
chez Gilet, commune de Saint-Laurent, a été prévenu par
Poitou, syndic de sa commune, de se rendre à Montboyer
avec ses chevaux, bœufs et charrettes, pour conduire les
équipages des soldats qui doivent arriver à Montboyer le
4 décembre présente année 1749. Signé : DUMETEAU,
syndic.

Le dernier syndic électif, dont nous avons trouvé trace à
Montboyer, est le sieur LÉONARD DESGRAVIERS aîné de
Bois-Neuf, dont Jean Guimbellot, dit Le Comte, notaire
chez Gigon, critique fortement l'acte capitulaire du 6 avril
1788, s'opposant à la ferme des dîmes consentie par le curé
Hardy, à ce même Guimbellot et à son fils Gabriel, pour la
somme de 4,000 # (1). Il était d'usage alors que le fermier

---

(1) Pièces justificatives nᵒ 10. Lettre de Guimbellot à son avocat, à
Paris.

des dîmes fut agréé par la population, et celle-ci on le voit, ne négligeait point, le cas échéant, de maintenir ses anciennes franchises.

Les anciennes municipalités de France, presque partout composées d'un syndic et de quelques notables de l'endroit, élus chaque année, ne prirent fin qu'en vertu du décret de l'Assemblée Constituante, du 14 décembre 1789. Elles furent reconstituées sur les bases actuelles le 28 février suivant.

CHAPITRE XV

CHARGES DE LA PROPRIÉTÉ

~~~~~~~~

Dîmes. — Rentes. — Tailles ou impôts. — Impôts
de Montboyer de 1669 à la Révolution. — Rôles.
— Collecteurs. — Don gratuit. — Dixièmes. —
Vingtièmes. — Gradation des impôts en France
de 1339 à nos jours. — Comment Montboyer
paie à l'État 33,523 fr. 27 en 1895. — Réflexions
sur la situation présente.

Les charges de la propriété étaient de trois sortes : la
dîme, la *rente* et les *tailles du roy*. Nous avons déjà décrit
les deux premières, disons un mot des impôts d'autrefois.

En France, avant le xvᵉ siècle, aucun impôt régulier
n'avait encore atteint la propriété; mais il n'était point de
province autrefois envahie ou conquise, qui n'eut, en temps
de guerre, fourni des subsides au vainqueur.

En 1367, le prince de Galles, maître de l'Angoumois,
frappa le premier toutes ses terres de France d'une contribution de 10 sols tournois sur chaque feu. Cette taxe impopulaire détermina un soulèvement général qui mit bientôt
aux mains de Charles V notre région et la majeure partie
de l'Aquitaine. Mais l'ennemi soutint énergiquement la lutte;
et le duc de Berry, frère du roi, nommé gouverneur de la
Guienne, dut aussi en 1374, pour l'entretien de ses troupes,
lever un impôt de 40 sols par feu. Plus tard, en 1395, les
États du Languedoc, à la demande du duc d'Orléans, frap-
pèrent de même chaque ménage d'un subside de 50 sols.

Durant quelques-unes des trêves de la guerre de Cent ans, le licenciement des troupes royales avait eu pour effet désastreux de jeter sans ressources, dans le pays, une masse de soudards qui, au lieu de retourner aux champs ou de se livrer à quelque travail utile, se réunisssaient par bandes nombreuses, pillaient la campagne, rançonnaient les voyageurs et se trouvaient même parfois en force pour attaquer les châteaux, s'y fortifier et porter impunément dans le pays d'alentour la dévastation et la ruine. Cet état de choses fit sentir la nécessité des armées permanentes, et l'on dut pourvoir à leur entretien. En 1439, à la demande de Charles VII, les États de Tours décidèrent l'appel de 20,000 hommes, représentant en moyenne un archer par paroisse, et votèrent pour leur solde une taille de 1,800,000 # à répartir sur tous les ménages de France. Ce fut le premier essai des milices nationales, et le point de départ des charges publiques qui depuis lors, chez nous, n'ont jamais cessé de progresser. A la mort de Louis XI, ces charges atteignaient, dit Commines, 4,700,000 #, ce qui cependant, pour toute la France, ne faisait encore qu'environ 200 # par commune, et tout au plus en moyenne une livre par feu. Mais, après chaque siècle, ces charges militaires firent plus que décupler ; si bien qu'en 1669, elles s'élevaient à 112 millons, dont 3,750 # furent alors payées par Montboyer, notre bourgade, si nous en croyons un vieux débris de rôle de l'époque, et l'acte de répartition du notaire Fouyne fait en présence des collecteurs (1) de la paroisse en exercice cette année-là.

(1) Les collecteurs ou receveurs d'impôts, devaient être propriétaires ou artisans honorables, âgés de 25 à 70 ans et domiciliés dans la paroisse. En octobre de chaque année, l'Intendant de la généralité (receveur de la région) informait le syndic (maire) de la commune, du chiffre de l'impôt dû pour l'année suivante et l'invitait à proclamer « le dimanche d'emprès, à l'issue de la messe, et devant la principale porte de l'église du lieu », le montant de cet impôt, le nom des collecteurs chargés de le percevoir et celui du syndic qui devait entrer en charge le premier janvier suivant. Ces financiers improvisés, choisis, à tour de rôle, sur une liste

Plusieurs rôles partiels ou cartages, trouvés dans de vieux papiers, nous permettent d'établir, pour certaines années, le chiffre des impôts de Montboyer et aussi les noms de quelques collecteurs en exercice.

1669. — Collecteurs : Brisson, Rouault, Texier, Motard, Poussard et Giraud . . 3,750 #

1706. — Collecteur : Pierre Duc, maître sargier au bourg . . . . 3.911 #

1718. — (Collecteurs inconnus) . . . . . 3,720 #

1724. — Pierre Fouyne, J. Bourdier, François Avril et Cholous . . . . 3,647 # 15 s.

1737. — . . . . 3,786 # 10 s.

1738 (1). — Guimbellot, Audigier, Masson et Motard . . . . 4,607 # 8 s. [4d]

des plus notables de la paroisse, nommaient aussitôt un secrétaire (notaire ou autre) qui faisait la répartition des charges proportionnellement à l'étendue des possessions de chacun. Ce rôle des tailles, composé d'autant d'articles qu'il y avait de feux, était soumis au visa de l'Intendant; après quoi, il en était fait autant d'extraits partiels, ou cartages, qu'il y avait de collecteurs en exercice (presque toujours 4 ou 6 à Montboyer), et chacun opérait ensuite dans la circonscription portée sur son rôle. Un simple trait vertical mis dans la marge, en regard de la cote, servait de quittance trimestrielle au contribuable. Quatre traits de cette forme $\frac{|\ |\ |\ |}{|\ |\ |\ |}$ indiquaient que tout était soldé. On payait alors par trimestre. Chaque collecteur était garant du montant de son cartage; mais tous étaient solidaires vis-à-vis de l'État, et comme la poste offrait alors peu de facilité pour le transport des fonds, l'un des collecteurs se chargeait des versements moyennant finance, et Dieu sait les voyages qu'il faisait durant l'année à la Rochelle ou à Limoges, suivant que notre région était rattachée à l'une ou à l'autre de ces Généralités.

(1) On lit l'en-tête suivant sur la première feuille du rôle général de l'année 1738, dressé en octobre 1737, et le seul qui nous soit parvenu dans son entier :

« Roole et Également de la somme de 2,830 # de principal de taille, mendée estre imposée sur tous les manans et habitans de la paroisse de Montboyer, l'année prochaine 1738, conjoinctement avec laquelle a été aussi égalée celle de 95 # 15 sols pour les 6 deniers pour livre attribués aux collecteurs; celle de 14 # 8 sols pour le sceau du présent roole : 2 # attribuées au receveur des tailles pour droit de quittance; 47 #

1750. — Chauvin, Massonneau, Guimbellot et Lagarde . . . .   4,202 #

1753. — Bourdier, Beau, Avril, Chauvin,
Daniaud et X. . . . .   4,522 # 13 s.

1773. — Poineau . . . .   5,757 #   8 s.

1775. — Jaulin . . . .   5,448 #

1779. — Daniaud, Michelon et . . . . .   6,164 #   4 s.

1782. — Tabuteau. . . . .   8,000 #

1788. — Bourdier, Vallade, Mesnard et
Antoine . . . . 11,100 #

Dans le montant des rôles ci-dessus, sont compris avec
les tailles proprement dites, la capitation et nombre de
charges supplémentaires, connues sous les noms d'usten-
siles, frais d'équipement, fourrages, quartiers d'hiver, entre-

10 s. 4 pour les 3 deniers pour livre du montant de la dite somme de
2,830 # et 2 # 8 s. pour le sol pour livre du dernier droit, revenant
toutes ces dites sommes à celle de 3,992 # 1 s. 4 deniers. Outre laquelle somme a été aussi répartie celle de 615 # pour le fourrage, quartier d'hiver et solde des miliciens. Le tout suivant le mandement de
monseigneur l'Intendant de la Généralité de La Rochelle envoyé aux
collecteurs de Montboyer le 21 octobre dernier; signé : BARENTIN. Auquel esgalement a été procédé par GUIMBELLOT, AVRIL, MASSON, AUDIGIER,
et MOTARD, collecteurs de la paroisse pour l'année 1738, ainsi que s'en suit :

Article 1er. — Pierre et André Beau, propriétaires chez Bran-
des, pour leurs biens. . . . .   14 #
Et pour les terres de la veuve Beau . . . .   7 #
Fourrage et milice . . . .   3 #
Article 2. — Jean Mousset l'aîné, tisserand . . . .   7 # 3
Fourrage . . . .   1 # 14
Article 3. — Jean Verdine, laboureur. . . . .   22 #
Pour les biens qu'il exploite de Baumard . . . .   2 # 11
Fourrage . . . .   5 # 6

Ce rôle comprend 314 articles. Au revers de la dernière page est écrit :
« Il n'y a d'exempt ni de privilégié dans la paroisse que le curé d'icelle.
« Fait clos et arrêté le présent roole par nous greffier soussigné, as-
sisté des collecteurs qui ont signé avec nous, sauf Motard ».
Signé : GUIMBELLOT, AVRIL, ROUAUT, MASSON, AUDIGIER et FOUYNE, no-
taire greffier. (Papiers Jaulin et Tisseraud chez Motard).

tien des routes, commerce (1), etc., variant chaque année par suite du mouvement des troupes, de l'équipement des milices ou du séjour présumé dans le pays de quelque corps d'armée.

Un autre impôt, celui des *dixièmes,* ne fut prélevé dans le principe que pour les guerres saintes ; Charles Martel y recourut pour délivrer Rome des Lombards ; Philippe-Auguste pour lutter contre Saladin, et Saint Louis durant ses croisades. Plus tard, on eut si souvent recours à cet impôt des dixièmes qu'on en fit un subside ordinaire. François Ier, dit-on, le rendit obligatoire ; et depuis, il fut toujours régulièrement perçu. Le clergé, comme le menu peuple, était astreint à cette charge ; et de plus, tous les cinq ans, il s'en-

---

(1) La répartition de ces divers impôts donnait fort souvent lieu à de criants abus. Et cela n'a rien d'étonnant si l'on songe que ce travail échappait à tout contrôle sérieux de la part des intendants ; et que seuls, les contribuables pouvaient — par la comparaison de la cote de l'année avec les précédentes — juger de la sincérité des chiffres établis. Un vieil acte du 11 mars 1669, passé entre les collecteurs de Montboyer, montre avec quelle partialité on avait, cette année-là, majoré toutes les petites cotes, en vue d'alléger d'autant quelques autres articles du rôle.

Brisson, notaire, et l'un des collecteurs désignés, avait fait les calculs et dressé le rôle. Son travail parut à ses collègues entaché d'erreur, surtout à l'endroit de sa cote trop réduite, et de celle de ses proches. Aucun n'en voulut endosser la responsabilité. Brisson se récria, disant qu'il n'avait commis aucune malversation ; et que, s'il s'en trouvait, elles n'étaient que l'œuvre de ses collègues qui avaient arrêté et fait clore le rôle en son absence. Protestations des autres collecteurs : Texier, Giraud, Rouault, Poussard et Motard, affirmant « qu'il a seul réglé les choses à sa discrétion ; et que, s'ils ont fait mettre la cloison au roole en son absence, c'était pour empescher le retardement des deniers de Sa Majesté ; qu'ils prièrent en effet le notaire Fouyne de mettre la cloison au roole, mais que rien n'y fut augmenté n'y diminué, et que tout resta dans le même estat, ce qu'ils offrent de soutenir par serment sur les saincts Évangiles, le *corpus dominy* présent ».

On finit néanmoins par s'entendre. Le notaire Fouyne rectifia le rôle et mit chaque cote à son point. — Mais pour un acte de mauvaise foi alors relevé, combien malheureusement durent passer inaperçus, et grever outre mesure les pauvres petits, ceux-là même qu'il faudrait toujours au contraire soutenir et protéger!

gagea de payer au roi, sous le nom de *don gratuit*, un autre
dixième spécialement prélevé sur ses revenus particuliers.

Sous Louis XIV et ses successeurs un surcroît d'impôts,
nommé *vingtième*, fut encore demandé à la propriété. Annoncé comme tout à fait accidentel et de peu de durée, il
fut plus tard non seulement maintenu, mais doublé et même
triplé. De tous les rôles de vingtièmes autrefois perçus à
Montboyer — car la rentrée de cet impôt se faisait sur un
cahier spécial — je n'ai pu retrouver que celui de 1782. J'y
relève au hasard l'article 14 :

Marguerite Birot, veuve Durandeau chez Poineau, doit :

Pour 1er vingtième	19 # 10 s.	
4 sols pour livre sur ce 20e . .	3 # 18 s.	62 # 8 s.
2e et 3e vingtième	39 #	

Cet impôt supplémentaire ajouté à celui de la grande
taille et ses accessoires devait, à l'époque, constituer une
charge d'autant plus lourde pour les cultivateurs peu aisés,
que depuis dix ans la grêle, les inondations et les disettes
avaient presque constamment sévi dans la région (1) et ruiné

---

(1) 1767. Hiver excessivement rude, semailles anéanties, vignes et
arbres fruitiers détruits. Le pain manque dans nos campagnes. Plusieurs
vivent de glands, de son et d'herbages bouillis. Turgot fait exempter
l'Angoumois de tout impôt.

1771. Humidité et pluie constante. Les salines du littoral sont impro-
ductives et les fourrages pourrissent au lieu de sécher. Population dé-
cimée par les fièvres putrides. Grande mortalité des animaux.

1774. Mauvaise année. Peu de récoltes. Hiver rude. La misère est à son
comble. Attroupements des malheureux qui s'emparent des convois de
grains. On désarme les campagnes, mais les désordres n'en continuent
pas moins.

1775. Blés complètement dévorés par la larve du papillon de l'Angoumois, qui sévit depuis déjà plus de dix ans.

1776. Gelée terrible du 29 mai, puis sécheresse excessive : ni blé, ni vin.

1777. Un ouragan saccage plus de 30 paroisses de l'Angoumois.

1781. Orage terrible. 14 paroisses de l'Élection de Barbezieux sont
hachées par la grêle. Lamaurine, procureur du roi, dit que des grêlons
d'une livre mirent trois jours à fondre. Tout fut anéanti.

le pays. L'excès de misère où tombèrent alors nos campagnes fut un obstacle presque insurmontable à la levée des impôts. Le Trésor, mis à sec, ne put subvenir aux besoins les plus pressants; et quand il fallut solder les 1200 millions enfouis dans la guerre de l'Indépendance, on se heurta à de si grandes difficultés qu'il fallut en référer à la nation.

Les États-Généraux, convoqués pour remédier à la situation, trouvèrent les finances dans le plus déplorable état. L'impôt de 1789, montant à 691 millions, parut passer toute mesure. La Constituante, par une répartition plus équitable des charges et la suppression de certains droits, ne fixa qu'à 580 millions les dépenses de 1790. C'était d'un heureux présage; mais l'avenir fut loin de répondre aux espérances que ce début avait fait naître. Bientôt il fallut rétablir les impôts supprimés, et la création de 400 millions de papier-monnaie(1), avec cours forcé, assis sur les biens confisqués de la noblesse et du clergé, ne put combler le déficit.

La Révolution avec ses désordres, ses gaspillages et ses guerres, ne put qu'y ajouter encore. La vente des biens nationaux, une émission presque continue d'assignats, des réqui-

---

1783. Inondations : la Vienne, la Charente, la Tardouère, la Dordogne et leurs affluents sortent de leur lit. 30 maisons s'écroulent à Larochefoucault. Pont de Mansle emporté, arrêt de circulation sur la route de Paris à Bordeaux. La moitié des moulins disparaissent.
La Charente révolutionnaire. Bugeaud, page 112.

(1) Ce papier perdit bien vite toute faveur, par suite des trop nombreuses émissions qu'on en fit. Sa dépréciation fut si rapide qu'elle enraya toutes les transactions, ruina quantité de familles et aboutit à un colossal désastre. Dès l'an IV (1795), l'État avait fabriqué et jeté dans la circulation pour 27 milliards de francs de ces valeurs fictives — M. Thiers dit 45 milliards et demi, d'autres 49. — A cette date, un assignat de 100 ₶ trouvait à peine preneur pour quelques sous; et déjà l'année précédente, il fallait à Paris 20 à 25 ₶ de ce papier discrédité pour avoir une livre de pain.

Un vieil imprimé réglant le mode de perception de l'emprunt forcé de 1796 porte, paragraphe VII, que les assignats ne seront reçus en paiement qu'à raison du centième de leur valeur nominale.

sitions de toute nature, et l'emprunt forcé de 600 millions qu'elle décréta en février 1796, furent les expédients dont elle usa pour faire face aux événements.

L'Empire vint ensuite, qui battit monnaie dans presque tous les pays qu'il conquit; mais sa chute n'en coûta pas moins à la France plus de 2 milliards.

Sous Charles X, un autre milliard fut versé aux émigrés en échange de leurs biens vendus sous la Révolution. Cette libéralité grossit d'autant le budget de 1827.

En 1834, sous Louis-Philippe, les impôts de toute nature produisirent 1 milliard 64 millions avec un boni de plus de 20 millions. Dix ans plus tard, les budgets avaient grossi d'au moins 200 millions.

Vint alors la République de 1848, qui, à l'exemple de son aînée, se montra fort prodigue des deniers de l'État. Pour couvrir les inutiles dépenses des ateliers nationaux, qui ne furent, en somme, qu'une prime à la paresse, elle exigea des contribuables 45 p. o/o (1) en plus de leur impôt de l'année, et n'en laissa pas moins, en fin d'exercice, un déficit de près de 400 millions, sur un budget de dépenses de 1 milliard 900 millions.

Vingt ans après, en 1869, le second Empire brillait

(1) 45 centimes par franc d'impôt extraordinaire! On n'y allait pas de main morte alors! Et pourquoi 45 centimes au lieu de 50, s'il vous plaît? Le contribuable qui devait 100 francs n'aurait-il pas aussi bien payé 150 fr. que 145 ? On a tout lieu de le croire ; mais en affaire, toute atténuation de prix a ses charmes ; et le marchand qui donne aujourd'hui à 39 sous son article de 2 francs le sait tout aussi bien que les politiciens de 1848.

La perception de cet impôt donna lieu, en plus d'un endroit, à de regrettables désordres. A la suite d'un semblant d'émeute, où domina la gent en jupons, le petit bourg de Bardenac refusa de payer l'impôt et fit savoir au percepteur de la réunion de Montboyer, Tancrède Desgraviers, qu'on brûlerait ses papiers s'il se présentait dans la localité. Il y vint, mais avec une compagnie d'infanterie mandée à Angoulême, et qui resta huit jours parmi les récalcitrants. Les 45 centimes rentrèrent, cela va sans dire, jusqu'au dernier sou; puis vint le tribunal de Barbezieux, qui gratifia les tapageurs, femmes comprises, de quelques jours de prison. Et ce fut tout.

dans tout son éclat; et, malgré un accroissement de dépenses considérable dans tous les services publics, la France était alors si prospère que le budget de cet exercice, vérifié et arrêté définitivement par la Cour des comptes, en 1876, a pu être soldé avec un boni de 438 millions sur un chiffre de recettes de 1 milliard 762 millions (1).

En 1870, l'Empire croule, battu par l'Allemagne, qui nous enlève deux provinces et 5 milliards d'indemnité. Un emprunt de 2 milliards nous permet, en 1872, de chasser l'étranger. Il en résulte évidemment un accroissement de charges qui fait monter à 2 milliards 588 millions le budget de 1875.

Aux élections de 1877, les républicains, ou soi-disant tels, arrivent en grande majorité à la Chambre. Maîtres de la situation, rien ne les empêche plus de tailler en plein dans les finances (2) de l'État; et en 1883, les dépenses se soldent par le chiffre monstrueux de 3 milliards 817 millions. Impossible désormais de mettre en équilibre les nouveaux

(1) *Bulletin des communes*, année 1877.

(2) Aussi que de nouvelles et grasses sinécures ils adjugent aux frères et amis. Il suffit dès lors aux intrigants et à tous les fruits secs de l'époque, de se réclamer de l'étiquette républicaine pour être aussitôt casés quelque part et vivre désormais aux frais de l'État. L'épuration de l'ancien personnel administratif fut alors loin de fournir assez de vacances pour les nouveaux venus. Bientôt il fallut créer de nouvelles charges et même dédoubler les anciennes. Cela nous valut souvent trois fonctionnaires au lieu d'un. Autant de créatures dociles en plus sous la main du Pouvoir. Mais le service, qu'y gagna-t-il? Et le contribuable donc?

Le fonctionnarisme est une des grandes plaies de l'époque. Il absorbe la majeure partie des forces vives de la nation, et reste l'une des causes les plus évidentes de la dépopulation des campagnes. Bien rare en effet, aujourd'hui, le soldat libéré qui retourne à sa charrue! Entraîné par le courant, il fuit au contraire le toit paternel pour devenir facteur, cantonnier, agent de police, gendarme, employé ou garde quelconque sur les grandes lignes de fer, ou mieux encore sur celles de l'État, où un personnel encombrant — le fait est partout constaté — dévore bien plus qu'il ne produit journellement. Évidemment le fonctionnarisme nous tue, et comme nous n'avons aucun espoir de le voir restreindre par le Gouvernement qui l'a créé à tous les degrés de l'Administration, qui donc prendra le balai?

budgets. On les vote du reste chaque année si tardivement qu'aucune recherche ou discussion sérieuse n'est possible ; et, de plus, pas un opposant n'est admis dans les Commissions budgétaires. Aussi personne ne sait pertinemment à quoi s'en tenir sur la vraie situation de nos finances. La dette publique, en dessous de 2 milliards en 1834, s'élève aujourd'hui à 33 milliards, et les mille et une ressources de la France ne peuvent, en cette année 1895, couvrir l'énorme budget de nos dépenses, évaluées à plus de 3 milliards et demi (1).

Quelle rapide progression ont suivi nos impôts depuis le xive siècle !

En 1339, le prince de Galles perçoit dans le
     Midi de la France. . . . .   10 s. par feu

En 1439, les États de Tours votent, pour la
     levée d'un archer par paroisse, 1 million
     800,000 #. . . . .

En 1460, Louis XI demande à ses sujets
     environ 4 millions 1/2, soit. . . . . . .   1 # 4 s. par tête

En 1669, sous Louis XIV, pour 25 millions
     d'habitants, l'État perçoit 212 millions . .   15 # 10 s. par tête

---

(1) Pour ceux qui ne se sont jamais rendu compte de la part d'impôts payés annuellement par leur commune, je me permets de mettre sous leurs yeux le chiffre exact des sommes versées au Trésor en 1895 par la commune de Montboyer. Ces chiffres sont officiels :

Impôt foncier	13,767 fr. 88
Cotes personnelles et mobilières.	2,961 fr. 72
Portes et fenêtres.	1,251 fr. 15
Patentes	803 fr. 75
Prestations.	2,684 fr. 75
Impôts sur les chiens.	200 fr. »
Droits sur les permis de chasse	420 fr. »
Droits sur les tabacs, poudres à feu.	3,100 fr. »
Droits sur les vins et liqueurs	2,420 fr. »
Droits de timbre et d'enregistrement	2,854 fr. »
Droits de poste, timbres, mandats, etc. . .	3,060 fr. »
Total. . . .	33,523 fr. 25

Et nombre d'autres non évalués, tels que ceux du sel, des allumettes, des poids et mesures, etc.

	Habitants.	Impôts.	Par tête.
En 1789. Sous Louis XVI .	27 millions	691 millions ou	23 fr. 15
En 1790. La Révolution . .	27 millions	580 millions ou	19 fr. 00
En 1827. Charles X.	32 millions	1,025 millions ou	32 fr. 00
En 1834. Louis-Philippe . .	33 millions	1,044 millions ou	34 fr. 70
En 1847. —	34 millions	1,487 millions ou	42 fr. 00
En 1850. 2e République . .	35 millions	1,796 millions ou	50 fr. 50
En 1869. Fin du 2e Empire.	36 millions	1,625 millions ou	47 fr. 00
En 1875. 3e République . .	37 millions	2,588 millions ou	70 fr. 00
En 1889. —	38 millions	3,244 millions ou	85 fr. 00
En 1892. —	38 millions	3,777 millions ou	90 fr. 00
En 1895. —	38 millions	3,800 millions ou	100 fr. 00

Chiffre énorme! alors que pour cette même année 1895, on ne paie en Prusse que 78 fr. par tête; — en Autriche 63; — en Angleterre 61; — en Italie 58; — en Portugal 55; — en Russie 48; — en Espagne et Danemark 42; — en Turquie d'Europe 38.

Et sur de pareilles données, qui oserait aujourd'hui soutenir, comme on l'a fait si longtemps, que la République Française, qui tient si brillamment le record de l'impôt sur les autres nations de l'Europe, est de tous les gouvernements le meilleur et celui... qui coûte le moins?

La vérité est que l'impôt a plus que triplé chez nous depuis cinquante ans; et que, peu à peu, tout y est venu matière à contribution : propriétés, logements, individus, outils, bêtes de somme, et jusqu'au pauvre petit caniche gardien de la maison. On parle même cette année de taxer les domestiques. Et pourquoi pas aussi les enfants, la volaille et les chats? Cela viendra sans doute. En attendant, l'État puise partout, et aucune des matières premières servant à l'alimentation publique ne lui échappe. Il prend sur le sel de 13 à 14 millions par an; — 65 millions sur le sucre; — 240 millions sur les liquides, vins, liqueurs et autres; — 350 millions sur le tabac, etc. Le monopole des allumettes lui rend environ 6 millions; les cartes à jouer au moins 1; les vélocipèdes, tout récemment frappés, plus de 2; et l'inique et révoltante taxe militaire, de 3 à 4; et tout cela, en plus de

12

l'énorme impôt du sol et des centimes additionnels, dont le chiffre va chaque jour grandissant, sans compter les patentes, les octrois, les prestations, la douane, la poste, les amendes, les droits de circulation sur les voitures publiques, les chemins de fer, puis, et surtout, l'enregistrement, dont les divers produits s'élèvent parfois au cinquième de l'impôt total, y compris le timbre avec ses feuilles de 1 fr. 50, coûtant à peine 1 centime à l'État !

Auprès de ces charges si multiples et si onéreuses, que deviennent aujourd'hui les impôts d'avant 1789, tant décriés et tant maudits ? S'ils furent — et ce n'est malheureusement que trop vrai — écrasants pour nos pères, dont les revenus étaient si restreints, comment qualifier ceux que nous subissons à l'heure présente, et que, pour comble de maux, le gouvernement propose de majorer encore? Décidément, il ne sera pas dit que les « manants » d'autrefois étaient seuls taillables à merci ! Depuis dix ans, nous le sommes pour le moins autant et plus qu'eux ; et au train dont vont les choses, nous courons grand risque de le devenir bien davantage.

La troisième République, comme ses aînées, a fait si pitoyablement ses preuves jusqu'à ce jour qu'on n'est plus en droit d'en attendre rien de bon. Par ses fautes, ses honteuses compromissions, ses monstrueuses prodigalités, ses largesses coupables et la création de ses nombreuses et grasses sinécures, elle a compromis sans retour l'épargne et le crédit de la France, et ne nous laisse guère que la désolante perspective d'une ruine complète, ou d'une honteuse banqueroute.

Jadis, il est vrai, grâce à de trop généreuses interventions ou à des guerres plus ou moins malheureuses, la France a pu, à certaines époques, compromettre ses destinées ; mais alors, elle était capable de s'émouvoir, elle pouvait à un moment donné se ressaisir ; et le moindre effort de ses enfants l'arrachait au péril, la remettait à flot. En peut-il être de même aujourd'hui, où une minorité impie et sectaire tient en mains tous les pouvoirs, dispose à son gré de la fortune publique, régit et corrompt toutes les Administrations, violente jusqu'à la conscience de ses fonctionnaires, chasse Dieu des écoles, brise le lien de la famille et sème partout, au moyen d'une presse à sa dévotion, l'immoralité la plus révoltante, l'athéisme et tous les vices qui en découlent.

En dépit de ces déplorables tendances, malgré ses divisions, sa ruine apparente et les continuels scandales d'un pouvoir corrupteur et corrompu, il ne faut cependant pas encore désespérer de la France. La foi nous apprend qu'il y a une Providence pour les peuples en détresse comme pour les individus malheureux. Seulement il importe d'aider ce secours divin dans son action libératrice, et c'est à tous les Français de cœur, à tous ceux qui tiennent au foyer de la famille, à la religion, à la patrie, à se compter, à se réunir pour se mieux sentir les coudes, afin de devenir plus forts et de lutter ensuite à outrance, confiants qu'ils doivent être dans cette vieille devise chrétienne : « Aide-toi, le ciel t'aidera ! »

CHAPITRE XVI

PÉRIODE RÉVOLUTIONNAIRE

~~~~~~

Elle fut calme à Montboyer. — Désordres et crimes sur d'autres points. — Décrets attentatoires aux personnes et aux biens. — Curé de Montboyer déporté. — Vente de meubles. — Une cloche. — Changement de nom de certaines paroisses. — Volontaires de 1792. — États de service.

La période révolutionnaire fut à Montboyer relativement calme, même dans les plus mauvais jours, on n'y constate aucune atteinte criminelle contre les personnes et les propriétés (1). Cela prouve en faveur de la population et des administrateurs du temps, qui surent toujours à l'occasion, tempérer la rigueur des lois, et calmer les esprits trop enclins alors à se laisser entraîner par les événements.

La révolution qui, dans le principe, ne devait tendre qu'à la réforme des abus et à une égale répartition des emplois et des charges publiques, dévia bien vite de son but, et finit par tomber dans les plus déplorables excès. Déjà, depuis longtemps la classe bourgeoise avait embrassé la cause du

---

(1) On fut moins sage à Saint-Martial et à Saint-Laurent de Belzagot. Les 5 et 6 juin 1791, le peuple exaspéré par de faux bruits, se porta, vis-à-vis des curés de ces deux localités aux plus regrettables excès, voir pièces justificatives nº 23.

peuple contre les nobles et le clergé ; sous prétexte de détruire les privilèges, elle s'en prit carrément aux institutions elles-mêmes, et sapa, jusque dans ses fondements, tout l'ancien ordre de choses. Sous ses coups habilement préparés, la royauté tomba, les nobles émigrèrent, le culte fut proscrit, les prêtres et les moines déportés ou emprisonnés, en compagnie de nombreux suspects, lâchement dénoncés par d'implacables ennemis. Entre temps le sang coula. Un jour vint où le peuple se lassa des égorgements à heure fixe ; et pour hâter la besogne, mit la guillotine en permanence. La France ne fut plus alors qu'un véritable champ de carnage. Les responsabilités et la honte des crimes alors commis en revinrent tout entiers, non pas seulement au menu peuple, mais aux cruels et stupides législateurs du temps, qui ne cessèrent d'inspirer au flot populaire, déjà si exalté, un surcroît de haine et d'ardentes convoitises. Les meneurs, les violents de l'époque, les orateurs et présidents des clubs, tous membres des comités dirigeants de Paris ou de la province, y eurent aussi la plus large part ; et, entre leurs mains, la tourbe affamée ne fut malheureusement qu'un trop docile instrument, moins coupable cependant mille fois que les scélérats qui la dirigeaient.

A l'appui des réflexions qui précèdent, nous croyons devoir transcrire ici divers décrets de nos trois assemblées révolutionnaires, frappant particulièrement les personnes et la propriété.

10 août 1789. — Suppression des dîmes et allocations à fournir au clergé à titre de compensation.

20 octobre 1789. — Décret défendant les vœux monastiques.

2 novembre 1789. — Confiscation des biens du clergé, avec charge pour la Nation de l'entretien des prêtres, des frais du culte, et du soin des pauvres.

14 décembre 1789. — Décret abolissant les anciennes municipalités : (syndic et notables).

14 janvier 1790. — Suppression des vœux monastiques et ouverture de tous les couvents.

28 février 1790. — Élection des nouvelles municipalités. (maires, conseillers).

12 juillet 1790. — Constitution civile du clergé, et prestation de serment exigée de tous les évêques, prêtres, moines, religieux de tous les ordres.

24 juillet 1790. — Suppression de traitement aux curés qui refusent le serment.

27 novembre 1790. — Décret déclarant déchus de leur charge, les curés non assermentés.

7 janvier 1791. — Confiscation des cloches dans les châteaux et les églises.

6 avril 1791. — Suppression des vêtements religieux, tant des moines que des prêtres.

7 mai 1791. — Décret autorisant la messe des curés assermentés dans les chapelles particulières seulement.

15 octobre 1791. — Mode de paiement des frais de descente des cloches et de leur transport aux fonderies nationales.

28 octobre 1791. — Décret réglant que les biens et les fruits nationaux sont partageables entre les acquéreurs et la nation.

7 mars 1792. — Décret condamnant à la déportation les prêtres qui ont refusé le serment,

31 juillet 1792. — Suppression du casuel des prêtres.

12 août 1792. — Décret aliénant, au profit de la nation, les biens des prêtres émigrés.

17 août 1792. — Décret expulsant de leurs maisons tous les religieux hommes ou femmes.

25 août 1792. — Décret autorisant la vente des biens des fabriques au profit de la nation.

25 novembre 1792. — Décret ordonnant les inventaires des biens des émigrés.

17 décembre 1793. — Loi autorisant le mariage des prêtres.

, 19 janvier 1793. — Décret maintenant aux prêtres mariés leur traitement.

25 juin 1793. — Séquestre mis sur les biens des couvents, et création de 400 millions de papier monnaie hypothéqués sur ces biens.

15 avril 1793. — Ordre d'affermer les jardins et fonds dépendant des cures.

25 juillet 1793. — Aliénation de tous les biens nationaux.

25 juillet 1793. — Décret ordonnant le tutoiement entre les fonctionnaires et les citoyens.

10 mars 1793. — Décret ordonnant la création du tribunal révolutionnaire.

31 mai 1793. — Création du comité de Salut Public. — le règne de la Terreur.

8 juin 1794. — Décret instituant la fête de l'Être Suprême.

25 juillet 1794. — Chute de Robespierre.

10 mars 1796. — Décret autorisant la création de deux milliards 400 millions de mandats territoriaux sur les biens des émigrés.

La promulgation de chacun de ces décrets fut, sur divers points de la France, un continuel sujet de luttes et de désordres, une excitation aux basses convoitises et à la spoliation. Les gens sages en souffrirent, et virent avec peine les maux qui allaient en résulter. Malgré tout, Montboyer resta calme. Le curé ne fut point inquiété ; il conserva paisiblement son poste jusqu'au 7 mars 1792. Forcément alors il fallut songer à déguerpir, postulants et électeurs ayant été convoqués au chef-lieu du district à Barbezieux, pour le remplacement immédiat de tous les réfractaires de la circonscription. Espagnon-Deszille l'un des élus, désigné pour Montboyer, fut aussitôt envoyé par Joubert, le nouvel évêque constitutionnel d'Angoulême.

Arrivé ici le 24 mars 1792 avec son mobilier, Espagnon pria le curé Hardy de vider les lieux. Pris à l'improviste. celui-ci déposa, nous l'avons déjà dit, ses meubles un peu partout, et reçut l'hospitalité chez le maire Guimbellot son neveu. Le dimanche 25, Jacques Delahaure Chenevière, vicaire épiscopal de la Charente, installa à la grand-messe le nouveau curé et annonça que la fête de l'Annonciation était renvoyée au lendemain. Ce jour-là le vieux curé, son vicaire de Manny et Gabriel Dumeteau, ancien curé de Sainte-Souline, aussi condamnés à la déportation, devaient dire à Montboyer leur dernière messe. De Manny officia le premier ; environ 150 fidèles assistèrent à sa messe d'adieu. Espagnon lui succéda à l'autel, mais aussitôt tout le monde sortit, et ne revint que pour les messes des deux curés proscrits.

Ce camouflet irrita fortement l'intrus, qui dénonça aussitôt les trois prêtres aux Administrateurs du district de Barbezieux, disant qu'il fermerait l'église à ces réfractaires qu'en toute hâte il fallait chasser de la commune.·

Hélas ! lui-même ne jouit pas longtemps de sa nouvelle position. Le gouvernement impie, qui n'avait casé le clergé constitutionnel que pour la forme, en voulait bien plus à la religion qu'à ses ministres ; aussi, pour en arriver à ses fins, il ne cessa pas un instant de les discréditer, de leur susciter des embarras ; puis un beau jour, il décréta la fermeture des églises, la suppression du dimanche et des fêtes, et menaça de la déportation tout prêtre qui présiderait à un exercice du culte. Ainsi tombèrent piteusement ces nouveaux élus, à qui personne n'eût même l'idée de témoigner le moindre sentiment d'estime ou de regret. Quelques-uns, en bien petit nombre, revinrent sur leurs serments d'autrefois, et se vouèrent de nouveau au service des autels, mais le souvenir du passé ne cessa de peser sur leur existence comme une tache d'infamie ; d'autres, au cœur léger, abandonnèrent définitivement les fonctions du ministère ecclésiastique, briguèrent places et honneurs, se marièrent, divorcèrent ensuite pour la plupart, et généralement finirent mal. Quant aux plus indignes déjà descendus au bas de l'échelle, ils s'éteignirent tous, dans la débauche, l'abjection ou le crime.

*   *
*   *

Les églises désormais fermées au culte, restèrent ouvertes à peu près partout pour les réunions populaires, clubs et banquets, et la célébration des fêtes de la Raison ou des jours décadaires, qui devinrent les dimanches républicains. Ces fêtes dans nos campagnes, n'existèrent guère que sur le papier. Sauf en certains lieux, où de farouches mouchards dénonçaient les récalcitrants, on ne les observa alors guère mieux qu'on ne le fait de nos jours pour le 14 juillet, tout au plus obligatoire pour les fonctionnaires. En revanche, chaque ménage, pour peu qu'il fut resté chrétien, trouvait toujours moyen de fêter le véritable dimanche.

On ignore ce qui resta de meubles dans l'église de Montboyer, après le départ d'Espagnon. Mais avant de mettre le bâtiment à la disposition du public, on dut, par ordre supérieur, inventorier les meubles, vases sacrés, ornements de prix, qui furent ensuite envoyés au chef-lieu du district. Alors il y avait sûrement deux cloches à Montboyer, et François Dubreuil sacristain, décédé ici en 1854 à 90 ans et que j'ai bien connu, affirmait que la plus petite fut descendue en 1794, et envoyée aux fonderies de La Rochelle.

Quant aux biens et meubles des curés Hardy et Dumeteau, ce dernier ci-devant curé de Sainte-Souline et retiré depuis plus de six mois chez sa sœur Thérèse, au bourg de Montboyer, ils furent tous confisqués, affermés ou vendus au profit de la nation.

Ceux du curé Hardy consistaient en :

1° une parcelle de terre et vigne de cinq journaux affermés pour trois ans à Bourdier notaire a 70 # l'un, 210 #.

2° Une rente viagère de 500 # au capital de 6000 due par Louis Hardy frère puîné, confisquée, 500 #.

3° Une borderie à Orival, cédée par le curé moyennant 3000 # à Martin de Chateauroy son neveu. Acte du 16 septembre 1781, reçu Lajeunie notaire, 3000 #.

4° Créance de 134 # due par Marie Durieux de chez Rabier, veuve de François Montauzier, suivant obligation du 24 novembre 1791, confisquée, 134 #.

Les meubles du curé, recherchés par l'huissier Martin de Chalais dans tous les ménages qui les avaient précédemment recueillis, furent portés sous les halles, le 10 vendémiaire an II (2 octobre 1794), et vendus en dix vacations, par le ministère dudit Martin, en présence de Pierre Delugin commissaire, de Daniaud et Antoine officiers municipaux. Le produit de la vente s'éleva à 5368 # payés en assignats, lesquels perdaient alors de 70 à 75 pour cent, environ les trois quarts de leur valeur première.

Sur les vieux sommiers (registres) du bureau de l'enregistrement et des domaines de Chalais, où nous avons puisé les données précédentes, on voit en outre que François Venot marchand au bourg fut fermier durant trois années du presbytère de Montboyer, et qu'il se libéra en retard d'une somme de 41 # ; que Jean Roux prit au même titre, en 1795 moyennant 18 # par an, la petite maison dépendant de la cure et appelée la maison d'école ; que Ringuet Maréchal afferma partie de la cure le 31 décembre 1795, pour 56 # tandis que Durandeau gardait l'écurie pour 12 # ; enfin que Guimberteau, ancien maire, devint aussi fermier des mêmes bâtiments vers la fin de 1796.

Sur un autre sommier, Guimbellot et ses sous-fermiers, Dubreuil et Veillon, en retard de paiements des fermages de la dîme depuis 1786, versèrent au trésor et à diverses fois, des arriérés considérables de 1791 à 1796.

Les meubles de Gabriel Dumeteau déporté en Espagne, aussi vendus à Montboyer par l'huissier Martin, produisirent 1502 # 15 sols.

Ses deux petites propriétés au bourg et chez Brandes,

mises en ferme le 24 juin 1794, furent adjugées moyennant
le chiffre annuel de 34 # à Catherine Dumeteau, femme
Rousset, sœur du curé déporté. La main-levée du séquestre
de ces biens ayant eu lieu le 19 août 1795, la sœur du
déporté en put jouir désormais sans entraves.

*
* *

Au fort de la Révolution, la France en était arrivée à un
tel degré d'agitation et de crimes, que la démagogie, enivrée
de ses succès, ne trouva plus dans le pillage et la démolition
des châteaux, la ruine des églises, l'incendie des archives et
des titres nobiliaires, non plus que dans la mort, l'exil ou la
prison des nobles, des prêtres et de tous les suspects
d'alors, un calmant suffisant à ses fureurs, une assez ample
compensation à ses rancunes et à ses convoitises. Il lui
fallait encore vouer à l'oubli, effacer à jamais tout nom
jusque-là honoré en France, tout fait, toute chose rappelant
quelque action héroïque, toute gloire quelconque du passé.

Le 31 janvier 1793, un décret de la Convention avait ordonné la destruction immédiate des tombeaux et mausolées
de nos rois, dans l'église de Saint-Denis. Et aussitôt, une
bande de pillards et de forcenés avait saccagé l'église, en-
vahi les caveaux, profané, brisé les tombes et jeté les cendres au vent. La hideuse besogne achevée, une députation
de la municipalité vint en informer la Convention et lui proposa, aux applaudissements frénétiques de la foule, le changement du nom de Saint-Denis en celui de *Franciade*. Cette
nouveauté fit grand bruit et trouva partout de l'écho.

En octobre de la même année, le conventionnel Couthon
proposa de détruire la ville de Lyon, pour la punir de sa
résistance aux ordres de la République, et de donner aux
maisons de quelques patriotes, qui seules devaient rester
debout, le nom de *Commune-affranchie*.

Vers la même époque, après le pillage du château de Jarnac, et le feu de joie qui, dans la cour dudit château, consuma les archives, parchemins et meubles du comte de Jarnac, alors en exil, Charles Rosalie de Rohan-Chabot, la foule en guinguette exigea que le nom de Jarnac ne fut plus jamais prononcé, et qu'en souvenir de l'étroite union avec laquelle les patriotes présents s'étaient vengés de leur ancien seigneur et maître, la ville prendrait désormais le nom d'*Union-sur-Charente*. Quelle trouvaille !

La campagne goûta fort ces changements de noms. Comme la religion était alors proscrite, les églises fermées, le bon Dieu oublié ou chassé de partout, les saints n'eurent bientôt plus que faire en ce monde, surtout ceux que les ci-devant catholiques des siècles passés avaient érigé en patrons des paroisses. Ce fut du moins l'avis des meneurs de l'époque. De ces noms de saints on fit bien vite une hécatombe. Pourquoi se gêner quand la chose est si simple ? Le difficile fut de trouver en échange de chaque nom supprimé un mot avenant, rajeuni, harmonieux, au besoin même assez bête, ou sentant suffisamment son populo, pour être d'emblée accepté par la foule, avide de trivial et de nouveauté. Les esprits forts de l'endroit, les vieux sceptiques, les jeunes athées, tout le monde évidemment s'y employa, et il y eut dans ces nouveaux baptêmes des dénominations pour tous les goûts ; dès lors :

Saint-Laurent de Belzagot s'appela *Bellevue* (1). 1er octobre 1793.

Sainte-Marie de Chalais — *Mère-la-Patrie*. 10 mai 1794. Fouyne, maire.

---

(1) Publication de mariage par Dumeteau, notaire à **Montboyer**, le 9 vendémiaire an II (1er octobre 1793) entre François Tisseraud de Peudry, avec Geneviève Mousset de Montboyer, veuve Bonnin de Verdu, commune de *Bellevüe*, ci-devant paroisse de Saint-Laurent de Belzagot. — Pour les autres noms, nous fournirons seulement la date de l'acte et le nom du notaire si faire se peut, ou toute autre source.

Brie-sous-Chalais — *Mont-Lozone*. 12 mai 1794. **Dume-teau, notaire.**

Saint-Félix de Brossac — *La Montagne*. 4 septembre 1794. Bourdier, notaire.

Saint-Martial de Ville-Recognade — *La Recognade*. 6 septembre 1794. Bourdier, notaire.

Saint-Laurent des Combes — *Des Combes*. 15 juin 1794. Bourdier, notaire.

Saint-Christophe de Tude — *La Rivière*. Avril 1794. Bourdier, notaire.

Saint-Eutrope (pays des potiers) — *La Poterie*. Janvier 1794. Bourdier, notaire.

Saint-Cyprien de Brossac — *Le Jard*. Archives du département, charges locales et municipales, liasse 14.

Sainte-Souline — *La Côte*, même liasse.

Orival — *Mont Lauzance*, même liasse.

Saint-Vallier — *Les Landes*, même liasse.

Saint-Avit — *Les Monts*, même liasse.

Saint-Quentin — *Quintini*, même liasse.

Saint-Amant de Montmoreau — *Amant-libre*, même liasse.

Saint-Cybard de Montmoreau — *La Tude*, même liasse.

Saint-Aulaye de Barbezieux — *La Houlette*, même liasse.

La Chapelle de Barbezieux — *La Champagne*, même liasse.

Saint-Bonnet de Barbezieux — *Bonnet-Rouge*, même liasse.

Saint-Médard de Barbezieux — *Laneteaux*, même liasse.

Saint-Palais de Barbezieux — *Paul-Émile*, même liasse.

Angeduc de Barbezieux — *La Forêt*, même liasse.

Sainte-Radegonde Baignes — *Radegonde*, même liasse.

Saint-Front — *Front-sur-le-Né*, même liasse.

Saint-Amant de Graves — *Amant-Charente*. **Pouillé d'Angoulême.**

Chateauneuf — *Val-Charente*. **Pouillé** d'Angoulême.

Angoulême — *Montagne-Charente*. **Pouillé** d'Angoulême.

Fontenay-le-Comte — *Fontenay-le-Peuple*. 5 mars 1794. Lettre d'un officier.

L'abbé Galézeau, dans son histoire de Saint-Sornin (Charente-Inférieure), dit que durant la Révolution, cette bourgade changea trois fois de nom : du 20 janvier 1794 au 10 août, elle s'appela *La Berthèche*, puis *Sornin-sur-Marennes* et enfin *Fleurus-sur-Broue*.

Après la prise de Toulon sur les Anglais, le 18 décembre 1794, cette ville, sur la proposition de Barrère, prit le nom de *Port-la-Montagne*.

A la Convention, comme à la Législative, les Montagnards furent toujours les plus exaltés et les plus farouches des représentants de la nation. La foule les idolâtrait et ne trouvait bien que ce qui émanait de leur initiative. Tout vrai patriote du temps ne jurait que par la Montagne. Ce nom dominait tout. Il courait les rues; aussi abonde-t-il dans toutes les dénominations républicaines de l'époque.

Malgré l'enthousiasme avec lequel furent accueillis tout d'abord ces changements de noms, les nouvelles appellations ne purent se maintenir. Elles tombèrent même fort vite. Ici, les notaires Bourdier et Dumeteau s'en servirent à peine dix-huit mois. Il leur fallut revenir — leurs actes le constatent — aux anciens noms, dès la seconde moitié de 1795. De même, on le voit aux archives du département, les Administrations des districts, en approuvant les états de dépenses communales, ne se servirent que peu de temps de ces nouvelles dénominations.

*
* *

Fort heureusement, on fut toujours, à Montboyer, plus patriote que révolutionnaire. En 1792, lors de la formation du contingent de la Charente, la jeunesse du pays se présenta en masse, et s'enrôla sous les ordres d'un enfant de Montboyer, François Dauphin Ganivet Desgraviers de Bois-

Neuf, nommé commissaire. Peu après ce même patriote
leva à Saint-Severin une compagnie de cent hommes dont il
devint capitaine.

François Ganivet Desgraviers Berthelot, son cousin, né
à l'Anglade le 4 février 1768, fils de Jean Ganivet Desgraviers Berthelot, avocat, notaire à Montboyer, assesseur du
canton de Chalais, et de Jeanne Duclos de la Rouderie, se
destinait à la profession d'avocat. Il s'engagea à vingt-quatre
ans. Élu peu après capitaine de la compagnie de Chalais
qu'il avait organisée, et où se trouvaient nombre d'enrôlés
de Montboyer, il figura de 1792 à 1795 dans l'armée du
Nord, avec le titre de chef du 17ᵉ bataillon de la Charente.

Le professeur Boissonnade, dans son histoire des Volontaires de la Charente, raconte ainsi les hauts faits du jeune
commandant : « Au combat de Warwick, Desgraviers-
« Berthelot charge à la tête de ses volontaires et enlève
« quatre pièces d'artillerie qui faisaient de grands ravages
« dans les rangs de la division Dumesnil; là, il a un cheval
« tué sous lui. Puis il passe avec son corps à l'armée gallo-
« batave, de l'an IV à l'an VI, après avoir encore signalé
« sa valeur à l'armée du Rhin, Là, avec le 1ᵉʳ de ligne, à
« l'affaire de Liptingen, fin mars 1796, il dégage cinq com-
« pagnies cernées dans un bois. Nommé chef de brigade
« en 1798, il fait en 1799 la campagne de Suisse contre les
« paysans insurgés et contribue à rétablir les communica-
« tions avec l'armée d'Italie. Depuis, il sert en Italie de l'an
« 1800 à 1806; il avait été décoré de la Légion d'honneur
« le 12 décembre 1803. L'année suivante, 25 prairial an XIII,
« il fut promu officier, puis colonel, et mis à la retraite le
« 14 mai 1807 ».

Il épousa alors la fille d'un riche négociant d'Angoulême,
mademoiselle Monod, femme d'un caractère peu sociable, si
l'on en croit la chronique d'alors. Malgré la naissance d'un
fils, le colonel ne put continuer d'habiter sa propriété de

l'Anglade, où la vie, disait-il à ses amis, lui devenait impossible. Il reprit du service le 4 août 1809, partit pour l'Italie et fut mis à la tête du 4ᵉ régiment d'infanterie légère. Promu général de brigade en 1811, il passa dans la première division de l'armée de Portugal. Mortellement blessé à Salamanque le 14 juillet, il mourut quatre jours après, âgé seulement de quarante-quatre ans.

FRANÇOIS DAUPHIN DESGRAVIERS, déjà cité, était fils de Nicolas Desgraviers, dit Mylord, avocat, propriétaire à Bois-Neuf, juge à Pendry, et de Jeanne Piraud, fille du notaire de ce lieu. Né en 1771, il s'occupa très jeune des enrôlements militaires de la région, conquit ses grades dans l'armée de l'Est et se retira avec le titre de lieutenant-colonel. Marié à Saint-Aulaye (Dordogne), il y mourut en 1851 sans postérité.

PIERRE GANIVET DESGRAVIERS, né à Montboyer le 13 août 1773, frère du précédent, s'engagea aussi en août 1792, dans la compagnie de Chalais. Breveté capitaine au camp de Soissons, le 21 septembre suivant, il fut incorporé à l'armée du Nord, de 1792 à 1796. L'historien déjà cité raconte qu'à la bataille de Tourcoing, mai 1794, contre un corps d'Anglo-Hollandais et Autrichien, « il fit prisonnier, « accompagné seulement de deux soldats, un groupe de « quinze Autrichiens. Une heure après, enveloppé par « quatre fantassins qui lui criaient de se rendre, il en tua « un et força les trois autres à mettre bas les armes. De « l'an V à l'an IX, il passa aux armées de Hollande, du « Rhin, du Danube et d'Italie, où il combattit sous les « ordres de Moreau, Jourdan et Bonaparte. Chef de bataillon « en 1800, il resta en Italie, y fut nommé chevalier de « la Légion d'honneur en juin 1804. En 1805, il fit partie de « l'une des ailes de la Grande Armée, à côté de Masséna « sur les Alpes ; puis, sous Reynier, à l'armée de Naples « en 1807, où il fut nommé major du 86ᵉ de ligne. Il parti-« cipa ensuite à la campagne du prince Eugène contre la

1

94   MONTBOYER

« cinquième coalition, en 1809. L'année suivante, il était à
« l'armée du Nord. Plus tard, chargé de faire des recrues
« en vue de la campagne de Russie, il fut promu colonel du
« 140ᵉ de ligne le 16 janvier 1813, et officier de la Légion
« d'honneur le 10 août suivant. Mis en non-activité en août
« 1814, à la suite de la campagne d'Allemagne et de France,
« il n'obtint sa retraite qu'en 1822 ». Alors, il habitait le
bourg de Montboyer où il fût, durant quelques années, adjoint au maire Filhol. Plus tard il acquit Champ-Rose, commune de Peudry, où il mourut vers 1845.

Une autre branche de la famille Desgraviers paya aussi
généreusement sa dette à la patrie. Armand et Édouard, fils
du docteur Jean-Charles Ganivet Desgraviers, médecin au
Bernou, commune de Bors, et de Marthe Coulon de la
Rouderie, s'étaient enrôlés sous les ordres de leur oncle, le
colonel, en 1810. Devenus officiers d'artillerie, ils disparurent dans le désastre de Leipzig.

Des nombreux volontaires de Montboyer compris, en
1792, dans la compagnie de Chalais, cinq seulement revinrent au pays. De ce nombre fut François Antoine, fils d'un
menuisier du bourg. Ses états de service n'ont pu être retrouvés. Mais on sait qu'il fit avec les Desgraviers les campagnes du Nord, du Rhin et d'Italie en compagnie de Lagarde, de chez Mousset, et de plusieurs autres. Il conquit
ses grades sur les champs de bataille, devint capitaine et fut
décoré de la Légion d'honneur.

En Italie, au plus fort d'un combat, un officier de ses
camarades, Weingarten, tomba mortellement blessé d'une
balle, et lui recommanda sa femme et ses enfants. Antoine
accepta ce lourd fardeau, prit le jeune ménage sous sa protection, épousa plus tard la veuve et adopta ses deux enfants.
Trois ans après, en 1814, il prit sa retraite et vint s'installer à Montboyer avec sa famille adoptive. Propriétaire de
la maison actuelle des Vinet, il fut jusqu'à son décès, en
1847, secrétaire de la mairie de Montboyer. La famille Fil-

hol, alors puissante, le protégeait. Elle obtint pour ses pupilles deux bourses à l'école des Arts-et-Métiers de la ville d'Angers, ce qui permit plus tard aux jeunes Weingarten d'occuper à Bordeaux des emplois fort lucratifs.

* *
* *

Malgré l'enthousiasme avec lequel se firent les enrôlements de l'époque, la situation paraissait néanmoins assez périlleuse pour que les volontaires prissent, avant le départ, leurs dernières dispositions.

En 1791, Jean Rivière, chasseron au pont de Boisse, donne, en cas de mort, et à la charge de quelques messes, devant Gabriel Bourdier, notaire au bourg, ses petites économies, soit 180 #, à Mathieu Parlant, autre chasseron, son camarade au même moulin.

François Viaud, garçon meunier au moulin Rouhault, donne à Pierre Viaud, son frère, 300 #, dont les intérêts lui seront servis durant son service, et que Pierre gardera en toute propriété si François vient à mourir.

Relevé dans les papiers Lagarde et Beillard de chez Mousset les noms de quelques volontaires de Montboyer du contingent de 1792.

François Lagarde de chez Mousset, âgé de 18 ans, fils de Jean Lagarde et de Anne Bouchard, figure ici parmi les premiers inscrits. Une partie de sa correspondance a pu être conservée. Trois de ses lettres sont datées de Besançon, d'autres de Valenciennes, de Lamballe, dans les Côtes-du-Nord, un certain nombre de Strasbourg. Dans toutes il remercie sa mère, son oncle et sa tante, avec lesquels elle demeure chez Mousset, de leur filiale attention et des nombreux envois d'argent qu'ils lui font. Il leur donne des détails sur la situation et les souffrances qu'il endure, durant les marches et les campements. Souvent aussi il envoie de la part de ses camarades, dont les noms suivent, des compliments à leur famille : François Lorrain, dit Gabarier de chez Mousset ; — Jacques Arnaud, de la Chaume ; — Jean Chaillot de la Pierre-Rouge ; — Bonnin, de Courlac, Jean Poineau de chez Martinet, et Gabriel Rabier de chez Rabier. Ce dernier, enrôlé en 1793, devint lieutenant en 1803. Comme le caporal Lagarde, il faisait partie de la 89ᵉ demi-brigade. Il eut en 1797 un congé d'un mois. Quant à Lagarde, il cessa de donner de ses nouvelles le 2 fructidor an VII (19 août 1799).

Pierre Couprie de Laprade, de la compagnie de Saint-Séverin, levée en 1792, par François Dauphin Ganivet Desgraviers, eut un certain jour besoin d'un certificat de civisme. Je le donne ici textuellement, parce qu'il est signé de quelques noms des anciens volontaires de la contrée, tous plus ou moins gradés.

LIBERTÉ — ÉGALITÉ — FRATERNITÉ

Bataillon de Barbezieux — 6ᵉ Compagnie.

Je soussigné, capitaine de la susdite compagnie, sertifie à qui il appartiendra que le citoyen Pierre Couprie, natif de la commune de La Prade, canton d'Obeterre, district de Barbezieux, département de la Charente, est volontaire au dit bataillon, faisant journellement son service, s'étant toujours bien comporté, ayant jusqu'à ce jour professé les principes d'un vray républicain à ma connaissance ; en foy de quoy, je luy ay délivré le présent pour lui valoir ce que de raison.

Besançon, le 22 pluviôse 1795, 3ᵉ année de la République.

Signé : NIVET, capitaine.

Vu et approuvé par nous, membres du Conseil d'administration dudit bataillon, le présent certificat pour sincère et véritable.

ACHAT, fusilier.   CADIOT, caporal.   BLANC, lieutenant.
VINCENT, fusilier. FAVRAUD, adj.-maj. LAGRANGE, capitaine.
PINEAU, commandant.

(Papiers Lagarde de chez Mousset).

*
* *

En 1792 et en 1793, comme en 1791, les enrôlements de Montboyer dépassèrent toujours le chiffre demandé. On faisait alors preuve du plus ardent patriotisme. Mais est-il bien sûr que le prix relativement élevé, alors offert aux engagés, n'entrait pour rien dans leur détermination ? Un état de frais daté du 13 août 1792, et relatif à la compagnie de Chalais, porte ce qui suit :

Un capitaine à 8 # 9 sous 6 deniers par jour (pour 10 jours ou la décade) 84 # 15 s.

Un lieutenant à 5 # 6 s. 8 d. par jour (pour 10 jours ou la décade) 53 # 6 s. 8 d.

Un sous-lieutenant à 4 # 4 s. 2 d. par jour (pour 10 jours ou la décade) 42 # 1 s. 8 d.

Un sergent-major à 1 # 16 s. 8 d. par jour (pour 10 jours ou la décade) 18 # 6 s. 8 d.

Un sergent à 1 # 13 s. 8 d. par jour (pour 10 jours ou la décade) 15 # 10 s.

Un caporal-fourrier à 1 # 7 s. 6 d. par jour (pour 10 jours ou la décade) 13 # 15.

6 caporaux à 1 # 4 s. 8 d. par jour (pour 10 jours ou la décade) 74 #.

Un tambour à 1 # 4 s. 8 d. par jour (pour 10 jours ou la décade) 12 # 6 s. 8 d.

59 soldats à 15 sols par jour (pour 10 jours ou la décade) 442 # 10 s.

Une autre note constate que Jean Poineau, soldat de la
2ᵉ compagnie en convalescence à Montboyer, reçoit, à son
retour de l'hôpital de Xambes (Charente-Inférieure), 39 #
pour 52 jours de maladie. État visé par Guimbellot, commissaire de la guerre par intérim à Barbezieux. Juin 1795.

Jean Brisson, fusilier de la 2ᵉ compagnie du détachement
des volontaires de Barbezieux est, dit le médecin de l'hôpital de La Rochelle, malade, atteint de fièvre et de scorbut.
Il le renvoie dans sa famille, où le soldat reste huit mois,
après lesquels il touche 260 #, suivant état aussi approuvé
par Guimbellot, commissaire à Barbezieux.

Puis vient un certificat du médecin de Montboyer : « Je
soussigné, Jean Dufour, officier de santé à Montboyer, certifie à messieurs du district de Barbezieux, que Jean Brisson, natif de chez Germain en Montboyer, envoyé en convalescence dans ses foyers, est aujourd'hui rétabli et en état
de reprendre son service. Signé : Dufour. Ont aussi signé
les quatre pères de famille Bouchet, Lalande, Masson et
Cholous. Vu par les officiers municipaux Mousset, Antoine,
Bourdier et Dumonteil. — Guimbellot, maire.

Relevé aux archives de la Charente les listes des
enrôlés de 1792 et 1793, celle de 1791 n'ayant pu être retrouvée.

Volontaires de Montboyer inscrits le 7 juillet 1792, incor-
porés dans la compagnie de Chalais, ayant élu capitaine
François Ganivet Desgraviers Berthelot de l'Anglade.

1 Jean Motard, 20 ans, cultivateur, sursis à revoir (revue
   du 13 août à Barbezieux).
2 Jean Toyon de la Senerie, 21 ans, cultivateur, accepté.
3 François Lagarde de chez Mousset, 18 ans, cultivateur,
   faible ; à revoir.
4 Jean Arnaud de la Chaume, 21 ans, cultivateur, accepté.
5 Pierre Bonnin, 20 ans, cultivateur, accepté.
6 Pierre Albert au bourg, 20 ans, maçon, accepté.

7 François Motard, 25 ans, cultivateur, accepté.

8 Jean Audigier, 19 ans, tambour, accepté.

9 Pierre Gros, 21 ans, cultivateur, accepté.

10 François Crucher, 21 ans, cultivateur, accepté.

11 Jean Gigon chez Martinet, 19 ans, cultivateur, accepté.

12 Michel Doublet, 20 ans, cultivateur, défaut de taille.

13 Jean Bureau, 19 ans, cultivateur, accepté.

14 Pierre Joyeux, 20 ans, cultivateur, accepté.

15 François Hillairet au moulin Jollet, 20 ans, meunier, accepté.

16 Antoine Valade de Jardronne, 22 ans, maréchal, accepté.

17 Pierre Parlant, charron, 25 ans, sursis.

18 Gabriel Lagarde chez Fraignaud, 20 ans, cultivateur, accepté.

19 Pierre Guildon au bourg 18 ans, cultivateur, accepté.

20 Pierre Caillaud, 20 ans, cultivateur, sursis.

21 François Antoine au bourg, 18 ans, cultivateur, accepté.

22 Mathieu Cholous à la Tavernerie, 19 ans, boucher, accepté.

23 Henri Vincent au bourg, 19 ans, cordonnier, accepté.

24 Jean Fouine au bourg, 19 ans, cultivateur, malade.

25 Étienne Oroscombe au bourg, 22 ans, cultivateur, accepté.

26 Jean Vareille au bourg, 19 ans, cultivateur, accepté.

27 Jean Giret au bourg, 20 ans, cultivateur, malade.

Passés en revue à Barbezieux le 13 août suivant, sept furent ajournés, les autres dirigés sur Angoulême.

Partirent la même année mais pour une autre destination, les volontaires suivants :

François Dubreuil du bourg, 21 ans, Pierre Lugat, 21 ans; Jean Murat, 21 ans; Guillaume Raboin, 19 ans; Antoine Sallier, 21 ans, et Pierre Texier, 20 ans.

En 1793 levée de 300,000 hommes pour laquelle Montboyer dut fournir 19 hommes de contingent.

Liste ouverte le 19 mars et close à midi.

1 Jean Rivière du m. Jollet, 27 ans, meunier.
2 Jean Gros, 31 ans, tisserand.
3 Jean Blais, 24 ans, cultivateur.
4 Jean Vallade, 18 ans, cultivateur.
5 Jean Cholous, 26 ans, tisserand.
6 Jean Antoine au bourg, 27 ans, menuisier.
7 Jean Jourdonneau, 25 ans, tisserand.
8 Jean Tisseraud, 28 ans, cultivateur.
9 Jean Hillairet, 23 ans, meunier.
10 François Viaud, 25 ans, cultivateur.
11 Jean Sallier, 16 ans, cultivateur.
12 Jean Renard, 20 ans, cultivateur,
13 Michel Gelinard, 20 ans, cultivateur.
14 Jean Chaignaud, 19 ans, cultivateur.
15 Jean Poineau, 25 ans, cultivateur.
16 Jean Vilateau, 25 ans, cultivateur.
17 François Boivin, 28 ans, cultivateur.
18 Pierre Fouine, 20 ans, cultivateur.
19 Henri Venot, 19 ans, cultivateur.

Le 28 avril suivant, Daniaud Léonard, officier municipal de Montboyer, est chargé de conduire à Barbezieux les nouveaux enrôlés, presque tous âgés de plus de 21 ans. 18 sont acceptés; mais chacun n'ayant pu se munir, comme il avait été ordonné de tout ce qui lui était nécessaire, afin de pouvoir partir aussitôt, il fut constaté qu'il manquait au contingent de la commune : 1 homme; 19 gibernes; 19 havresacs; 5 chemises et 2 paires de souliers, que Montboyer dut s'engager à fournir à bref délai.

La municipalité compléta aussitôt l'équipement exigé; et peu après, à la demande de quelques familles, elle s'empressa d'ouvrir une souscription en faveur des premiers enrôlés, déjà signalés à la frontière. Chose regrettable, il ne nous reste qu'une feuille du registre alors tenu ici par

Guimbellot, maire, et où furent inscrits, par ordre de date, les dons des habitants de Montboyer en faveur de leurs courageux enfants. On y lit :

Le 10 ventôse, an II (28 février 1794) est comparu le citoyen Pierre Delugin du présent bourg, apportant 2 chemises neuves pour les volontaires de Montboyer, luttant contre l'ennemi à la frontière de l'Est.

Le 10 ventôse, Catherine Petit a donné 2 chemises de brin pour hommes et 2 mauvaises pour faire de la charpie.

Le 12 ventôse, François Lagarde de chez Mousset, 3 chemises pour hommes et 8 pour de la charpie.

Id. — François Ganivet de L'Anglade, juge de paix de Chalais, a donné pour les volontaires : 6 chemises neuves, 2 usées et 3 paires de bas.

Id. — Léonard Daniaud du bourg, officier municipal, 2 chemises neuves et 2 usées.

Id. — Jean Gros des Daniaud de Tude, 2 neuves et 2 pour de la charpie.

Id. — Jean Daniaud des Michelon, 2 chemises neuves et 1 vieille.

Id. — La citoyenne Thérèse Dumeteau, 2 paires de bas et 1 chemise usée.

Le 9 mars. Le citoyen François Desgraviers de Bois-Neuf a donné 6 chemises neuves et 2 vieux linceuls.

Id. — Le citoyen Lajeunie, 2 chemises pour hommes, 2 mauvaises et 1 linceul.

Id. — Le citoyen Daniel Audigier, 2 chemises pour hommes.

Id. — Le citoyen Mesnard de la Pierre-Rouge, 1 chemise neuve.

Id. — Le citoyen Venot, deux chemises pour hommes.

NOTA. — De la compagnie franche de Barbezieux, formée en 1792, en dehors des listes précédentes, il revint de la Vendée en décembre 1793, à la fin de la guerre, les quelques soldats de Montboyer dont les noms suivent : François Dubreuil, Venot, Bourdier, Fouine et Rabier. Ils touchèrent à Barbezieux chacun sept jours de marche. Poncharrail de Pouillac, né au château de Bellevue en Saint-Avit, qui revenait avec eux, avait sans doute le gousset suffisamment garni, car, dit la note, il abandonna à la Nation la somme qui lui revenait pour le même temps.

CHAPITRE XVII

VIEILLES FAMILLES

~~~~~~

Les Cholous, de 1450 à nos jours. — Les Filhol de La Boisse. — Les Égreteau du bourg. — Un acte constate qu'ils y habitaient au temps de la domination anglaise. — Plan du quartier des Egreteau avec indication de ses habitants en 1759. — Propriétaires actuels. — Familles Bouchier, Durandeau, Mousset, Sallier, Gigon, Guimbellot, Gast de Bois-Neuf, Ganivet Desgraviers, Daniaud de La Boisse et de l'Anglade, Favier, Maleuille, Penard, Bourdier, Michelon, Montrignac, Augereau, Paulet, Bomard, Laulaigne, Lajeunie, Brisson, Delugin et Monteaud.

Étant donnée cette vérité que les différents quartiers du bourg et la majeure partie des villages de Montboyer prirent au xvᵉ siècle le nom des propriétaires qui les arrentèrent des seigneurs d'alors, il n'est peut-être pas sans intérêt d'établir la généalogie de quelques-unes des familles qui, à l'époque, s'implantèrent dans la localité, et d'indiquer au besoin celles qui, au même lieu, par suite d'alliances ou d'autres causes majeures, furent appelées à leur succéder. Malheureusement, pour quelques-unes de ces familles et des plus marquantes, nous n'avons que des données incomplètes(1),

(1) La perte récente des papiers du Grand-Village est fort regrettable. Les Augereau, prédécesseurs des Paulet avaient occupé autrefois une

et il nous est impossible, en l'état actuel de nos recherches, de présenter à leur endroit un travail suffisamment documenté. Le mieux alors est de s'abstenir, et de laisser au temps et aux circonstances, le soin de faire plus amplement la lumière.

§ I

LES CHOLOUS

La famille Cholous des Unau, une des plus anciennes du pays, figure dès le xvᵉ siècle au bourg de Montboyer, parmi les nouveaux propriétaires du sol. Nous n'avons pu retrouver ni la baillette d'acquisition de la métairie des Unau, alors cédée à Jean Cholous, ni les calculs ou arrentements auxquels cette propriété dut, comme les autres, donner lieu dans la suite des siècles : mais la cession faite par les époux Bragier, seigneurs du lieu, au dit Jehan Cholous, n'en est pas moins certaine, car la baillette des Esgreteau, dont toutes les clauses nous sont connues, et qui suivit de très près sans doute celle des Unau, dit formellement que la plupart des pièces cédées à Jehan Esgreteau sont attenantes à celles de son voisin. Ainsi la prise des Esgreteau comprenant tout le quartier ouest du bourg, acquise en 1450 par ledit Jehan Esgreteau est portée comme touchant au midi la prise des Unau Cholous tout le long d'un terrier (encore existant entre la terre de Cholous actuel

trop large place à Montboyer, comme fermiers des anciens seigneurs ou comme lieutenants de l'Élection de Barbezieux, pour que leurs archives ne fussent pour notre histoire locale du plus grand intérêt. Restées aux mains d'Amédée Paulet, elles ont été ainsi que la bibliothèque, vendues en 1888 à un chiffonnier de Chalais et de là jetées sous le pilon de quelque papeterie. Malheureusement nous avons été informé trop tard de leur disparition.

et le jardin des religieuses, se prolongeant sous la grande pièce ou enclos des Dubreuil. De même, Esgreteau arrente à la Tude, près le moulin Sureau, un lot de prés, dont Cholous a déjà l'autre partie. Et la prise des onze journaux, cédés aussi à Égreteau, plus au midi, entre la Tude et le chemin venant du pont de Boisse, est aussi contigüe, dit la baillette, au lot de huit journaux précédemment pris au même lieu par Cholous des Unau. La baillette des Ducq et celle des Guyard, toutes les deux postérieures à celle des Esgreteau, disent de même que les prés cédés à ces propriétaires, à la Tude et dans la vallée du Mardasson, tiennent aux parcelles attribuées précédemment aux mêmes lieux, à Jehan Cholous, et démontrent clairement, à défaut d'autres preuves, que la cession des Unau fut une des premières consenties à Montboyer, par les seigneurs du lieu, en faveur de la famille Cholous.

Cette famille devint vite prospère à Montboyer : au siècle suivant, elle comptait déjà dans la paroisse pas mal d'alliances et de nombreuses ramifications. Elle était riche, influente et bien posée dans le pays. Tout naturellement, on se demande quel fût son rôle dans les guerres religieuses de l'époque. Fidèle à la foi de ses pères (1), elle ne put que prendre parti contre l'hérésie, et faire face à l'ennemi, quand, vers 1562, une bande de huguenots pillards, celle du sieur de Chenevière (2) sans doute, vint s'abattre sur Montboyer. Mais que pouvaient une poignée de catholiques pris à l'improviste contre une troupe nombreuse, aguerrie et bien

(1) Aux premières années du xviiᵉ siècle, tous les Cholous sont encore catholiques ; ce ne fut qu'après 1659 que trois des branches de cette famille passèrent momentanément au protestantisme.

(2) Pièces justificatives nᵒ 7, enquête sur le pillage des églises d'Aubeterre, où figure un De Morel de Chenevière en Juignac, de la famille des de Morel de Chamberlane alors tous protestants. En 1672, Jehan de Morel, seigneur de Chamberlane, se qualifie encore seigneur de Chenevière et autres places. (Voir chapitre V les dîmes).

armée ? Ils succombèrent évidemment et payèrent peut-être
de leur tête une résistance désespérée. L'ennemi irrité s'a-
charna ensuite sur l'église et le presbytère. Les voûtes et les
cloches disparurent ; et de la cure, il ne resta pas pierre sur
pierre, si bien que dans la suite, on ne songea même plus à
la rétablir. Son emplacement qui était encore en 1789 une
dépendance du nouveau presbytère, a gardé jusqu'à ces
derniers temps le nom de Chapellenie. C'est aujourd'hui le
champ de foire. Malheureusement, pas le moindre mot ne
nous est parvenu sur les événements si regrettables de cette
époque. Et, en l'absence de tout document, on en arrive à
se demander si même jamais quelque contemporain eut l'idée
d'en transmettre le souvenir à ses arrières-neveux. Si oui,
cette page locale a dû disparaître dans quelque incendie
ou autre bouleversement intérieur. Autrement elle gît encore
oubliée, perdue dans quelque recoin, au milieu d'autres
vieux papiers depuis longtemps considérés comme inutiles
et déjà sans doute à moitié rongés de poussière et d'humidité. Puissent-ils les uns et les autres, avant leur complet
anéantissement, être tirés de l'oubli par quelque curieux
chercheur, plus heureux que moi dans ses investigations !

Un jour de cet hiver, un voisin me fit l'envoi d'un vieux
registre poudreux, tout délabré, aux feuilles décousues,
jaunies, en partie disparues ou tronquées, et dont les premières pages, d'une écriture gothique à demi effacée, me
semblèrent tout d'abord indéchiffrables. Notez aussi que ce
registre remontait au milieu du xvi⁰ siècle, et qu'il avait
appartenu à un Cholous de Montboyer, ce qui me le ren-
dait infiniment précieux. Écrit au plus fort de la tourmente
religieuse, il devait — j'en avais le secret espoir — contenir
le récit tant cherché des événements malheureux dont Montboyer fut alors le théâtre. Aussitôt, je feuillette, je cherche,
j'étudie et finis par lire. Mais quelle déception ! Rien, absolument rien de ce que j'avais rêvé ! J'interroge jusqu'aux
moitiés de feuilles, je supplée ce qui manque à de nombreuses

pages : peine inutile ! Je ne relève partout, faute de mieux, que des notes d'intérieur, que des détails d'affaires journalières, des revenus de terres ou de moulins, des achats et des ventes, des obliges, des sommes payées ou reçues, des noms de lieux ou de familles ; toutes choses ne répondant point à mon attente, mais offrant néanmoins un grand intérêt, puisqu'elles nous fixent, à cette époque reculée, sur les produits du sol, leur valeur, leur emploi, les transactions dont ils étaient alors l'objet, la situation, les habitudes et les mœurs de nos pères en ces vieux temps.

Déçu dans mes espérances, j'ai du moins retrouvé aussi dans ce vieux registre des données positives sur la filiation de ce JEHAN CHOLOUS, acquéreur, vers 1450, du maysne des Unau, au bourg, et dont l'État-Civil ne fait mention des descendants qu'à dater de 1616. Aux premières pages de ce vieux cahier, figurent en effet, dès 1548, deux CHOLOUS DES UNAU, François et son frère, propriétaires au bourg, associés pour la ferme des dîmes de la paroisse et gros marchands de la localité. Chacun d'eux mentionne à tour de rôle, ses opérations journalières, FRANÇOIS est comme le chef de la maison. C'est en son nom que sont inscrits tout d'abord par main de notaire les ventes et les prêts d'argent faits à ses nombreux clients. Sur d'autres feuilles, et sous ce titre « Les bleds que François a vendus dudpuys la Sainct-Martin MVLX) (1560) ; puis sous cet autre : « Mémoire de ce que j'ay payé en MVLXI » (1561), l'autre CHOLOUS, dont le prénom reste inconnu, note de sa vieille écriture gothique, agrémentée de dates et de sommes en chiffres romains, les chiffres arabes ne lui étant pas sans doute assez familiers, le montant des versements par lui faits, et parmi lesquels je crois devoir relever les suivants : « Au récepveur Pyrault pour la rente de 2 années LXXV # (75) ». « A monsieur noustre curé pour l'afferme de l'an qui vient LXVII # (67) ». « A ..... pour deux quartiers envoyés à Toulouse LII # (52 #). Pour les deux escholiers de

Bourdeaulx xxxii ⌗ (32 ⌗) ». Ces deux derniers articles visent évidemment les fils ou neveux des susdits Cholous, prenant leurs grades, ou achevant dans ces deux villes leurs humanités. Les études alors se faisaient vite et bien, et les dépenses annuelles des étudiants — on le voit ici — ne se soldaient pas comme aujourd'hui, avec des billets de mille.

GUILLAUME CHOLOUS (1), « advocat au Parlement et conseiller à l'élection de Xainctes », est le seul héritier connu des deux Cholous qui précèdent. Il épouse, en 1578, Marguerite Ozias (2), de laquelle naît FRANÇOIS en 1579 ; et de ce dernier, plusieurs enfants, entre autres Jehan en 1609 et Gilette en 1611. François meurt jeune. En 1634, Gilette, sa fille, devient la femme de Jehan Michelon, praticien chez Michelon en Montboyer. Paraissent ensuite, et sont évidemment fils ou neveux de Guillaume :

1° FRANÇOIS CHOLOUS l'aîné, marié en 1617 à Marie Berteaud de Saint-Romain.

2° GASTON CHOLOUS, sergent royal au bourg, marié à Barbe Lemeusnier des Bouchier, dont François Cholous, né en 1618, qui a pour parrain François Lemeusnier d'Angoulême et pour marraine Marie Caillaud, sa tante, femme de François Cholous.

3° FRANÇOIS CHOLOUS, dit le Petit, marchand chez Brigeaud, marié à Marie Caillaud, d'où naissent : Jehan en 1617, Marguerite en 1619. Cette dernière a pour parrain Jehan Cholous, notaire et procureur, petit-fils de Guillaume, fer-

---

(1) Ce Guillaume Cholous tient, dans un calcul de 1626, 3 journaux et demi de terre chez Simonnet, 6 journaux 10 onces à la prise des Ormeaux, et 4 journaux 8 onces à la fosse de Saint-Chail.

(2) Un acte de 1639 constate que Marguerite Osias, veuve Cholous, soutint à cette date, devant la cour de justice de Montboyer, une instance, au nom de ses petits-enfants, contre divers tenanciers de la prise des Mousset, qui lui réclamaient des arriérés de rente.

(Papiers de La Boisse).

mier des dîmes, et marraine Marguerite Verdeau, femme de Jacques qui suit :

4° JACQUES CHOLOUS, advocat au Parlement de Bourdeaulx, et juge à La Boisse, époux de Marguerite Verdeau. Il habite le bourg et n'a pas moins de dix enfants : Jehan, né en 1617 ; Marie, en 1618 ; autre Jehan en 1619, lequel devint curé de Saint-Martial ; Simon, mort à 30 ans ; Pierre, né en 1624 ; Léonard, en 1626 ; Nicolas, en 1629, nourri par la femme à Marsault ; autre Jehan en 1631 ; Madeleine, en 1633, et Pierre en 1638, qui mourut curé de Berneuil en 1717, à l'âge de 79 ans.

5° JEHAN CHOLOUS des Rompis, frère du précédent, notaire, procureur et marchand au bourg, qui épouse en 1622 Marie Verdeau, sœur de Marguerite. Enfants : Jacques, Pierre, François et Anne. Jacques l'aîné prend pour femme, en 1643, sa cousine Louise, de laquelle il a huit enfants. Un Dubousquet de la Tavernerie épouse Marguerite, l'aînée de la famille.

6° GUILLAUME CHOLOUS, marchand au bourg, marié à Louise Roux, n'a qu'un fils, Barthélemy, né en 1622, décédé orphelin et fort jeune.

Succèdent aux précédents :

1° JEAN CHOLOUS, notaire et procureur, dernier juge de La Boisse, fils de Jacques l'avocat et de Marguerite Verdeau. Marié en 1644 à Renée Limousin, il a quatre enfants : François, né en 1645 ; Anne, en 1647 ; André, en 1649 et Jean en décembre de la même année. Relevé sur le registre paroissial, au baptême de l'aîné, sept signatures Cholous, trois Brisson, trois Limousin et six autres de leurs parents ou amis, tous médecins, notaires ou procureurs. Les baptêmes étaient alors des occasions de grandes réjouissances dans les familles aisées.

2° PIERRE CHOLOUS des Unau, praticien, et Sébastienne de Launay au bourg, avec cinq enfants, nés de 1649 à 1657.

14

3° Jean Cholous, dit Bois Dunaud, procureur fiscal, marié en 1654, à Rose Cholous, dont quatre enfants : Jean, Guillaume, Anne et Léonarde, qui devint, en 1680, la femme de Henri Venot (1). Jean l'aîné, dit Saint-Hubert, habite chez Simonnet. Marié à Marie Blanc, il a pour enfants : Pierre, en 1679, Jean, dit Saint-Hubert, en 1682, Jacques, en 1683, Anne, en 1685, Jean en 1686, qui fut prieur de Brie et curé de Passirac; enfin Anne en 1688 et Marie en 1691.

4° Jean Cholous Saint-Hubert, deuxième du nom et notaire royal chez Brigeaud (2), épousa, en 1712, Marie Guillier, de laquelle il eut sept enfants :

1° Jacques, né en 1713, devint avocat renommé à Bordeaux où il épousa, en 1741, mademoiselle Duchazeau, fille d'un riche médecin. De ce mariage naquit une fille unique, Pétronille Charlotte, morte célibataire à Bordeaux en 1804. En sa qualité d'aîné de la famille, Jacques, l'avocat, hérita du titre de Saint-Hubert et le transmit à sa fille. L'un et l'autre signaient souvent de ce seul nom leur correspondance ordinaire.

2° Philippe, dit Lamotte, qui fut notaire à Montguyon, épousa Marie Chaillé. de laquelle il eut Anne Cholous. Celle-ci devint la femme de Pierre Mossion, père du vieux Mossion décédé, il y a près de cinquante ans, dans sa propriété de chez Brigeaud, et oncle de madame veuve Dumeteau, née Lajeunie de la Tavernerie, encore existante au bourg.

3° Jean Cholous, né en 1717, succéda comme notaire à son père chez Brigeaud. Il épousa Rose Bousquet de la Tavernerie, veuve de François Dumonteil, de laquelle il eut une fille unique nommée Anne-Marie.

(1) Venot sortait du Périgord. Trois générations lui succédèrent à Montboyer; tous furent médecins, praticiens ou marchands. François, le dernier, marié en 1812 avec Sophie Guimbellot, mourut peu après dans un état voisin de la misère.

(2) Nouvelle façon d'écrire les anciens mots Unau et Brijaud.

4° SIMON mourut au berceau.

5° FRANÇOIS   Id.

6° FRANÇOIS CHOLOUS dit Fonclair, clerc de notaire à la Tremblade. Léger et fort étourdi, il dissipa bien vite les 1,540 francs lui revenant sur les biens de son père, décédé en 1745, et s'engagea sous les ordres du commandant de Labadie. Mais il se dégoûta bien vite du métier des armes, et pria instamment son frère aîné de le sortir de là. Aussi, quand le commandant repassa à Montboyer avec son régiment, Cholous Saint-Hubert intervint et racheta son jeune frère moyennant 600 #. Fonclair quitta aussitôt le pays et retourna à la Tremblade où il se maria l'année suivante. Mais il mourut avant Marie Guillier sa mère, de là de graves difficultés que Saint-Hubert s'empressa d'aplanir. Peu après les enfants de Philippe tentèrent aussi de revenir sur les règlements alors faits par Marie Guillier, avant son décès; un procès s'ensuivit, mais l'avocat Saint-Hubert, et Pierre Filhol de La Boisse, qui avait épousé JEANNE CHOLOUS, la septième et dernière des enfants de Marie Guillier, désintéressèrent leurs neveux et restèrent, avec Mossion, seuls propriétaires des villages des Brigeaud, Guyard et Simonnet.

Un sieur JEAN CHOLOUS, protestant, figure comme notaire à la Tavernerie de 1640 à 1658. Son fils Mathieu le remplace dans sa charge, et habite le bourg avec Anne Foucaud sa femme, et deux filles, Judith et Léonarde. Tous se convertissent de 1680 à 1685, et Mathieu meurt en 1699.

Autre MATHIEU CHOLOUS, marié à Anne Cholous, sa cousine, fille de Cholous Bois Dunaud; a six enfants : Anne, Marguerite, Simon, François, Philippe et Mathieu, nés de 1686 à 1713. Simon, l'aîné des garçons, épouse en 1715, à Barbezieux Madeleine Maucors, sa parente, fille de Bastien Maucors, maître cordonnier, et de Judith Cholous, convertie à Montboyer lors de son mariage en 1684. Neuf enfants naissent à la Tavernerie de ce nouveau ménage, de 1716 à 1734.

MATHIEU CHOLOUS, fils aîné de Simon, épousa Madeleine.Autranche en 1750, et eut, entre autres enfants, François Cholous, marchand boucher à la Tavernerie, marié plus tard à Marie de Condemine, fille d'un tailleur. Trois enfants naquirent de cette union. Jean, le plus jeune, mourut à treize ans; Marie, la fille aînée, dont François Dumonteil de la Tavernerie fut parrain, épousa en premières noces Jean Bureau, grand'père des Bureau de la Chaume, et en dernières, François Montigaud, dont Félix, l'un des enfants, est aujourd'hui propriétaire chez Peroti, commune de Juignac.

Les CHOLOUS de la Pierre-Rouge sortaient de la Tavernerie. Comme plusieurs membres de cette nombreuse famille, ils furent longtemps protestants. Au commencement de ce siècle, une branche passa chez Rabier, où elle vient de s'éteindre en la personne de Marguerite Cholous, belle-mère de J. Faucon, tailleur de pierres en ce village, et petite-fille de Simon Cholous, marié en 1804 avec Anne Ducongé, sœur du vieux maître d'école.

*
* *

Les Cholous du bourg. — JEAN CHOLOUS, époux de Marie Masson au bourg, eut quatre enfants : Marie, née en 1732; parrain, Simon Cholous de la Tavernerie, son oncle; Philippe, né en 1735; Jean, qui suit en 1737, et Mathieu en 1739.

JEAN CHOLOUS, fils du précédent, s'allia avec Marie Jolly de la Senerie, et eut six enfants, dont quatre survécurent : Jeanne, l'aînée, épousa en 1788 Pierre Menanteau de chez Cosson; Jean resta au logis, Jean-Baptiste se fit volontaire dans l'armée de l'Ouest, et Madeleine épousa J. Boisne au bourg.

MATHIEU CHOLOUS, frère du précédent, eut au bourg une part de propriété avec la maison aujourd'hui comprise entre l'habitation des religieuses et celle de Cécile Jaulin. Il épousa Catherine Chauvin de Bellon, dont six enfants : Marie, née en 1772, devint la femme de Pierre Chaillot, et donna le jour à onze enfants, dont trois moururent jeunes. Guillaume, l'unique garçon, décéda à 23 ans, en 1841, durant une épidémie de picote; Françoise, sa sœur, avait en 1831 épousé Chaignaud de Bellon; Marie, Sallier, maçon chez Rabier en 1833; Anne, François Joubert en 1839, et autre Marie plus jeune, Mathieu Parlant de chez Rivière. Catherine se maria avec Vaslet de Saint-Quentin, l'année du décès de son frère, et Jeanne, en famille Neuville, s'unit en 1842 avec Hippolyte Montrignac, marchand au bourg, plus tard garde-champêtre de la commune.

JEAN CHOLOUS, fils aîné de Marie Jolly, épousa, en 1787, Marie Doublet, dont Jean, fils unique, se maria, en 1811, avec Marguerite Rousset, sœur du médecin de L'Érignac. De cette union naquirent : Jean qui suit, en 1812; Marie Joséphine, en 1815, aujourd'hui veuve Damour chez Deluze; Anne Adéline, mariée à Beillard de chez Mousset, alors marchand boucher à Montmoreau, grand'père du jeune Gaston Beillard, en ce moment sous les drapeaux.

JEAN CHOLOUS, né en 1812, propriétaire et géomètre au bourg, épousa, en 1839, Suzannne Chadefaud de chez Birot, sa cousine, de laquelle il eut Marie-Suzanne, mariée en 1859 à Charles Bellet de Neuvicq; Georges, décédé jeune, et Henri qui suit :

HENRI CHOLOUS, propriétaire au bourg, a aussi pris pour femme sa cousine germaine, Suzanne Chadefaud, de chez les Rois en Berneuil, dont trois enfants :

Madeleine, décédée jeune: Jeanne et Robert, en famille René, ce dernier étudiant.

*
* *

Les Cholous-Filhol de La Boisse. — Nous ne savons rien

sur DANIEL CHOLOUS, marchand chez Bourjadon, sinon qu'il était neveu de maître Jacques Cholous du bourg, avocat au Parlement, juge. de La Boisse, et sans aucun doute fils d'un frère passé au protestantisme. On ignore même quand et comment Daniel se fit catholique. Nos registres ne citent qu'une fois son nom. « Le dict jour 28 juin 1641, a été enterré Jean Gillet, domicilié à Veau, en la commune de Brie, lequel est tombé hier de dessus une charretée de foin et s'est tué, étant au service de Daniel Cholous, du village de Bourjadon ».

Un vieil acte de 1630 constate que Daniel Cholous, déjà propriétaire chez Bourjadon, acheta de Charles de Champlong, seigneur de Champlong, Lamaud et La Boisse, la petite borderie que ce seigneur possédait alors en ce village.

JEAN CHOLOUS, fils de Daniel, et sieur du Bourjadon, épousa en 1669 Marie Moure de la Rivarderie, de laquelle il eut six enfants : Jean, 1671 ; Arnauld, 1673 ; Marie, 1674 ; Jean, 1676 ; autre Jean, 1678 ; Marie, 1679 et Paul, 1680.

Le 26 mai 1671, Jean Cholous, sieur du Bourjadon, acquit de Charles de Talleyrand, prince de Chalais, moyennant 3,000 # tournois, payées des deniers dotaux de Marie Moure, le vieux logis de La Boisse et la métairie y attenant ; et, après avoir fait constater l'état des lieux par main de notaire, il fit remettre à neuf cette vieille habitation.

Sa fille, MARIE CHOLOUS, devint la femme de PIERRE DUCHER, sieur du Cluseau, paroisse de Champagne en Périgord, et donna le jour à une fille unique, ÉLISABETH DUCHER, née en 1700, et souvent qualifiée mademoiselle de La Boisse. En 1722 elle devint la femme de Pierre Filhol, dit Dumoulin, notaire royal, fils de Jacques Filhol, bourgeois, et de Marguerite Rondanet, de Brunet l'Inférieur, diocèse de Rodez, et neveu de Marc-Antoine Filhol, prêtre, curé de Saint-Christophe de Tude, dont il hérita, après avoir acheté l'étude de feu Hillairet, notaire à Sérignac, près Chalais.

PIERRE FILHOL de La Boisse mourut à 84 ans, en 1772, laissant un nom estimé et une belle fortune à ses nombreux enfants : Pierre, né en 1723; Jean, en 1724, médecin, mort jeune et célibataire; Marie, née en 1728, devenue l'épouse de Bourrut-Fayolle, sergent royal chez Pineau, commune de Saint-Martial; Jean-François (1) qui suit, né en 1730; Marie-Thérèse, 1732; Joseph, 1733; Marie-Rose, 1737; enfin Élisabeth-Marie, née en 1740, mariée à son cousin Louis Moure de Boscavenant.

JEAN-FRANÇOIS FILHOL, notaire à La Boisse, épousa en 1760 sa parente JEANNE CHOLOUS, la dernière des enfants de maître Jean Cholous Saint-Hubert, notaire chez Brigeaud, et de Marie Guillier, d'où : Marie-Anne, 1761; Marie-Jeanne, 1763; Jean-François qui suit, 1764; Philippe, 1765, curé de la Grave d'Ambarès, déporté en 1792, mort en 1814, chanoine à la cathédrale de Bordeaux; Jean Charles, 1767, médecin à Barbezieux, et dont l'un des descendants était, il y a peu de temps encore, juge au tribunal de cette ville; Marie-Anne, 1768, épouse de Pierre Damour, huissier à Chalais; enfin Anne-Jeanne, 1770, en famille mademoiselle Manette, décédée vieille fille en son domaine du Bourjadon.

JEAN-FRANÇOIS FILHOL, licencié en droit et notaire à La Boisse, devint à l'élection juge de paix de Chalais le 18 pluviôse an X (8 février 1802). Il dut ce poste honorable à ses mérites personnels, car les électeurs du canton le désignèrent d'une voix unanime. Il avait épousé, en 1794, Suzanne Girard de chez Bonarme, de laquelle il eut, en 1796 : PIERRE FILHOL, avocat, puis juge à Nontron, mort conseiller à la Cour de Bordeaux; en 1798, Hippolyte, juge à Angoulême, puis à Bordeaux, conseiller général de la

---

(1) Dès le milieu du XVIIIe siècle, il fut d'usage, même dans les campagnes, de donner au moins deux prénoms aux enfants qui jusque vers 1700 n'en avaient eu qu'un.

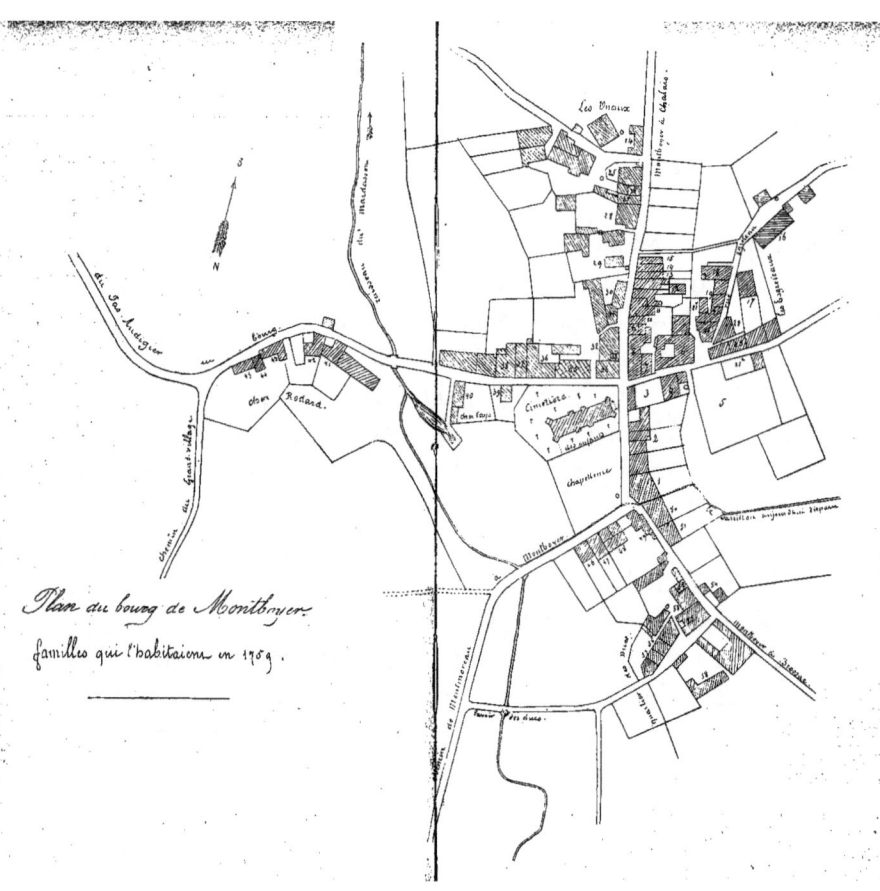

Plan du bourg de Montboyer.
familles qui l'habitaient en 1759.

Charente, l'un des hommes les plus estimés de son temps
pour la droiture de ses intentions, l'aménité de son caractère, et son grand dévouement aux intérêts généraux du
pays; en 1800, EULALIE-ZÉLINE devint l'épouse de PIERRE
MONTAUD, pharmacien en chef des hôpitaux militaires, et
dont naquit GUSTAVE MONTEAU, avocat au barreau de Bordeaux; enfin, en 1807, PÉTRONILLE-EUDOXIE-SUZANNE,
mariée en 1855 à PIERRE PETIT de chez Vaslin, d'où un
fils unique, ERNEST PETIT, propriétaire actuel de La Boisse,
marié en 1878 à Suzanne Girard de La Rivarderie, sa cousine. Enfants :

Pierre-Marie Étienne, né en 1879. Étudiant.

Pierre-Marie Augustin, né en 1881. Étudiant.

Et Berthe-Eudoxie Suzanne, née en 1885.

§ II

LES ESGRETEAU

C'est une des plus anciennes familles dont le nom soit
resté vivant à Montboyer. Il y a encore au bourg, en effet,
le quartier Esgreteau, la rue Esgreteau, le puits Esgreteau.
Ces vieilles dénominations se maintiennent ici, en dépit du
temps, bien qu'elles datent de plusieurs siècles, et qu'elles
remontent aux arrentements faits de 1461 à 1474, par les
mandataires du seigneur de l'époque, à JEHAN ESGRETEAU,
de toute la partie ouest du bourg et des terres et prés y
attenant. Les termes de la baillette du 11 janvier 1451 lais-
sent même supposer que les Esgreteau étaient là d'ancienneté. Messire Jehan Bragier, mandataire du seigneur son
frère, ne déclare-t-il pas, en effet, que Jehan Esgreteau a
continué d'habiter le bourg, malgré la présence des Anglais,
qu'il s'y est maintenu en dépit « des faitcs de guerre », et
que pour cela, il ne lui réclame que deux boisseaux froment

de rente annuelle, autant avoine, trente sols tournois, monnaie courante, et deux chapons. Devenus propriétaires au bourg, les Esgreteau s'y maintinrent plus de' trois siècles et se répandirent dans de nombreux villages. Ils furent des premiers à embrasser le protestantisme. Vers le milieu du XVII⁰ siècle cinq seulement, de leurs nombreux ménages, faisaient encore baptiser leurs enfants à l'église : Jehan Esgreteau et Michel Masson au bourg en 1616; Mathieu Esgreteau et Catherine Rabier chez Rabier, 1618; Pierre Esgreteau et Perrine Colin chez Brandes en 1623; Mathieu Esgreteau et Catherine Colin au bourg en 1632; enfin Guillaume Esgreteau et Suzanne Boucherie, aussi au bourg, en 1652. Puis durant près de quatre-vingts ans, absence complète d'enregistrements catholiques sous ce nom. Par contre, on lit sur le registre des protestants de Chalais : 18 août 1666 : baptême de Jacques Esgreteau, fils d'Abraham et de Marie Giraud chez Gigon; 13 mars 1667, baptême de Jean Esgreteau, fils de Jacques et de Marie Masson, au même lieu; 27 dudit, baptême de Marie Masson, fille de Charles et de Catherine Esgreteau; 13 juin 1674, baptême de Jacob Esgreteau, autre fils de Jacques et de Marie Masson; enfin, baptême d'Élisabeth Michelon, fille de Mathieu et de Marguerite Esgreteau chez Michelon.

Plus tard, à la voix et sous l'habile direction du savant abbé Cochois, curé de Montboyer, la plupart de ces jeunes religionnaires abandonnèrent la doctrine nouvelle et revinrent à l'Église. Le 7 février 1676, Jehan Esgreteau du bourg se convertit à son lit de mort, à l'âge de 72 ans; Suzanne Toyon, sa femme, en fit de même peu de temps après, à 75 ans.

*
* *

En 1759, les tenanciers de la prise des Esgreteau (1)

(1) Cette prise comprenait alors tout l'ouest du bourg, longeant la

furent autorisés par le juge sénéchal de Montboyer, sur la
réclamation de trois d'entre eux, à faire vérifier leurs cotes
particulières. Jean Penard, notaire-juré aux Daniaud de La
Boisse, chargé de ce soin, arpenta les lieux et dressa un
nouvel acte de cotisation ou calcul, où figurent tous les
propriétaires de l'époque, avec la contenance des terres
qu'ils possèdent, de leurs habitations et la part d'impôts que
chacun doit supporter. A la place des Esgreteau qui étaient
encore au rôle du bourg en 1708 et dont le dernier représentant mourut en 1725, se trouvent quantité de noms nouveaux inconnus, il est vrai, à la génération présente, mais
qu'il n'est pas sans intérêt de lui signaler.

Les articles ci-dessous extraits de l'acte de 1759 et conservés dans le même ordre portent, pour l'intelligence des
faits, les mêmes numéros que ceux du plan ci-annexé avec
indication du propriétaire de chaque parcelle.

1° François Blondeau, cordonnier et aubergiste, maison
en face du puits du champ de foire (aujourd'hui à Sallier,
entrepreneur chez Rabier). L'habitation Desrosier, au nord,
ainsi que le magasin Bernier, étaient autrefois en grange et
écurie, avec canal souterrain pour les eaux du Sarrillon.

2° Suzanne Amelin, fille majeure de Jean Amelin, marchand de draps et serges. Dépendaient de cette maison les
bâtiments n° 2 *bis*, occupés par Dufour, médecin, et Antoine, son beau-frère. Aujourd'hui aux héritiers Lévéquot le
n° 2, et à Courteaud le 2 *bis* au-dessous.

3° Jardin de François Brisson, notaire. La partie qui faisait face à l'église est aujourd'hui occupée par la maison
Ollivier. En 1808 le vieux Guimberteau, alors propriétaire
de la maison Brisson, y avait fait construire quatre chambres
ou boutiques pour les marchands déballeurs.

4° Autre jardin contigu, plus à l'ouest, dépendant de la

grande route actuelle, mais le quartier Esgreteau ne commence aujour-
d'hui qu'à l'entrée de la rue de ce nom, aux maisons Vinet et Bernier.

maison n° 7, appartenant à Cholous, notaire (aujourd'hui maison Chiron).

5° Terre, pré et jardin au couchant du puits Egreteau, propriété de François Brisson, docteur en médecine. (Jardin, pré et enclos Giroudet).

6° Maison d'en face donnant sur la rue, et habitée par le médecin F. Brisson, marié à Marguerite Nicolas, fille du juge sénéchal de Chalais. F. Brisson avait 14 enfants. Son père, J. Brisson, notaire, en avait eu 13 de Catherine Baumard, dans ce même logement. Aussi ne faut-il pas s'étonner des nombreux appartements et des vastes servitudes qui s'y trouvent. (Maison actuelle de mademoiselle Giroudet, descendant des Brisson par Moineau notaire, Delugin bourgeois, et Monteaud, ex-notaire à Chateauneuf, son grand-père).

7° Maison Cholous, notaire, avec jardin au midi. Acquéreurs successifs : Daniaud sœurs, les héritiers Gelinard, Barraud menuisier, Boucherie, Champagne capitaine, et Ollivier, marchand. Un passage existait autrefois entre cette maison et le logement du docteur Brisson. Il menait aux granges et écuries du notaire Cholous. Ce passage est aujourd'hui fermé par le bâtiment de Garet sabotier.

8° La maison du coin, connue sous le nom de maison Guimberteau, rebâtie à neuf en 1854 et vendue il y a peu d'années par les héritiers Guimberteau à la famille Sallier, de chez Mousset, appartenait, en 1759, à François Brisson, notaire, frère du docteur et fils de Jehan Brisson déjà nommé et de Catherine Baumard.

9° Jean Robert possédait à la suite, sur la rue, une petite chambre, entre Brisson, notaire, et Roux.

10° Les frères Jean et Jacques Roux, charpentier et galocher, possédaient alors l'emplacement occupé aujourd'hui par Nadal et la petite maison Desrosier.

11° Jean Cholous, notaire royal, venait ensuite avec maison et arrivée sur ce même chemin de Chalais, et jardin derrière, se reliant avec le jardin de la maison n° 7 donnant sur la rue qui remonte à la croix Egreteau. Cette dépendance de la maison Cholous, cédée par les héritiers Boucherie à Bouchard, est aujourd'hui la propriété de la famille Favier des Daniaud.

12° Charles Estienne possédait à la suite divers bâtiments, maison, écurie, grange, avec atelier de chaudronnerie et jardin remontant vers l'ouest. Plus tard, maison et forge de Deschaize, cloutier, puis de Lévéquot, maréchal. Aujourd'hui forge et épicerie de Lévéquot fils aîné.

13° Ancienne maison d'école, donnée à la commune vers 1680, par l'abbé Dupuy, alors vicaire à Montboyer (1). Dupuy resta près de 10 ans dans la paroisse, s'occupa beaucoup de l'instruction des enfants, et fut le bras droit de l'abbé Cochois pour la conversion des protestants. (Aujourd'hui maison Galais).

14° Jean Dumeteau, tailleur, possédait entre la maison d'école et le numéro suivant, qui touche à un petit sentier, une habitation fort étroite avec jardin derrière.

15° Une autre maison avec aireau et passage près de la ruelle, et joignant Dumeteau au nord, appartenait alors à Jean Ringuet, maréchal. Le jardin en dépendant longeait le sentier qui remonte à la rue Egreteau. Propriétaires plus récents : Jean Dubreuil, coquetier; Roux; Audigier; aujourd'hui Delor, boulanger.

16° Bâtiment de la famille Dubreuil, sacristain. Ce groupe de maisons était le plus à l'ouest du bourg. Les Antoine, coquetiers, y restèrent aussi près d'un siècle. On n'y compte aujourd'hui pas moins de quatre propriétaires.

17° Maison, cour et jardin formant le lot alors attribué à Marie Brisson, fille du médecin, morte célibataire. Acquise au commencement du siècle par les Ducongé, elle passa vers 1825 aux Dubreuil, avec l'enclos situé au midi. Propriétaire actuel : Mᵉ Champagne.

(1) Pièces justificatives n° 11.

18° Dans l'angle formé par la ruelle et la rue Egreteau se trouvait comprise une parcelle de terre, avec bâtiments et jardin, appartenant à Marie Brisson. Vers 1832 Landreau, vétérinaire à Montboyer, s'y installa, bâtit la maison, qu'il quitta quelques années après pour Puymangou. Aujourd'hui bâtiments Rouzeau et Mousset.

19° Maison de François Daniaud, avec grange, jardin et aireau, devenus plus tard la propriété des Prévot. Propriétaires actuels : Bion et plusieurs autres.

20° Jean Ducongé, arquebusier, possédait à la suite, du côté nord, divers bâtiments ouvrant à la fois sur la rue Egreteau et sur l'impasse qui a formé depuis la cour de Vinet.

21° Maison Antoine, menuisier, recontruite vers 1820 par le capitaine Antoine, volontaire de 1792 dans la compagnie de 100 hommes alors formée à Montboyer par François Ganivet Desgraviers Berthelot de L'Anglade, officier de la Légion d'honneur et gratifié d'une modeste retraite, Antoine fut jusqu'à sa mort, en 1846, secrétaire de la mairie de Montboyer. Il avait épousé la veuve de son camarade Weingarten, capitaine comme lui à l'armée d'Italie et avait adopté ses deux enfants, devenus depuis fonctionnaires à Bordeaux.

22° En 1759 Venot, épicier, habitait la vieille maison au midi, ouvrant sur l'impasse. Son écurie et son jardin, acquis par Bouchard, sont aujourd'hui représentés par l'écurie et la cour de la maison Roux, héritier de Bouchard.

Les maisons, écurie et grange, bâties à neuf en 1872 sur la route de Bardenac par Bernier propriétaire et boulanger au bourg, occupent, avec portion de la cour en dépendant, non seulement les maisons et jardins des frères Roux maréchaux auxquels succéda Gazeau serrurier, dont l'atelier ouvrait sur la rue Égreteau à la place du ballet neuf de Bernier, mais aussi toute une série de petites habitations adossées à l'ancien chemin que la route a remplacé, et ayant leur façade au midi sur une sorte d'impasse qui les séparait de la propriété des Roux. Là demeuraient divers propriétaires, dont il n'est guère possible de fixer l'habitation, car quelques-uns avaient aussi des constructions derrière la maison Venot, et le plan de 1828, figuré ici est loin de rendre exactement l'état des lieux existant en 1759.

*
* *

Notes relatives aux autres maisons de Montboyer. — Jusque vers le milieu du xviii⁰ siècle, tout le pâté de maisons comprises entre celle des Unau Cholous et la cure, appartint à divers membres de la famille Cholous. Les Michelon, les Chaillot, les Desgraviers n'y arrivèrent que par suite d'alliances avec cette famille. Durant un siècle, les Ganivet Delisle y furent propriétaires de la maison actuelle des religieuses n° 25. A l'extinction de cette branche, cet héritage passa aux Desgraviers de Bois-Neuf. Madame Rullier, fille de François Ganivet Desgraviers, juge sénéchal à Montboyer, l'eut en partage avec quelques terres environnantes. Elle y mourut en 1854 à l'âge de 83 ans. Séparée de corps d'avec son mari peu de temps après son mariage, elle était venue habiter le bourg.

En 1770, le n° 26 appartenait à Mathieu Cholous, frère de Jean des Unau. Marie, fille de Mathieu, eut en partage cette maison et la jolie propriété qui en dépendait. Elle épousa Chaillot et fut mère de dix enfants dont sept filles survécurent et se marièrent dans le voisinage. Parlant aujourd'hui propriétaire de cette maison, est le fils de l'une d'elles, Marie née en 1810, et décédée chez Rivière en 1859.

Mademoiselle Jaulin aujourd'hui propriétaire du n° 27 l'a acquis des héritiers Corniaud qui eux-mêmes le tenaient de la famille Ollivier tailleur. Et Ollivier l'avait acheté en 1802 de Jean-Charles Michelon médecin au bourg qui en avait hérité des Cholous par sa mère.

HÔTEL PRÉSUMÉ DES ANCIENS SEIGNEURS DE MONTBOYER,
POSSÉDÉ PAR LES THÉVENIN AU XVII° SIÈCLE. AUJOURD'HUI, MAISON LAJEUNIE-DUMETEAU.

15

Pas la moindre indication sur la maison n° 29 de la métairie Bourdier, qui est évidemment une ancienne maison bourgeoise.

La maison Petit n° 30, refaite à neuf en 1852, fut jadis l'habitation des Deschaize cloutiers, dont la forge, l'écurie et la grange, situées en face, avaient jadis appartenu aux Étienne, alors chaudonniers au bourg. Les Deschaize expropriés le 28 juin 1824, se logèrent ensuite dans leurs autres bâtiments.

Le numéro suivant, aujourd'hui transformé en servitudes par la famille Bourdier, était, en son temps, l'habitation des Guildon du Giboin, qui firent, vers 1822, un échange avec le colonel Ganivet.

Jean-Charles Michelon chirurgien au bourg, fit bâtir vers 1810 la maison actuelle de la famille Bourdier. Mort jeune, ainsi que sa femme Anne Ganivet et ses nombreux enfants, il laissa ce qu'il possédait au bourg à son beau-frère Pierre Ganivet-Desgraviers, colonel en retraite. Ce dernier y demeura jusqu'à son départ pour Champ-Rose qu'il avait acheté, et céda son habitation au notaire Gabriel Bourdier.

Le n° 33, qui suit, était à une famille de peigneurs de chanvre, les Lambert, aujourd'hui disparus. Bouchard voisin en fut acquéreur.

Ce propriétaire, sorti de chez Caillaud, faisait au commencement du siècle la boucherie à Montboyer. Il fit rebâtir vers 1818 la vaste maison n° 34 qui fait l'angle sur la place en allant aux halles, et que ses gendres, Bernier et Roux de chez Gigon se sont partagée depuis.

Le n° 36, au-dessous des halles dut être longtemps la propriété des Cholous. Cholous Saint-Hubert dit en effet, dans une de ses notes à son beau-frère Filhol, qu'il trouvera dans une armoire de son cabinet de travail joignant la halle (1), diverses pièces relatives à leur procès avec les

---

(1) Le n° 34 remplit aussi bien cette condition. Il nous a été impossible de retrouver l'origine de cette dernière maison.

héritiers Tissereau et Durandeau. Plus tard, Guimbellot-Bois la possède et l'échange contre une propriété à Joly de la Senerie. C'est de ce dernier qu'a dû l'acquérir Mousset aîné, boucher chez Rodard.

N° 37. Cette maison est une des plus anciennes du bourg. Maurice, maître d'école, y faisait la classe en 1792. On la voit ensuite en la possession de Guet, cordonnier, qui fit sans doute de mauvaises affaires, puisqu'il la céda en 1817, avec ses dépendances d'en face, à François Mousset, tanneur aux Éliots. Celui-ci céda ensuite à son frère, qui habitait alors le numéro précédent, les servitudes, bâtiment et jardin qu'il avait acquis de l'autre côté.

Plus tard, François Mousset vendit à Fouine sa maison sans aireau.

La maison Lajeunie qui suit et dont nous donnons ici la principale façade, est sûrement de toutes les anciennes constructions du bourg la plus intéressante. Son vieil escalier en colimaçon, sa porte d'entrée ornée de pilastres surmontés de chapiteaux à volutes, ses fenêtres à croisillons agrémentées de jolis dessins et sa toiture en saillie, permettent de la faire remonter à la dernière moitié du xve siècle ou aux premières années du xvie, sous Louis XII ou François Ier. Ses nombreux décors avaient, du reste, de grands points de ressemblance avec les ornementations du portail et de la nef de notre église que de récents travaux ont fait disparaître et que l'abbé Michon, dans sa statistique monumentale de la Charente, avait indiqués comme étant de la Renaissance.

Cette maison fut évidemment l'œuvre de quelque riche famille de l'ancien temps. Peut-être même fut-elle bâtie par l'un de nos seigneurs d'alors, désireux d'avoir au bourg un agréable pied-à-terre. Ne serait-ce point de cette maison dont parle messire Jehan Bragier, mandataire du seigneur de Montboyer, lorsqu'il clôt le 14 juillet 1451 l'acte d'arrentement de la prise des Esgreteau : « Ceci fust faict et accordé au lieu de Montbouïer, en l'*hostel* de mon dict frère et seigneur de Magezir, en présence de..... »

Jacques Pirault, juge sénéchal de Montboyer et fermier des rentes, paraît habiter cette maison en 1605. Est-ce comme mandataire du seigneur ou à titre de propriétaire ? Rien ne l'indique. En 1744, elle est inscrite au rôle des tailles sous le nom de « maison de M. de Courlac ». Or, Philippe, le dernier des Thévenin de Montboyer, aussi qualifié M. de Courlac, était mort à La Tavernerie en 1691. Si cette belle habitation, passée ensuite à d'autres propriétaires, continuait néanmoins de figurer au papier censif de la paroisse sous le nom de M. de Courlac, c'est évidemment parce qu'un Thévenin sieur de ce dernier lieu, l'avait acquise ou arrentée de quelque mandataire des seigneurs du temps ; et tout porte à croire que c'est ce même Thévenin ou l'un de ses fils qui y fit faire diverses réparations, notamment les deux fenêtres du côté couchant, le rétrécissement de la belle croisée du milieu de la façade, la suppression de l'ouverture correspondante au-dessus, et la mise à neuf des planchers de l'intérieur à solives très rapprochées.

Un Samuel Thévenin, protestant, qualifié M. de Courlac, est en effet, à Montboyer, mandataire au XVIIᵉ siècle du seigneur Caumont de La Force. En 1635, il fait saisir les récoltes du village des Fraignaud sur la tête de Sureau, Forget, Dumeteau et Montrignac, pour arriéré de payement. Son fils Philippe est inscrit en 1644 au rôle des tailles pour sa propriété de la Tavernerie. Protestant comme son frère, il se convertit en 1684 et meurt en 1691. Ses deux enfants, Charles et Judith convertis comme lui, meurent en 1704 et 1705.

L'habitation des Thévenin fut alors acquise par les Brisson ou les Laulaigne, médecins à Montboyer, qui la transmirent par héritage aux Lajeunie, ancêtres de madame veuve Dumeteau, propriétaire actuelle.

En face, se trouvait tout un pâté de maisons aujourd'hui disparues, que de vieux actes nous disent avoir appartenu aux Jousseaume et aux Merlet, notaires et greffiers ; ces derniers s'allièrent aux Montrignac qui s'y établirent aussi. On y voit en 1632 un Montrignac dit Lachaume ; en 1704, un autre dit Pays, épousa Jeanne Dumeteau morte à 85 ans en 1738 ; ce dernier y fit souche et laissa son nom au quartier.

Au levant du ruisseau commence le quartier des Rodard où se trouvait au n° 41 la maison des Mousset, sergents-royaux, bouchers et grands propriétaires ; puis celle des Bouchet, maréchaux, qui eurent pour successeur Tesnière et enfin Lussaud, propriétaire actuel du n° 42.

Le n° 43, autrefois à Dubreuil Pierre, est aujourd'hui la propriété de mademoiselle Giroudet qui possède en outre une maison de bordiers et la métairie y attenant 44 et 45.

A l'entrée du chemin de Montmoreau au bourg on trouve sur main droite, n° 46, la maison Pouvalou bâtie vers 1830 par Roux, jeune boulanger. Ses frères et sœurs et les Venot y possédaient de même les n°s 47 et 48. La maison du coin était aux Giret bouchers dont un fils fut boulanger. Les maisons d'en face furent longtemps, avec les terres y attenant, la propriété des Chauviers, maréchaux. qui les avaient arrentées en 1461. On voit plus tard Piat notaire au n° 51, et au n° 50 Nadeau puis Moreau, et enfin Hillairet ancien soldat, mort garde-champêtre à Montboyer et qui eut pour héritier son gendre Dubreuil, dit Grand-champ.

Le n° 52, où commence le village des Duc se composait de deux vieilles chambres vendues en 1868 par Gabriel Bourdier notaire à la famille Dumeteau.

La maison Dumeteau n° 53, anciennement occupée par les notaires Chauvin et Bomard, a, sur l'autre côté une dépendance qui sert de maison de métayer n° 54.

Vient après la vieille maison Bourdier n° 55, formant angle sur la rue du Ruisseau. En 1707 Jean Bourdier fils d'autre Jean, chapelier, y épouse Jeanne Duc du même quartier, fille de Jean Duc sergier dont j'habite la maison. C'est à la suite de leurs partages que Jean Bourdier et son beau-frère Duc, construisirent le mur de séparation qui divise en deux l'ancienne grange des Duc que je possède en commun, près de la route, avec les héritiers Bourdier.

Les n°s 56 et 57 furent autrefois à la famille Dumeteau, Anne, fille de Jean Dumetéau et de Marie Bourdier porta en dot, en 1770, à Laurent Aguesseau, chirurgien à Saint-Hillaire près Mirambeau, le n° 56 et la borderie en dépendant. Aguesseau vendit en 1817 la maison et la grange à la famille Bourdier et les terres à divers.

Thérèse Dumeteau, sœur de Anne, hérita en 1794 de Jacques Dumeteau son oncle, fils de Louis, boucher, et de Marie Piat. Thérèse mourut célibataire ; ses biens revinrent à ses héritiers naturels et le notaire Bourdier acquit la maison et y logea son métayer qui auparavant habitait les petites chambres du n° 52.

Le n° 58, où je demeure, fut le berceau des Duc, qui arrentèrent en 1450 tout ce quartier nord du bourg avec terres y attenant. Ils y figurent durant près de trois siècles à titre de propriétaires et de sergiers. Par suite de mariages, ils passèrent à L'Anglade, puis chez Mousset. Daniaud, marié à une Duc, les remplaça. Ses descendants vendirent à Raulhac, sellier, et les héritiers de celui-ci à mon grand-père Gabriel Massonneau le 21 janvier 1800 (6 pluvial an 8).

§ III

LES BOUCHIER

L'installation de la famille Bouchier au village de ce nom remonte, évidemment, au xve siècle, sous le seigneur Bragier. Mais jusqu'ici, aucun acte n'est venu constater le fait. Les Bouchier néanmoins firent souche dans le village, car deux cents ans plus tard, on les y retrouve encore nombreux, bien posés et s'alliant aux premières, familles de l'endroit. En 1617, PIERRE BOUCHIER et Marie Bourjadon, sœur du sergent-royal, habitent le village des Bouchier. Ils ont un fils Jehan, dont Jehan Cholous, marchand au bourg, est le parrain. Antoine Bouchier et Marie Goret, du même village, ainsi que Pierre Goret et Marie Bouchier, font de même baptiser en 1621. En 1622, GUILLAUME BOUCHIER, des Bouchier, épouse Madeleine Mousset de chez Mousset. Messire Hélias Jusson, chanoine de la Collégiale d'Aubeterre, présente au baptême, avec Françoise Cholous du bourg, Marie Bouchier, fille de Mᵉ JEHAN BOUCHIER, notaire et procureur, et de Madeleine Cholous. Catherine Bouchier, du même village, et sa sœur plus jeune, sont aussi marraines de leurs neveux en 1625. Mais à la longue, par suite d'alliances, de décès, de cessions, ou autres causes, la famille Bouchier s'éparpille, quitte peu à peu son centre et finit par y disparaître. L'un se case à Brossac, où, comme notaire, il fait donner quittance de 48 #, le 9 octobre 1659, par Mathurine Penard, épouse de Nebout, sergent-royal aux Bouchier, à Pierre Penard, son père, du village de chez Penard, en Brossac, pour la rente annuelle que ce dernier lui a promise en dot. En 1659, un autre PIERRE BOUCHIER est aussi notaire à Peudry. Il refait le calcul des Renaudeau et le déclare conforme à la baillette de 1463, par laquelle Pierre Bragier, seigneur de Magezir et autres lieux, avait cédé à Jehan Renaudeau les bâtiments, terres, prés et bois qui constituent cette propriété.

*
* *

Les Tissereau. — Dès 1622, PIERRE TISSEREAU, du village de ce nom, en Courgeac, épouse Marguerite Bouchier, sœur de Pierre. Il fait souche aux Bouchier avec ses neuf enfants. JULIEN, son fils, épouse en 1662 Marie Bouchier, sa cousine, du même village. Vient après JEHAN TISSEREAU

avec Marie Richard, en 1677, puis en 1698, PIERRE TISSE-
REAU et Marie Guérin. Ce dernier ménage compte huit enfants. Anne, la quatrième, se marie avec Renaud, maître chirurgien à Pérignac. On lui constitue une dot de 6,000 #, dont
elle ne touche qu'une partie. Autre Anne, la dernière des
enfants, née en 1708, épouse le fils du maître d'école de
Chalais, Pierre Durandeau, qui vient, à la mort de son beau-
père, habiter aussi les Bouchier.

* *
*

Famille Durandeau. — Elle habitait à Montboyer le
village de ce nom, en dessous des Bouchier. Là aussi,
absence complète de baillette constatant, au xvᵉ siècle, la
cession faite à ces propriétaires. Mais ils n'y residèrent pas
moins. Aux premières années du xviiᵉ siècle, nous trouvons
chez Durandeau, ARNAUD DURANDEAU et Gabrielle Dutour
avec deux enfants, nés en 1617 et 1620; ANTOINE DURAN-
DEAU et Berthe Sallignac, de 1619 à 1626, avec cinq enfants; FRANÇOIS DURANDEAU et Antoinette Thomas, veuve,
avec trois enfants de Pierre Tissereau, dudit village; cinq
autres naquirent de la nouvelle union. Martial, le dernier né
en 1635, épousa en 1660 Berthomée Gentil, dont plusieurs
enfants jusqu'en 1683. La perte d'un registre ne permet pas
de constater la naissance des aînés, parmi lesquels doit se
trouve JEAN qui, avec le titre ronflant de maître ès-arts libéraux, tient école à Montboyer pendant près de dix ans, de
1698 à 1709, et passe ensuite à Chalais où il exerce la
même profession. Marié à Suzanne Phœnix en 1693, il a
six enfants : Marie, née en 1694, tenue par Mioulle, notaire
et procureur aux Audouin en Chatignac; Jean, 1697; Gabriel, 1700; Pierre qui suit (1), 1702, marié à Anne Tisse-

(1) Ce Pierre Durandeau fut, paraît-il, dans sa jeunesse, un brin
étourdi et dissipateur; enclin à s'amuser, il passait, après son mariage,
plus de temps à Chalais qu'aux Bouchier, où il était continuellement

reau des Bouchier ; Suzanne, 1704, et autre Jean, né à Chalais en 1710.

PIERRE DURANDEAU, bourgeois, et Anne Tissereau, ont aux Bouchier cinq enfants : Jean, 1732 ; Pierre, 1733, qui embrasse l'état ecclésiastique et devient curé de la Clotte ; autre Jean qui suit, 1738 ; Marguerite, 1739 ; Françoise, 1740, mariée en 1767 à Moure, marchand tanneur à Boscavenant, veuf d'Élisabeth Filhol de La Boisse.

JEAN DURANDEAU, licencié ès lois, épousa en premières noces Thérèse Renaud de Pérignac, sa cousine, qui avait encore des droits aux Bouchier. Thérèse mourut en 1760, donnant le jour à Jean-Baptiste qui suit. Jean passa en secondes noces, vers 1766, avec Marie Birot, fille de François Birot, notaire et procureur chez Poineau, et de Marie Bodet du pont de Boisse. De cette union naquirent Pierre, en 1767 ; Jacques, en 1768, frères consanguins de Jean-Baptiste.

JEAN-BAPTISTE DURANDEAU succède à son père aux Bouchier, épouse Françoise Penard et n'a pas d'enfants. En 1793, il achète pour 34,600 ₶, au tribunal du district de Barbezieux, les ruines du château de Magezir et la propriété y attenant, vendues comme biens d'émigrés. Naturellement il s'endette, ses affaires se compliquent et le voilà dans l'embarras. Intervient un ami qui offre de payer les dettes et de servir une grosse pension viagère, si on veut lui céder toutes les propriétés. L'affaire se conclut, mais les jeunes frères, Pierre et Jacques (1), interviennent, font an-

---

en guerre avec son beau-père. Il l'injuriait, le menaçait même, puis emportait tout ce qui se trouvait à sa disposition. Un beau jour, le père Tissereau trouva son cheval absent. Il courut à Chalais et dénonça son gendre. Mais le juge sénéchal d'alors, Mioulle, ami et parent de la famille, fit une enquête secrète. Le cheval fut retrouvé dans une écurie de Chalais, remis au beau-père et l'affaire en resta là. (Papiers du château, enquête secrète, 1737, par Mioulle).

(1) Jacques, le dernier des fils de Marie Birot et de Jean Durandeau des Bouchier, eut en partage la métairie des Daniaud de la Tude, où il

nuler l'acte et se mettent au lieu et place de l'étranger.

PIERRE DURANDEAU, avocat, plus tard procureur du roi à Barbezieux, habite chez Poineau la propriété de sa mère, jusqu'à la mort de Jean-Baptiste des Bouchier. Il a épousé Rose Frichou Lamorine, dont Rose-Marie en 1801 ; Pierre-Alexandre qui suit en 1804 ; Marie-Joseph, 1806, qui, après un long séjour au Chili, se fixe à Nice, s'y marie et devient président du tribunal civil ; Marie-Thérèse, 1809, mariée au Dr Desgraviers de Puyvigier et mère de la baronne Desgraviers de Mornac.

PIERRE-ALEXANDRE DURANDEAU, avocat, épouse à trente-six ans Clotilde Paulet de Courlac. Issus de ce mariage : en 1842, Marie-Clotilde Alix, aujourd'hui épouse Adhémar Debect, notaire ; en 1844, Jeanne-Marie-Éline, mariée à Paul Gaschet, percepteur à Chateauneuf ; 1849, Pierre-Alexandre-Louis-Edward, décédé en 1877, après son mariage, en 1875, avec mademoiselle Berthe Mauxion et la naissance d'un enfant mort au berceau.

*
* *

Famille Debect. — De son mariage avec Alix Durandeau des Bouchier, ADHÉMAR DEBECT, notaire au même lieu, a pour enfants : 1° Joseph, né en 1864, domicilié à Puyvigier, marié le 8 septembre 1891 à mademoiselle Maulde de l'Oisellerie, dont Henri, né en 1892 ; 2° Marie, née le 5 octobre 1870, mariée à Pierre Girard, négociant à Tonnay-Charente, son cousin Germain, dont aussi deux enfants : Marcelle, 15 février 1893, Michel, 1897 ; 3° Guy-Pierre-Joseph, né le 18 octobre 1877, étudiant.

---

alla résider. Il eut de Marie Poirier, sa femme : Pierre, 1793, qui se maria à Yviers ; Eulalie, 1797, morte âgée célibataire ; Marguerite, 1799, décédée en 1875, veuve Guimberteau ; Jean-Baptiste Félix, 1808, curé de Larochefoucaud, décédé en 1873 ; Pierre-Almain, 1811, officier de santé et époux de Rosalie Paulet de Courlac, mort sans portérité.

§ IV

LES MOUSSET ET LES SALLIER

Le village des Mousset tire évidemment son nom du chef de famille, Pierre Mousset, qui l'arrenta en 1452, et que ses descendants occupèrent ensuite durant plus de deux siècles. La baillette qui régla les conditions de cette cession, est si délabrée, qu'il est impossible de la reconstituer dans ses détails; mais le peu de données qu'elle fournit, jointes aux indications consignées sur deux ou trois vieux calculs des siècles passés, se rapportant à cette prise, permettent assez facilement d'en rétablir le sens.

A la place du village actuel des Mousset se trouvaient autrefois les deux « maysnes de Gascon et de Montjoye » bien délimités, avec plusieurs autres enclos appelés le « maysne des Chaintres, le maysne des Appens, la prise des grands bois et le maysne Sec (1) ». C'était alors un ensemble de plus de 60 journaux, sans compter aux alentours quantité de terres cultivées comme autrefois à l'agrière. Pierre Mousset acquit tout cela en 1452 d'Antoine Rodart, procureur et mandataire du seigneur Bragier, moyennant une redevance annuelle de 24 boisseaux froment, 36 boisseaux avoine, 74 sols argent, 6 chapons et 2 poules, payables, comme toutes les rentes du temps, à la saint Michel et à la Noël de chacun an.

---

(1) Jusqu'au xvie siècle, la juridiction de La Boisse, dans laquelle le Maine Sec se trouvait compris, dépendait encore de la seigneurie de Montboyer, mais elle passa peu après aux mains des seigneurs de Champlong, et ensuite aux Talleyrand de Chalais. Aussi dans les calculs du village des Mousset, aux années 1632 et 1649, le Maine Sec ne figure plus. Ce village paya dès lors ses rentes à La Boisse ou à Chalais.

« Le maysne de Montjoye », sur le versant sud-ouest,
s'appela plus tard les Petits-Mousset. C'est aujourd'hui la
propriété Sallier. Les autres maysnes réunis formèrent, du
côté levant, les Grands-Mousset, comptant le plus souvent
de 10 à 12 feux. Lors de l'arpentement de 1632, outre les
ménages de GUILLAUME, JEHAN et HÉLIAS MOUSSET, descendants des premiers propriétaires, on y trouve ceux de
JEHAN et ARNAUD RILLAT, et celui de SIMON PASQUET.
Plus tard, en 1649, y habitent aussi les TEXIER, les GRIL-
LAUD, les NADEAU et les BLAIS, venus du village voisin. La
famille des GIRAUD, si anciennement alliée aux COSSON, du
village de ce nom, à qui succéda au même lieu, dans le
XVIII⁰ siècle, celle des AVRIL, marchands tanneurs de l'endroit, fut aussi, durant de longues années, propriétaire du
« maysne de Montjoye ». C'est par l'intermédiaire de cette
famille, dont Marie Avril, la dernière et unique héritière,
épousa FRANÇOIS PETIT, marchand chez Gilet, que nous
sont venus grand nombre de papiers intéressants sur Saint-
Laurent et Montboyer, retrouvés dans un vieux sac, au domicile de feu Pierre Petit de La Boisse, décédé chez Vaslin en 1881.

Les descendants de PIERRE MOUSSET quittèrent définitivement, vers les premières années du XVIII⁰ siècle, le berceau de la famille et allèrent se fixer sur d'autres points de
la paroisse. L'un d'eux, devenu sergent-royal au parquet de
la justice de Montboyer, s'allia aux Cholous et aux Montrignac du bourg, et vint habiter chez Rodard ; il y fit souche.
PIERRE MOUSSET boucher, grand-oncle de Bonnin, propriétaire actuel, fut le dernier de ses descendants. Les
Mousset de Chalais, de Sainte-Marie et autres lieux ont
tous pour souche commune les Mousset de Montboyer.

Outre les GIRAUD, les GRILLAUD, les BLAIS, les NADAUD
qui, d'ancienneté occupaient la majeure partie du village des
Mousset ; y vinrent aussi, au départ de ces derniers, les
Duc, sargiers du bourg, les MOTARD, les LORAIN, les

FAURE, et enfin les SALLIER du Pible, qui s'y fixèrent en 1656 et y sont encore aujourd'hui.

*
* *

PIERRE SALLIER, fils d'autre Pierre du Pible et de Laurence Gerbeau, épouse en 1654 Marie Grillaud, de chez Mousset. En 1656, il succède à son beau-père, et laisse pour enfants : Pierre et Antoine, qui font souche au village. André, son petit-fils, y épouse Marguerite Daniaud, fille de Simon, dont Jehan en 1678 et Jehanne en 1680.

En 1700, deux autres Sallier du Pible, neveux de Pierre et de Marie Grillaud, se casent aussi chez Mousset. ANDRÉ SALLIER y épouse Mathurine Nadaud, fille de Guillaume, et a quatre enfants : Marie, née en 1701 ; Pierre, en 1703 ; François, en 1704, et Jacques, en 1705. Anne, sœur de Mathurine, devenue en 1700, la femme de Jacques, frère du précédent, meurt en 1709, laissant de son côté cinq héritiers. JACQUES se remarie l'année suivante avec Madeleine Bourdier, du village des Duc près le bourg, dont il a deux autres fils : Antoine, né en 1711, et François, en 1718.

JACQUES SALLIER et FRANÇOIS, issus du premier mariage de Jacques, habitent chez Mousset sous le même toit. L'aîné, marié à Marie Motard, a trois enfants : François, époux de Marie Roux du bourg de Montboyer, en a aussi trois. Ce dernier meurt jeune et Jacques, tuteur des filles de son frère, donne l'aînée, Marie, en 1745, en mariage à Jean Faure, son voisin, la cadette à Veillon, et en 1752, Jeanne, la troisième, à Bourdier de Vallie, en Courgeac.

PIERRE SALLIER, né en 1703, fils de André et de Marguerite Nadaud, devint chez Mousset la souche des Sallier actuels. — Détail à noter, les chefs de famille portent tous désormais le nom de Pierre. — Il épouse Marie Menanteau de chez Cosson, et a six enfants : Marie, née en 1728 ;

Antoinette, 1730; Jean, 1733; Pierre qui suit, 1734; Mathurin, 1739; Marie et Jacques, frères jumeaux, 1742.

PIERRE SALLIER, fils du précédent, se marie chez Cosson
avec Marie Arnaud. Il laisse comme héritiers : Pierre, né
en 1761, qui demeure au logis; Jacques, né en 1764, qui
épouse Marie Bernier de chez Rabier, où il fait souche;
Jean, marié en 1799 à Marie Ferrant de chez Martinet, où
sa branche s'éteint en 1872 à la mort de son fils Pierre,
marié en 1830 à Marie Tillard; enfin François, né en 1769;
Jacques en 1774, et autre Jacques en 1780, ces trois derniers décédés jeunes ou restés inconnus.

PIERRE SALLIER, né en 1761, boucher chez Mousset, se
marie en 1785 avec Marie Gaboriaud du village de la Roche,
dont : Pierre qui suit, né en 1785; Jean, en 1786; Jacques,
en 1791, qui épouse en 1814 Marie Moinet du village des
Voûtes en Bessac, et reçoit 3,000 francs de dot, dont il
donne quittance à son aîné; enfin Marie, née en 1798, et
décédée jeune.

PIERRE SALLIER, fils du précédent, marchand boucher
chez Mousset, passe en premières noces avec Marie Chauvin du même village, dont Victoire née en 1812, qui épouse
en 1837 Jean Sallier de chez Rabier, son cousin germain;
Marie, née en 1813, qui devint la femme de Pierre Penard,
boucher au bourg, fils de Jeanne Duverger, veuve de Jean
Penard de la Grange de Viaud, laquelle Jeanne Duverger
se maria en secondes noces avec Pierre Sallier sus-nommé,
et donna le jour, en 1823, à Pierre Sallier qui suit :

PIERRE SALLIER, fils du précédent, propriétaire chez
Mousset, épouse Marie Magrenon, fille d'un boucher de
Chalais, dont deux enfants :

1° Anne Victoire, née en 1848, mariée, en 1872, à Beillard,
propriétaire chez Mousset, décédé en 1877, laissant un fils
unique, Gaston, aujourd'hui sous les drapeaux. Victoire meurt
elle-même en 1897, après son second mariage avec Pierre
Jousseaume, propriétaire et marchand boucher à Chalais.

2° Pierre Sallier, chef actuel de la famille, né en 1851, époux de Marie Pointet de Saint-Christophe de double, décédée en 1882, laissant pour unique héritier Edmond Sallier, né en 1877, étudiant à Montpellier. Remarié avec Marie-Eugénie Papillaud, de Montboyer, fille de votre très humble serviteur, Pierre Sallier quitte chez Mousset et vient habiter au bourg.

§ V

LES GIGON ET LES GUIMBELLOT

Au xve siècle, deux familles Gigon se casèrent à Montboyer. L'une arrenta le 15 août 1457 le maysne de la Mifarferie, appelé depuis chez Gigon. L'autre prit le Maine-Brun (1) en 1465. Ces prises sont constatées par le calcul du 7 septembre 1748, dressé par Jean Penard notaire, après vérification sur les lieux des contenances et fixation des sommes dues par chacun des tenanciers de l'époque. Chose regrettable, le notaire Penard, à qui a été remise, par l'un des intéressés, la baillette de 1457, oublie d'indiquer dans le préambule de son acte, quel est le Gigon qui

---

(1) La baillette du Maine-Brun, à la date du 13 décembre 1465 portait qu'à cette date, le seigneur de Montboyer avait arrenté les deux maynes Fagières à Jehan et à Guillaume Gigon frères, évidemment neveux ou cousins du chef de famille du même nom, qui, huit ans auparavant, avait pris le maysne de la Mifarferie. L'acte constate aussi que les deux maysnes Fagières étaient assis en face l'un de l'autre, de chaque côté du chemin qui va de chez Gigon au pré de Lucas Saboureau : que celui de droite, dont le puits existe encore, jadis ruiné « par faits de guerre » était déjà démoli et que l'autre, conservé et agrandi, prit le nom de Maine-Brun. Cela prouverait que les frères Gigon, pour une cause inconnue, la mort peut-être, s'y maintinrent peu de temps et n'y firent point souche.

fait alors l'arrentement du village auquel il a laissé son nom ;
il dit seulement que l'acte de cession comprend ;

1° La prise de la Mifarferie, représentant en son entier le
village actuel des Gigon, avec ses dépendances situées au
nord du chemin qui vient du moulin Rabier à la croix Gigon,
sur main dextre, joignant au couchant le chemin de Sainte-
Catherine à Peudry, au nord la prise des 13 journaux (1)
déjà cédée à Jehan Esgreteau, un fossé entre deux allant au
levant, et faisant crochet sur le chemin de chez Gigon au
Maine-Brun. Le tout de 13 journaux environ, plus 8 journaux de pré au moulin sureau, en face des Héliots Dumain.

2° La prise des 24 journaux à l'est de la précédente, comprenant, outre les quatre journaux de pré attenant à la fontaine du village, toute la vallée et ses deux versants, joignant
d'un côté le chemin, de l'autre, les terriers du Maine-Brun.

3° Les Mazureaux du moulin Rabier et les prés du
Patiboulard ;

4° Le maysne de La Mausenerie ;

5° Les prés et masures du Pible-Besson, joignant le
chemin du Peyrat, au moulin Rabier. (Chemin du Maine-
Brun).

*
* *

On voit dès le commencement du xvie siècle les descendants des Gigon quitter leur village, et se fixer sur d'autres
points de la commune, où on les retrouve jusqu'à ces derniers temps, toujours disséminés, mais fort nombreux.

Quelques ménages pris au hasard :

Vincent Gigon, marié à Marguerite Esgreteau est
propriétaire et tailleur au Maine-Brun en 1630.

En 1631, François Gigon et Marie de La Ville-Dubois
paraissent cultivateurs à Jardronne.

(1) Aujourd'hui tout en vignes, c'est le noyau de Monplaisir. (Papiers
de la Tavernerie).

Antoine Gigon et Marie Roux sont journaliers chez Brandes en 1660.

François Gigon galocher à La Petite Chaume, est inscrit au rôle de 1711 avec Simon Gigon son frère, et Arnaud son beau-frère. On y voit aussi Jean Gigon père, avec autre Jean Gigon son frère dit le Trouil (1) sobriquet rappelant sans doute que le pauvre hère fabriquait ce genre d'instrument ; ou qu'il ne pouvait que filer, dévider, et mettre le fil en écheveaux sur le *trouil*, ustensile alors fort usité dans tous les ménages.

Jean Gigon, propriétaire et boucher à la Sénerie, épouse en 1680 Marie Leteure du bourg. Leurs descendants figurent honorablement dans ce village plus d'un siècle et demi. On y voit en effet :

1° Jean Gigon et Marie Faure, avec leur fille Marie née en 1696. Gigon décède à La Sénerie en 1709,

2° Jean Gigon et Marie Desrozier, dont Jean né en 1704, Léonard en 1706. Ce dernier épouse Anne Simon en 1731 et meurt en 1759.

---

(1) A cette époque les familles étaient parfois si nombreuses qu'il était d'usage d'ajouter un qualificatif quelconque, ayant trait à l'âge, à un défaut de nature ou à quelque autre particularité, au même prénom souvent donné à deux ou plusieurs enfants de la famille. Ces surnoms fourmillent dans nombre d'actes. Relevé au hasard : Jehan Motard *l'Aîné*, Pierre Masson *le Jeune*, François Nadeau dit *Cadet*, François Cholous dit *le Petit*, Jehan Rabier dit *Blondin*, Jehan Blais dit *le Chat*, Jehan Cholous *la Risette*, Jean Daniaud dit *Bardot*, Pierre Tissereau dit *la route*, Jean Gigon *le boiteux*, Jean Ruilier dit *Lafleur*, Jean Duc dit *la Butte*, Jean Montrignac dit *la Chaume*, Jean Nadeau dit *Boileau*, Michel Gros dit *Longretine*, Jean Sureau *le Messager*, (porteur de lettres) François Lorain dit *Gabarier*, Pierre Montrignac dit *pays* (au bourg), etc.

Très souvent, ces surnoms se perpétuaient dans les descendants. Les Blais ont gardé le leur jusqu'à l'extinction de la famille vers 1828. Et il y a plus de 150 ans que les Lorain portent celui de gabarier, donné à l'un d'eux par suite de son emploi sur quelque rivière ou dans un port quelconque. Le petit village de la Messagerie était, il y a bien près de deux cents ans, le patrimoine de Jean Sureau, dit le Messager.

3° Michel Gigon et Marie Motard, qui ont eu pour enfants : François qui suit, né en 1727, Pierre 1730, lequel alla s'établir chez Martinet, Anne 1736, Simon, 1737, mort à La Sénerie en 1788 et Marie, née en 1739, qui épousa Lagarde en premières noces, et en deuxièmes Arnaud de chez Cosson.

4° François fils de Michel, eut de Anne Bouton en 1765 un fils qui épousa Anne Cholous du bourg, fille de Mathieu chez qui il s'installa.

5° Un Jean Gigon de la Sénerie, marié à Anne Pineau en 1765, laissa pour enfants : Jacques né en 1767 ; Michel 1768 et François 1772. Par son mariage en 1800 avec Anne Ollivier, ce dernier devint le chef de la branche des Gigon de chez Triboire en Courgeac.

6° Pierre, fils de Michel Gigon boucher, et de Marie Motard, épousa en 1753 Marie Ferrand de chez Martinet, et se fixa dans le village.

Il laissa pour enfants : Jean qui suit, né en 1754; puis Marie et Pierre.

Jean Gigon, aussi boucher chez Martinet, eut dix enfants de Marie Massicot, sa première femme, dont trois seulement survécurent.

Jean, né en 1774, fut durant sept ans soldat de la République. Revenu au pays, il épousa M. Mallat d'Angoulême, se fixa dans cette ville, où il laissa pour héritiers Marie, non mariée, et Claude. Ce dernier acquit comme médecin un certain renom. Intelligent, actif, fort aimé à Angoulême, il fut longtemps conseiller municipal de cette ville, médecin des hospices, et l'un des membres les plus en vue de la Société archéologique. Ses deux fils embrassèrent la carrière des armes. L'un d'eux est, en ce moment, sous-intentant militaire de 1re classe à Bordeaux.

De ses frères ayant comme lui survécu, l'un, Michel, né en 1781, s'établit à Montignac le Coq; l'autre, Pierre, se fixa à Pendry, où il a fait souche.

De Catherine Arnaud de chez Cosson, sa seconde femme, JEAN GIGON, boucher, chez Martinet, eut douze autres enfants, dont huit moururent au berceau, ou avant leur majorité, et un à l'armée. Pierre, le dernier des survivants, né en 1799, était taillandier chez Cosson, où il est décédé à quatre-vingt-dix ans, en avril 1889. Ses deux enfants, morts avant lui, n'ont point laissé de postérité.

Le 24 juin 1819, Michel et Jean Gigon, fils de Marie Massicot, Pierre, Anne et autre Jean, fils de Catherine Arnaud, assistent chez Cosson à l'inventaire des meubles de feu Jean Gigon, leur père, ancien boucher chez Martinet, domicilié chez son fils Pierre. Bourdier, notaire au bourg, retient l'acte et son cousin Bourdier-Bellisle, notaire à Saint-Laurent, y assiste comme fondé de pouvoirs de madame Mallat, veuve Gigon, d'Angoulême, pour la défense des intérêts de ses mineurs, Claude et Marie.

*
* *

Vers le milieu du xvıe siècle, les GUIMBELLOT, protestants, avaient à peu près remplacé à son berceau la famille GIGON. Un acte de 1580, signé Jousseaume, notaire à Montboyer, dit que Jacob, Simon et Sara Guimbellot de chez Gigon, opèrent, à cette date, le partage de la succession de leurs père et mère. Le 22 juillet 1632, Poussard, notaire de Magezir, établit de même le partage d'une métairie de chez Gigon, entre David Guimbellot, Anne Sauvaget son épouse, avec Nonciade Guimbellot, sœur de David, et épouse de Jehan Hérier de Farziou, près Chalais. D'autres religionnaires de fraîche date, les Grimaud, les Masson, les Esgreteau du bourg, s'étaient aussi mariés et établis dans ce village. De concert avec les Guimbellot, ils en firent un véritable foyer de propagande religieuse; si bien que, durant presque tout le xviıe siècle, il n'y eut pas, de ce lieu, un seul baptême catholique dans l'église de Montboyer, ni aucun enterrement ou mariage.

Élisabeth Guimbellot, femme Grimaud, et Marie Galleteau, sa petite-fille, furent les premières du village qui revinrent à l'église en 1678. De nombreuses conversions se produisant alors sur d'autres points, les Guimbellot euxmêmes firent mine de renoncer à l'erreur, mais leur conversion ne fut pas sincère. Dix ans plus tard, on trouvait encore dans leur famille trois relaps qui n'abjurèrent définitivement qu'en 1713.

*
* *

Bien que les descendants des Guimbellot aient depuis longtemps quitté le pays, nous croyons devoir rappeler la place honorable que divers membres de cette famille y ont occupée depuis l'apaisement des luttes religieuses jusqu'au milieu de ce siècle, tant comme grands propriétaires, fermiers des dîmes ou mandataires de la seigneurie que comme notaires et procureurs, au siège de la sénéchaussée de Magezir et Montboyer.

Jacques Guimbellot, le relaps signalé plus haut, fils de Jacob et de Marguerite Cholous de la Tavernerie, avait épousé en 1700, après sa première conversion, Anne de Saint-Romain, dont il eut quatre fils et une fille : Charles, en 1702; Jean qui suit, en 1705; autre Jean en 1707; Louis, en 1708, lequel figure au rôle du bourg de 1730 à 1780; Anne, née en 1710, qui épouse, en 1729, François Lussaud, épinglier à Chalais.

De Jean Guimbellot, fermier des dîmes, et de Marie Bourdier, fille de Michel, marchand tanneur chez Poineau, et d'Ozanne Bodet, naquirent chez Gigon dix enfants, de 1727 à 1750 : Marie, née en 1733, épousa Jean Joyeux, huissier à Chalais; Jean, né en 1734, resta notaire chez

Gigon; Louis, aussi notaire, né en 1737, prit l'étude de Buffeteau à Saint-Laurent.

JEAN GUIMBELLOT, dit le comte, notaire chez Gigon et fermier des rentes, marié à Marie Giraud, eut treize enfants : Gabriel qui suit, 1760; Jean, 1761; Anne, 1763, mariée à Jean Besson, praticien, greffier à Brossac; Anne et Catherine, jumelles, 1766; Jean et Anne, autres jumeaux, 1767; Jeanne, 1769; autre Jeanne, 1770; Marie Madeleine, 1774; Jean, 1775; Jeanne, 1779, mariée à Durandeau de Sainte-Marie; enfin Adelaïde, 1780, morte célibataire.

GABRIEL GUIMBELLOT, dit Guimbellot-Bois, petit-fils de Louis, au bourg, épouse en premières noces Marie Sarrazin, dont deux filles, mortes jeunes, ainsi que la mère à la suite de sa dernière couche. Gabriel passe en secondes noces avec Antoinette Salmon, du village de Breuil en Brie, année 1796. Il en a Julie en 1800; Marie-Jeanne en 1801, mariée à Doussaint du Maine-Jolly, en 1820, et Pierre-Joseph en 1804. Ce ménage habite alors au bourg la maison au levant des halles que Gabriel a eue en partage avec la propriété en dépendant. En 1799, lors du départ de Barthélemy Boucherie, notaire au bourg, pour sa propriété de famille chez Rocher en Brie, Pierre Boucherie, son frère, ex-curé de Curac, qui avait fait ménage avec lui, depuis la Révolution, se retira chez les époux Guimbellot; et, à sa mort, en 1802, il laissa à Antoinette Salmon pour ses bons soins, son mobilier, 100 # d'argent et une obligation de 1,400 francs. Ses immeubles revinrent à son frère et à Dussouchet de Rioux-Martin, son beau-frère.

En 1793, Guimbellot Bois Dunaud fut nommé maire de Montboyer à la place de Guimberteau.

GABRIEL GUIMBELLOT, fils de Jean, et comme lui notaire chez Gigon, épousa Charlotte Victoire Béra, fille de Pierre Béra, médecin-major des hôpitaux de Brouage, et nièce du curé Hardy, avec lequel elle demeurait, ainsi que sa mère. Huit enfants naquirent de cette union. La plupart moururent très jeunes. Marie-Sophie, née en 1788, épousa le dernier des Venot de Montboyer, et mourut, ainsi que lui, après trois années de ménage. Resta Mathurin-François qui suit, né en 1792.

FRANÇOIS-MATHURIN GUIMBELLOT, propriétaire chez Gigon, fut adjoint au maire de Montboyer durant plus de dix ans. Il épousa en premières noces sa cousine de Brossac, décédée l'année suivante. Puis il prit pour femme Anne Masson de chez Le Mine, fille du chirurgien. Il en eut cinq enfants : Anne, en 1820, décédée au berceau ; Pierre-Gabriel Hollinde, né en 1822, marié vers Montlieu ; Gabriel, né en 1824, mort jeune ; autre Gabriel, dit Numa, qui devint secrétaire de la municipalité naissante d'Arcachon, où sa femme était institutrice en 1855. Anne-Marie, 1830, épouse Bellugout, ancien employé sur la ligne d'Orléans, aujourd'hui domicilié à Bordeaux. Vers 1850, à la suite des partages de la famille, la propriété des Guimbellot passa aux mains de divers acquéreurs qui jusqu'à ce jour ont eu grand'peine à s'y maintenir.

§ IV

LES GAST DE BOIS-NEUF
ET LES DESGRAVIERS

Les GAST étaient protestants. Mandataires de leurs coreligionnaires les ducs de La Force, seigneurs de Montboyer de 1556 à 1680, ils furent ici, près d'un siècle, chargés de la perception des rentes seigneuriales. Vers 1634, ils succédèrent dans cette charge, alors très enviée, à Samuel Thévenin qui, lui-même, avait remplacé en 1627 Daniel Nicolas, ancien receveur et juge sénéchal de la seigneurie.

Quand, vers la fin du siècle, la terre de Montboyer passa, par mariage, aux mains des Gassion du Béarn, les Gast conservèrent, plusieurs années encore, la confiance de leurs nouveaux maîtres. Mais en 1715, ils durent perdre ou résigner volontairement leur charge, car on trouve alors à Montboyer, dans de nombreux actes du temps, comme mandataire de messire Pierre de Gassion, seigneur de Magezir et président à mortier au parlement de Navarre, Pierre Montrignac, juge sénéchal de Magezir et Montboyer.

Les Gast de Bois-Neuf ne furent évidemment qu'une branche détachée de la nombreuse et riche famille des Gast de Chalais et de La Roche. Obligés par les devoirs de leur charge de séjourner souvent à Montboyer, ils vinrent, à une date inconnue, habiter au bourg le vaste local que Charles Gast, l'un d'eux, vendit en 1656 au curé de La Hautière. Les rapports journaliers des Gast de Bois-Neuf avec les habitants de la paroisse et les avances d'argent qu'ils faisaient parfois aux tenanciers incapables de solder leurs rentes à l'échéance, ne furent point évidemment sans influence sur le développement accentué du protestantisme à Montboyer, durant tout le milieu du XVIIᵉ siècle. Mais plus tard, après les nombreuses conversions obtenues par l'abbé Cochois, curé du lieu, nos receveurs se montrèrent moins conciliants, et expulsèrent parfois assez durement de leur pauvre patrimoine, nombre de leurs anciens débiteurs, ruinés par des poursuites sans fin. C'est ainsi que les Gast et, à leur exemple, certains fermiers des dîmes ou receveurs des tailles, devinrent avec le temps, dans nombre de villages, propriétaires de lopins de terre ou de borderies, qu'ils cédèrent ensuite à d'autres cultivateurs, en échange de titres de *rentes secondes*, leur assurant un revenu annuel d'au moins cinq pour cent du prix de vente fixé. Ce genre d'affaires tentait d'autant plus le petit acquéreur, que ce capital n'était point exigible, et qu'on pouvait en éluder le paiement, tant que la rente serait exactement servie, ce qui, de prime abord, semblait chose bien facile. Mais il y a toujours si loin de la coupe aux lèvres! Ne suffisait-il pas, en effet, d'une légère perte, d'un accident, d'une récolte ingrate, pour enrayer tant de bon vouloir? Et l'échéance brutale n'en arrivait pas moins à l'heure dite. Heureux alors le cultivateur en retard, ayant affaire à un créancier compatissant et bon! Autrement il sombrait sans retour comme ses devanciers, et vidait toujours les lieux complètement ruiné.

En leur qualité de protestants, les Gast ne figurent sur aucun de nos vieux registres, et il est difficile d'en établir la filiation.

Un seul, CHARLES GAST de Bois-Neuf, converti à une date inconnue, décède à Montboyer à l'âge de cinquante-six ans, et est enterré à l'église le 25 janvier 1688.

Une note conservée à la fabrique, dit : que le 6 septembre 1656, CHARLES GAST, sieur de Bois-Neuf, vendit à messire Michel Jarnighan de La Hautière, curé de Montboyer, sa maison sise au bourg, avec cour, jardin, grange, etc., ainsi que la terre y attenant, et le pré jusqu'au ruisseau; plus un bois taillis et bruyères au bois Dunaud. — Acte de Brisson, notaire au bourg.

JACQUES GAST, sieur de Bois-Neuf, arrente en 1666 à Pierre Duc, sergier au bourg, moyennant 70 livres de rente seconde, au capital de 1,400 #, une borderie de l'Anglade qu'il avait prise de Guillaume Jaulin, son débiteur.

Jacques Gast était riche. Il fut longtemps à Montboyer bailleur de fonds à de nombreux propriétaires, et même aussi à la paroisse. Un fait entre autres : à la suite de conventions arrêtées en 1664 avec Morbue, syndic de Montboyer et faisant pour tous les habitants, Gast paie les dettes de la communauté, s'élevant alors pour la paroisse à 1,224 #. Il se couvre au moyen d'annuités en capital et intérêts que les collecteurs et le syndic, avec l'assentiment de l'intendant de La Rochelle font répartir au marc le franc et émarger sur toutes les cotes, portées aux rôles des tailles de 1666 à 1675.

Le 31 janvier 1668, il prête en plus audit Morbue la somme de 94 # 10 sols pour droits payés aux Élus de Saintes en vue d'obtenir l'autorisation de faire émarger et percevoir, par les collecteurs de la paroisse, les annuités dues au dit maître Jacques Gast. Cette opération financière fut longue à liquider et donna lieu à de nombreuses instances, dont les frais, en voyages et papier marqué, longuement détaillés sur une feuille entièrement écrite de la main du réclamant, s'élèvent à 105 #, payées aussi par la paroisse.

En 1671, le même Gast instrumente au parquet de Montboyer, contre Penard des Daniaud de La Boisse.

Le 9 septembre 1674, au temple de Chalais, lors du baptême de Daniel Gast, fils de Jean Gast, médecin, sieur d'Hauterive, et de Suzanne Nicolas, fille de Daniel, un GAST DE BOIS-NEUF signe au registre avec Nicolas de l'Isleferme, avocat à Saintes, Nicolas père, Marchais et Deluze anciens.

En 1691, CHARLES GAST, sieur de Riondole, fils de Jacques évidemment, perçoit au Chateau-Jollet, en Montboyer, les rentes de la paroisse. On l'y voit aussi en 1693.

Le 22 juillet 1698, un fils de JACQUES GAST donne à Bois-Neuf quittance à Pierre Duc, sergier, pour une année de la rente seconde que ce dernier doit à sa famille, en vertu de l'acte de 1666. La quittance porte 72 # 19 sols, qui sont compensés par pareille somme revenant à Pierre Duc pour façon de plusieurs pièces de toile et de serge, livrées durant le cours de ladite année. Signé : GAST, faisant pour ma mère.

On trouve PHILIPPE GAST, dit Lamotte, fermier des rentes à Bois-Neuf en 1715.

En 1725, ce même Philippe est encore à Bois-Neuf, et poursuit Motard de chez Mousset, pour fourniture de grains, s'élevant à 9 # 12 sols. A partir de cette date, les Gast ne paraissent plus à Montboyer. Ils durent peu après vendre Bois-Neuf aux Desgraviers. Nous manquons complètement de données pour préciser ce dernier point.

S'il est vrai, comme le veut la tradition, qu'à l'avènement d'Henri IV, ou lors de la proclamation de l'Édit de Nantes, quantité de muriers ou d'ormeaux furent plantés en signe de joie sur les places publiques ou dans nombre de propriétés particulières, il se pourrait bien que le vieil ormeau de Bois-Neuf, comme tant d'autres, la plupart aujourd'hui disparus, à Bellon, Bazac et ailleurs, remontât à cette date. Dans ce cas, il serait encore le témoin vivant des idées de concorde et de paix dont partout alors, à la suite de tant de maux, chacun sentait l'absolue nécessité. D'après un vieux dit-on, les mûriers de la cour de la Tavernerie, auxquels il ne reste bientôt plus que le tronc, tant ils ont vu d'hivers, auraient absolument la même origine. Ces manifestations locales avaient bien, il faut en convenir, leur raison d'être de la part des catholiques, qui tous avaient applaudi à la conversion du bon roi, mais le parti opposé avait alors montré bien moins d'enthousiasme ; et il est difficile d'admettre que l'ormeau de Bois-Neuf ait été planté par des protestants. Aussi de deux choses l'une, ou les Gast que l'on suppose avoir jeté les fondements de Bois-Neuf, étaient à cette époque catholiques et ont droit à la paternité du bel arbre que nous y admirons encore, ou la création de ce village est due à quelque inconnu, catholique évidemment, auquel les Gast durent succéder du xvie au xviie siècle.

Un papier terrier (1), censif de la paroisse de Montboyer fort intéressant pour la localité, nous est tout récemment parvenu. Ce cahier, recopié en 1744, par le notaire Penard des Daniaud de La Boisse, sur l'original alors aux mains de Jean-Pierre Augereau du Grand-Village, fermier des rentes seigneuriales, contient les noms de tous nos villages, avec le chiffre de la rente annuelle y afférente, telle qu'elle fut établie et fixée lors des arrentements du xve siècle et de

(1) Terrier, de la terre, du lieu. — Censif, qui fixe le cens, la rente due par chaque famille au bourg et dans les villages.

ceux qui se firent dans la suite. Il énumère toutes les maisons
isolées du bourg et des villages, avec les noms des propriétaires qui les premiers en payèrent la redevance après
les avoir bâties ou réparées. Si Bois-Neuf eut été un village
d'ancienne création, il figurerait certainement sur ce papier
censif, mais le nom même de ce village ne s'y trouve pas.
Les Desgraviers alors propriétaires n'y paient aucune cote
d'ensemble, et toutes les rentes à leur charge sont inscrites en détail sous les noms de Jacques, Charles et
Philippe Gast. Le premier de ces articles est ainsi libellé :
« Jacques Gast pour l'article des trois journaux où est
bâtie la maison de *Robin Peuchaud* (1), plus pour les six
journaux de la même prise, et le journal du nouvel arrentement, doit de rentes : 4 boisseaux froment, 4 1/2 d'avoine,
un chapon et 10 sols argent ». Figurent ailleurs comme payées
aussi par les Desgraviers les rentes des nombreuses parcelles acquises par les Gast, englobant une bonne part de la
prise des Fraignaud, de celle des Guillemin, des Rabier,
des Dutour, et de quelques autres dans le voisinage :
toutes pièces de terres, prés ou bois groupées autour de
la maison Peuchaud et constituant évidemment le noyau, le
fonds principal de Bois-Neuf, que les Desgraviers étendirent
encore de beaucoup dans la suite.

De tout cela, il résulte clairement en l'absence de données
plus précises, que c'est Robin Peuchaud, et non un membre
de la famille Gast, comme nous l'avions tout d'abord
supposé, qui jeta, dans la dernière moitié du XVIe siècle,
les fondements de Bois-Neuf ; que les Gast ses successeurs
ne firent qu'agrandir la propriété au moyen de défrichements
et d'acquisitions successives ; qu'ils en firent enfin un assez
bel ensemble au milieu duquel les vieilles constructions de
Robin, largement augmentées et rajeunies, reçurent alors le
nom de Bois-Neuf qu'elles portent encore aujourd'hui.

(1) Peuchaud aurait donc occupé Bois-Neuf avant les Gast.

* *

Les Ganivet Desgraviers (1) étaient propriétaires à Bors avant de venir à Bois-Neuf. On les trouve au moulin Rabier jusqu'en l'année 1720.

En 1684, ANDRÉ GANIVET du Levraut de Bors est parrain à Montboyer de André Frézignac, fils d'un farinier du moulin Rabier.

En 1689, ANTOINE GANIVET sergent-royal chez Martin présente aussi au baptême Antoine Viaud, fils de son meunier.

En 1696, FRANÇOIS GANIVET qui suit, est de même parrain d'un autre enfant.

« Le 5 novembre 1704 FRANÇOIS GANIVET DESGRAVIERS, et damoiselle Marie Montrignac fille du juge sénéchal Pierre Montrignac, et de Charlotte Riberon du Grand-Village, ont reçu la bénédiction nuptiale par moi soussigné dans l'église de Montboyer, après publication de trois bancs, sans qu'il soit survenu aucun empêchement canonique, en présence de Vincent Amelin, de Jean Cholous notaire et de Charles Masson ». Signé au registre : Marie Montrignac, François Ganivet, Masson, Amelin, Desgraviers et Roche, curé.

De ce mariage naquirent au moulin Rabier : François Dauphin Ganivet qui suit, mars 1705, enfant prématuré — André, 1706 — Louis, 1709 — Pierre, 1710 — François, 1712 — Suzanne, 1714 et Michel, 1715.

FRANÇOIS GANIVET DESGRAVIERS avocat au parlement succéda à Pierre Montrignac du Grand-Village dans la charge de juge sénéchal de Montboyer, et plus tard à feu

---

(1) Suivant une légende quelque peu égrillarde que m'a communiquée dans le temps le vieux Desgraviers Tancrède, percepteur à Montboyer, un Ganivet fut dit-on par une belle soirée d'été conçu après le bain sur le gravier du moulin. De là le surnom de Gravier ou Des Graviers, donné au nouveau-né, et gardé par ses descendants.

Jean Montrignac son beau-frère dans celle de mandataire de la seigneurerie de Montboyer pour la levée de la rente annuelle. Dans l'acte capitulaire du 20 octobre 1737, qui relate le passage à Montboyer d'un corps de troupes commandé par Jean de Gassion, seigneur du lieu, François Ganivet est encore qualifié juge sénéchal de la vicomté. Il avait épousé en 1726 Suzanne Bodet fille de Pierre, marchand chez Poineau et de Suzanne Lombard, dont quatre enfants nés au moulin Rabier : les autres à Bois-Neuf, propriété nouvellement acquise : 1" François Dauphin 1727 — 2° Pierre 1728 — 3° Jean (1) 1740 qui devint notaire à L'Anglade ; — Marguerite 1733 — 5° Anne 1735, qui

---

(1) Chef de la branche des Desgraviers de l'Anglade, Jean Ganivet Desgraviers Berthelot, fils de François Ganivet et de Suzanne Bodet naquit en 1730, chez Berthelot propriété de sa mère. Il devint avocat, notaire à L'Anglade et assesseur de la sénéchaussée de Chalais. Marié en 1765 à Jeanne Duclos de La Ronderie, il eut trois filles, et en 1768 François qui suit :

FRANÇOIS GANIVET DESGRAVIERS BERTHELOT, était nous l'avons dit, page 192, étudiant en droit, quand éclata la Révolution. Rentré dans ses foyers à 24 ans, il ouvrit à Montboyer une liste de volontaires, s'y inscrivit le premier, et entraîna dans un patriotique élan, toute la jeunesse du pays dont il devint l'idole. Le contingent de Chalais le reconnut aussitôt pour chef, et l'acclama d'emblée capitaine.

Peu de mois après Desgraviers et ses camarades prenaient part aux terribles luttes d'alors, sur la frontière du Rhin, où le 17e bataillon de la Charente se signalait par ses hauts faits. On voit ensuite nos volontaires à l'armée du Nord, plus tard en Suisse, et durant plusieurs années en Italie, où, après certaines actions d'éclat, le jeune chef est promu dans la Légion d'honneur et élevé au grade de colonel.

On était alors en 1807. Desgraviers revint au pays, prit sa retraite et se maria. Mais, dès 1809, il retourna en Italie à la tête du 4e d'infanterie, devint général de brigade, et à ce titre passa l'année suivante en Espagne, où une balle ennemie mit fin si malheureusement à sa brillante carrière.

EUGÈNE DESGRAVIERS son fils épousa mademoiselle de Saint-Angèle dont il eut un fils unique, Maurice, marié à sa cousine Albine Desgraviers de Puyvigier, décédé sans postérité.

En 1765, la famille Desgraviers vendit L'Anglade. Elle habitait alors Mornac près Angoulême.

épousa Michelon chirurgien au bourg, mort en 1773 père de
six enfants. Sa veuve se remaria en 1774, avec Hervoit
chirurgien à Pillac et décéda en 1780 à l'âge de 45 ans
— 6° Nicolas qui suit, 1737 — 7° Jean, 1739 — 8° Marie-
Henriette, 1741 — 9° François, 1742, et 10° Jean-François,
qui se fixa au Levraut, épousa Jeanne Joubert fille du greffier de Chalais et en 1813 Françoise Cellier veuve de Jean
Masson du bourg, anciennement propriétaire de la maison
Lévéquot en face du champ de foire.

NICOLAS GANIVET DESGRAVIERS, dit Mylord — tant
dame fortune le favorisa — fils du précédent, avocat, propriétaire à Bois-Neuf et juge à Peudry, épousa Jeanne
Piraut, fille du notaire de cette paroisse, d'où naquirent à
Peudry et à Bois-Neuf : 1° Jeanne, 1759 mariée à Jean-
Charles Michelon propriétaire et avocat au bourg —
2° Léonard, 1760 qui continue la filiation à Bois-Neuf. —
3° Pierre 1763 — 4° Jean-Charles (1) qui fut médecin et forma

(1) Desgraviers du Bernou. — JEAN-CHARLES DESGRAVIERS, médecin né
en 1764, le quatrième des treize enfants de Nicolas Desgraviers de
Bois-Neuf et de Jeanne Piraut, épousa en 1790 Marthe Coulon de la
Charreau dont : 1° Édouard — 2° Armand, officiers d'artillerie disparus
en 1813 dans le désastre de Leipzig — 3° Nicolas propriétaire à Pautrot
— 4° Anne Clorinde (madame Vallier) mariée à Ferret-Lagrange du
Bernou où elle est décédée en 1883 — 5° Pierre, en famille Eugène,
héritier du colonel à Champ-Rose, marié à Héloïse Avril, décédée en
1854 à Angoulême laissant un fils Jean-Jules encore propriétaire au
Bernou — 6° Jacques, dit Tancrède, percepteur à Montboyer décédé en
1863 laissant : Amélida Desgraviers morte célibataire au bourg de Montboyer en 1894, et Ganivet époux de Marie Lapaire de Belair dont un fils
Armand Ganivet Desgraviers, marié à Marie Rochette de Vieux-Ruffec
est aujourd'hui médecin à Mansles — 7° François, dit Félix, percepteur
à Brossac, veuf de M. Delage mort à Brossac vers 1860 — 8° Autre fils
mort au Bernou à l'âge de 22 ans — 9° M. Jeanne Evelina, épouse de
Armand Rateau, pharmacien à Aubeterre décédée sans postérité en 1874.
De NICOLAS, propriétaire à Pautrot, et de Jeanne Blanc sont nées
deux filles, dont une seule, Anne Clorinde, a survécu.
Anne-Clorinde née en 1851, a épousé en 1872 JULIEN CADIOT capitaine
d'infanterie en retraite, chevalier de la Légion d'honneur, aujourd'hui

la branche du Bernou — 5° Jeanne 1765 — 6° autre Jeanne
mariée à Rullier médecin à Chateauneuf dont elle se sépara
bientôt pour habiter au bourg la maison actuelle des religieuses où elle mourut en 1851 âgée, dit l'acte, de 83 ans
— 7° Charles 1768 — 8° François célibataire, domicilié à
Bois-Neuf, décédé conseiller municipal en 1818 — 9° Marie
Madeleine 1780, mariée à J. Ordonneau de Malaville dont
Henri chef de la branche de Chateauneuf et Jean père
d'Hippolyte, notaire, et d'Aminthe, ce dernier décédé à
Angoulême en 1797 a laissé le moulin Rabier à son neveu
Maurice, auteur dramatique — 10° Pierre, dit Dauphin 1771
volontaire de 1792, plus tard lieutenant-colonel mort à Saint-
Aulaye en 1851 — 11° Pierre 1773, aussi volontaire de
1792, capitaine au 17ᵉ bataillon de la Charente, il devint
colonel en 1813, chevalier de la Légion d'Honneur en 1804,
mis en non activité en 1814 il se fixe à Montboyer, est mis
à la retraite et nommé adjoint au maire en 1812. Il achète
ensuite Champ-Rose en 1827, y meurt vers 1845 —
12° François et 13° Jeanne morte jeune.

LÉONARD GANIVET DESGRAVIERS, licencié ès-lois, propriétaire à Bois-Neuf épouse Thérèse-Suzanne Couturier, de
Saintes dont : 1° Abel-Frédéric 1792, docteur médecin légataire du Dauphin de Saint-Aulaye son oncle, habite Puy-
Vigier et a de Marie-Thérèse Durandeau des Bouchier,
son épouse, une fille unique, Albine, mariée au baron
Maurice Desgraviers de Mornac — 2° Sophie-Catherine,
1793, mariée en 1815 à Pierre Champagne d'Essarts, d'où
Adeline morte célibataire à 22 ans, Champagne et Eugène,
engagés volontaires, capitaines retraités, décorés de la
Légion d'Honneur. Champagne se marie et meurt à Ribérac

propriétaire au Bernou et percepteur de la réunion d'Aubeterre, dont
sont issus :
  1° Henri 1873, aide médecin-major au 85ᵉ de ligne.
  2° Roger 1875, lieutenant au 20ᵉ régiment de dragons.
  3° Raoul 1877, étudiant en droit. Élève de l'école coloniale.

sans enfants ; Eugène reste célibataire et se fixe à Saint-Aulaye où il décède en 1896 — 3° Léonarde 1795 — 4° Jeanne-Suzanne 1796, morte à 23 ans — 5° Alexandre qui suit, 1799 — 6° Thérèse, 1802 mariée à Sennemaud notaire à Montmoreau morte sans postérité — 7 Marguerite-Claire morte au berceau.

Pierre-Alexandre Ganivet Desgraviers, avocat, propriétaire à Bois-Neuf, épouse en 1826 Délie Barbot de Peudry, dont un fils unique Scœvola né en 1828.

Pierre-Scœvola G. Desgraviers épouse Marie-Catherine Cuirblanc de Ruffec, descendante par sa mère des Ganivet d'Angoulême, laquelle donne le jour en 1856 à Marie-Françoise morte à 16 mois, et en 1858, à Marie-Madeleine, la dernière héritière du nom des Desgraviers de Bois-Neuf.

§ VII

LES DANIAUD DE LA TUDE
ET DE LA BOISSE

Au xvᵉ siècle, deux familles du nom de Danyauld se fixèrent respectivement, chacun en son lieu, dans la paroisse de Montboyer. Une baillette du 20 août 1457 porte que Marc, Colas et Jacques Danyauld frères, arrentèrent de messire Pierre Bragier, conseiller du Roy, procureur fiscal de la Rochelle, seigneur de Bourg-Charente, Brizambourg, Montembœuf, Magezir et Montboyer, « le maysne de la Bourerie », avec 8 journaux y attenant, plus 8 journaux de pré au Mardasson autrefois en bois, défrichés par les dits Danyauld, et allant jusqu'au chemin qui mène au moulin de Méry Herbert (pont de Boisse) ; deux autres grandes pièces sur les versants dudit ruisseau et de la Thude ; enfin 7 journaux de pré sur la rivière de la Thude, avec un journal de terre longeant le chemin qui vient du Pas Audigier au pont de Boisse. Le tout moyennant une rente annuelle de 10 boisseaux froment, 17 boisseaux avoine, 58 sols tournois et 2 chapons bons et marchands. Acte passé devant Simonnet, notaire à Montboyer, en présence d'Alain Grimaud et de Guillaume Guyard, avec mention que copie sur parchemin en sera fournie dans la quinzaine aux frais des acquéreurs, et déposée dans la grande tour du trésor du château de Magezir (1).

En 1615, à l'époque où commencent nos vieux registres de l'état-civil, les descendants des frères Daniaud sont encore propriétaires au dit village. On y voit en effet JEHAN DANIAUD, dit Bardot, époux de Marie Roux, avec sept enfants, et SIMON DANIAUD, marié à la fille Amelin du bourg, avec cinq; vers 1647, PONCET MAZIÈRE de Chenaud y épouse Marie Daniaud, fille de Jehan, et lui succède. JEAN MAZIÈRE, frère du précédent, se marie trois ans plus tard avec Marie Arrondeau, du même lieu. En 1725, un DURANDEAU, sorti du village des Durandeau, y est remplacé par les THÉVENIN, protestants convertis, et ceux-ci par les BIROT, à qui succédèrent les DURANDEAU actuels.

Les MAZIÈRE se maintiennent longtemps aux Daniaud. Ils sont à la fois cultivateurs, bouchers et marchands de bestiaux. Pierre Mazière, boucher, arrente de M. de Perry, seigneur de Montmoreau, le 27 novembre 1730, un banc de boucher sous les halles dudit lieu, moyennant 20 sols par an, deux livres de viande à chaque foire, ou l'équivalent, et 2 sols par tête d'animaux tués ou dépécés. C'est aussi un

(1) Cette baillette a été trouvée par Mᵉ Penard, notaire aux Daniaud de Boisse, dans les minutes de Mᵉ Sureau, ancien notaire chez Sureau en Saint-Martial, qui lui avait cédé ses protocoles. Copie de cet acte fut délivrée le 12 avril 1742, à Marie Bodet du pont de Boisse, veuve Birot, l'un des tenanciers de la prise des Daniaud de la Tude. (Papiers Durandeau Debect).

membre de la famille Mazière qui prend, en 1751, de son débiteur Ferrand, la propriété de chez Tissereau, encore dépendante des Daniaud de la Tude.

MICHEL GROS de chez Galand, dit Longretine, se maria en 1767 avec Marguerite Mazière, dont il eut deux filles, Jeanne et Marguerite, mariées successivement l'une en 1791, l'autre en 1793, à JEAN FAVIER des Daniaud de La Boisse, fils de Léonard Favier et de Marie Paviot, lequel vint gendre aux Daniaud de la Tude (1). De ces deux unions naquirent, en 1793, Léonard qui suit, et en 1795, Pierre Favier qui passa plus tard chez Laurent.

LÉONARD FAVIER épousa, en 1815, Anne Mousset, fille du boucher de chez Rodard, et eut quatre enfants : Jean, qui vit encore, né en 1815 ; Marie, née en 1817, épouse Thomas ; Jeanne, née en 1819, épouse Nau, de Vallies ; Pierre, né en 1820, qui mourut jeune.

De JEAN FAVIER et de Anne Mousset du moulin de Fouine, sont nés, en 1844, Jean qui suit, Pierre Gustave en 1848, et Anne, née en 1859, mariée à son cousin Nau.

Enfin JEAN FAVIER, juge de paix à Brossac, marié à Azoline Mousset de chez Tabourin, a pour enfants : Émile, né 1877, étudiant ; André, né en 1890.

PIERRE GUSTAVE, resté célibataire, habite les Daniaud avec ses auteurs.

*
* *

Une autre famille Daniaud dut, vers la même époque, arrenter aussi, des seigneurs Bragier de Montboyer, le maysne appelé depuis les Daniaud de La Boisse, car alors la seigneurie de Montboyer s'étendait à tous les villages de la paroisse. Le traité du 9 avril 1460 entre le seigneur de Montboyer et Charles de Talleyrand de Chalais, portant

(1) Voir ci-après, page 262, les Fabvier.

expressément : qu'en raison de l'abandon de tous droits, fait par les seigneurs de Montboyer, sur les terres de Grignols et autres dépendant de Chalais, ils restaient possesseurs en entier de toute la paroisse (1). Mais aucune des baillettes du seigneur Bragier, relatives à la cession des Daniaud de La Boisse, n'a pu être retrouvée. On a bien quelques anciens calculs de ce village faits par les notaires du château de Chalais, mais tous sont postérieurs au XVIᵉ siècle, alors que la terre des Daniaud, comme La Boisse, relevait uniquement de la principauté de Chalais.

Au début du XVIIᵉ siècle, la vieille et importante famille des Daniaud de La Boisse rayonnait déjà sur toute la paroisse. On n'y comptait alors pas moins de dix-neuf ménages de ce nom. En dehors de la maison mère, restée aux Daniaud, la branche la plus répandue se trouvait groupée dans le voisinage des Motard et dans ce village même, où un des descendants se maintient encore aujourd'hui. Les Daniaud de L'Anglade, qui furent si opulents au XVIIᵉ siècle, et jusque vers le milieu du XVIIIᵉ, sortaient aussi évidemment des Daniaud de La Boisse. Cette branche continua longtemps de fournir à Montboyer les avocats, notaires ou procureurs que l'on retrouvait jadis si nombreux à la maison mère.

On voit en effet à L'Anglade, dès 1615, JEAN DANIAUD, procureur fiscal, marié à Débora Dumas, avec sept enfants, dont un, Pierre, né en 1624, tenu par Pierre Daniaud de L'Anglade, son grand-père, devint vicaire à Montboyer et curé de Saint-Laurent.

GUILLAUME DANIAUD, fils cadet du précédent, né en 1619, notaire et procureur, habite aussi L'Anglade avec Anne Bourdin, son épouse, qui donne le jour à six enfants, de 1648 à 1658.

Gabriel, le plus jeune, leur succéda, avec le titre d'avocat. Il devint conseiller du Roy, et fut plus tard commissaire

(1) Pièces justificatives, nᵒ 1.

aux revues, et chargé dans la région, de toutes les affaires relatives à l'armée. C'est à ce titre qu'il faisait ici des achats
de bois destinés à la marine. A cette époque, nul ne pouvait
vendre ses plus beaux arbres sans en référer à l'intendant de
la province, à qui la loi réservait toujours la préférence. Gabriel Daniaud, au nom du Gouvernement, acheta de Charles
de Veaud, seigneur d'Aignes et de Chillac, une forte coupe
à la garenne d'Aignes. Mais ayant fait tirer du merrain et
des fonçures dans quelques tronçons des meilleurs chênes,
le vendeur lui intenta un procès, qui dura près de huit années, et finit par se régler à l'amiable, au préjudice des
deux parties (1).

Gabriel Daniaud avait épousé, en 1685, Marie Audouin,
de laquelle il eut neuf enfants, dont deux se fixèrent à L'Anglade et un troisième chez Michelon. Cette famille était alors
dans toute sa splendeur.

Denis Daniaud, l'aîné des enfants de Gabriel, devint avocat au parlement. Il épousa Suzanne Nicolas, fille du juge
sénéchal de Chalais, et veuve, avec deux filles, Marguerite
et Henriette, de Jacques Martin de Chateauroy, de la paroisse d'Orival.

De Denis Daniaud, Suzanne Nicolas eut, de 1711 à 1731,
neuf enfants, sans compter ceux qui naquirent de 1714 à
1722, nos registres faisant défaut entre ces dates. C'était,
on le voit, une nombreuse maisonnée que celle de L'Anglade, d'autant plus que le sieur de Salles, André Cherbonnier, procureur général de la sénéchaussée de l'Angoumois
y avait épousé Marguerite Martin, fille aînée de Jacques et
de Suzanne Nicolas, dont une fille, Marie, née aussi à L'Anglade en 1717; et que JEAN DANIAUD, né en 1690, frère
de Denis, s'était marié avec Henriette, sœur de Marguerite,
laquelle Henriette avait eu de son côté, de 1724 à 1756,
cinq filles et deux garçons.

(1) Archives de la Charente, série E, liasse 343.

Les Daniaud de L'Anglade n'avaient fait depuis un siècle et demi que grandir et prospérer. Ils touchaient au déclin. Une administration moins habile et surtout de ruineux procès compromirent leur situation. Gabriel Daniaud, grand-père, eut la douleur de vivre assez pour pressentir la chute de sa maison; il mourut à 74 ans, en 1732, survivant de plusieurs années à son fils Denis, qui, par de folles dépenses, avait fait de sérieuses brèches à sa fortune. Des luttes d'intérêt entre Cherbonnier et Jean Daniaud, son beau-frère, suivies de la transaction du 2 juillet 1742, qui laissa toutes les propriétés à Daniaud, à la charge par celui-ci de payer au sieur de Salles une assez forte somme, achevèrent de tout perdre. Le dit Jean Daniaud ne se qualifiait pas moins, comme ses devanciers, du titre de sieur de L'Anglade et signait généralement de ce dernier nom. De compte et demi avec le juge Desgraviers de Bois-Neuf, il avait pris, en 1746, du curé Perrault, la ferme des dîmes de Montboyer. Mais à la mort du curé, il ne put payer à ses héritiers, habitant Saint-Trojan, sa part des arriérés dus; de là poursuites, et plus tard, saisie des revenus de L'Anglade ce qui entraîna la vente du fonds, non seulement des propriétés de la famille, mais aussi des moulins de Talence sur la Dronne, de la métairie de chez Feuillet, commune de la Génétouze, et des maisons de Chalais, ayant formé la dot de Suzanne Nicolas. — Après la mort de Jean Daniaud, Desgraviers, son co-fermier solidaire, prit L'Anglade et chez le Main, en 1765. Les moulins de Talence et chez Feuillet passèrent à Penard, notaire aux Daniaud. Pas un pouce de terre ne resta aux descendants de cette ancienne famille : André, curé de Villeneuve ; Gabriel, marié en Vendée; Marie, qui épousa en 1770 Sicaire Gelinard, marchand, et Suzanne, qui mourut célibataire. En 1775, sur les instances de Gelinard, une action en rétrocession fut intentée à l'acquéreur Desgraviers ; et, à la suite d'assez longs démêlés, par transaction du 4 juin 1778, les héritiers Daniaud et Charlotte Rouleau, veuve de Gabriel, décédé à Saint-Nicolas de la Tranche, furent remis en possession de la métairie de chez le Main, moins une moitié du versant qui fait face à L'Anglade ; et la pension viagère de 150 #, consentie à titre de supplément dans l'acte de vente, fut annulée. Les Bourdigeaud, derniers descendants des Gelinard, sont encore détenteurs d'une petite part de cette propriété. (Papiers Penard).

*
* *

Aux familles Daniaud du village des Daniaud de La Boisse, succédèrent, au XVIIᵉ siècle, les Favier, les Maleuille, puis les Penard, qui y font encore souche très honorable.

Mariage : « Le 27 septembre 1630 ont esté espousés dans l'église de Saint-Vincent de Montbouïer, ESTIENNE FABVIER, de la paroisse de Sainct-Agulin, et Gilette Danyaud de cette paroisse. Ont assisté au mariage : Jehan et Pierre Fabvier, frères du marié, Jehan Danyaud, procureur fiscal de Montbouïer ; Jehan Maleuille, notaire, et Jehan Danyaud, père de la mariée, ces derniers de la paroisse. Signé : PROUST, vicaire ».

De ce mariage naquirent, en 1631 et 1635 : Pierre et Mathieu. En 1637, Étienne Fabvier passa en secondes noces avec Marie Berteaud, dont il eut Pierre qui suit, et autre Mathieu, qui resta aux Berteaud en Saint-Avit.

PIERRE épousa, en 1674, Marguerite Albert du Moulin-Rouhaut, dont sept enfants : Mathieu, le cadet, alla faire ménage chez Motard, avec Marguerite Daniaud, sa cousine. ARNAUD resta à la maison et épousa, en 1712, Anne de Verdine, dont il eut Marie, Marguerite, Jean, Mathieu qui suit, Marie-Madeleine et Marguerite. De Jeanne Labrousse, MATHIEU FAVIER eut, de 1743 à 1750, cinq enfants, dont deux restèrent au village des Daniaud de Boisse ; FRANÇOIS, marié à Marie Roux, qui mourut jeune ainsi que ses enfants, et LÉONARD, qui épousa Marie Paviot en 1773, d'où naquit JEAN FAVIER, qui alla résider aux Daniaud de la Tude, par suite de son mariage avec Jeanne Gros dudit village (1), tandis que son père continua d'habiter aux Daniaud de La Boisse, où il mourut en 1811.

* * *

Un peu avant les Favier, une famille Maleuille s'était établie aux Daniaud de Boisse. JEAN MALEUILLE, notaire, y avait épousé Madeleine Daniaud, sœur ou cousine du procureur Simon ; et en échange, JEAN DANIAUD, praticien, s'était uni à Catherine Maleuille. Un autre membre de la famille Maleuille figure, en 1630, comme cousin de la mariée au contrat de Favier avec Gilette Daniaud.

La famille Maleuille ne tint pas longtemps aux Daniaud de Boisse. Jean Maleuille, notaire, mourut en 1645. Des quatre enfants qu'il avait eus de Madeleine Daniaud, une seule survécut.

* * *

Née en 1637, Perrine Maleuille devint la femme de GUILLAUME PENARD, fils de Pierre Penard (2), marchand, du village du même nom, dans la paroisse de Brossac. Guillaume vint habiter aux Daniaud. Il eut de Perrine Maleuille : Marguerite, en 1647 ; Philippe, en 1653 ; Jean, en 1654 ; André, en 1656.

Par acte du 2 janvier 1669, les époux Guillaume Penard donnèrent tous leurs biens à Philippe et à Jean, à la charge de payer chacun à leur sœur Anne, la seule qui eut survécu, la somme de 600 #. Anne se maria à Mondine, commune

(1) Voir, page 258, la suite de la famille Favier.
(2) Ce Pierre Penard de Brossac avait une sœur, Mathurine, mariée à Léonard Nebout des Bouchier en Montboyer. Le 9 octobre 1639, elle lui donna décharge, devant Bouchier, notaire à Brossac, de 48 # de rente annuelle qu'il lui avait promis en dot.

de Sainte-Marie. Par suite de difficultés, elle poursuivit ses
frères en paiement d'arrérages, et demanda la remise des
meubles que lui avait donnés Anne Maleuille, sa tante et sa
marraine (1).

PHILIPPE PENARD (2), marchand, eut, en premières
noces, avec Élisabeth Faure, fille d'un notaire de Melat :
Pierre, 1681, parrain : Pierre Penard, grand-père; Anne,
1684, et Marguerite, 1687. PIERRE PENARD épousa dans
la suite Marie Tillard, eut une part aux Daniaud et fut le
père de Jean Penard, sergent-royal au même lieu, né en
1710 et marié en 1731 à Jeanne Moreau, fille d'un chirurgien de Chalais; de ce dernier mariage naquit, entre autres
enfants, en 1737 : Marguerite, mariée plus tard à PHILIPPE
PENARD, notaire, son cousin germain.

En secondes noces, PHILIPPE PENARD épousa Marie
Rullier de La Garde, fille de Mathurin, marchand, et sœur
du sergent-royal, de laquelle naquirent Jean qui suit et Philippe, qui eut chez Touret en partage, et épousa Marie Denfer de chez Foucaud en Sainte-Marie.

JEAN PENARD, notaire et arpenteur juré aux Daniaud, fut
l'un des praticiens les plus renommés de son temps. Il eut
en premières noces, de Marie Gadrat de Bousson, deux
filles : Marie, née en 1723, épousa Michel Petit, sergent-
royal, fils de Léonard Petit et de Marie Bourdier de chez
Gilet; l'autre, aussi du nom de Marie, devint en 1755 la
femme de Jean Masson, marchand chez le Mine.

Le 4 août 1729, JEAN PENARD passe en seconde noces
avec Marie Thomas, fille de Philippe Thomas, procureur
fiscal de Saint-Séverin. Enfants : 1731, Philippe, qui lui suc-

(1) Papiers Petit de La Boisse.
(2) Les Daniaud ne possédaient plus que fort peu de chose dans leur
ancien village. Un acte d'arrentement, fait par Buffeteau, notaire à Chalais, en 1673, constate que Mathurin et Hélias Daniaud n'y jouissent
plus que de 5 journaux de terre, tandis que Jean Penard, notaire, en a
27 et Philippe 26.

céda comme notaire ; 1732, Marie qui, veuve de François Bodet du pont de Boisse, prit en secondes noces Clément Périer de Brossac, et en troisièmes (1754), Vincent Tournière, médecin à Yviers ; 1735, Jean, qui, devenu chirurgien, épousa Jeanne Moreau, fille plus jeune de feu Moreau aussi chirurgien, et de Marie Boivin ; 1737, Pierre, qui mourut jeune ; 1742, Philippe, avocat, greffier en chef de l'Élection de Saintes ; enfin, 1745, Marie-Marguerite, qui fut l'épouse du notaire Quichaud de Chalais.

PHILIPPE PENARD prit l'étude de son père aux Daniaud et épousa, en 1766, Marguerite Penard, sa cousine germaine, fille du sergent-royal, d'où trois enfants, dont il ne resta que Anne, née en 1772, mariée en 1799 à Landry de Virgord. Veuve en 1772, Marguerite passa en secondes noces avec Quichaud de Chalais, fils ou neveu du notaire, un dissipateur de première marque, avec lequel elle dut faire séparation de biens en 1792.

Dans la seconde moitié du XVIII⁰ siècle, nos actes de l'état-civil constatent la présence au bourg de Montboyer d'un Philippe Penard, notaire, *fils présumé* d'autre Philippe Penard et de Marie Denfer, et époux de Berthommée Bouchonneau de Saint-Laurent. Enfants : Jean-Baptiste, 1757, parrain André Penard, autre inconnu de la famille, marraine Marie-Suzanne Daniaud de L'Anglade ; Marguerite, 1758 ; Philippe, 1759 ; Étienne qui suit, 1763 ; Madeleine, 1764 ; Jean-Baptiste, 1765.

Étienne Penard, aux Daniaud de Boisse, épouse Julie Bernier de Sérignac, d'où en 1799 : Pierre Nancel qui suit ; 1800, Charles ; 1804, Jean, et 1809, Marie-Phélida, épouse Dukers.

De Pierre-Nancel Penard, marié à Caroline Richard de Cendrecourt, fille d'un conservateur des hypothèques à Angoulême, sont issus :

1⁰ Charles-Marie-Nancel, 1838, avoué à la Cour d'appel de Bordeaux, veuf en 1895 de Marie-Anne-Élisabeth Mousset de Courlac, dont trois enfants : Jean-Pierre-Richard-Nancel Penard, né à Bordeaux, 25 mai 1874, étudiant en droit; Charles-Edmond-Henri, né à Chalais le 29 octobre 1875, étudiant en médecine; Paul-Victor, né à Bordeaux le 28 décembre 1882, étudiant.

2° Marie-Caroline-Louise, 1846, épouse de Jacques-Edmond Lavaud, receveur des domaines à Chalais. Enfant unique : Louise-Marie-Edith, née à Chalais le 30 mars 1879.

3° J. François Richard, né en 1848, docteur en médecine, mort en 1872.

4° Anne-Marie, née en 1849, décédée en 1868.

5° Caroline-Louise, née en 1850, mariée à Albert Ruaux, docteur en médecine, l'un et l'autre décédés, laissant pour unique héritière Marie-Françoise-Alice, née le 4 janvier 1873 et mariée en 1892 à Alexandre-Jean-Marie-Jacques Débouchaud de Nersac.

§ VIII

FAMILLE BOURDIER

Les Bourdier ne figurent pas à Montboyer avant les premières années du XVIIe siècle. Un mariage les y amena assurément. Nos vieux registres constatent en effet, vers 1620, la présence au moulin Poineau, de JEHAN BOURDIER, époux de Madeleine Cholous, avec trois enfants. Léonard Bourdier, sieur du moulin Teinturier, en Courgeac, est parrain du cadet en 1626.

Paraît ensuite au même lieu, autre JEHAN BOURDIER, fils ou neveu du précédent. Marié à Arthémie Triplon, il n'a pas moins de douze enfants, nés de 1640 à 1660, dont deux figurent ci-après sous le cotes *a* et *b*.

a. — Antoine Bourdier, l'aîné, épouse en 1666 Marie Coiffard de chez Rullier ; et en échange, Mathieu Coiffard prend pour femme Marguerite Bourdier. Contrat passé par Michel Bourdier, notaire royal au moulin de Roche, en Rioux-Martin.

Michel Bourdier, né en 1676, dernier fils du précédent, eut pour parrain le notaire précité, évidemment de la famille. Michel, qualifié de marchand tanneur chez Poineau, épousa Marie Bodet, petite-fille de Mathieu Coiffard, acquéreur du pont de Boisse, de laquelle il eut, en 1701 : Marie, qui devint en 1726 la femme de Jean Guimbellot, marchand chez Gigon ; Anne, 1703 ; Jacques qui suit, 1706 ; Pierre, 1711, marié à sa cousine Marie Bourdier du bourg, dont Jean Bourdier, né en 1725, qui figure sur le rôle des tailles de 1758 ; Marie, 1714, qui épousa Michel Petit, sergent-royal au Maine Sec ; enfin autre Marie, 1716.

Jacques Bourdier, troisième fils de Michel, né en 1706, prit la tannerie de son père chez Poineau. Marié en 1736 avec Ozanne Petit de chez Gilet, il eut onze enfants, dont trois seulement survécurent : Marie, née en 1746, eut le pont de Boisse en partage et épousa Pierre Girard d'Y-viers ; Jean, 1749 ; Marie, 1750, mariée à Pierre Damour de chez Sureau, en Saint-Martial.

En 1774, Jacques Bourdier de chez Poineau acheta aux époux La Reynerie et Birot la part du moulin et la métairie que ces derniers possédaient au dit village. A la suite d'une instance ouverte en retrait lignager le 28 juin 1780, par la veuve Durandeau, née Birot, Bourdier en fut dépossédé, et aussitôt son décès ses héritiers : Jean Bourdier du bourg, Pierre Girard, fils de Pierre et de Marie Bourdier, et Marie Bourdier, veuve Damour, reçurent, des enfants de la veuve Durandeau, le montant intégral de l'acquisition, toute compensation établie entre les revenus de la propriété et les intérêts courus depuis l'ouverture de l'instance.

b. — Jean Bourdier, né en 1644, frère cadet d'Antoine et aussi tanneur chez Poineau, avait épousé en 1677 Marie Daniaud, dont il eut Michel et Jean. Ce dernier, né, en 1682, devint maître chapelier chez le Duc, où il épousa en 1706 Jeanne Duc, fille de Jean Duc, sergier au dit lieu, et de Mathurine Triplon, nièce d'Arthémie, femme de Jean Bourdier de chez Poineau.

Ce Jean Bourdier figure à Montboyer au rôle de 1753. Il eut six enfants : Anne, 1708; Marie, 1712, qui épousa Gabriel Piat, notaire au bourg (lacune dans les registres); Jean qui suit, 1725; Marie, 1727, mariée à Jean Dumeteau, aussi marchand; Jeanne, 1729; autre Jean en 1730.

Jean Bourdier et Jeanne Duc, sa femme, partagent en 1736 avec Jean Duc du bourg, Anne Duc, épouse Giraud des Petits-Mousset et autre Anne Duc, célibataire, la succession de Jean Duc et de leurs auteurs, décédés chez le Duc, aux années 1730 et 1735. (Papiers Beillard chez Mousset).

Il y a lieu de croire que c'est à la suite de ce partage que Jean Bourdier et J. Duc, son beau-frère, bâtirent dans la grange qu'ils avaient en commun, à l'extrémité nord du bourg, le mur de séparation qui divise encore le lot des héritiers Bourdier d'avec le mien, qui fut celui de Jean Duc.

JEAN BOURDIER, marchand de bœufs chez le Duc, épouse Marie Riberon, dont neuf enfants : Pierre, 1746; Jean, 1749, commissaire de police correctionnelle à Barbezieux; lequel afferme en 1800, à Jean Musseau, sa métairie du bourg, à la réserve des rangs des rompis, tandis qu'il donne toute la récolte de ceux de la Tavernerie; Marie, 1750; Jean-Baptiste, 1753; Marie, 1754, mariée à Landry de Virgord, veuf de Marguerite Pierrat; Anne, 1758; Pierre, 1759; Gabriel qui suit, 1761, et autre Anne, 1765.

GABRIEL BOURDIER, notaire au bourg, épouse en 1788, en premières noces, Marie, fille de Louis Guimbellot, notaire chez Gillet, et de Anne Joyeux, dont Anne, née en 1792, décédée en 1807, à quinze ans. Marie Guimbellot fit testament à son mari et mourut elle-même en 1815. Passé en secondes noces avec Virginie Labattut, fille d'un huissier de Montmoreau, Gabriel Bourdier eut de ce mariage neuf enfants, dont deux seulement survécurent : Jean-Baptiste-Gabriel qui suit, né en 1818, et Anne-Catherine, née en 1829, épouse Wild.

J.-B. Gabriel Bourdier, notaire, prit à Montboyer l'étude de son père qu'il garda jusqu'à son décès, le 10 février 1884. Marié à Marie Lucie Trarieux, décédée le 6 mars 1887, il laissa quatre enfants : Marie-Anne-Catherine, en famille Anaïs; Marie-Fortunée (Aména); Jean-Baptiste-Gabriel, né en 1845, avocat, aujourd'hui juge au tribunal civil de Melle, et Marie-Louise-Blanche.

Jean-Baptiste Gabriel Bourdier eut la réputation d'un notaire habile et délicat. Il fut maire de Montboyer du 25 septembre 1848 au 1er octobre 1876. En 1870, l'Administration, un peu tracassière, lui donna momentanément un successeur; mais le 5 juin suivant, Gabriel Bourdier reprit, à la grande satisfaction des habitants, ses fonctions de maire. C'est sous son adminstration que fut refaite, en 1861, la flèche actuelle du clocher de l'église.

§ IX

LES MICHELON

Suivant un calcul du XVIIIe siècle, signé Dumeteau, notaire à Montboyer, JEHAN MICHELON, charpentier, arrenta, le 28 février 1470, d'Antoine Rodart, procureur de messire Pierre Bragier, seigneur de Magezir, les maison, bâtiments, jardin, prés et terres formant le noyau du village actuel des Michelon, avec la colline de près au midi descendant vers le

Saboureau. Le tout faisant environ 13 journaux. Contrat signé Simonnet, notaire.

Trois ans plus tard, le 20 avril, maistre Jehan Bragier, frère de mon dit Seigneur, et son mandataire spécial, céda en plus au dit Jehan Michelon, un autre lot de 7 journaux de terre et bois châtaigner, à prendre au midi et levant, longeant la prise de la Chataigneraye cédée à Esgreteau et le chemin qui passe en dessous; plus le mas de prés bordant les terres du village au nord, et descendant sous les versants du Paradis. Acte signé Robin, clerc auditeur.

Enfin, par une troisième baillette en date du 31 octobre 1474, Antoine Rodart arrente encore à Jehan Michelon, comme complément de son domaine, les terres du Saboureau, longeant au nord et au midi la colline de prés qui descend du village. Ce lot, ajouté aux deux premiers, forme un ensemble d'environ 36 journaux, qui, à quelques parcelles près, s'est maintenu intact jusqu'à nos jours.

Au début du XVIIe siècle, nos registres font encore mention dans ce village des descendants de Jean Michelon. On y voit en 1625 SIMON MICHELON marié à Françoise Cholous. Marie, leur fille, épouse en 1650 Combret de Bouteville; et en 1674, Combret fils donne à Michelon quittance de la dot promise à sa mère. JEHAN MICHELON et Guillemette Cholous, petite-fille de Guillaume Cholous du bourg et de Marguerite Ozias, y sont aussi en 1650 avec trois enfants. L'aîné, Jehan, y meurt en 1727 à 72 ans. JÁCQUES, son frère, notaire au même lieu, marié à Marie Leteure du bourg, verse dans le protestantisme avec sa famille et entraîne dans l'erreur les enfants de son frère. Les Gast de Bois-Neuf, chauds partisans de la religion nouvelle, ne furent peut-être pas étrangers à ces conversions. Un fait certain, c'est que les villages des Michelon et des Gigon, les deux plus rapprochés de Bois-Neuf, furent les premiers de la paroisse à embrasser l'hérésie et les derniers à revenir à l'église.

Sont inscrits sur le registre des protestants de Chalais, les ménages suivants, domiciliés chez Michelon :

JACQUES MICHELON, notaire, et Marie Leteure, avec trois enfants, Jehan, Daniel et Charles.

PIERRE MICHELON et Marie Pineau, avec deux enfants baptisés au temple.

En 1670, bénédiction au temple du mariage de MATHIEU MICHELON, frère du précédent, avec Marie Esgreteau de chez Gigon, où il va demeurer. Leurs quatre enfants, nés de 1671 à 1675, sont tous baptisés à Chalais par, Bellot, ministre.

JEAN MICHELON et Marie Guillier, avec un enfant, sans indication de domicile.

Enfin JOEL MICHELON et Sara Boivert du bourg, sont mariés par Bellot en 1670, et leur fils baptisé en 1671.

Cochois, curé de Montboyer, finit cependant par vaincre l'erreur et ramène au bercail nombre de brebis égarées. Abjurations nombreuses de 1678 à 1684. Les endurcis ne se convertirent qu'en 1685. Le notaire Jacques Michelon et sa famille furent de ce nombre (1).

CHARLES MICHELON, fils de Jacques, devint plus tard maître chirurgien au bourg. Il y épousa Geneviève Fouinet, fille d'un chirurgien de l'époque. Des onze enfants de ce ménage, nés de 1688 à 1716, Pierre, praticien, devint greffier à Chalais, et JEAN-CHARLES, né en 1691, prit à Montboyer la clientèle de son père. Ce fut un chirurgien renommé. Nombre de jeunes gens des environs vinrent commencer chez lui leurs études médicales (2). Marié à Jeanne Gazeau, Jean-Charles Michelon ne conserva de ses sept enfants que le dernier-né et mourut en 1761, riche et considéré.

JEAN-CHARLES MICHELON, son fils, fut aussi médecin au bourg. Il épousa en 1760 Anne Ganivet Desgraviers de

(1) Pièces justificatives n° 13.
(2)   Item   n° 11.

Bois-Neuf, fille du juge sénéchal, de laquelle il eut six enfants. Il mourut à trente-quatre ans, en 1773. Sa veuve, Anne Ganivet, passa l'année suivante en secondes noces avec Pierre Hervoit, chirurgien de Pillac, frère d'un vicaire de Montboyer. Mais ce ne fut pas, si on en juge par les considérants de son acte de mariage, sans de graves difficultés de famille.

« L'an 1774 et le 28 d'apvril, après les publications d'un ban, dans cette église, et la dispense des deux autres; vu le certificat de publication de trois bans dans l'église de Pillac, diocèse de Périgueux, délivré par Pierre Chasseret, archiprêtre et curé du lieu; vu un arrest sur requeste du 16 du courant, déboutant le sieur Desgraviers d'une opposition faite par lui, le 7 février dernier, et ordonnant la célébration du mariage auquel il s'opposait; vu aussi les actes respectueux à lui faits, les 17 et 24 février, pour requérir son consentement, les austres cérémonies observées. J'ai imparti la bénédiction nuptiale à ..... etc. Signé : HERVOIT, vicaire, avec l'autorisation de M. le curé de Montboyer »

Six ans plus tard, Anne Desgraviers décédait aussi, à peine âgée de 45 ans.

JEAN-CHARLES MICHELON, son fils aîné du premier lit, né en 1661, propriétaire et avocat, alla habiter à Angoulême où, durant la période révolutionnaire, il fut l'un des administrateurs du département. Il résida ensuite à Chalais, y vendit les biens et les maisons provenant de son grand-père, et vint ensuite, comme simple bourgeois, habiter au bourg la vieille maison de sa famille, et la remit complètement à neuf.

Marié en 1780 à Jeanne Ganivet Desgraviers de Bois-Neuf, fille aînée de Nicolas Ganivet, dit Mylord, sa cousine germaine, il eut quatorze enfants, dont pas un ne survécut. Ce fut un ménage malheureux, qui ne compta l'existence que par des jours de deuil. Brisés par la douleur, les époux Michelon suivirent peu après, en 1810 et 1812, leur jeune famille dans la tombe.

La maison Bourdier, qu'ils avaient bâtie aux premières années de leur séjour à Montboyer et la métairie qu'ils possédaient au bourg, firent retour à Bois-Neuf, et dans les partages furent attribués à Pierre Ganivet, colonel retraité, qui y résida avant d'acheter Champ-Rose.

Au départ de Charles Michelon, chirurgien, pour le bourg de Montboyer en 1687, il restait au village de chez Michelon, Pierre Michelon, marié à Marie Poineau, et une fille nommée Marie. Marie Michelon devint en 1710 la femme de Michel Bodet du pont de Boisse. Veuve en 1717 avec trois enfants, Marie passa en secondes noces avec GABRIEL DANIAUD de L'Anglade, procureur fiscal de Peudry et fils du commissaire des guerres. Des sept enfants issus de cette union, Gabriel, né en 1728, devint chirurgien à Bourg-Charente, tandis que son aîné, JEAN DANIAUD, propriétaire chez Michelon, fut procureur d'office de Montboyer, et épousa Marie Guimbellot, sœur de Guimbellot-Bois du bourg. — Ce nouveau ménage donna naissance à cinq enfants, dont deux survécurent : Jean qui suit, 1755, et Marie, née en 1757, mariée en 1780 à Masson de chez le Mine.

JEAN DANIAUD, fils aîné, praticien chez Michelon, épousa Marguerite Texier de Bourg-Charente, dont il eut Marie, 1779, mariée en 1798 à Sarrazin de Poullignac; Pierre, 1783, soldat en 1802 (1) au 3ᵉ bataillon, 6ᵉ compagnie, à Évreux, mort en Italie, après avoir fait testament à son frère aîné, resté à la maison. Ce dernier, nommé Henri, propriétaire et marchand de toile, se maria en premières noces avec Françoise Damour de Chalais et en eut une fille, Anastasie, qui donna le jour à Corestin Mongourdier, négociant actuel en cette ville. D'un second mariage avec Suzanne Delaurière, fille d'un huissier de Blanzac, Henri Da-

_____

(1) Pièces justificatives nº 22. Note des vêtements, linge et livres laissés chez Michelon avant mon départ.

niaud eut, au bourg de Montboyer, où il était venu s'établir, cinq autres enfants, dont deux filles survécurent, Ursule
et Estelle, mères des familles Courteaud et Levannier, actuellement existantes.

§ X

FAMILLES MONTRIGNAC, AUGEREAU
ET PAULET

DU GRAND-VILLAGE

Les Montrignac venaient on ne sait d'où. Installés à
Montboyer dès la fin du xvi⁰ siècle, ils s'allièrent dans les
premières années du xvii⁰ aux meilleures familles de la
localité.

JACQUES MONTRIGNAC y épousa, vers 1614, Catherine
Poussard, fille du procureur.

Guillemette Montrignac sa sœur, devient, la même année,
la femme de Jacques Jousseaume, fils du notaire. C'est ce
jeune ménage qui vend en 1632 à François Cholous sa propriété du bourg et la maison dite de la Bomarde (1).

Deux sœurs de Guillemette s'allient en 1615, l'une à Merlet, notaire et greffier, l'autre à Pascaud, maître chirurgien.

Détail à noter, toutes ces familles se trouvent groupées
au bourg de Montboyer dans le quartier des halles, à droite
et à gauche de la rue qui descend à la fontaine.

De Jacques Montrignac et de Catherine Poussard naquit
entre autres enfants François, qui eut pour parrain et marraine François Bomard et Odette Poussard, oncle et tante.
— Les Bomard étaient aussi depuis longtemps installés dans

(1) Pièces justificatives n⁰ 15 ; registre des Cholous.

cette partie du bourg, puisqu'une des maisons y portait déjà leur nom.

Ce FRANÇOIS MONTRIGNAC fut plus tard sergent-royal de la sénéchaussée et épousa en 1651 Jehanne Brisson, fille de François, notaire au bourg.

Un de ses frères ou cousins, Pierre Montrignac, dit Lachaume — nom que portait alors la longée des terres s'étendant du côté levant, entre ce bourg et les prés du ruisseau — fut la souche des Montrignac de nos jours (1), qui

---

(1) Gilbert Montrignac, le dernier du nom à Montboyer, décédé il y a peu d'années au village de chez Brandes, prétendait, suivant une tradition de famille, que ses aïeux descendaient d'un bâtard du Grand-Village. Rien, dans la recherche de ses vieux papiers, n'est venu confirmer le fait. Les Montrignac de Monplaisir et de chez Fraignaud, ses auteurs, étaient bien les descendants de Jehan Montrignac domicilié chez Pays en 1737, et la filiation de ce dernier avec autre Jehan Montrignac, dit la Chaume, propriétaire au même lieu en 1630, ne fait pas le moindre doute, car, au baptême de ce dernier, marié à Marie Plantif, figurent et signent les Montrignac du bourg et du Grand-Village, avec les parrains, marraines et assistants, pris dans la parenté la plus proche, les Merlet, Pascaud, Poussard, Jousseaume, Cholous et autres. S'il se fut agi d'un enfant issu d'un père disqualifié, comme dans l'acte ci-après, la famille eut mis certainement moins d'entrain à figurer à son baptême. Cette branche des Montrignac de nos jours dut à des causes inconnues, l'infortune sans doute, sa situation précaire, qui seule évidemment, donna lieu aux suppositions de sa famille.

« Le 17 janvier 1682, Françoise, fille naturelle de Françoise Guymard, journalière au bourg, a été baptisée par moy, curé de Montboyer. A été parrain, etc..... La dite Guymard a déclaré devant M. Duclos, curé, Belaygue, vicaire, Jacques Foucaud, Marie Dubreuil et Guillemette Goret, que M. Brisson, notaire, était le père de son enfant ». Signé : Duclos, Belaygue et Foucaud.

En ces temps reculés, les filles-mères étaient autorisées et admises à déclarer devant le curé et les témoins, quel était le père de l'enfant illégitime présenté au baptême. Le chantage alors était inconnu, et cette déclaration, que, dans l'état actuel de nos mœurs, on ne saurait admettre, n'avait alors pour but, en cas de mort de la mère, que d'assurer à l'enfant un protecteur et un appui.

De 1620 à 1789, relevé seulement sur les registres paroissiaux la naissance de neuf enfants illégitimes. Quel autre chiffre on trouverait de la Révolution à nos jours! Autres temps, autres mœurs!

en descendaient par François Montrignac, dit Pays, marié en 1737 à Jeanne Dumeteau, lesquels étaient propriétaires de la maison la plus rapprochée de la fontaine, et aujourd'hui disparue. Quand ce ménage Montrignac quitta le bourg pour chez Fraignaud, son ancienne habitation garda le nom de chez Pays, que la tradition lui a toujours conservée.

PIERRE MONTRIGNAC, frère du sergent-royal, notaire et procureur, alla habiter le Grand-Village. Son fils PIERRE, avocat au parlement, fut, en 1673, le successeur de Daniel Nicolas, dans la charge de juge sénéchal de Montboyer. Il épousa Charlotte Riberon, et maria, nous l'avons déjà vu, sa fille aînée, Marie, à François Ganivet du moulin Rabier.

JEAN MONTRIGNAC, l'aîné de ses garçons, aussi avocat au parlement, obtint la charge de procureur du roi à l'Élection (1) de Barbezieux, qu'il cumula en 1716 avec celle de mandataire ou receveur des rentes de la seigneurie de Montboyer, alors aux mains de JEAN DE GASSION, brigadier des armées du roi, gouverneur de Dax, Saint-Leu, ex-colonel du régiment de Navarre. Jean Montrignac avait épousé en 1715 Marguerite Bonnin. Il mourut sans postérité en 1735.

---

(1) On donnait alors le nom d'Élection à un établissement ou juridiction composé dans chaque province ou intendance d'un président, d'un lieutenant, d'un procureur du roi, de divers élus et d'un greffier, chargés de tout ce qui avait trait à la répartition et à la levée des tailles, aides, gabelles et autres impôts annuels. — Nos Recettes générales ont aujourd'hui des attributions à peu près analogues. — Des Élections particulières comme celle de Barbezieux correspondaient aussi dans les villes moins importantes aux Recettes particulières actuelles.

Les Élections en chef et les Élections particulières eurent assez souvent des luttes d'attributions. Celle de Saintes fut constamment en guerre avec celle de Barbezieux.

M. Jules Pelisson, dans une intéressante notice du bulletin de la Société des Archives de Saintes, XVI, page 191 et suivantes, nous donne sur ce fait d'intéressants détails. On y voit que les gros bonnets du temps, Augereau du Grand-Village, comme certains autres, trouvaient souvent moyen d'alléger leurs charges au détriment de leurs voisins et qu'ils eurent parfois à s'en repentir.

*
* *

Les Augereau. — Les Augereau venaient de Saintes, où
ils sont aujourd'hui représentés par les Goulard, les Terci-
nier, les Delatour, les Bergerat et les Gibouin. L'un d'eux,
JEAN AUGEREAU, avait épousé dans les premières années
du XVIIIe siècle, Jeanne Denis de Lamérac. Il vint se fixer
en ce lieu, et y fit souche. Dans divers actes de l'époque,
il est qualifié de juge du Tâtre.

JEAN-PIERRE AUGEREAU, son fils aîné, aussi avocat au
parlement, devint en 1736 l'époux de Marguerite Bonnin du
Grand-Village en Montboyer, veuve de Me Jean Montrignac, avocat, procureur du roi à l'Élection de Barbezieux et
mandataire du marquis de Gassion, seigneur de Magezir et
Montboyer. Assistèrent au mariage : Augereau, oncle, curé
de Sous-Moulins, Th. Augereau, et autre Augereau, frère
du marié et vicaire de Gémozac.

Marguerite Bonnin décéda à cinquante-trois ans, en 1740,
laissant à son jeune mari le Grand-Village et ses dépendances.

Nommé, vers la même année, lieutenant de l'Élection de
Barbezieux, dont Guillaume Banchereau était alors le président, Jean-Pierre Augereau se remaria à Madeleine Audon-
net des Touches, près Barbezieux, de laquelle il eut onze
enfants de 1742 à 1755. Marie, la troisième, épousa Jean
l'Hospitel de L'Homandie, notaire royal, procureur d'office
d'Archiac, et juge sénéchal de Juillac-le-Coq. Procéda à la
cérémonie du mariage en l'église de Montboyer, Hospitel
de L'Homandie, vicaire de Saint-Eutrope (de Saintes, probablement).

JEAN-BAPTISTE AUGEREAU, né en 1752, fils du précé-
dent, devint médecin et s'installa au Grand-Village en 1775.
Marié à Victoire Bréa, fille d'un chirurgien des hôpitaux de
Brouage, et la dernière des nièces de Martial-Madeleine
Hardy, curé de Montboyer, il n'eut point de famille et mou-

rut en 1805, à l'âge de cinquante-trois ans, laissant tout son héritage à Catherine-Émilie Augereau, née en 1791 et fille d'un frère aîné, décédé à Saintes. Catherine eut pour tuteur Jean Augereau, son oncle, propriétaire à Lamérac, et épousa en 1809 François-Marie Paulet, sieur du Fa.

*
* *

Famille Paulet. — D'après une tradition de famille, les Paulet sont d'origine irlandaise. Ils émigrèrent en France au commencement du XVIIᵉ siècle. Le premier dont nous ayons retrouvé le nom, était en 1738, notaire et procureur en la ville d'Aubeterre. Il devint plus tard juge sénéchal de la comté et juridiction de Saint-Aulaye. Il avait épousé, en 1740, Marie Pichardie, de laquelle il eut deux enfants : Marie et Pierre.

MARIE PAULET s'allia, en 1762, avec François Barthélemy, receveur des domaines à Aubeterre, et donna le jour à autre Marie, qui fut l'épouse de Peyronneau, grand'père de madame veuve Durandeau des Bouchier, née Paulet de Courlac.

Son frère, PIERRE PAULET, avocat, se fit inscrire au barreau d'Angoulême. Il épousa Marie Tabuteau, fille de Jean-Baptiste Tabuteau aîné, de Chateauneuf, propriétaire depuis peu d'années de la belle terre et du château du Fa, commune de Sireuil. Pierre Paulet était riche, intelligent, actif. Il devint bientôt l'homme du jour. Pourvu de la charge, alors très honorable, de président de l'Élection d'Angoulême, il éleva une nombreuse famille et mena grand train. Quand vint la Révolution, des difficultés interminables s'élevèrent entre lui et les Saint-Hermine, qui avaient cédé à son beau-père, en 1779, moyennant 150,000 #, la terre noble de Sireuil, non pas seulement avec ses revenus, rentes, agriers et autres droits y attachés, que l'Assemblée Constituante supprima, mais aussi avec de lourdes charges, notamment de nombreuses pensions viagères que les intéressés continuèrent de réclamer avec les plus vives instances. Il s'ensuivit un procès, qui ébranla la fortune de la famille, sans cependant la compromettre sérieusement.

Pierre Paulet avait eu de son père une belle succession et de nombreuses propriétés dans le canton d'Aubeterre et les environs. Il put encore largement doter ses nombreux enfants.

1° JEAN-PIERRE, l'aîné, avocat, devint propriétaire chez Merlin. Il épousa sa cousine, Marie Peyronneau, petite-fille de Barthélemy et de Marie Paulet d'Aubeterre, d'où lui vinrent Sallegourde et Courlac.

2° JEAN-FRANÇOIS, dit Sireuil, qui garda les débris de la propriété du Fa.

3° Marie-Rosalie, qui porta Clérac en dot à Pierre Dumas percepteur à Aubeterre.

4° Pauline-Catherine, femme de Jacques-Michel Bourdier, notaire à Labinaud, commune d'Essards.

5° Catherine, épouse de Hercule de Mirbaud, percepteur de Laroche-Corail, près Villefranche.

6° Enfin, FRANÇOIS-MARIE PAULET, sieur du Fa, qui épousa en 1809 l'héritière du Grand-Village et devint ainsi le chef de la branche des Paulet de Montboyer.

Grand propriétaire, et fort estimé dans le pays, François-Marie Paulet devint, à certaine époque, suppléant de la justice de paix de Chalais. Il fut aussi maire de Montboyer du 30 novembre 1831 au 4 octobre 1833.

De son mariage avec Catherine Augereau du Grand-Village naquirent :

1° Marie-Nélie, en 1810. Elle épousa Calixte Surrault, inspecteur d'académie, tous les deux décédés.

2° Catherine, 1811, morte au berceau.

3° Autre Marie, 1813, mariée au marquis d'Asnières, dont les descendants habitent aujourd'hui le Grand-Village.

4° Philippe, 1814, docteur médecin à Jarnac, époux de Louise Caboche, et décédé sans postérité.

5° Pierre-Philippe, dit Paulin, médecin à Santiago de Cuba, puis à Bordeaux; conseiller général de cette ville, décédé célibataire au Chateau-Jollet en Montboyer le 14 octobre 1884.

6° Jean-Baptiste-Emmanuel, 1818, négociant à Chalais, marié à Eudoxie Labat de Bordeaux, dont postérité.

7° Marie-Azoline, 1821, veuve Pichon, rentière à Bordeaux.

8° Pierre-Amédée, 1822, propriétaire chez Nicolas, époux d'Ursule Godefroy, décédé laissant deux enfants.

9° Caroline-Marie, 1824, célibataire, décédée à Bordeaux en juin 1877.

10° Enfin, Élie-Jacques, né le 26 décembre 1826, avocat, ancien négociant à Barbezieux, époux sans enfants de Marie-Ernestine Fauconnier.

De ces dix enfants, deux seulement vivent encore, madame veuve Pichon et son frère Élie.

La famille Paulet s'est toujours et en toute circonstance montrée fort généreuse pour Montboyer. Qui ne se rappelle le gros chiffre souscrit en 1884 par chacun de ses membres pour le rétablissement des voûtes de l'église? Et dernièrement, M. Élie Paulet, au nom de tous les siens, et surtout en souvenir de ses chers auteurs, dont la dépouille mortelle repose parmi nous, ne s'est-il pas chargé — je l'ai dit ailleurs — de toute la dépense occasionnée par la restauration complète de la façade de cette même église? Un pareil bienfait ne saurait passer inaperçu. Je suis heureux de le consigner ici, et de pouvoir être en même temps l'interprète des sentiments de toute la population de Montboyer en offrant à M. Paulet et à son honorable famille, nos plus vifs remerciements et l'expression bien sincère de toute notre reconnaissance.

§ XI

FAMILLES PASCAUD, LAULAIGNE ET LAJEUNIE

AU BOURG

De la famille des PASCAUD de Courgeac, trois frères ou cousins vinrent, au XVIIe siècle, s'installer à Montboyer. Aux premières pages de nos registres, on trouve en effet :

JACQUES PASCAUD, maître chirurgien, marié à Marie Montrignac du bourg, fille du praticien de ce nom, dont un fils, Jehan, né en 1618.

GABRIEL PASCAUD, époux de Françoise Merlet, fille du notaire, avec aussi un fils, né en 1628.

MATHURIN PASCAUD, aussi chirurgien au bourg, marié à Renée Marsat, avec deux enfants, nés en 1631 et 1633.

Aucun de ces ménages ne fit souche à Montboyer, parents et enfants moururent jeunes et disparurent en moins d'un quart de siècle.

* *
*

Laulaigne. — En janvier 1717, les frères LAULAIGNE, maîtres chirurgiens, natifs d'Essards, vinrent prendre femme à Montboyer.

MARTIAL y épousa Marie Brisson fille de feu Jean Brisson aussi chirurgien (quartier des halles) et de Anne Dumeteau.

HENRI LAULAIGNE, autre Anne Dumeteau, cousine de Marie Brisson. Ce dernier mourut sans postérité ; mais Martial eut cinq enfants ; Catherine l'aînée épousa en 1740 un Pascaud de Courgeac son cousin ; Anne se maria en

1750 à Nicolas Dufour, aussi chirurgien à Montboyer et donna le jour à sept enfants. Tous moururent jeunes, à l'exception du dernier, décédé en 1785, à l'âge de 30 ans, la même année que son père.

Henri Laulaigne, l'aîné des garçons de Martial et de Marie Brisson, fut aussi médecin et prit au bourg la clientèle de son père. Il épousa Anne Joubert de Passirac, de laquelle il eut six enfants : Pierre-Louis né en 1738, qui fut curé de Brossac avant la révolution, s'expatria et devint à son retour curé de Saint-Avit puis de Bazac, où il mourut en 1819 ; Anne-Thérèse, née en 1751, qui épousa Jacques Lajeunie sieur Duchazeau, docteur médecin, fils de Jean-Baptiste Lajeunie, notaire à Saint-Quentin, juge de Bazac, et de Marie-Anne Augeay ; enfin Catherine-Marie, 1763, qui devint en 1790 la femme de Jean Roullet, notaire à Saint-Christophe de Tude.

* *
*

Lajeunie. — Du mariage de Jacques Lajeunie avec Thérèse Laulaigne, naquit au bourg en 1784, Henri qui suit, — 2° Anne, décédée célibataire en 1840 — 3° Marie-Catherine, 1787, — 4° Émilien, 1788, mort à deux ans, et 5° Pétronille-Thérèse, 1789.

Henri Lajeunie, soldat de l'Empire de 1803 à 1819, a de bons états de service. Incorporé dans la légion du Gers en 1803 il est caporal en 1806, fourrier la même année, sergent en 1807, sergent-major en 1809, passe en 1810 brigadier dans la gendarmerie à la résidence de Palestrina près Rome, et devient maréchal des logis en 1814. Entré la même année dans les cuirassiers de la Garde en qualité de maréchal des logis chef, il figure en Calabre de 1805 à 1806 ; en Grèce les deux années suivantes ; en Italie de 1809 à 1815. Prisonnier des Autrichiens le 5 mars 1815 après l'affaire de **Macérata** qui lui avait valu la médaille d'honneur, il ne revint en France qu'en 1817, et rentra dans ses foyers en 1819.

En 1822, il devint l'époux de Julie Mossion, du village des Brigeaud, petite-fille de Cholous Saint-Hubert de laquelle il eut en 1824 une fille unique, aujourd'hui veuve Dumeteau au bourg.

Simple dans ses goûts et fort honorable, Henri Lajeunie eut, durant toute son existence, la confiance et l'estime de ses concitoyens. Il fut jusqu'à la fin de ses jours conseiller municipal de la commune, et président du conseil de fabrique. En 1831, il était capitaine de la 2ᵉ compagnie de la garde nationale de Montboyer.

Sa fille, Anne Lajeunie devint en 1844 la femme de Théodore Dumeteau, issu du second mariage de Louis-Grégoire Dumeteau du bourg avec Marie Coindreau de Jussas, Charente-Inférieure. De cette union naquirent deux enfants : Louis-Henri, né en 1845, en famille Anatole, propriétaire à La Tavernerie et conseiller municipal, décédé sans enfants en 1894, âgé seulement de 48 ans, après une dizaine d'années de mariage avec Marie-Gabrielle Baudel de Vaudrecourt, native de Bordeaux.

2° Georges-Louis, mort célibataire en 1887, à l'âge de 37 ans.

Théodore Dumeteau fit rebâtir en 1865, dans sa forme actuelle le vieux logis de la Tavernerie. Après son décès, Anne Lajeunie sa veuve vint habiter au bourg la vieille maison de la famille où elle est encore, laissant à son fils aîné la libre possession de la Tavernerie. Depuis, par suite d'arrangements, cette propriété est restée aux mains de madame veuve Dumeteau fils, née Gabrielle de Vaudrecourt, pour lui tenir lieu de ses droits et apports dans la communauté qui avait existé entre elle et Anatole Dumeteau son défunt mari.

§ XII

FAMILLES BRISSON, DELUGIN ET MONTEAUD

Les Brisson, comme beaucoup d'autres familles dont nous parlons ici, n'étaient point d'ancienneté à Montboyer. Ils ne s'y établirent que par mariage dans le courant du XVIIe siècle.

JEAN BRISSON, notaire à Magezir et Montboyer épousa au bourg en 1622 Léonarde Cholous, de laquelle il eut au moulin Rouhaut cinq enfants. 1° Marie 1623, mariée en 1650 à François Montrignac, sergent-royal au bourg — Guillaume 1625, qui eut de Marie Nadeau quatre enfants restés inconnus — 3° Michel qui fut apothicaire au bourg et épousa en 1664 Madeleine Cholous dont trois enfants — 4° Jehan 1632, qui fut notaire et épousa, aussi en 1664, Catherine Bomard fille du praticien de ce nom — 5° autre Jehan, mort jeune.

Du mariage de JEAN BRISSON et de Catherine Bomard (maison Giroudet) naquirent de 1665 à 1689, treize enfants, dont quatre figurent ci-après. Brisson notaire et procureur fit grand bruit à l'époque. Nombre de ses actes nous sont parvenus, ainsi que diverses paperasses relatives à ses démêlés avec les collecteurs de Montboyer pour irrégularités dans la confection des rôles de 1666 (1). C'est aussi lui que vise la fille Guymard dans la déclaration qu'elle fait en 1682 au baptême de sa fille illégitime. Il mourut en 1705, âgé de 73 ans.

JEAN BRISSON, l'aîné de ses enfants, fut maître chirurgien au bourg, épousa en 1696 Anne Dumeteau et habita chez

(1) Voir page 171. Charges de la propriété.

Pays. Il mourut jeune en 1702 après avoir chargé sa femme de la tutelle de ses enfants Jeanne et Marie, et désigné Jehan Cholous, sieur des Bourjadon son oncle et parrain, pour légataire universel en cas de décès prématuré de ses enfants. Marie, née en 1700, lui survécut et devint en 1717 ainsi que nous l'avons vu, la femme de Martial Laulaigne, chirurgien.

François Brisson, troisième fils de Catherine Bomard fut notaire comme son père et lui succéda. Au rôle de 1753 il habitait au coin de la rue, la maison Guimberteau.

Autre François Brisson, né en 1679, frère du précédent, devint médecin et épousa à Chalais, en 1708, Marguerite Nicolas, fille du juge sénéchal. Il résida momentanément en cette ville, et huit de ses enfants y naquirent. La maison paternelle (actuellement Giroudet) lui étant alors échue en partage, il vint habiter au bourg, où Marguerite Nicolas donna le jour à sept autres enfants, dernier né en 1732.

Ce François Brisson figure comme propriétaire au rôle de 1753. Il décéda en 1763 à l'âge de 85 ans. En 1754, il avait acheté de Poncet Bomard fils de Mathieu, et visiteur général des poids et mesures de la province d'Angoumois, un lot de terre, pré et chénevière, joignant Blondeau au levant, avec sortie sur la rue, près le puits Esgreteau, le tout compris aujourd'hui dans l'enclos Giroudet.

Notes relatives à quelques-uns des enfants de ce nombreux ménage :

François Brisson, l'aîné, né à Chalais en 1718, devient notaire chez le Doux en Saint-Laurent. Vu de lui un acte passé en 1768.

Anne Brisson, 1722, épouse en 1741, Bouchonneau de Saint-Laurent.

Angélique Brisson, 1723, s'allie à Moineau, notaire, dont il sera parlé ci-après.

Marguerite Brisson, 1724, passe à La Rochebeaucourt en 1745, par suite de son mariage avec le sieur de Reix.

Catherine Brisson, 1726, épouse Louis Pichon, notaire à Mareuil.

Anne-Henriette, 1730, reste à la maison et devient, en 1767, la femme de Henri Lévêquot des Lévêquot de Barbezieux.

Veuve peu d'années après, elle continue d'habiter la maison paternelle avec sa sœur Angélique, mariée à Moineau, notaire; elle y meurt en 1810, à l'âge de quatre-vingts ans.

Suzanne Brisson, 1732, épouse en 1758 Pierre Masson, marchand au bourg. Veuve en 1775, elle fait testament en 1790, désigne comme légataire universel son neveu Antoine, domicilié à Blanzac, et donne 50 # pour messes, 50 # aux pauvres honteux; 300 # à chacun de ses neveux Jean-Pierre et Nicolas-Antoine; 200 # à Geneviève Labrousse, sa servante; 50 # à Léonarde Moreau, son ancienne servante, et le reste de ses biens à Henriette Brisson, sa sœur, veuve Lévêquot, aux enfants de feu Angélique Brisson, épouse Moineau, et aux de Reix de La Rochebeaucourt, ses neveux.

Angélique Brisson sus-nommée avait épousé, en 1730, Pierre Moineau, notaire, né à Montboyer en 1726, de Jacques Moineau, bourgeois, et de Catherine Dufour, sœur ou tante du chirurgien Nicolas Dufour; Marie, leur fille, naquit en 1752.

Elle devint en 1777 la femme de PIERRE DELUGIN, bourgeois, natif de Bouteilles en Périgord. Pierre céda la même année, à son frère Élie, moyennant 10,000 #, la part lui revenant dans les biens de ses père et mère, et vint demeurer à Montboyer. Il eut de Marie Moineau quatre enfants : 1° Anne-Henriette qui suit, épouse Monteaud; 2° Pierre, né en 1778, décédé à dix-huit ans; 3° Léonarde, 1780, mariée à Birot-Breuil, percepteur à Chalais, décédée sans postérité; 4° Thérèse-Léonarde, 1781, morte à vingt-cinq ans.

Du mariage de ÉTIENNE MONTEAUD, ex-notaire à Chateauneuf, avec Anne-Henriette Delugin, naquirent au bourg,

Clémire en 1809, et Étienne en 1812. Ce dernier épousa une demoiselle Sennemaud, s'installa notaire à Montmoreau et mourut jeune sans postérité (1853).

Son père lui survécut quelques années. Conseiller municipal de Montboyer, jusqu'à son décès, Étienne Monteaud avait été de 1831 à 1835 commandant du bataillon des gardes nationales de Chalais et des autres communes du canton.

Clémire Monteaud avait épousé en 1829 Jean-Baptiste Giroudet du Jura, receveur des domaines à Chalais. En 1830, elle donna le jour à Marie-Laure Giroudet, célibataire, actuellement domiciliée à Montboyer et héritière des époux Birot-Breuil de Chalais.

J.-B. Giroudet décéda à Chalais en 1879 et sa veuve en 1890. L'un et l'autre furent inhumés au nouveau cimetière, dans le caveau de la famille.

§ XIII

FAMILLE BOMARD

Poncet Bomard, qui vendit en 1754 une parcelle de terre et pré au médecin François Brisson, son cousin, fut au bourg le dernier des représentants d'une fort ancienne famille qui dut s'y installer à l'époque de premiers arrentements (1460) et y grandit avec le temps. En effet, en 1632, François Cholous des Unau achète de F. Jousseaume, en vue de la réparer (1), une habitation située sur la rue qui mène des halles à la fontaine, alors appelée « la maison de la Bomarde », du nom sans doute de la personne qui l'avait autrefois ou bâtie ou arrentée. En 1618, François Bomard, est parrain de François Montrignac, fils de Jacques et de Catherine Poussard. En 1624, Jean Bomard figure au bap-

---

(1) Registre des Cholous aux pièces justificatives.

tême de Souline de La Ville du bois. En 1627, alors que
notre vieux registre cesse d'être une copie et qu'il est signé
des parties présentes, on relève au baptême de Jehan Trolong, les signatures de Jehan Bouchier notaire et parrain,
Jehanne Michaud marraine, Chauvin notaire, Brisson,
Rouhaut, François Bomard et Allary, prêtre vicaire. La
signature de Bomard est hardie et très nette. Elle sent le
praticien ou le maître d'école. Il faut dire aussi qu'à cette
époque les écritures sont généralement correctes et très
lisibles. Les écoles alors étaient très régulièrement fréquen-
tées et il y avait dans les campagnes bien moins d'illettrés
qu'on a bien voulu le dire.

JEAN BOMARD, fils de François déjà cité, est notaire et
souvent greffier du parquet de Montboyer. Sa fille Marie
épouse, en 1705, Louis Dumeteau, maître boucher au village des Duc. Plus tard, en 1760, MATHIEU BOMARD,
praticien, frère de Poncet sus-nommé, est aussi procureur
d'office au bourg. Ce fut le plus en vue de tous les Bomard.
Notaire et parfois fermier des dîmes, il fit de grandes
affaires, et figure comme propriétaire au bourg et dans
nombre de villages. Un de ses fils, JEAN, époux de Marguerite Charles, demeure chez Brandes, où lui naissent
deux enfants, Jean et Jean-François, en 1746 et 1750.

A dater de cette époque, les Bomard semblent disparaître de Montboyer. Une pièce de terre, située en dessous
du bois Belair, et appelée la combe à Bomard, nous rappelle
encore le nom de cette vieille famille.

En 1824, Jean Bomard et Marie Sureau, sa femme, domiciliés au Maine-Neuf, commune de Juignac, vendent à Mossion et Lajeunie moyennant 7,950 francs, le reste de leurs
biens à la Tavernerie. Sur cette somme, 5,050 francs sont
versés à Marie Bomard, épouse de Michel Bourdier, notaire
royal. Le vendeur était alors aux droits de Rose Bousquet,
sa tante, fille de Poncet-Bousquet et de Anne Bomard, anciens propriétaires à la Tavernerie. (Papiers Lajeunie).

* *

Quelques autres familles notables de la localité devraient naturellement, comme les précédentes, trouver place ici ; mais, à mon grand regret, faute de données suffisantes pour en établir sûrement la filiation, elles n'y peuvent figurer. Ce que je puis faire, c'est de mettre à la disposition de leurs représentants actuels, au cas où ils le désireraient, les notes qui les concernent, quelque incomplètes qu'elles me paraissent. J'en ferai de même pour les autres familles de Montboyer, sur lesquelles j'ai eu occasion de relever certains détails : les Bernier, les Dérozier (1), les Albert, les Mauget, les Veillon, les Roux, les Motard, les Hillairet, les Poineau, les Viaud, les Dubreuil, les Lagarde et tant d'autres dont le nom m'échappe, ou qu'il serait trop long d'énumérer ici. Mais il faut bien se figurer que ces premières

---

(1) Certains de ces vieux noms s'écrivaient autrefois bien autrement qu'aujourd'hui. Les Luzinier de chez Audigier, disparus de Montboyer depuis une vingtaine d'années, signaient, vers 1600,. *De Lézinier,* — les Dérozier, *Des Roziers,* — les Duchemin, *Des Chemins,* — les Lagarde, *De Lagarde,* — les Verdine, *De Verdine,* etc. La particule ne semble du reste indiquer ici que le lieu d'extraction. Les ancêtres des Toubey de nos jours signaient *Thoubeys,* ceux des Dubreuil, *Dubreuilh* avec l'h finale. Tous les noms en aud se terminaient généralement par lt : *Pirault, Grimault, Rouault, Foucault.* D'autres prenaient y à la place de l'i simple : *Danyault, Poynault, Vyault.* On écrivait de même *Hillayret, Coeffard* ou *Coyffard, Peyrot, Symon,* etc. Rouault, nom primitif, s'écrivait *Rouhaut* au xviiie siècle, puis *Raud* et même *Ros.* Il y a encore aux environs de Montboyer une famille qui signe Raud. Le nom des Delors de nos jours est, à n'en pas douter, une corruption de celui des *De La Haure* d'autrefois. Le mot Delaors, qui figure sur certains actes de la première moitié de ce siècle, rend parfaitement la prononciation de l'ancien nom de famille. Il a dû servir de transition au nom actuel des Delors. — Jacques de la Haure, de la famille des de la Haure de Chénevière en Juignac, fut vicaire épiscopal de la Charente à la Révolution ; et en cette qualité, il vint installer à Montboyer, le 25 mars 1792, le curé assermenté Espagnon-Deszille. (Voir chapitre IV, page 49).

données seront loin de toujours suffire, surtout quand les actes
de nos vieux registres — et cela arrive trop souvent — n'indiquent pas suffisamment le domicile des familles que l'on
veut étudier ou décrire. Il en résulte alors des confusions
regrettables et souvent des erreurs, que l'examen attentif
des papiers de la famille et du voisinage ne suffit même pas
toujours à faire disparaître.

Si, malgré le soin scrupuleux apporté à ce long travail sur
la généalogie des anciens de Montboyer, il nous était échappé
quelque erreur de nom ou de date, le lecteur voudra bien
tenir compte des difficultés de la tâche et se montrer indul-
gent.

*
* *

Un dernier mot pour clore ce chapitre déjà long.

Il en est évidemment des vieilles familles de Montboyer
comme de toutes les choses d'ici-bas; elles ne sauraient
toujours durer. Au cours des siècles précédents, bon nombre
des plus anciennes ont successivement disparu de Montboyer : les Pirault, les Rouault, les Duc, les Bouchier, les
Esgreteau, les Gast, les Grimault, les Poussard, les Laulaigne, les Bomard, etc. Et si je n'avais pas eu occasion de
consigner ici quelques-uns de leurs faits et gestes, la génération présente n'eut jamais su que ces personnages avaient
autrefois et honorablement figuré dans la paroisse. Depuis,
bien d'autres familles ont aussi disparu du pays, particulièrement à cette fin de siècle, où, pour dire vrai, jamais hécatombe de vieux noms n'avait atteint pareil chiffre à Montboyer.

Sans parler des Filhol, des Guimbellot, des Mousset du
bourg, des Jaulin, des Montrignac, des Augereau, des Paulet, des Michelon, des Monteaud, des Delugin, des Durandeau, des Lajeunie, des Dumeteau, des Desgraviers, jadis
si nombreux, tous issus de vieilles souches, presque tous

aussi nos contemporains, depuis peu disparus ou bien près de s'éteindre, combien d'autres — et j'en suis — seront aussi, avant un quart de siècle, passés à l'état de souvenirs! Quant aux rares familles qui semblent avoir encore à Montboyer quelque chance de durée, qui sait combien peu elles resteront encore sous le toit paternel? Tant de causes aujourd'hui peuvent les en détacher! Les mœurs du siècle y tendent absolument. A tout prix, chacun aujourd'hui veut sortir de sa sphère. On délaisse souvent, sans raisons sérieuses, la campagne pour la ville, où tout est attrait, luxe et plaisirs; et dans ces milieux trompeurs on contracte fort souvent des goûts et des habitudes de dépenses si ruineuses, qu'elles éloignent parfois du mariage et même en détournent complètement. De là, dans tous les centres populeux, ces nuées de célibataires qui sont comme les faux-monnayeurs de la famille. Quant à ceux qui, plus sensés et plus patriotes, se décident à entrer en ménage, la plupart sont aujourd'hui envahis par un si grand désir de bien-être, une si grande soif de jouissances, que, dans presque toutes les conditions, afin de vivre plus largement et de s'épargner les soucis et les embarras d'une famille nombreuse, beaucoup s'en tiennent au fils unique, cette plaie de l'époque, qui ne mène à rien moins qu'à l'anéantissement complet de la famille elle-même. Car, à quoi tient désormais l'existence d'une maison, dont l'avenir repose sur la tête d'un seul héritier? Que ce dernier meure de maladie, par le fait d'un accident ou de ses propres excès — le fait n'est point rare — il ne reste plus à sa famille désolée d'autre alternative que de s'éteindre après lui; et, durant le dernier cycle de son existence, de déplorer ses égoïstes calculs et de gémir sous le poids du terrible mais juste châtiment qui l'a frappée.

Ah! il n'en était point de même autrefois! Avec nos anciens ménages toujours bien fournis d'enfants, où l'autorité du chef n'était jamais contestée, on avait constamment sous la main quelque sujet de rechange : un fils plus jeune pouvait au besoin succéder à l'aîné, mort prématurément, ou à quelque cadet tombé glorieusement sur un champ de bataille. Les anciennes souches se trouvaient ainsi constamment rajeunies, et l'on ne voyait pas partout, comme de nos jours dans les campagnes, tant de vieilles et riches maisons abandonnées et sans maîtres. Alors, le foyer de la famille ne restait jamais désert; et les générations s'y succédant sans interruption, semblaient s'éterniser au lieu même qui fut le berceau de leurs pères. Que les temps sont changés !

PIÈCES JUSTIFICATIVES

I

9 APRIL 1460 — ACORT FAICT ENTRE LE SEIGNEUR PIERRE BRAGIER DE
BRIZAMBOURG ET SA FAME, JEHANNE DE MAGEZIR, AVEC CHARLES DE
TALLEYRAND, POUR L'OSMAGE DE MONTBOUYER ET LA BOISSE (1).

Tous ceux qui, ces présentes lettres, verront et orront (enten-
dront), les gardes des scels royaulx establys aux contraincts (2) des
villes de Saint-Jehan d'Angely et de Périgueux, pour le Roy nostre
seigneur, sallut. Comme plaints et procez soyent meus et pendants
en la cour du Roy nostre seigneur à Paris, tant en la cour de la
sénéchaussée de Guyenne qu'en la cour de la sénéchaussée de
Xainctonge, entre noble houme et saige maistre, Pierre Bragier, seigneur de Bourg sur Chérente et de Brizambourg, conseiller du Roy, nostre dict seigneur et damoizelle Jehanne de Magezir, dame dudict lieu de Magezir et de Puy-Arnaud, à cause
d'elle demandeur, d'une part, à l'encontre de noble et puissant seigneur, messire Charles de Talleyrand, chevalier, soi disant seigneur
de Grignaux (Grignols) et de Chalais défendeur, et d'aultre part. —
Et aussi, entre ledict seigneur de Chalais demandeur et complai-
gnant d'une part, à l'encontre dudict Bragier et Jehanne de Magezir,
et à cause d'elle défendeur et opposant d'aultre part.

Sçavoir : que les dicts conjoincts, en tant qu'ils estayent demandeurs disayent que : entre les aultres terres et seigneuries de la
dame de Magezir, ils avayent droict et estayent seigneurs à cause
d'elle du chastel, chastellenye, terre et seigneurerie de Magezir appartenances, appendances et dépendances quelconques, et lequel chastel
de Magezir, d'ancienneté jusqu'au temps cy emprès déclayré, es-

(1) Archives du château de Chalais.
(2) Contrats.

tait une très-belle place et bien forte, et y avait beau chasteau et beau donjon, duquel donjon, chasteau et forteresse, les seigneurs de Chalais qui estayent près voisins, conçurent le temps passé, de grandes haynes et malveillances contre les seigneurs qui lors estayent à Magezir, et tellement que par voyes de faict, force hostilités et violences, ils prindrent, abattirent et démolirent, eux et Messire Pierre de Castillon (1), ledict chastel et forteresse de Magezir. Et despuys, Messire Bernard de Mastay, comte de Bigonné, à la requeste des dicts seigneurs de Chalais et de Castillon promist et s'obligea tant et sy avant qu'on poult faire, en cas ledict chastel de Magezir refaire et réédifier comme tout ay.

Les dicts conjoincts disayent apparoir que par lettres à eux faictes retenues à .... pour cause de grief .... que despuys nonobstant ledict seigneur de Magezir eust'sommé les divers sus dicts de luy réparer ledict chastel et donjon, mais ils n'en avayent rien voulust faire, et lors avait, ledict seigneur de Magezir, fait réparer et mettre en l'estat ay.

Lequel chastel et donjon, despuys, par fortune et sans vulpe, ni faulte dudict seigneur de Magezir, les Anglais, anciens ennemis de ce royaulme, prindrent et occupèrent par un longtemps et jusqu'à ce que feu monseigneur de Bourbon (2), lors par siège le reprind sur les dicts Anglais. Mais lors, le seigneur de Chalais qui y estait et qui ne désirait que détruire le chastel de Magezir, pourchassa tant fort mon dict seigneur de Bourbon lors lieutenant du Roy, qu'il lui bailla la garde dudict chastel et donjon de Magezir, sous la main du Roy et fieume (en confiance).

Et despuys, mon dict seigneur de Bourbon, parce qu'il lui apparut dhuement que le dict chastel de Magezir avait été perdu sans la coulpe (faute) dudict seigneur de Magezir, il ordonna que ledict chastel fut restitué à feu Messire Jehan de Magezir, chevalier seigneur dudict lieu, ayeul de la dicte Jehanne, mais le seigneur de Chalais, avant qu'il voulust rendre les dictes place et terres, fit abattre par force et violence, ledict chastel et donjon de Magezir,

---

(1) Pierre II de Castillon était, vers le milieu du XIIIᵉ siècle, seigneur d'Aubeterre par suite de son mariage avec la dernière héritière des Géraux, seigneurs du lieu. Marie de Castillon, fut mariée en 1279 à Pierre de Raimond, dont l'héritière épousa Bouchard qui fit souche à Aubeterre jusqu'en 1597, où apparaissent alors les Esparbès de Lussan.

(2) Louis II, duc de Bourbon, généralissime des armées de Charles V enleva, de concert avec Duguesclin, nombre de places aux Anglais en Guienne et en Saintonge durant les années 1371-72-73 et 74. Il y revint encore de 1383 à 1385.

pour laquelle cause, le seigneur de Magezir, par les lettres qu'il obtint du duc de Bourbon, dust contraincdre le seigneur de Chalais à réparer ledict chastel, et dont en cours est procès judiciaire.

Lequel chastel, et chastellenye, terre et seigneurie de Magezir estayent grands et de grande estendue, avec belles appartenances ; et entre aultres estayent de la chastellenye de Magezir, les paroisses de Montbouyer et Sainct-Marsaut de Ville recougnade, et aussi grande partie des paroisses de Sainct-Laurent des Combes, de Sainct-Laurent de Bersagot, de Saincte-Marie de Chalais, de Curac, de Rimartin, de .... de Condion et de Sainct-Agulin. En lesquels appartenances et aultres païs, les dicts conjoincts avayent toute justice, haulte, moyenne et basse, mère, mixte et impère (1), et tous ceux qui sont despendants ou peuvent despendre, sans que le dict seigneur de Chalais ay rien à y congnaistre.

Emprés laquelle fronde et desmolition dudict chastel de Magezir, le dict seigneur de Magezir fit réparer l'esglise dudict lieu de Montbouyer pour faire employ de ses hommes qui estayent en la frontière des dicts Anglais, et contraigniet ses dicts hommes et subjets à faire guet, garde et réparation en la dicte esglise comme en esglise qui estait et est au dedans de la dicte chastellenye. — Et pour ce, que despuys ledict seigneur de Chalais voult empescher ledict seigneur de Magezir de son droict de guet, garde et réparation, et fit faire garde, guet et réparation dudict lieu de Chalais. De ce, et aultres griefs et tors en plain desclairés en l'instrument appellatoire, ledict seigneur de Magezir appela, et son dict appel releva bien et dhuement par devant le sénéchal de Xainctonge au siège de Xainctes, duquel les dicts chastel et chastellenye sont subjets. Et au jour assigné le dict seigneur de Chalais se défaillit et pour ce, en cas d'appel, selon le stille et la coutusme de Xainctonge.

Disant, oultre, les dicts conjoincts, que ja pièça (2), sur les fins et mèthes (limites) de la dicte terre et seigneurie de Magezir, et justice et juridiction d'icelle, fut ja pièça moult grand desbat entre feu Messire Hélias de Talleyrand (3), seigneur de Chalais ayeul dudict seigneur de Chalais qui a présent ay, et Messire Arnaud de Magezir, père de l'ayeule de la dicte Jehanne, et que des dicts desbats, les dictes parties vinrent à appointement (réglement) par lequel le

(1) Même signification que haute, moyenne et basse.

(2) Littéralement : il y a une pièce de temps. Vieille locution ; depuis longtemps, après ça.

(3) Hélias, père de François et grand-père de Charles, seigneur actuel. Catherine, mariée à Raymond de Magezir, était sœur de François de Talleyrand.

dict seigneur de Magezir et ses hoirs ou ayant cause, demeura la haute justice et juridiction des dicts lieux de Montbouyer et Sainct-Marsaut, et aussi la basse juridiction dont il n'était alors point question ; lors, sans que le dict seigneur de Chalais poult avoir aulcune chose et dict bourg et paroisse de Montbouyer, fors seulement la haute justice des maysnes aux cours, qui demeura au dict seigneur de Chalais ains (mais) la basse justice et viguerie et de la congnaissance jusqu'à quinze sols et ung demi demeurèrent au dict seigneur de Magezir.

Et de ce furent faictes et passées lettres soubs le scel estably aux contraincts à Parcoult, duquel les dictes chastellenyes de Chalais et Magezir sont de ressort comme appert plus à plain par les dictes lettres.

Et despuys, les seigneurs de Chalais et de la dicte place furent Anglais par le moyen de laquelle place les dictes paroisses de Montbouyer et de Sainct-Marsault furent désertes, et que le dict Jehan de Magezir se retira en son lieu et terre de Puy-Arnaud, où il est allé de vie à trépassement, et aussi Messire Raymond, père de la dicte damoizelle. Et despuys, les dicts conjoincts n'en ont pu jouir parce que la dicte place et le chastel de Chalais ont toujours été anglais, jusque naguerres que le païs de Gascogne a esté conquis par le Roy nostre sire ; que les dicts conjoincts se sont alors portés seigneurs et mis en possession de la dicte terre et seigneurie de Magezir au nom du Roy nostre dict seigneur, tant par l'esdit de complainte comme par les traités de la reddition dudict pays de Gascogne, voulant que chacun revint à ses terres et seigneuries. Mais le seigneur de Chalais a continué ses voyes de faict, faictes par ses prédécesseurs, et mis empeschemens aux dicts conjoints des pays qui sont assis en la rivière de la Tude d'une part et le passage par lequel on va de Montbouyer à Aubeterre de l'autre ; et aussi en certains lieux et terres assis près le moulin de Curac. Pour lesquels empeschements les dicts conjoincts obtinrent ja piéça, certaines lettres de complaintes en cas de nouvelletés, lesquelles ils firent ramener à effet, et à l'exécution desquelles le dict seigneur de Chalais s'opposa, et pour ce lui fut jour donné, par devant le sénéchal de Xainctonge au siège de Sainct-Jehan d'Angély où les dictes parties procédèrent par aulcun temps et jusqu'à ce que, par le lieutenant du dict sénéchal la première partie des dictes choses fut adjugée au dict seigneur de Chalais dont les conjoincts appelèrent en la cour du parlement de Paris où ils ont bien et dhuement relevé les droits dudict appel.

Demandent, oultre, les dicts conjoincts au dict seigneur de Chalais la moytié des terres et seigneuries de Chalais et Grignaulx, à la dicte dame de Magezir appartenans, à cause de feu Messire Hélias de Talleyrand, seigneur de Chalais, père de feu Messire François de Talleyrand, père du seigneur actuel et aussi père de feue dame Catherine de Chalais et Grignaulx, ou telle partie ou portion qui des dictes seigneuries poult et doict appartenir à la dame de Magezir.

Et pour conclure, les dicts conjoincts, en leur dicte demande disent, que à bonne et juste cause, ils étaient dollens et complaincts (demandeurs et plaignants), et que à tort et contre raison, le dict seigneur de Chalais s'était opposé que la main du Roy fust mise à leur profit, et aussi que le dict seigneur de Chalais fust contraint de les laisser jouyr et uzer des dictes parts et portions et fust condampné à leur rendre et restituer les fruicts et proficts qu'il a prins et perçus des dictes choses, ou que les dicts conjoincts en eussent peu prindre et percevoir, si ne fust son entier empeschement et condampné en oultre aux despens. dommages et intérêts des dicts conjoincts.

*
* *

Et de la partie dudict seigneur de Chalais a été dict : que son chasteau et ses dépendances sont situés en la sénéchaussée de Xainctonge, — qu'il est de droict commun. qu'il comporte haute, moyenne et basse justice, — que dans ses dépendances, sont situées les paroisses de Montboyer et Sainct-Marsault de Ville recougnade, — que bien à tort les conjoincts Bragier prétendent avoir droict de guet et garde, — que leur chastel n'est qu'un repaire noble assis dans le territoire dépendant de celui de Chalais. et comme appartenance de celui-ci, — qu'à lui seul appartient le droict de requérir le concours des habitants pour guet, garde et réparation, — que les nobles et habitans des paroissses voisines tenayent et avouhayent tenir du seul seigneur de Chalais leurs terres et fiefs, — que les dicts conjoincts prétendaient à tort tenir leur hostel et chastel de Magezir de la main du Roy, ou du duc de Bourbon, — que ce fief estait de coutusme terre domaniale de Chalais. situé et assis dans les fins et mèthes de la chastellenye de Chalais, ce il disait estre, vrai, notoire et manifeste, et protestait le dict seigneur de Chalais contre les formes et requestes des dicts seigneurs de Magezir, auquel il demandait foy et hommage, et à défaut promettait faire saisir le dict fief de Magezir en vertu du droict escript et des coutusmes du païs de Xainctonge.

Sur ce, et de l'avis de leurs amis communs, les opposants ont faict entre eux pailx et concorde comme s'en suit :

Transaction : Aujourdhuy par devant Geoffroy Isambert, clerc, notaire-juré sous le dict scel royal estably aux contraincts en la ville de Sainct-Jehan d'Angély, et Seguin Pons, aussi notaire royal sous le scel estably aux contraincts de la ville de Périgueux, pour le Roy nostre syre, personnellement estably le dict seigneur de Chalais d'une part, et ledict Bragier, tant pour lui en son nom partant qu'il lui touche, que comme s'y faisant fort pour la dicte dame Jehanne de Magezir sa femme, à laquelle il a promis faire ratifier le présent appointement; lesquelles parties par le conseil et advis de leurs parents et amis et de plusieurs gens notables pour nourrir pailx et amour entre eux, o (1) le bon plaisir de la dicte cour de parlement, sont venues et condescendues à la transaction sur pailx et accord, de, et sur les desbats susdicts, en la forme et manière qui s'ensuit :

Et premièrement, que les dicts conjoincts seront et demeureront perpétuellement seigneurs, à cause de la dicte dame de Magezir, de toute la paroisse, terre et seigneurie de Montbouyer, avec tous droicts de chasteau et chastellenye, justice et juridiction haute, moyenne et basse, et tous aultres droicts, prérogatives appartenant à seigneur chastelain; et laquelle terre avec le dict chastel de Magezir, les dicts conjoincts tiendront à hommage lige dudict noble et puissant seigneur de Chalais à cause de son chastel, principauté et baronnie du dict lieu de Chalais, au debvoir d'ung esperon d'or, apprécié à ung escu de Florence, à payer à chaque muance de seigneur. Et lequel hommage le dict Bragier a faict à mon dict seigneur de Chalais et y a esté reçu. Et fera de même dénombrement de son fief par escript et payera le debvoir dedans le temps de la coutusme; et par ce présent appointement, tout ressort et souveraineté de la dicte terre et chastellenye de Magezir et Montboyer demeurera au dict seigneur de Chalais.

---

(1) *O* ou *ob*, *sous* ou *avec*. *O* le bon plaisir, c'est-à-dire *sous* le bon plaisir, etc. En juin 1380, la ville de Saint-Jehan d'Angély décide que l'on prendra de rechief *pâti ob* le capitaine de Bouteville, c'est-à-dire que l'on traitera avec lui, qu'on lui paiera une redevance (pâti) pour qu'il épargne la ville et ses environs lors de ses courses de rapines et de pillage qu'il allait faire dans le pays. Bouteville avait alors garnison anglaise.

Et en tant que touche ce que les dicts conjoints faisayent question et demande au dict noble et puissant seigneur de Chalais de la succession que la dicte Jehanne de Magezir pourrait prétendre ès terres de Chalais et Grignaulx, et aultres qui furent de dame Catherine de Grignaulx, son arrière grand-mère, les dicts conjoincts s'en sont départis et en ont transporté au dict noble et puissant prince Charles de Talleyrand de Chalais le droict qu'ils y avayent et promis de le garantir envers tous. Et moyennant ce dict appointement, les dicts conjoincts se sont départis de tous les aultres droicts que, à la dicte damoizelle de Magezir pourrayent appartenir à cause de son feu père en la dicte terre de Chalais. Pour toutes lesquelles choses susdictes et admises, et chascune d'elles, avoir toutes, et garder fermes et estables perpétuellement pour accomplir et entretenir bien et loyaulment, les dictes parties ont obligé et obligent, l'une d'elles à l'aultre, tous et chascun leurs biens et choses, tant meubles qu'immeubles, présents et futurs, et ont renoncé et renoncent, les dictes parties, à toutes actions, exceptions et déceptions de faict et de droict, d'usage, de coutusme, et ont promis et juré aux saincts évangiles, nostre seigneur, tenir, garder et accomplir bien et loyaulment les présentes sans jamais faire ou venir en contre, et le moins de ce.

Les dictes parties en ont faict faire entre elles, ces présentes lettres doubles, d'une même forme et teneur, scellées à leur requeste des scels royaulx.

Faict et passé au lieu d'Aubeterre, présents les tesmoings à ce appelés et requis, noble et puissant Messire François Bouchard, chevalier, seigneur du dict lieu d'Aubeterre ; Messire Bertrand Deslong, chevalier, seigneur de Freichinet et Me Jehan des Maisons .... juge des appaux de Périgord, le 9e jour d'apvril de l'an 1460. Signé : Izambert.

II

1539 — DÉNOMBREMENT DES FIEFS, ARRIÈRE-FIEFS ET AULTRES TERRES NOBLES QUE GUY D'ANGOULÈME, SEIGNEUR DE CURAC, FAIT DEVANT LE SÉNÉCHAL DE SAINCTONGE EN L'ANNÉE 1539.

Nombre de maynes, parcelles ou loppins de propriété possédés à titre de rente par ce seigneur dans les paroisses de Curac, Bardenac, Brie, Saint-Laurent des Combes, etc., ne seront pas détaillés ici. On ne relèvera que les arrentements relatifs à Montboyer.

« Me sont aussi dhues pour cause de fiefs, soumis aux mêmes hommages et devoir, 5 pipes de froment, 10 boisseaux avoine, cinq sols tournois et deux chapons pour chascun an, pour raison du moulin de Herbert (1), situé en la paroisse de Montbouyer, juridiction de La Boisse, audit Xainctonge, et 3 journaux de pré tous contigus, près l'un de l'autre, confrontant au chemin par lequel on va de Chalais à Saint-Laurent, appelé ledict Pas de Boisse, d'autre part, situées les dictes choses entre le moulin du prince de Chalais que a présent tient Jehan Poineau et ce moulin de Emery Herbert que. a présent tiennent Léonard Viaud, Jacquette Herbert et les hoirs de feu Colin Viaud, André Bernier, Jehan Herbert et aultres, leurs consorts, de présent détempteurs dudit moulin, à ce tesmoings et choses présentes.

« Plus 12 boisseaux froment, autant avoine, cinq sols et deux chapons sont aussi dhus par an de rente féodale par le village, maisons et granges de Rillac et 4 journaux de terre y attenant, le tout situé en Montbouyer, juridiction de La Boisse, confrontant de toutes parts aux héritiers de défunt Rillac, le tout mouvant de la juridiction de La Boisse. »

La déclaration ci-dessus transcrite a esté faite par moy notaire soubsigné, ce requérant Pierre Vyaut comme ayant charge de Guy d'Angoulême, seigneur de Curac.

Vidimé et collationné a son original sur papier de 2 feuilles. Signé Guy d'Angoulême et Rougerie à la requeste de dict seigneur.

Ce 17 juillet 1583. Signé Vyaut, Charretier et Jousseaume, notaires à Chalais.

(1) Aujourd'hui moulin du pont de Boisse. Dans les papiers de la famille Durandeau des Daniaud de la Tude, ce moulin porte en 1680 le nom de moulin Emery Herbert.

Le 13 juin 1599, Lancelot d'Angoulême, fils de Guy, afferme à Jehan et Arnaud Herbert, avec tous ses vergers et dépendances à l'entour dudit moulin, beaty, valoty, cours des eaux, esseaux, écluse, éclusage, pêcherie, droits d'appartenance commerciaux mouvant de la seigneurie de Curac.

En décembre 1666, Pierre Jacques Espière d'Angoulême arrente, par le ministère de Couton, notaire à Angoulême, le même moulin à Mery Herbert, moyennant 90 boisseaux de froment de rente annuelle et perpétuelle.

Il est constaté par un autre acte que les descendants de Mery Herbert ne purent à certaine époque payer la rente; ils furent dépossédés et le moulin s'appela dès lors le moulin du pont de Boisse, nom qu'il porte encore actuellement.

(Papiers Penard.)

III

HOMMAGE DE RAYMOND DE MONTBOUYER
A MONSEIGNEUR DE BOURDEAUX

1308. — Au nom de Seigneur, Amen! — Par le présent acte public, que tous sachent manifestement, que cette année 1308, indiction VII, IIIᵉ année du pontificat de Notre Très-Saint Père et Seigneur Clément V, par la miséricorde divine, pape. Le 6 nov, en présence de nous, notaire, personnellement constitué, et des tesmoings soubsignés, maistre Raymond de Montbouyer, chanoine de Xainctes, a fait hommage simple (1) pour luy, ses frères et leurs copropriétaires, à notre révérend père en Jésus-Christ monseigneur Arnauld (2) ici présent, par la Divine Providence archevèque de Bourdeaux, pour le fief de Avalhaco (3), et pour tous les aultres que ses frères et luy, ont et possèdent dans les diocèses de Périgueux et de Xainctes, terres que ses frères et luy tenayent et devayent tenir et que leurs ancêtres avayent tenu en fiefs de l'Archevèque et de l'Église de Bourdeaux, et pour lesquels ils luy debvaient l'hommage simple en temps voulu.

Ledict Raymond a promis sous la foy du serment, d'observer avec fidélité tous les debvoirs auxquels est astreint le feudataire envers son seigneur, le dict archevèque et l'église de Bourdeaux; lequel hommage ledict seigneur archevèque a reçu de luy avec réserve de ses autres droicts, de ceux de la dicte église et des droicts d'autruy. Et ledict Mᵉ Raymond a reconnu qu'il est dû pour ce fief, à titre de relief ou droict de sporle (4) au dict seigneur, un faucon (5) et cinq sols à chaque changement de feudataire.

Cette charte a été dressée à Lormont, en la cour archiépiscopale, l'an, l'indiction, le pontificat, le mois et jour cy dessus, en présence

(1) Qui n'emportait aucune obligation à la différence de l'hommage lige, qui était la promesse de défendre son seigneur envers et contre tous.
(2) Arnaud IV de Canteloup XLIV, archevèque de Bordeaux, 1305-1332.
(3) Ce mot peut se rendre par Availles. Serait-ce Availles près de Civray?
(4) Vieux mot; droit de mutation dû au seigneur à chaque prise de possession.
(5) Oiseau pris au nid et élevé à domicile autrefois appelé le niais.

des personnages cy après : Maître Arnauld de Baston, clerc juris-
consulte, Jehan Barbe, archiprêtre de Montmorillon, seigneur Guilhaume de Tillade, moine, aumônier de Guîtres, et de Me Guilhaume
de Barrière, clerc, tesmoings des diocèses de Xainctes, Poictiers et
Bourdeaux, spécialement convoqués et cités à l'affaire.

Et nous Bernard de Capraïs, clerc du diocèse de Bourdeaux, notaire apostolique et royal, présent à tout ce qui s'est passé, avons
signé avec les tesmoings susdicts, avons rédigé le dict acte dans la
forme voulue, et l'avons scellé comme on nous a prié de notre
scel habituel.

> Archives départementales de la Gironde, série G 108.
> (Pièce sur parchemin avec texte latin. Traduction
> de M. Maratu, doyen curé de Montmoreau).

IV

Comme cy devant soit le procès meu en la cour de parlement de Bourdeaux, entre Messire JACQUES NOMPAR DE CAUMONT, seigneur et baron
de La Force, Masdurand, Montboyer et autres places, capitaine des
gardes du corps du Roy, et lieutenant-général pour Sa Majesté en
ces pays de Navarre et Béarn ; et Messire DANIEL DE TALLEYRAND
de Grignols, seigneur dudict lieu de Beauséjour et prince de Chalais. Sur certaines lettres royaulx, obtenues par le dict seigneur de
La Force, le tiers de septembre 1603, pour estre reçu et répondre à
l'instance d'autres lettres obtenues le 9 mars 1572 par feu Messire
François de Caumont père, et légitime administrateur de ses enfants, et de feue dame Philippe de Beaupoil, sa femme, pour raison
de droits et actions qu'ils prétendent avoir audict nom, en la maison
de Chalais et baronnie de Grignols, tendant aux fins des dictes
lettres d'être reçus à procéder en certaines autres instances, ins-
tentées en l'an 1496, auquel procès le dict seigneur de La Force aurait appelé Messire Guyadet de Lannes, seigneur et baron de Larochechalais, lesquels ensemble ayant demandé en la cour de Bourdeaux d'estre renvoyés en la chambre de Guyenne establie à

Nérac, en conséquence de leur qualité, et ayant été déboutés du dict renvoi, ils se seraient adressés en la chambre de Nérac et en icelle obtenu retention de cause. — Contre lesquels le dict seigneur de Chalais se serait pourvu par lettres royaulx, en forme de requeste, et icelle et néanmoins, aurait présenté requeste au privé conseil du Roy, aux fins d'être réglé des juges, tellement que le dict seigneur de Chalais prétend avoir obtenu arrest, parties ouïes le 27 juin dernier, par lequel les dictes parties auraient esté renvoyées en la chambre de l'Edict establie à Castres pour y prouver ainsi que de raison.

Paravant lequel les dicts seigneurs de La Force et de Chalais, par l'entremise d'aulcuns seigneurs, estaient les dicts seigneurs en quelque traité de compromis, sans préjudice ni retardement audict procez pendant audict privé Conseil, en règlement de juges. Comme aussi estaient les dicts seigneurs envoyés d'accord pour raison de l'hommage demandé par le dict seigneur de Chalais au dict seigneur de La Force, à cause de la seigneurie de Montboyer, autrement dict le Chateau-Jollet. Pour raison duquel hommage il y aurait aussi procez entre les parties, pendant et indivis en la cour de la sénéchaussée de Xainctes, suivant lequel traité d'accord, les dicts seigneurs, pensant sortir à l'amiable des dicts procez, auraient donné respectivement et chargé de procuration spéciale, dame Charlotte de Gontaud-Biron, dame de La Force, et dame Françoise de Montluc, dame de Chalais, leurs femmes, aux fins de compromettre et arbitrer le dict différend à telle personne que bon leur semblerait. En vertu de laquelle procuration, les dictes dames auraient accordé de nommer chacun de sa part un gentilhomme et deux advocats, et d'iceux fournir en la présente ville de Nérac, pour juges de différent comme arbitres de droit ou à l'amiable, sans observer les formalités ordinaires de procédure qui se font en justice en ce qui concerne l'instruction des procez seulement. A quoi les dictes dames satisfaisant, auraient compromis en la manière qui s'en suit :

Pour ce, est-il qu'aujourd'huy date des présentes, par devant moy notaire royal soubsigné, et des tesmoings bas nommés, ont esté personnellement constituées les dictes dames de La Force et de Chalais, lesquelles en vertu de leurs procurations en date, celle de la dame de La Force du 7 de juin an présent 1606, reçu par Majordeau, notaire royal de la ville de Pau, et celle de la dicte dame de Chalais du 8 apvril, aussi an présent 1606, reçu par Massonneau, notaire royal à Chalais, ont nommé, nomment et accordent entre elles pour arbitres, sçavoir, la dame de La Force : Messire François de Lescoure, chevalier, baron de Savignac, Me Jehan Halvin, escuyer, sieur de Primet, et Daniel Pardiac, advocats en la cour de Parlement. Et la dicte dame de Chalais, Messire Charles de Durfort, seigneur de Boussis et Castelbajac (Hautes-Pyrénées), et Mes Jean et Étienne Destries, advocats en la cour, auxquels sieurs arbitres les dictes dames ont donné pleins pouvoirs et puissance de juges, duquel procez, circonstances et dépendances comme arbitres administrateurs et amiables compositeurs, sans être, comme dict-est, astreints aux dictes formalités de justice ; et ce, dans huit jours prochain venant ; et ce, sur leur foy et serment, tenir et garder la sentence qui sera par eux donnée, comme si c'était un arrest de la cour de parlement, aux peines de 3,000 # qui seront payées par la partie qui voudra se plaindre et appeler de la dicte sentence, avant d'être reçue à rien dire, ou par le fait ou défaut de laquelle l'exécution des présentes sera empeschée ; sçavoir : La moytié au procureur, l'aultre moytié à la partie acquiescente qui sera retardée à l'effet dudict compromis, par la partie diligente ou empeschante sans espérance de restitution. Néanmoins a esté accordé par les experts que le présent compromis ou arbitrage ne sortirait ou à effet ne pourrait nuyre, ne porter aucun préjudice, aux exemptions, moyens, raisons, défenses et prétentions des dictes parties afin de non recevoir prétendre par le dict seigneur de Chalais et le moyen dudict seigneur de La Force, au contraire et demeurant au mesme estat qu'elles estaient auparavant.

Et se sont, les dictes dames, accordées le greffier pour recepvoir la sentence des arbitres de moy, notaire royal soubsigné. Et pour ce que dessus entretenir, les dictes dames en ont obligé les biens de messieurs leurs maris, en vertu de leurs procurations. Lesquels biens ont été soubmis en toutes soubmissions et rigueurs de justice et renoncé à tous moyens à ce contraire. Et l'ont ainsi juré à Dieu par serment en présence de noble Pierre Barreaux, escuyer, Messire Daniel Martin, lieutenant de la principauté de Chalais, estant de présent à Nérac. Faict au dict Nérac avant midi le xii juillet 1606. Signé à l'original, Charlotte de Biron, Desmoulins, Barreau, Martin et Dazar, notaire royal.

(Archives départementales de la Gironde, série G 108).

V

TRAITÉ ARBITRAL ENTRE LE DUC DE LA FORCE ET LE PRINCE DE CHALAIS, AU SUJET DE LEUR DIFFÉREND SUR LA TERRE DE MONTBOUYER

15 juillet 1606. — Entre Messire Jacques Nompar de Caumont, seigneur et baron de La Force et autres places, conseiller du Roy en ses Conseils d'État et privé, capitaine des gardes de son corps, gouverneur et lieutenant-général pour Sa Majesté en ce royaulme de Navarre et pays de Béarn, et aultrement appelant de la saisie faicte par authorité de justice et du sénéchal de Chalais d'une part ;

Et Messire Daniel de Talleyrand de Grignols, seigneur du dict lieu et de Beauséjour, prince de Chalais, défendeur et aultrement appelé ;

Veu par nous, arbitres arbitrateurs et amiables compositeurs, le compromis contenant notre pouvoir passé entre dame Charlotte de Gontaut-Biron, dame de La Force, et dame Françoise de Montluc, dame de Chalais ; aux noms et comme procuratrices des seigneurs de La Force et de Chalais, leurs maris, des 12 et 13 du présent mois de juillet 1606, au pied duquel sont insérées les procurations des dictes dames des 8 apvril et 7 juin dernier ; — les dictes lettres royaulx du 27 décembre 1496, 4 mars 1514, 9 janvier 1572, 20 mars 1578, 20 décembre 1595 et 3 septembre 1603, obtenues par Messire Jehan de Beaupoil, protonotaire du Saint-Siège et ses autheurs, contre Jehan François de Caumont La Force, seigneur du dict lieu et par légitime seigneur de La Force, son fils, demandeur ; — Ensemble les exploits d'assignation donnés par les dernières lettres royaulx ; — Transaction faicte entre Pourgnette Prévost (1) et Boson de Talleyrand du 13 apvril 1364 ; — Contrat de mariage de Raymond de Magezir et de Catherine de Talleyrand du 27 juin 1409 ; — Aultre contrat de mariage de Hélie Prévost et de la dicte Catherine de Talleyrand du 20 may 1427 ; — Testament de Boson de Talleyrand du 23 octobre 1429 ; — Testament de Catherine du 3 août 1440 ; — Contrat de transaction passé entre Boson de Talleyrand et

(1) Ou Prenast. L'écriture de l'original peut prêter a double interprétation.

aultre Boson son frère, du dimanche après Pâques 1359 ; — Testament dudict Boson de Talleyrand du 30 mars 1365 ; — Aultre testament de Hélie de Talleyrand du 19 décembre 1400 ; — Transaction entre Charles de Talleyrand, Jehan de Beaupoil et Marie Prévost, conjoints, du 3 apvril 1457 ; puis avec Hélie de Beaupoil, le 24 septembre 1479 ; — Donation faite par le dict Hélie au dict Messire Jehan de Beaupoil son fils, du 4 août 1496 ; — Arrest de la cour du parlement de Bourdeaux du 20 juillet 1417 ; — Contrat de transaction, passé entre Pierre Bragier, seigneur de Brizambourg, tant pour lui que pour Jehanne de Magezir sa femme et le dict Charles de Talleyrand, du 9ᵉ jour d'apvril 1460 ; — Dénombrement donné par les époux Bragier en conséquence de la dicte transaction de la terre de Montbouyer le vii juillet au dict an ; — Contrat de mariage de Jehan de Beaupoil, protonotaire, fils d'Hélie, avec Claire de Talleyrand, fille dudict Jehan de Chalais, contenant transaction entre le dict Jehan de Talleyrand, Hélie de Beaupoil, et le dict Jehan de Beaupoil, protonotaire, du différend qui existe entre eux, du 3 novembre 1501, avec les ratifications dudict traité du 4 et 5 dudict mois et an ; — Hommage rendu par le dict Jehan protonotaire et Pierre de Beaupoil son frère, au dict Jehan de Talleyrand, de la terre de Montbouyer ou Chasteau-Jollet, du 23 septembre 1509 ; — Acte contenant saisie faicte à la requeste dudict seigneur de Chalais sur la terre et seigneurie de Montbouyer, à faute d'hommage, non faict le 26 août 1603 ; — Relief d'appel interjeté de la dicte saizie par le dict seigneur de La Force du 15 septembre au dict an 1603 ; — Hommage faict par le baron de Magnadet au roy d'Angleterre le 9 juillet 1363 ; — Et autres pièces et productions des dictes parties, contenues dans six sacqs (1).

Nous, faisant droit aux fins et conclusions des parties, en ce qui concerne les droits et prétentions prétendus par le seigneur de La Force du chef des dicts Boson et Catherine de Talleyrand, Messire Jehan de Beaupoil et aultres contre les dicts seigneurs de Chalais, sans avoir égard aux dictes lettres royaulx obtenues tant par le dict Messire Jehan de Beaupoil que par le dict feu François de Caumont et son fils, avons ordonné et ordonnons :

Que les dictes transactions et ratifications d'icelles, passées les 3, 4 et 5 novembre 1501 et aultres, passées entre les autheurs des dicts seigneurs de La Force et de Chalais, contenant la renonciation des

_____

(1) Une seule de toutes ces pièces a pu être retrouvée aux archives du château de Chalais, c'est le traité du 9 avril 1460, reproduit *in extenso* aux pièces justificatives sous le nᵒ 1.

droits et prétentions, demeurent en leur force et valeur; et à ces fins avons imposé et imposons silence perpétuel au dict seigneur de La Force et aux siens pour raison des dictes prétentions. Et néanmoins, faisant droit à l'appel interjeté par le dict seigneur de La Force, avons ordonné et ordonnons que : Iceluy, seigneur de La Force et les siens à l'advenir et qui d'eux auront droit et cause, demeureront perpétuellement francs, quittes et déchargés envers le seigneur de Chalais et les siens, de la prestation de l'hommage de la terre de Chateau-Jollet ou Montbouyer, tenue par les dicts seigneurs de La Force, ensemble du droit de ressort, prétendu par le seigneur de Chalais sur la dicte terre de Chateau-Jollet, en conséquence dudict hommage : sans comprendre toutefois l'hommage et droit de ressort de la terre de La Boisse, lequel demeurera au dict seigneur de Chalais. Avons aussi ordonné que le dict seigneur de La Force demeurera quitte et déchargé des droits de lods et ventes prétendus par le dict seigneur de Chalais pour raison de la dicte terre de Montbouyer ou Chateau-Jollet.

Et au surplus, mettons les parties hors de cause et de procez, sans dépens, aultres que ceux du présent arbitrage, qui seront payables par moytié. — Ainsi signé de Savignac, de Halvin, Charles de Durfort, de Pardiac et Destries frères arbitres.

Prononcé ainsi la présente sentence en la maison de Me de Lescoure, conseiller du Roy en l'Etat de Navarre, par le dit sieur de Primet, advocat, en présence des aultres arbitres et des dictes dames de La Force et de Chalais, lesquelles dames ont dict qu'elles en parleraient à leurs conseils présents. noble Pierre de Barreau, escuyer, et Me Daniel de Martin, lieutenant de la principauté de Chalais.

Et advenant le 10 septembre dudict an 1600, étant au dict Nérac, les dictes dames de La Force et de Chalais ont déclaré qu'elles acquiesçaient respectivement à la dicte sentence arbitrale, l'acceptant telle, et promettant sous leur foi et serment l'entretenir de point en point et de la faire ratifier et approuver par les dicts seigneurs de La Force et de Chalais leurs maris, aux peynes portées par leurs compromis et de tous dépens, dommages et intérêts, requérant acte de moy, notaire et greffier soubsigné, ce qui leur a été octroyé en présence des dicts sieurs Barreau et de Martin, et des dames de La Force et de Chalais qui ont retiré chacune leurs papiers.

Signé Charlotte de Biron, Desmoulins, Barreau, de Martin et Dazar, notaire greffier accordé par les parties.

(Archives départementales de la Gironde, série G, liasse 108).

VI

ÉPISTRE A MONSEIGNEUR

10 juin 1662. — Ayant apprins, après une exacte recherche, que la terre de Montbouyer en Xainctonge relevait de vous, je me demande l'honneur de recourir à vous pour obtenir une composition correspondant à vostre graciosité naturelle et à la grandeur de vostre naissance, touchant les lods et ventes de la dicte terre, afin de me pouvoir déterminer à signer et passer un contrat pur et simple, lequel aultrement, je serai obligé d'accepter à titre d'engagement qui serait aussi advenant à mon dessein qui ne tend qu'à retirer payement par toute voye de monseigneur le duc de La Force. La dicte délivrance n'étant pas à ma bienséance. J'ose me promettre, monsieur, et c'est grâce au souvenir que vous avez sans doute du respect que feu M. le maréchal de Gassion, et feu monseigneur l'évesque de Laon mon frère, avaient pour vostre vertu et personne, durant leur vie, et de la protestation que je me donne l'honneur de vous faire, que vous ne pouvez obliger homme de monde qui publie vos bienfaits avec plus de reconnaissance et de gratitude que moi, qui embrassa avec joye l'occasion de vous rendre le service et l'obéissance que vous doibt, monsieur, votre très humble serviteur.

Gassion, président de parlement, à Pau.

* *

RÉPONSE ET MÉMOIRE POUR LA TERRE DE MONTBOUYER OU CHATEAU-JOLLET

La terre de Montbouyer est tenue par M. de Gassion ainsi qu'elle l'a été par MM. de La Force ses autheurs, en parage ou franc alleu conventionnel avec le prince de Chalais, lequel est le chemier (1) conventionnel d'icelle, et en rend la foy et hommage à monseigneur

(1) Chemier : maître ; vieux terme.

l'archevêque de Bourdeaux, en conséquence des anciens partages et traités faits et passés entre les princes de Chalais et les sieurs de Beaupoil et de La Force, aux années 1359, 1457, 1479 et 1501, cotés et énoncés dans une sentence arbitrale rendue entre les princes de Chalais et les seigneurs de la Force le 15 juillet 1606, par laquelle, la dicte terre, conformément aux anciennes transactions marquées ci-dessus, est déclarée *franche et quitte de foy et hommage et des droits de lots et ventes.*

La preuve de ce parage ou franc alleu conventionnel est incontestable pour deux raisons convaincantes : une de *fait*, l'autre de *droit*.

La raison de *fait* résulte de la reconnaissance que M. le cardinal de Sourdis, archevêque de Bourdeaux, seigneur suzerain, a faite dudict parage ou franc alleu conventionnel, en recevant la foy et hommage du prince de Chalais pour la dicte terre de Montbouyer en 1627, et en authorisant et approuvant la prise et dénombrement fournis le 4 décembre 1632, vérifiées le 10 janvier 1633, dans lequel la dicte terre de Montbouyer, quoique possédée lors par monseigneur de La Force est quitte et exempte de l'hommage et des droits seigneuriaux, suivant la sentence arbitrale, est néanmoins portée en arrière fief, et par conséquent le service féodal est couvert et rempli envers le seigneur suzerain par le prince de Chalais en sa qualité de chemier conventionnel.

La raison de *droit* confirme cette reconnaissance et cet usage et dissipe toute ombre de difficulté dans cette question, en ce sens que tous les fiefs étant demeurés patrimoniaux et héréditaires en France, les vassaux ont eu la faculté de se défaire de leurs fiefs et d'en disposer à volonté, même au préjudice du seigneur dominant et suzerain, et sans son consentement, pouvant même aliéner et démembrer les deux tiers du fief par tel acte, contrat ou convention qu'il plaira aux dicts vassaux, pourvu qu'ils conservent par devers eux la faculté *de servir les fiefs et de rendre foy et hommage au seigneur suzerain pour les portions aliénées ou démembrées dudict fief.*

Et sur ce fondement, quelques coutumes ont établi non seulement le droit de *chemérage* ou de *parage* entre les gentilshommes cohéritiers au sang et compartagers de leurs fiefs, mais encore les dictes coutumes, à l'imitation du droit de parage du sang, ont formé et introduit le parage en franc alleu conventionnel, dans lequel le chef principal rend foy et hommage pour ceux qui tiennent en gariment et parement, comme parlent les coutusmes, ou bien en franc alleu ou parage conventionnel, qui est la même chose, les autres portions du fief déchargées des droits et debvoirs seigneuriaux y attachés, ainsi qu'il se pratique particulièrement dans les coutusmes du Poyctou, de Sainct-Jehan d'Angély et de l'uzance de Xainctonge, suivant les témoignages des plus habiles commentateurs, comme Paurand sur la coutusme de Poyctou, titre des fiefs, chap. II, n° 14; Vignens, sur la coutusme de Sainct-Jehan d'Angély, titre IV, article 28; Maichin, dans la même coutusme, Béchet sur l'uzance de Xainctonge, article 18, et dans la division des parages conventionnels, chapitre II, et au chapitre XIII des parages de don ou de franc alleu.

(Signature illisible).

*
* *

22 septembre 1681. — Procuration donnée à Joachim Destrisham, advocat au parlement de Paris, « pour raison de droits révélés, non prévus, négligés, litigieux et contestés dans les revenus de l'archevêché de Bourdeaux, et appartenans aux dicts sieurs du chapitre de Sainct-André, comme héritiers sous bénéfice d'inventaire de feu Messire Henry de Béthune, archevêque de Bourdeaux, estant finis, clos et arrestés par le compte qui en a été faict aujourd'huy entre messieurs du chapitre, Hyérosome de Loppin, théologal, et Simon Tristan Cortade, chanoine de la dicte église de Sainct-André, et le dict sieur Destrisham, par acte reçu du notaire soubsigné.

. . . .

Aura le dict mandataire, en raison de ses soins, voyages, frais et démarches, la moytié des droits perçus sur les lods et ventes des terres consignées dans la succession de feu monseigneur de Béthune, sauf sur celle de *Montbouyer*, sur laquelle une instance est ouverte dès le vivant de monseigneur.

Signé : Grégoire, notaire royal.

(Archives de la Gironde, série G, n° 108).

VII

16 NOVEMBRE 1562 — ENQUÊTE FAITE PAR JEAN ARNAUD, LIEUTENANT-
GÉNÉRAL DE L'ANGOUMOIS, ASSISTÉ DE PIERRE DE LA CROIX, LIEUTE-
NANT DU PRÉVOST, ET RELATIVE AU PILLAGE DE L'ÉGLISE SAINT-
JACQUES D'AUBETERRE PAR LES PROTESTANTS EN MAI 1562

Ce factum est inscrit tout au long dans le Bulletin de la Société
Archéologique de la Charente, série III, volume IV, année 1862,
page 343 et suivantes.

Vingt-trois témoins figurent dans l'enquête, ce sont : Martin
Nébrard, menuisier à La Prade ; Jeannot Champagnolles d'Aubeterre,
aussi menuisier ; Léonard Dupuy et Mathurin Luneau, maîtres
maçons ; les frères Routhier, poëliers ; Poncet de la Mayzonnie et
Marsaud Ferrand, serruriers, tous de la ville d'Aubeterre. Messire
Legier Robert de Montignac, Jehan Aurien de Bors, Pierre Robert
curé de Saint-Jehan, Marsaut Jussois prestre, Héliot Herier, Pierre
de Lavergne, Gilles Daspren, François Duchapt marchands ;
Robert Jaubert escuyer, sieur de Cumon, Martial Pastoureau receveur de cette ville, Jeannot Bouchier marchand, Vincent Picard
apothicaire, Bernard Dutillet praticien, Hélie Coulerie greffier et
Martial Dumas d'Aubeterre.

Peu de variantes dans les dépositions de ces témoins. La plupart
connaissent quelques uns des chefs de la bande armée qui a dévasté
Aubeterre et les signalent, d'autres indiquent dans le détail des
faits qu'ils exposent, ceux de leurs voisins passés au protestantisme,
qui, pour la triste besogne, ont prêté main forte aux étrangers.

De l'ensemble de tous les dires, il ressort :

Que des bandes armées, recrutées un peu partout, à la demande
de Condé, chef de l'armée des protestants, eurent ordre de se diriger
sur Orléans ;

Que l'une d'elles, à la solde du comte de Larochefoucauld, chef
reconnu des religionnaires de la contrée, venant de Gascogne et
des environs d'Agen, passait non loin d'Aubeterre, pillant et détrui-
sant églises et monastères ;

Que les religionnaires d'Aubeterre lui dépêchèrent Nicolas

Thévenin, le varlet de Poussard, le beau-fils de La Maronne et plusieurs autres, les priant de venir stationner dans la ville et la saccager ;

Que plusieurs des déposants affirment avoir entendu les principaux chefs, dire à diverses fois, qu'ils ne se seraient point détournés de leur chemin, sans la demande qui leur a été faite, et qu'ils n'étaient venus à Aubeterre que pour complaire à leurs partisans ;

Que ces étrangers, divisés en plusieurs bandes ou compagnies de guerre, firent leur entrée à Aubeterre le 13 mars 1562 avec tambourins et enseignes déployées, chacune commandée par des chefs dont plusieurs étaient connus des déposants, tels le commandant cadet de Chanteyrac, le capitaine Pilles des environs de Bergerac, les capitaines Lagrave et Guilhemot, les frères Pardailhan, Lamothe de Pigères, Marthelic de Vandoire et trois ministres, Delhôme, Nort et Duport de Saint-Séverin, ancien moine.

Qu'à peine installés « les soldats huguenots se mirent à rompre et saccager les églises et couvents dudit Aubeterre, brisèrent croix, autels, images, tombeaux, bastiments et spécialement la dite église Saint-Jacques, en laquelle ils rompirent le chœur, tant la muraille que les boiseries qui étaient ouvrées et maniérées, bancs, coffres, portes, vitraux et autres parements de la dite église, prindrent et saccagèrent les meubles destinés au service divin, mêmement les belles et riches chapes dont une magnifique, donnée par monseigneur d'Uzès (Jacques de Saint-Gelais) ; croix, calices, livres, missels, dont un fort grand était imprimé en lettres d'or ; titres et papiers du prieuré et de la dite église ; lesquelles choses ils firent toutes brusler dans un grand feu au devant de l'église Saint-Jacques, hormis ce que chacun d'eux crut devoir détourner et emporter, qu'ils allèrent ensuite faire semblable ruine à l'église Saint-Jehan et à celle des Cordeliers, où après avoir brisé les images, croix et autels, ils brulèrent les linges, meubles et ornements, saccagèrent le couvent et y vequirent à discrétion durant leur séjour à Aubeterre, d'où nuit et jour ils allaient saccager les églises et chapelles des environs ». Boignac, l'un des chefs, à qui messire Robert Jaubert, sieur de Cumson, faisait reproche d'avoir, durant la nuit précédente dévalisé et ruiné l'église de la paroisse, lui fit pour toute réponse que cette église n'était la propriété de personne.

Qu'environ deux mois après, vint à Aubeterre le sieur de Chénevières, nommé De Morel (1) avec sa bande armée, commandée par

(1) Des Morel de Chamberlane.

Mesniou de Villebois, Pierre de Lanauve, Lavergne de Mareuil, La Marthelie, le neveu du sieur de Verteillac, dit Beaulieu, les enfants du juge de Lézignac en Périgord, Bancheaud de Salles et plusieurs autres, lesquels rompirent la flèche de l'église Saint-Jacques et brisèrent trois cloches avec les marteaux fournis par La Berthe maréchal et protestant de la dite ville, puis montèrent au dit couvent des Cordeliers qu'ils achevèrent de rompre et de piller, maltraitant les religieux, ôtant, déchirant leurs habits, les poursuivant demi-nus jusque dans les vignes, hors un qu'ils trouvèrent malade au lit, qu'ils battirent et blessèrent grièvement;

Qu'après ces honteux exploits, la bande du sieur de Chénevières, grossie de nouvelles recrues bien armées, venues de Meilhan et de Libourne sous la garde du sergent Montas, et aussi d'un nommé Moré, dit Jehan le caporal, sorti des prisons d'Angoulême et qui menaçait tout le monde de son arquebuse, puis d'un Malibas de Chavenat et de nombre d'autres mauvaises gens, partit sous la conduite dudit Morel « pour aller rompre les églises devers Chalais ».

*
* *

Les détails qui précèdent, et surtout les mots de la fin, visant d'une façon toute particulière notre malheureuse contrée, n'autori-seraient-ils pas à croire que c'est à cette bande d'hérétiques forcenés qu'il faut attribuer les désastres dont Montboyer eut alors à souffrir? Jusque là, il avait paru vraisemblable d'en accuser les contingents du comte Dacier, allant concourir à la seconde prise d'Angoulême en 1568, ou revenant après le sac de cette ville prendre au château de Chalais leurs quartiers d'hiver. Mais pour qui connaît les « pille-ries et froides cruautés » commises à Aubeterre par ordre ou sous la direction des chefs de troupe, le départ annoncé du sieur de Chénevières pour Chalais et ses environs ne laisse pas le moindre doute sur la part considérable prise par cet hérétique et sa bande sauvage, aux ruines alors accumulées sur toute la région et parti-culièrement dans notre localité.

Je ne veux pas faire aux religionnaires de Montboyer l'injure de les croire capables d'une lâcheté pareille à celle que commirent les protestants d'Aubeterre, mais sait-on jamais ou peut aller, en temps de guerre, le fanatisme religieux? Que les protestants du bourg de Montboyer et ceux des villages de Bois-Neuf et de chez Gigon, les plus anciennement inféodés à l'hérésie, aient, oui ou non pactisé avec

l'ennemi, lors de sa tentative sur notre localité, nul ne le sait; mais
chose certaine, il y a eu lutte désastreuse à l'époque. Pris à l'improviste, mal armés, trop faibles ou trahis, les catholiques de Montboyer ne purent utilement se défendre. Vaincus, ils durent payer de
leurs personnes une résistance désespérée. Mais si nulle preuve du
sang versé ne nous est parvenue, les ruines amoncelées de l'église
et les cendres du presbytère disent assez quels sentiments de haine
aveugle et de stupide vengeance animaient alors nos ennemis
vainqueurs.

Décembre 1897.

VIII

1581 — QUITTANCE DU SEIGNEUR DE BONNES, POUR MAISTRE ANTHOYNE BERTHELLOT ET ESTIENNE DE LA COURT, SIEUR DE L'AUBERYE MARCHANS, ET MAISTRE ANDRÉ FAURE, POUR VI MILLE ESCUS

Sachent tous, que par devant Pierre Lousmeau, notaire royal
juré, soulz le scel estably aulx contractz à Angoulesme pour le Roy
nostre syre, et l'ung des trois antiens notaires establiz et constituez
pour le dict sieur en la baronnie d'Aubeterre, et en présence des
tesmoings icy bas nommez et escriptz, ont estez présents et personnellement establys en droict, Messire Anthoyne de Grignauldz,
chevallier de l'ordre du Roy, seigneur et baron dudict lieu en
Bazadoys, Bonnes, Montmalan et La Borie en Angoulmoys, lequel
de son bon gré et vollonté, a cogneu et confessé avoir heu, prins
et reçu de sieurs Anthoyne Berthellot marchand, et Estienne
Delacourt sieur de l'Auberie aussy marchand et maistre André Faure,
juge dudict Bonnes, ses fermiers des susdictes terres de Bonnes,
Montmalan et La Borie, demeurantz le dict Berthellot en la paroisse
de Saint-Quentin, et le dict Delacourt en celle de Saint-Romain,
Champagne, et le dict Faure, en la juridiction de Laborie, les tous
en Angoulmoys, ad ce présentz stipulans et acceptans : savoir est la
somme de dix-huict mille livres revenant suivant l'édict à six mille
escus d'or sol, en laquelle dicte somme, ils étayent tenus et obligez
envers le dict sieur de Bonnes à cause de l'afferme qu'il leur avoit

cy-devant faicte des dictes terres et juridiction de Bonnes et Laborie, fruitz, profictz et revenus deximaulx aultres dhus aux abbés d'Aubeterre, curés de Bonnes et de Saint-Christophe de Thude, que pour l'afferme aussy à eulx faicte de la terre de Montmalan par le sieur de Montplaisir, et pour l'afferme aussy à eulx faicte par monsieur maistre Guabriel Le Belcier escuyer, curé de Montbouïer, des fruictz et revenus de la dicte cure ; et ce, pour les années mil cinq cent soixante dix-neuf et quatre-vingts, que pour l'année présente mil cinq cent quatre-vingt ung ; laquelle dicte somme de six mille escus, ledict sieur de Bonnes a cogneu et confessé l'avoyr hue et receue des ditz Berthelot, Delacourt et Faure, auparavant le jour et date susdictes présentes ; en ce comprinses toutes et chacune les autres quittances qu'il leur a cy devant données, sur ce ensemble le dict sieur de Montplaisir et de laquelle somme le dict sieur s'en est contempté et en a quitté et quitte les dicts Berthelot, Faure et Delacourt, et promis pour raison d'ycelle, ne leur en demander aulcune chose que aux termes, comprenant en leur somme de six mille escus le sylx (1) que marquis Montrignact doibt pour prix de la dicte afferme de Montbouïer, laquelle debte dhue par le dict Montrignact demeure au dict sieur. Faict et passé au chasteau dudict Bonnes, après midy, le vingt-quatrième jour de may, mil cinq cent quatre-vingt ung, en présence de Pancrace Delagenette sieur des Bertandries en Saint-Romain et de Jehan Bouyer laboureur à Bonnes. Le dict Bouyer ne sait escripre. (Signé) Grignols, Faure pour avoir accepté ce que dessus, Berthelot, Delacourt, Delagenette, pour présent et Lousmeau notaire royal.

(Papiers de la Boisse).

IX

UNE MAISON D'ÉCOLE

L'ancienne maison d'école de Montboyer, située à main droite sur la rue qui va du canton de l'église à la maison Cholous des Unau et comprise entre la maison actuelle de Delors boulanger et de

(1) Sixième des 6000 écus pour 3 ans ou 1000 ⚓ pour chaque année.

l'épicerie Lévêquot, était jadis une dépendance de la cure. Comme telle, elle fut avec cette dernière saisie en 1793 par le fisc, en vertu de la loi du 12 août 1792, visant les biens de la noblesse et du clergé.

Ni la cure, ni cette vieille maison d'école ne furent alors vendues. Elles restèrent affermées à divers durant la période révolutionnaire et les revenus en furent versés aux mains du receveur des domaines à Chalais. Venot épicier, Ringuet maréchal, Durandeau et Guimberteau du bourg, furent à diverses reprises, fermiers partiels ou en totalité des bâtiments et jardin de la cure. Roux et le percepteur Landry occupèrent successivement la maison d'école. Landry l'habita de 1809 à 1815. Personne ne l'y remplaça dans la suite.

En 1818, le receveur de Chalais réclama au maire de Montboyer Mᵉ Filhol notaire à La Boisse, deux années de ferme écoulées. Celui-ci refusa de payer, disant que la maison n'avait rien produit durant ce temps et que l'État pouvait mieux que la commune supporter la perte de ce revenu. D'un autre côté, il constatait qu'il était de tradition dans toutes les familles de la localité que cette maison avait été jadis donnée à la paroisse pour y loger un instituteur (1), et que l'abbé Gabriel Dupuy, auteur de cette générosité, y avait lui-même tenu école tout le temps qu'il fut vicaire à Montboyer, c'est-à-dire de 1671 à 1686. C'était donc une propriété communale contre laquelle la saisie illégalement faite en 1792 ne pouvait prévaloir. Sous le bénéfice de ces observations, le maire soumit la question en haut lieu, et, par arrêté préfectoral du 25 juin 1818, cet immeuble fit retour à la commune.

Mise en reculement par la route, cette vieille maison n'eut plus de locataires et servit parfois de refuge aux indigents. Peu à peu, elle devint onéreuse à la commune qui la vendit à Chéri Galais en 1888. Elle est aujourd'hui rebâtie à neuf.

(1) Sur le sommier du receveur de Chalais le fait est aussi constaté.

X

LETTRE DE GUIMBELLOT A MONSIEUR DELCAIEUX AVOCAT ET PROCUREUR
A LA COUR DES AIDES, RUE BAUBOURG, 23, VIS-A-VIS LA RUE DES
MÉNÉTRIERS A PARIS. — 26 MAI 1788.

Nous nous sommes enfin procuré, par le moyen d'une injonction
de M. le Procureur Général, une copie de l'acte capitulaire. C'est
véritablement une horreur que cet acte. On y a établi plus de
quarante personnes qui ne désiraient pas y être, soit parce qu'on les
y a mises à leur insu, ou contre leur consentement formel, soit parce
qu'on les y a établies après coup. L'acte..... comme vous le verrez
par le mémoire ci-joint. On a même eu l'audace d'y mettre comme
présents des gens absents de la paroisse toute la journée du 6 avril.

On dit, dans cet acte, que la communauté a pris connaissance de
la procédure..... qu'ils ont unanimement déclaré que c'est de leur
avis et par leur impulsion que les dits Guichaud et Michelon etc. La
communauté ne sçavait absolument rien de cet acte, qui fut rédigé
par le sieur Lamaurine seul. Le style même l'annonce.

On y dit que les sieurs Guimbellot reçoivent tous les revenus
décimaux, qu'ils les portent dans leur maison. C'est une fausseté
manifeste; il n'est pas possible que la communauté si elle eut sceu
ce qu'elle faisait, l'eut approuvée.

On y dit que les sieurs Guimbellot étaient fermiers en 1786. Nous
n'avions qu'un tiers de la ferme, les sieurs Delugin et Guimberteau
les deux autres tiers, comme vous le verrez par l'acte que nous
vous avons fait passer.

On y dit que les habitants ont répondu aux dires des sieurs
Guimbellot. On défie de trouver des témoins qui attestent que cette
réponse s'est faite à la porte de l'église. C'est après coup qu'on l'a
imaginée, et elle est l'ouvrage du sieur Lamaurine. Il est à remarquer, et toute la paroisse l'attestera, que les sieurs Guimbellot ont
fait leurs protestations avant M. le curé, et, dans l'acte, elles se
trouvent postérieures aux siennes.

Nous avons quelques observations à faire sur le 4e 5e et 10e fait.

Le 4ᵉ est faux. Nous avons pu dire seulement, après les fermes faites, que M. le curé nous avait promis de nous gratifier de tout ce qu'il y aurait au-dessus de 4000 # dans le produit de ses fermes. Le 5ᵉ fait n'est pas vray. Mon fils s'est seulement rappelé qu'avant la faction des rôles de 1786, pour l'année 1787, avant qu'il fut question des fermes particulières, et croyant avoir la ferme générale, en ce qu'il pensait que la paroisse adhérerait aux volontés de M. le curé, il proposa un nouveau plan de lever les dîmes, il voulait percevoir par lui-même la majeure partie et faire des conventions avec des particuliers pour faire aussi la levée des quartiers les plus éloignés. C'est d'après ce plan qui lui faisait réunir les profits des différents fermiers qu'il dit devant une seule personne qu'il espérait gagner 1000 # par an : et que si M. le curé vivait vingt ans, cela lui ferait 20000 #. Il comptait pour lors sur la ferme générale.

Le 10ᵉ fait est faux. Mon fils ne dit point à M. Boucherie de la Caze que nous eussions fait la ferme de M. le curé, il dit seulement, comme le dépose le sieur Boucherie lui-même, que nous étions sur le point de la faire. Mais c'était avant la faction des rôles de 1786, temps auquel nous avions tout lieu de croire qu'elle nous serait passée.

Je vous prie monsieur, de faire tenir à l'avocat chargé de travailler dans notre affaire, le mémoire ci-joint, avec cette lettre. Il peut conter sur tout ce que nous y avançons. Il a un bon champ pour montrer à la Cour ce que c'est que le sieur Lamaurine, qui a fait le choix d'un tel notaire, et de quoi sont capables nos adversaires, surtout le sieur Desgraviers aîné, que la communauté paraît avoir choisi pour son syndic.

Nous avons grande envie de dénoncer au Procureur Général du parlement de Bordeaux, ce notaire pour toutes les faussetés qui sont dans son acte et le sieur Desgraviers pour lui avoir servi d'instrument.

J'ai l'honneur d'être avec la plus parfaite considération.
    Monsieur,
            Votre très humble et très obéissant serviteur,
                        Signé : GUIMBELLOT père.

XI

APPRENTISSAGE DU SIEUR DUMONTEILH CHEZ MAISTRE MICHELON, POUR
L'ART DE CHIRURGIE, PENDANT TROIS ANS, MOYENNANT 100 # PAR
AN.

« Aujourd'hui 3e janvier 1768, après midy, pardevant les notaires
royaux héréditaires en Saintonge soussignés, et présent les tesmoins
cy-bas nommés, ont esté présents et personnellement establis en
leurs personnes, sieur Jean-Charles Michelon, maître chirurgien
demeurant au bourg de Montboyer, et sieur François Dumonteilh
estudiant en chirurgie, aussi du bourg, yceluy authorisé de Me Jean
Guimbellot notaire royal et procureur, son curateur à conseil, pour
contracter les présentes, domicilié chez Gigon même paroisse,
d'une et d'autre part. Entre lesquelles parties a esté dict et convenu,
sçavoir : que Me Michelon s'engage à recevoir chez luy et garder
le dict Dumonteilh, loger, nourrir, blanchir et enseigner l'art de
chirurgie du mieux qu'il le pourra : et ce pour le temps et espace de
trois années consécutives, à commencer du premier février dernier,
jour de l'entrée dudict Dumonteilh chez son maître, et finir à pareil
jour l'année 1770, pour et moyennant le prix et somme de cent
livres par an, que Dumonteilh a promis de bailler et payer au dict
Michelon, sçavoir : cent livres le 1er février prochain, pareille somme
au 1er février 1769, et le reste à la même date 1770, et ce à peine de
tous dépens dommages et intérêts. Tout ce que dessus a été par
les parties voulu et consenti, stipulé, accepté et promis de l'entretenir sous l'obligation et hypothèque de tous et un chacun leurs
biens meubles et immeubles présents et futurs.

Fait et passé au dit bourg de Montboyer, maison du sieur
Michelon chirurgien, en présence de François Dubreuil fils, sacristain, et Jean Vary domestique, demeurant au bourg ; tesmoins
connus et requis, qui ont avec les sieurs Michelon, Dumonteilh et
Guimbellot, signé avec nous, sof le dict Vary qui a desclaré ne
savoir faire, de ce enquis et interpellé ». Ont signé à la minute,
Michelon, Dumonteilh, Guimbellot, Dubreuil, Ganivet et Vergnon,
ces deux derniers notaires héréditaires.

Contrôlé à Chalais le 9 janvier 1768, reçu deux livres douze sols
dont sont compris les six sols par livre.

Soldé pour tous droits coût et papier 4 # 16 sols par
Michelon sof son remboursement contre Dumonteilh,
sans garantie. Ganivet notaire.

XII

EXTRAIT DU REGISTRE PROTESTANT DE CHALAIS — ENFANTS DE MONT-
BOYER BAPTISÉS AU TEMPLE DE CETTE VILLE, PAR BELLOT ET
AUTRES MINISTRES PROTESTANTS.

Année 1666.

10 Avril. Daniel Cholous, fils de Jean et de Jeanne Mousset.
Parrain et Marraine Daniel..... et Suzanne Cholous.

10 id. Jacques Guimbellot, fils de Jacob de chez Gigon et de
Marguerite Dumeteau.

18 id. Jacques Esgreteau, fils d'Abraham et de Marie Grimaud. P. et M. Jean Masson et Marguerite Dumeteau.

18 id. Jacques Dumeteau, fils de Thomas de chez le Duc et de
Marie Roux.

15 Août. Étienne Poyneau, fils de Pierre et de Marie Champagne. P. et M. Étienne Chauvin not. roy. et Jeanne
Poyneau.

22 Oct. Jacques Michelon, fils de Joel et de Sara Boisnier.
P. et M......

19 Déc. Jean Cholous, fils de Jacques et de Jeanne Giraud.
P. et M. Jean Guimbellot et Jeanne Cholous.

1667.

13 Mars. Jean Esgreteau, fils de Jacques et de Jeanne Masson
chez Gigon. P. et M. Jean Masson et Jeanne Cholous.

20 id. Jacques Dumeteau, fils de Jean, cordonnier au bourg et
de Sara Dumeteau. P. et M. Jacques d'Enfer de la
Tavernerie et......

20 id. Jean Guimbellot, fils de David et de Jeanne Joyeux chez
Gigon. P. et M. Mathieu Boisnier et Marguerite
Dumeteau.

27 Mars. MARIE MASSON, fille de Charles et de Marie Egreteau chez Gigon. P. et M. Pierre Masson et Marie Egreteau.

3 Avril. JACQUES CHAMPAGNE, fils de Simon et de Marie Cholous au bourg. P. et M. Jacques Masson et Marie Grimaud.

24 Juin. PAUL CHAMPAGNE, fils de Daniel et de Marie Masson. P. et M......

23 Sept. PIERRE MICHELON, fils de Jacques et de Marie Balley. P. et M. Pierre Balley et Marie Egreteau.

1668.

4 Mai. MARGUERITE MARTIN, fille de Isaac et de Marie Moure.

id. MARIE BOUCHAUD, fille de Hélie et de Marie Duchemin. P. et M. Guillaume Bouchaud et Madeleine Chauvier.

id. PAUL CHOLOUS, fils de Jacques et de Marie Chauvier. P. et M. Paul Deluze et Elisabeth Michelon.

5 Août. SIMON DUMETEAU, fils de Jean et de Marie Vaslet. P. et M. Simon Dumeteau grand-père et Catherine Daulon grand'mère.

id. MARGUERITE DUMETEAU, fille de Thomas et de Marie Roux. P. et M. Jean Chauvin et Marie Chauvier.

1669.

3 Mars. ABRAHAM ROUX, fils de Jacques et de Marie Guimbellot. P. et M. Abraham Roux grand-père et Marguerite Cholous.

id. THOMAS CHAUVIER, fils de Thomas et de Marguerite Dumeteau. P. et M. Thomas Dumeteau oncle et Sara Dumeteau tante.

10 Avril. THOMAS DUMETEAU, fils de Joel chez Foucaud et de Marie Branchaud. P. et M. Thomas son frère et Marguerite Egreteau.

id. ANNE ROUX, fille d'Abraham et de Marie Labrousse chez Fraignaud. P. et M. Jacques Michelon et Anne Deluze.

2 Juin. JACQUES MASSON, fils de Jacques et de Marie Chauvin. P. et M. Jacques Cholous et Marie Masson.

7 Juillet. ANNE DUMETEAU, fille de Jean, cordonnier et de Sara Dumeteau. P. et M. Jacques Guimbellot et Anne Deluze.

8 Oct. MARIE CHOLOUS, fille de Jacques et de Jeanne Giraud. P. et M. Théodore Deluze et Marie Chauvier.

id. JEANNE MASSON, fille de Charles et de Jeanne Egreteau. P. et M. Jacques Masson et Jeanne Masson.

1670.

24 Août. JEAN CHAUVIER, fils de Thomas et de Marguerite Dumeteau. P. et M. Jean Chauvier et Suzanne Chauvier.

1671.

14 Janv. PIERRE MICHELON, fils de Joel Michelon et de Sara Boysvert. P. et M......

1ᵉʳ Févr. PIERRE ROUX, fils de Thomas et Helize Moreau. P. et M. Pierre Gadrat oncle et Marie Mercier.

15 Mars. ANNE DUMETEAU, fille de Jean et de Marie Vaslet. P. et M. Jean Boisvert et Marguerite Dumeteau.

27 Juillet. PIERRE MICHELON, fils de Mathieu et de Marguerite Egreteau. P. et M......

8 Nov. ANDRÉ MICHELON, fils de Jacques et de Marie Boisnier. P. et M. Pierre Boisnier et Jeanne Lafosse.

1672.

9 Avril. SIMON ROUX, fils d'Abraham et de Marguerite Vaslet. P. et M. Simon Roux, marchand et Marie Masson.

id. PIERRE GUIMBELLOT, fils de Jacques et de Marguerite Cholous. P. et M. Pierre Michelon et Marguerite Poyneau.

31 Déc. CHARLES MICHELON, fils de Mathieu et de Marguerite Egreteau. P. et M. Charles Egreteau et Marie Michelon.

1673.

1ᵉʳ Janv. SAMUEL DUMETEAU, fils de Jean et de Marie Vaslet. P. et M. Samuel Dumeteau, oncle et Suzanne Maubert.

20 Nov. PIERRE DUMETEAU, fils de Jean, cordonnier et de Sara Dumeteau. P. et M. Pierre Michelon, cousin et M. Egreteau.

31 Déc. SUZANNE CHOLOUS, fille de Jacques et de Marie Dumeteau. P. et M. Jacques Michelon, cousin et Suzanne Tartarin.
Ont signé au registre Thévenin, Rougier, Redeuil, Besson, anciens; Deluze, scribe et Bellot, ministre.

1674.

4 Mars. ÉTIENNE ROUSSEAU, fils de Mathieu et de Anne Deluze. P. et M. Charles Gast et Esther de Lépinay de Lamau.

8 Avril. PIERRE ROUX, fils de Thomas et d'Élise Moreau du bourg, P. et M. Pierre Champagne, oncle et M. Champagne, tante.

8 Juin. JACOB EGRETEAU (1), fils de Jacques et de Jeanne Masson.
P. et M. Jacob Guimbellot et Marie Chauvin.

4 Sept. SUZANNE CHAUVIER, fils de Jean et de Suzanne Tartarin.
P. et M.......

1675.

— JEANNE GUIMBELLOT, fille de Jacob et de Marie Cholous.
P. et M. Jacques Michelon et Jeanne Girard.

1676.

— ÉLISABETH MICHELON, fille de Mathieu et de Marguerite
Egreteau. P. et M. Jean Michelon, oncle et Élisabeth
Michelon.

19 Juillet. THOMAS DUMETEAU, fils de Jean, charpentier et de Marie
Vaslet. P. et M. Thomas Dumeteau et Léonarde
Cholous.

Mariages, 1669.

10 Avril. THOMAS CHAUVIER, fils de Daniel et de Marguerite Dumeteau de chez le Duc et MARGUERITE DUMETEAU, fille de
Jean et de Marie Dumeteau.

1674.

2 Sept. JACQUES DUMETEAU, fils de Thomas et de Marie Roux et
MARIE CHAMPAGNE.

Décès, 1673.

8 Juin. JOEL MICHELON, âgé de 48 ans, époux de SARA BOYSVERT.
— MATHIEU NAVARE, âgé de 47 ans.

---

(1) Sur nos plus vieux registres, Egreteau prend toujours l's à la première
syllabe, souvent alors les noms sont écrits avec de nombreuses variantes. Nous
les donnons ici tels qu'ils se trouvent libellés sur les actes ou registres mis à
notre disposition.

XIII

ABJURATIONS TRANSCRITES AUX REGISTRES DE MONTBOYER,
DE 1665 A 1685, PAR LES CURÉS COCHOIS, DUCLOS ET ROCHE.

1665.

31 Mars. JEAN MORBUE, 36 ans, propriétaire à Montboyer, 3 témoins.

1666.

25 Févr. JACQUES MORBUE, 25 ans, propriétaire à Montboyer, 3 témoins.

1667.

17 Juillet. MARIE CHARRON, 26 ans, propriétaire à Chenaud, 8 témoins.

16 Déc. ABRAHAM ESGRETEAU, 37 ans, propriétaire au bourg, 9 témoins.

16 id. GILETTE PROUST, 45 ans, domestique au bourg, 9 témoins.

1668.

6 id. MARGUERITE DE LAVERNIE, 33 ans, propriétaire à Brossac, 11 témoins.

1669.

4 Févr. CHARLOTTE GUILLOT, 34 ans, propriétaire à Saint-Bonnet, 10 témoins.

26 Avril. FRANÇOIS GORET, 40 ans, menuisier à Sainte-Marie, 8 témoins.

13 Mai. JACQUES ROBERT, 25 ans, propriétaire à Saint-Laurent, 4 témoins.

27 Sept. FRANÇOIS BONTEMPS, 30 ans, propriétaire à Montboyer, 6 témoins.

2 Déc. MARIE GALLETEAU, 16 ans, nièce d'Abraham Esgreteau, 5 témoins.

1670.

24 Janv. DANIEL MAUGET, 50 ans, propriétaire à Brie, 5 témoins.

13 Oct. JEAN NICOLAS, 35 ans, marchand à Bordeaux, 5 témoins.

1671.

2 Janv. MARIE GILBERT, 15 ans, propriétaire à Sallignac, 6 témoins.
1 Nov. HENRI VIAUD, 18 ans, meunier à Montboyer, 4 témoins.
    id. ÉLISABETH DUMETEAU, sa mère, 60 ans, à Montboyer, 4 témoins.

1672.

7 Févr. MARIE LETEURE, 18 ans, propriétaire à Montboyer, 8 témoins.
    id. CLAUDE LETEURE, son frère, 15 ans, propriétaire à Montboyer, 8 témoins.
19 Nov. DAVID BOUCHAUD, 20 ans, ouvrier à Chalais, 7 témoins.

1675.

17 Août. PIERRE MICHELON, 24 ans, propriétaire à Saint-Avit, 7 témoins.

1676.

7 Févr. JEAN ESGRETEAU, 72 ans, malade à Montboyer, 7 témoins.
18 Oct. JACQUES GOMMES, 27 ans, marchand à Bordeaux, 9 témoins.
16 id. CATHERINE DUCHEMIN, 20 ans, propriétaire à Montboyer, 3 témoins.
    id. ANNE DUCHEMIN, 16 ans, servante à Angoulême, 3 témoins.

1677.

17 Févr. ÉLIE MOREAU, 27 ans, tailleur au bourg, 7 témoins.
    id. SUZANNE TOYON, 75 ans, femme de Jean Esgreteau, au bourg, 7 témoins.
 5 Juillet. CHARLES BOISSIÈRE, 16 ans, propriétaire à Chalais, 8 témoins.
11 id. PIERRE MORBUE, 70 ans, malade au bourg, 8 témoins.
27 Sept. DANIEL COIGNARD (d'Angers), 19 ans, garçon serrurier au bourg, 4 témoins.
13 Oct. MADELEINE TISSERAUD, 48 ans, malade au bourg, 3 témoins.
 4 Déc. MARIE LETEURE, 17 ans, propriétaire au bourg, 7 témoins.

1678.

21 Janv. DAVID DUCHEMIN, 48 ans, boucher au bourg, 11 témoins.
    id. JEANNE JOYEUX, 47 ans, sa femme,   id.   id.
    id. MICHEL DUCHEMIN, 12 ans, leur fils,   id.   id.
    id. MATHIEU DUCHEMIN, 9 ans, leur fils,   id.   id.

21 Janv. SARA DUCHEMIN, 8 ans, leur fille, au bourg, 11 témoins.
  id.   PIERRE DUCHEMIN, 4 ans, leur fils,   id.   id.
  id.   MARIE DUCHEMIN, 45 ans, sœur de David, au bourg,
         2 témoins.
17 Févr. JEAN DUMETEAU, 58 ans, cordonnier au bourg, 11 témoins.
  id.   SARA DUMETEAU, 45 ans, sa femme,   id.   id.
  id.   THOMAS DUMETEAU, 25 ans, leur fils,   id.   id.
  id.   MARIE DUMETEAU, 20 ans, leur fille,   id.   id.
  id.   JEANNE DUMETEAU, 16 ans, leur fille,   id.   id.
  id.   JACQUES DUMETEAU, 9 ans, leur fils,   id.   id.
  id.   ANNE DUMETEAU, 6 ans, leur fille,   id.   id.
24 Mars. JEAN DUMETEAU, 34 ans, charpentier au bourg, 8 témoins.
  id.   MARIE VASLET, 35 ans, sa femme,   id.   id.
  id.   SAMUEL DUMETEAU, 9 ans, leur fils,   id.   id.
  id.   THOMAS DUMETEAU, 5 ans, leur fils,   id.   id.
26 id. MARGUERITE DUMETEAU, 28 ans, veuve Chauvier, proprié-
         taire au bourg, 7 témoins.
  id.   JEAN CHAUVIER, 8 ans, son fils, au bourg, 7 témoins.
28 id. ÉLISABETH GUIMBELLOT, 70 ans, propriétaire chez Gigon,
         11 témoins.
  id.   JEANNE POYNAUD, 15 ans, sa petite-fille, chez Gigon,
         11 témoins.
14 Sept. JEAN BOUCHAUD, 19 ans, ouvrier à Chalais, 10 témoins.
  id.   THOMAS ROUX, 29 ans, tailleur au bourg, 11 témoins.

1679.

18 Janv. ABRAHAM ROUX, 40 ans, tailleur chez Fraignaud, 14 témoins.
  id.   MARTHE LABROUSSE, 35 ans, sa femme, chez Fraignaud,
         14 témoins.
  id.   ABRAHAM ROUX, 18 ans, leur fils, chez Fraignaud, 14 té-
         moins.
  id.   JACQUES ROUX, 14 ans, leur fils, chez Fraignaud, 14 témoins.
  id.   Une fille paralysée, 12 ans, leur fille, chez Fraignaud,
         14 témoins.
  id.   Une autre, 2 ans, leur fille, chez Fraignaud, 14 témoins.
24 id. JEAN CHABAN, 25 ans, propriétaire à Salles Lav. 9 témoins.
11 Mars. RENÉE CHAMPAGNE, 23 ans, propriétaire à Chillac, 10 té-
         moins.
 7 Mai. GUILLAUME MESNIER, 31 ans, propriétaire à Nonac,
         7 témoins.

12 Mai. Françoise Pasquet, veuve de Jean Duc, 60 ans, propriétaire à Montboyer, 5 témoins.

2 Juillet. Jean Dumeteau, 24 ans, meunier au Moulin Rabier, 9 témoins.

7 id. Mathieu Cholous, 20 ans, marchand à la Tavernerie, 9 témoins.

11 Août. Élisabeth Chauvier, 22 ans, propriétaire au bourg, 7 témoins.

22 Déc. Pierre Bernard, 24 ans, marchand chapelier à Parcoult, 7 témoins.

1680.

1 Janv. Jean Deschemin, 20 ans, fils de David, au bourg, 5 témoins.

14 id. Paul Gilbert, maître chirurgien à Sallignac, 25 ans, accompagné de Rousseau son curé, 7 témoins.

18 id. Pierre Guerry, 42 ans, praticien à Saint-Eugène (Périgord), 6 témoins.

4 Févr. Thomas Dumeteau, 32 ans, farinier au Moulin Rabier, 8 témoins.

id. Marthe Monteau, 30 ans, sa femme, au Moulin Rabier, 8 témoins.

id. Jacques Dumeteau, 31 ans, farinier au Moulin Rabier, 8 témoins.

id. Perrine Monteau, 28 ans, sa femme, au Moulin Rabier, 8 témoins.

20 id. Isaac Babaud, sieur du Praynaud, 53 ans, advocat à Confolens, 12 témoins.

3 Mars. Mathieu Cholous, 60 ans, praticien au bourg, 14 témoins.
id. Léonarde Cholous, 25 ans, sa fille, id. id.

10 id. Judith Cholous, 28 ans, autre fille, au bourg, 7 témoins.

2 Avril. Anne Foucaud, 60 ans, femme de Mathieu, au bourg, 13 témoins.

1681.

11 Juin. Marie Branchaud, 40 ans, femme de Joel Dumeteau, chez Foucaud, 8 témoins.

26 id. Jean-Samuel Raynaud, 30 ans, garçon cordonnier, né à Gien (Orléanais), 10 témoins.

1682.

17 Mars. Hélie Deschemin, fils à David, 20 ans, boucher au bourg, 7 témoins.

10 Oct. Élisabeth Michelon, 28 ans, propriétaire au bourg. 10 témoins.

1683.

27 Janv. Pierre Jean, écardeur de laine à Montmoreau, 7 témoins.
8 Févr. Madeleine Mignot, 45 ans, femme Baussant, à Curac, 13 témoins.
    id.   Marie Baussant, 20 ans, sa fille, à Curac, 13 témoins.
    id.   Jean Baussant, 16 ans, son fils,   id.   id.
    id.   Guillaume Baussant, 13 ans, son fils, id.   id.
14 Juin. Jean Michelon, fils de Jacques, notaire royal, 27 ans, 9 témoins.
18 Nov. David Bauregard, 36 ans, médecin à Rioux-Martin, 5 témoins.
    id.   Pierre Bauregard, 6 ans, son fils, à Rioux-Martin, 5 témoins.
    id.   Jean Bauregard, 4 ans, son fils, à Rioux-Martin, 5 témoins.
    id   Marie Bauregard, 3 ans, sa fille, à Rioux-Martin, 5 témoins.

1685.

21 Mars. Jean Chauvier, 35 ans, maréchal chez le Duc, 7 témoins.
    id.   Marie Chauvier, 6 ans, sa fille,   id.   id.
    id.   Suzanne Chauvier, 4 ans, sa fille,   id.   id.
    id.   Suzanne Tartarin, 36 ans, sa femme, id.   id.
    id.   Marie Chauvier, 40 ans, sœur de Jean, id.   id.

1684.

28 Déc. Philippe Thévenin, sieur des Combes, 32 ans, propriétaire à Montboyer, 5 témoins.
    id.   Judith Thévenin, 8 ans, sa fille,   id.   id.
    id.   Charles Thévenin, 6 ans, son fils,   id.   id.

Relevé des conversions indiquées sommairement à la dernière page du registre.

1685.

20 Mars. Marie Pineau, 40 ans, femme de Pierre Michelon, chez Michelon.

20 Mars. MARIE ESGRETEAU, 40 ans, femme de André Masson, chez Gigon.

    id.   JEANNE MASSON, 40 ans, femme de Jacques Esgreteau, chez Gigon.

    id.   JEANNE ESGRETEAU, 14 ans, leur fille et JACQUES ESGRE-TEAU, 19 ans, chez Gigon (relaps).

    id.   MATHIEU MICHELON, 48 ans, propriétaire, chez Gigon.

    id.   MARIE ESGRETEAU, 38 ans, sa femme plus deux garçons et une fille non désignés.

    id.   MARGUERITE CHOLOUS, 50 ans, femme de Jacob Guimbellot, non converti, chez Gigon.

    id.   MARIE GUIMBELLOT, 20 ans, sa fille.

    id.   JACQUES GUIMBELLOT, 17 ans, son fils (plus tard relaps).

    id.   PIERRE GUIMBELLOT, 14 ans, son fils.

    id.   PIERRE MICHELON, 48 ans, sans autre désignation.

    id.   JACQUES MICHELON, 6 ans,   id.

    id.   MARIE MICHELON, 3 ans,   id.

23 id.   DANIEL MICHELON, 45 ans.

    id.   CHARLES MICHELON, 28 ans, frère du précédent, se maria en 1702 à mad. Fouquet qui donna le jour à Mathieu Michelon, praticien.

    id.   MARIE CHAMPAGNE, 30 ans, femme de Jacques Dumeteau de chez le Duc.

    id.   JACQUES CHOLOUS L'AINÉ, 52 ans, propriétaire à la Pierre-Rouge et JEANNE GIRARD avec une fille non désignée qui aussi se convertit.

    id.   JACQUES CHOLOUS LE JEUNE, propriétaire à la Pierre-Rouge.

    id.   MARIE CHAUVIER, 50 ans, sa femme.

    id.   MARGUERITE CHOLOUS, 20 ans, leur fille.

    id.   SUZANNE CHOLOUS, 13 ans, leur fille.

25 id.   JACQUES MOREAU, 50 ans, au bourg.

    id.   MARIE RENARD, 46 ans, sa femme.

    id.   JEANNE MOREAU, 21 ans, leur fille.

    id.   MARGUERITE MOREAU, 18 ans, leur fille.

    id.   ELISABETH MOREAU, 12 ans, leur fille.

    id.   MADELEINE MOREAU, 7 ans, leur fille.

    id.   MARIE MOREAU, 5 ans, leur fille.

    id.*   JEANNE CHAUVIN, 50 ans, veuve de Jacques Masson.

XIV

UN ACTE D'ABJURATION DEVANT NOTAIRE (1)

Aujourd'huy le vingt-deux du moys d'apvrilz, mil six cent septante neuf, par devant le notaire royal soubsigné, et en présence des tesmoings cy-bas nommés, avant midy, estant en l'église de la la paroisse de Sainte-Marye, principauté de Chalays, en Saintonge, a comparu en sa personne, Nadaud Pillaud, maistre meusnier, habitant la dicte paroisse, lequel parlant à vénérable et discrette personne messire Pardon Damoncelle D'Aguet, prestre, docteur en théologie, curé d'Icelle et prieur de Saint-Saturnin-de-Brie, a dit et remontré qu'il est issu d'un père et d'une mère catholiques quy l'auraient eslevé et instruit aux mystères de cette religion qu'il aurait toujours professée jusqu'à l'âge de 32 ans, auquel temps par un malheur et un aveuglement déplorables, il aurait imprudemment embrassé la religion prétendue réformée, les maximes et l'érezie de laquelle il a suivi jusqu'à présent, où par un effet de la miséricorde de Dieu, il en a recongnu la mauvaise doctrine, et que dans la religion réformée il est plainement persuadé qu'on ne ce peut sauver, ce qu'il aurait toujours même cru, dès le moment qu'il l'heut embrassée, ce qu'il fit aussy par des considérations humaynes et non par la croyance d'y faire son salut. Ayant même tout le temps qu'il est demeuré en cette religion été bouleversé par des frayeurs incessantes, et heut souvent horreur de lui-même. Aujourd'hui, touché par la miséricorde divine, il se trouve assez de courage et de force d'esprit pour abjurer, détester et fuir ladite religion prétendue réformée à laquelle il renonce et déclare l'abjurer de tout son cœur entre les mains duquel dudit sieur D'Aguet, curé de la paroisse, et en présence de nous dit notaire et tesmoings, et embrasser, comme

(1) Bien qu'à presque toutes les abjurations établies par écrit sur les registres de Montboyer, la présence d'un notaire instrumentaire soit constatée, il ne nous a pas été possible de retrouver nulle part dans la paroisse un de leurs actes ministériels concernant quelque converti de l'endroit. L'acte que nous relatons ci-dessus figure dans les minutes du notaire Fouyne de Sainte-Marie, en partie conservées à La Boisse.

il le déclare faire de tout son cœur la religion catholique apostolique et romaine dans laquelle il croit faire son salut, et non en d'autre. Dont de tout à ce subjet il a requis acte à moy dit notaire, qui luy ay octroyé pour luy valoir et servir ce que de rayson, en présence de Pierre Fouyne et Jean Ollivier clercs demeurant en la dite paroisse de Sainte-Marye, tesmoins cognus et requis quy ont signé avecq ledit sieur D'Aguet, quand audit Pillaud a déclaré ne le sçavoir faire. Signé D'Aguet prestre, Fouyne, Ollivier, tesmoins. Thomas Gossel, Jean Birot, Jean Grenier présents et Fouyne notaire royal.

Le 24 d'apvril 1679 enregistré au bureau de Chalais. Hillairet commis.

(Papiers de La Boisse).

XV

COMMENT EN 1884, MALGRÉ LES ENTRAVES DE L'ADMINISTRATION, LES VOUTES DE L'ÉGLISE DE MONTBOYER ONT PU ÊTRE RÉTABLIES

La souscription pour le rétablissement des voûtes de l'église à peine couverte, M. Texier aîné, architecte à Chalais, fut chargé de l'étude des travaux à exécuter. Il en dressa les plans et devis, suivant la forme indiquée par les restes encore apparents des anciennes voûtes, le tout avec arcs et nervures en pierre de taille, voûtes en briques creuses, reliées au plâtre de Paris. Le chiffre du devis s'éleva à 17,000 francs, sur lesquels le département alloua 450 francs et l'État 4,000, mais à la condition, expresse, émise par ce dernier, que les *voûtes*, indiquées au plan et devis seraient remplacées par des *plafonds droits*. C'était offrir avec le secret espoir d'être refusé.

De prudentes démarches faites en haut lieu par M. d'Asnières du Grand-Village, alors maire de Montboyer, donnèrent la certitude que le concours ministériel ferait certainement défaut, si on ne se conformait pas aux conditions imposées par la Commission des bâtiments civils. Force fut alors à l'Administration municipale de faire préparer un nouveau plan, ne comportant que des plafonds droits, mais assez solides pour coûter autant que des voûtes. Cette combinaison réussit, et le secours fut accordé.

L'adjudication des travaux se fit ostensiblement sur ce nouveau dossier ; mais il fut stipulé à part, de l'avis de la municipalité, de l'entrepreneur et de toute la population, que les *voûtes indiquées au premier plan* seraient exécutées au lieu et place des *plafonds droits portés au devis*. Les frères Vinet, entrepreneurs à Montboyer, devinrent adjudicataires avec un rabais de 10 p. 0/0 et notre église put enfin être restaurée dans sa forme primitive, selon le désir hautement manifesté par la population.

Le chœur fut naturellement la première partie de l'église mise en chantier. Les travaux s'ouvrirent le 20 octobre 1884. On commença par démolir les débris des anciennes arcatures, restées apparentes sur les murs depuis l'effondrement des voûtes au xvie siècle, et les six colonnes qui les supportaient, puis au moyen d'un vaste déblai de 1 m. 50 de profondeur, on atteignit les larges et solides assises de maçonnerie qui règnent sous tout l'édifice (1).

(1) J'assistais un jour aux fouilles pratiquées le long du mur, vis-à-vis la fenêtre Saint-Michel. On y remuait de nombreux ossements. A un moment donné, l'ouvrier mit à découvert un soulier d'homme parfaitement conservé, d'un travail délicat, avec bout très pointu et talon bas, rappelant fort bien les élégantes chaussures du temps de Louis XIV. J'aurais pu évidemment garder ce specimen pour quelque musée. Je n'y ai pas alors songé. Mais j'ai vivement regretté depuis de n'avoir pas poursuivi les recherches que la tombe, presque à nu, semblait autoriser. Peut-être aurions-nous su à qui avait appartenu le soulier ; et alors, il eut été facile de contrôler les dires de nos vieux registres sur les noms et qualités des derniers personnages enterrés dans l'église et dont voici quelques extraits :

En 1641 — Michelle Faure, 60 ans, épouse de Guillaume Poineau, notaire chez Poineau.

   id. — Gilette Montrignac, 60 ans, épouse de François Bomard, notaire et procureur au bourg.

   id. — François Bomard, 72 ans, son mari.

   1653 — François Danyaud, 40 ans, fils de Simon, notaire aux Danyaud de Boisse, et de Marie Pirault.

   1659 — Madeleine Cholous, 28 ans, fille de Jehan, avocat au parlement.

   1660 — Perrine Cholous, 80 ans, sa grand'mère.

   id. — Jehan Danyaud, 80 ans, procureur d'office aux Danyaud de Boisse.

   1662 — Catherine Chauvin, 50 ans, fille du notaire au bourg.

   id. — Michel Jarnighan de la Hautière, curé de Montboyer, archiprêtre de Chalais.

   id. — Antoine Chauvin, 8 ans, fils du sergent-royal au bourg.

   id. — Guillaume Brisson, 36 ans, praticien, fils de Jehan, notaire, et de Madeleine Cholous. (L'homme au soulier peut-être.)

   id. — André Rouhaut, 11 ans, fils du notaire du Château-Jollet.

Les sépultures dans l'église cessèrent à la mort du curé de la Hautière. Sous

C'est à partir de ce point que les nouvelles colonnes ont été solidement réédifiées, se reliant dans toute la hauteur avec les assises
de la muraille, au moyen de longues et fortes pièces qui y ont été
insérées. Ces colonnes, dont deux seulement sont arrondies, présentent avec celles des quatre coins angulaires, quelques avantages
sur les anciennes, qui étaient toutes de même forme, avec saillie
hors des murs de leur demi-cercle seulement. Notons que celles du
milieu se détachent bien mieux de la muraille qu'autrefois et font
très bon effet sous leurs élégants chapiteaux.

Quant à la voûte, elle est dans son ensemble fort gracieuse; mais
n'eût-elle pas gagné en légèreté, si les arcs formerets qui courent
sur les murs, et ne fatiguent pas, avaient la forme évidée des autres
lignes d'arêtes? Anciennement toutes les parties de l'arcature
étaient ornées de moulures identiques.

XVI

LE REGISTRE DES CHOLOUS

Commencé en 1548 par François Cholous des Unau propriétaire,
fermier des dîmes et marchand, ce registre passe successivement
durant plus de deux siècles aux mains de ses descendants. Chaque
génération s'y distingue par le genre de son écriture, le libellé de
ses notes, et le chiffre des salaires accordés en son temps. Dès les
premières pages, ses détenteurs font l'effet de gens très pratiques
et depuis déjà longtemps rompus aux affaires. Ils paraissent avoir
le monopole de toutes choses. Leur commerce est très étendu et
s'applique au blé froment et autres grains, au vin, aux bestiaux de
toutes sortes, et surtout au bœufs gras. Ils sont aussi prêteurs
d'argent. Malgré les feuilles absentes au commencement du registre,
on y lit encore quarante-neuf *obliges* (1), en faveur dudit François

son successeur, ce privilège accordé aux anciennes familles, moyennant une ré-
tribution au profit de la fabrique, leur fut retiré. Les prêtres eux-mêmes ne trouvèrent plus place désormais qu'au pied de la grande croix du cimetière. (Règlement du 6 apvril 1676, intitulé : Ce qui doit se faire dans l'église de Montboyer.
Pièce conservée aux archives).

(1) Obligations.

Cholous, pour prêt d'argent et vente à crédit de blé, vin ou autres fournitures. Toutes sont écrites au domicile du vendeur, par les notaires Charles ou Genteaud du bourg de Montboyer assistés de deux témoins. Seules, trois reconnaissances pour vente de bœufs gras, sont de la main d'un sieur Dupuy acquéreur et marchand des environs.

« Montbouïer le xxii may mvlviii (22 mai 1558).

« Personnellement estably, Pierre Dubreuil, laboureur en la paroisse d'Yviers, confesse debvoyr à François Cholous, marchand au bourg de Montbouïer, la somme de douze livres tournoys à cause de la vendition et délivrance d'une pipe de bled fin que ledict Dubreuil a acheptée dudict Cholous, avant ces présentes et qu'il payera au jour et feste de Nostre-Dame de septembre prochain venant. Et ce ledict Dubreuilh pour sureté de la dicte somme et jusqu'à plain payement, oblige tous et chascun de ses biens présents et advenir quelconques, soubmis, recongnus et promis. Faict et passé, jugé et condamné par moy, notaire soubsigné en présence de Jehan Delezinier et de Jehan Chauvin, laboureurs en cette paroisse. Signé Charles notaire royal ».

Sur une autre oblige de la même année, Jehan Mousset de Montbouïer, dit le baron, confesse debvoir à François Cholous cent livres tournois pour vendition et livraison de deux bœufs payables aux festes de carnaval..... etc.

Le xxiv juillet mvlxi Guillem Chaigneaud, hostelier à Bonnes, confesse debvoir à François Cholous vingt et cinq livres tournois pour vendition de six barriques de vin, payables à Nostre Dame d'août..... etc, signé Charles notaire royal.

Par autre oblige du viii may mvlxii, Jehan Robert, dit Baudin. laboureur à Montbouïer, confesse debvoir à François Cholous du bourg, la somme de deux cent livres tournois, pour vendition et délivrance de quatre bœufs gras, payables à la feste de la Saint-Jehan. Et pour sûreté de la dite somme...... etc., signé Charles notaire royal.

Genteaud, notaire à La Boisse étant de présent en la maison de François Cholous au bourg de Montbouïer, passe le viii juin mvlxiii une oblige en fabveur dudit Cholous, laquelle est consentie par Guillaume Raffin laboureur à Montbouïer pour solde de tout compte à la suite de diverses livraisons de bled et prêt d'argent. Cette oblige s'élève a trois vingt livres tournois payables à la Sainct-Michel prochainement venant. — Genteaud notaire à La Boisse.

« Je soubsigné, promets payer à la volonté de maistre François Cholous, la somme de deux cents livres tournois, montant de la vendition et livraison qu'il m'a faicte ce jour 25 novembre 1561, de deux paires de bœufs gras en présence de Mathieu Motard, notaire royal et de Jehan Champagne laboureur au bourg. — Signé Dupuy marchand, Motard notaire royal et Champagne présent.

*
* *

« Le bled que François a vendu dudepuis la Sainct-Martin (1) MVLX (1560) le premier lundy, XXX boisseaux — le second XXX — le trois (troisième) prins cheux Jeannot Motard XI boisseaux — le quart, prins cheux nous XXXV boisseaux puis à Fouassier de Bors en deux voïages XX boisseaux — à Jehan Perrin de la Font de Bellon XI boisseaux. — A Jehan Lamaud de Saint-Privat XVI boisseaux — le lundy, veille de Nouel XXXVI boisseaux. Le lundy des roys XXXXI boisseaux ; le lundy après les roys XXXI boisseaux etc...... » (Évidemment les foires et marchés du lundi à Chalais ne sont pas de récente institution).

« Mémoire de ce que j'ay payé en MVLXI (1561).

Au récepveur Pyrault pour la rente de deux années	LXV ₶	(75)
A Pierroton Esgreteau pour Matignon	XLV ₶	(45)
A Lezinier pour bailler à Jeannot Bernier	LXV ₶	(65)
Au Commissaire de la renthe	XXVI ₶	(26)
A maistre Mathurin qui m'avait presté	XVII ₶	(17)
A monsieur noustre curé pour l'afferme de l'an qui vient	LXVII ₶	(67)
Puis pour un décime	XXXXII ₶	(42)
Presté à Jehan Motard	XXII ₶	(22)
Plus donné à...... pour deux quartiers envoyés à Toulouse	LVII ₶	(57)
Plus pour les deux escholiers de Bourdeaulx	XXXII ₶	(32)
Plus pour mestives aux journaliers	XV ₶	(15)
Plus au fils Dupinte de Courlac pour ung journau de terre	XV ₶	(15)
A reporter	CCCCLXXVIII ₶	(478) ₶

(1) Notes écrites par le frère de François de sa vieille écriture gothique.

Report........	ccccLxxviii # (478) #	
Plus à Marie Vaslin pour les renthes de Courlac	xvii #	(17)
Plus pour un vedeau (veau) prins advant....	v #	(5)
Plus pour deux journaux de pred de Baudin.	xxxv #	(35)
Plus au gendre de Moreau pour les portes de chez Brigeau........................	xxi #	(21)
Plus à Chabosseau quand il s'en alla......	xx #	(20)
A Brillaud pour ung chasgne (chêne)......	v #	(5)
A Guillen Motard pour trois chasgnes.....	xiii #	(13)
A François Motard collecteur des tailles....	xiiii #	(14)
Au sellier d'Aubeterre..................	vi # x s. (6)	10 s.
A André Fraignaud....................	viii #	(8)
A Arnauld mon vaslet..................	x #	(10)
A divers. (Sommes détaillées au registre)..		(433 #)

Total..... mlxv # 10   1065 # 10 s.

Moudures données par mon moulin (1) :

De la Sainct-Jehan au 1er octobre mvilvi (1656)	li boisseaux (51)	
Plus en octobre, quand ils sont allés à la Dourne...............................	xviii id	(18)

En 1618, le registre précité est aux mains de deux héritiers d'une des branches Cholous. L'aîné y déclare qu'il s'est mis d'accord avec son jeune frère pour la pension que ce dernier doit lui payer, et ce, en présence du cousin Jacques Cholous marchand, et il ajoute : « Le 24 août 1619, jour de la Saint-Barthélemy, j'ay mis à part pour noustre nourriture 45 boisseaux de mesture, et avons commencé l'année au dict jour de la Saint-Barthélemy (2) ».

Sur une autre page on lit : « Pour l'année 1618, en laquelle j'ay commencé à payer pour la part qui m'est demeurée, et ce, après la part qu'à mon frère je me suis faict donner la quittance suivante :

(1) Il doit s'agir ici de l'un des trois moulins de la Grant-Font, qui manquent parfois d'eau en automne, quand le cours de la fontaine s'arrête à la suite de trop longues sécheresses. La Tude est presque toujours ravivée en octobre, les premières pluies lui suffisant. Il n'en est pas de même pour la source de la la Grand-Font, qui ne part souvent qu'après les fortes pluies de l'arrière-saison.

(2) L'auteur de cette note n'est autre que Jacques Cholous l'avocat, et le jeune frère qui lui paie pension Jehan Cholous du Rompis notaire et procureur dont il sera question ci-après.

Je Jehan Daniaud du Maine Sec, confesse avoir reçu de maître Jacques Cholous advocat au parlement de Bourdeaux, trois mesures de froment, autant avoyne et deux deniers argent pour raison des terres qu'il tient en la prise du Maine Sec, juridiction de La Boisse, en foi de quoi je promets de l'en faire tenir quitte par monsieur et mademoiselle du lieu (1). Signé Daniaud.

Autre note : « le 11 octobre 1621, j'ay presté 21 boisseaux un picotin avoyne à l'Anglade (2) et à mon frère qui l'ont mesurée en présence de Pouget et de Héliot leurs vaslets, et m'ont promis déduire ce que je pourrais debvoir de la dicte avoyne sur les rentes de l'année à la recepte du Château-Jollet, étant fermiers de la dicte rente, et le surplus me le rendra en espèces dans 15 jours ».

« Le dernier de novembre 1621, j'ay reçu de mon frère en espèces le prix de 7 boisseaux et demy d'avoyne à la décharge de l'Anglade qui étaient de surplus de la rente que je devais pour l'année. Et a recognu ledict Anglade avoir gardé le reste pour se couvrir de la rente due cette année ».

Conditions faites avec les domestiques et autres notes :

« De 12 mars 1620 Jehan Hérier mon domestique a commencé son temps ce jour et finira de même en 1621. Je luy ay promis pour son salaire 15 # en argent, 6 aulnes de toile, sçavoir, trois de reparonnes et trois d'étoupes, avec 10 sols pour des galoches ».

Dans les émargements d'argent versé à Hérier, relevé celui-ci :

« 17 août 1620 payé à Bernard de la Ville-Dubois, barbier au bourg, 15 sols pour avoir traité Hérier durant sa maladie ». (Les barbiers de l'époque saignaient en effet, et purgeaient au besoin).

« Le 28 septembre 1622, nous avons loué la Gonde pour nostre chambrière, pour nous servir jusqu'en 1623, à laquelle nous donnons 4 # en argent, 6 aulnes de toile, dont trois de reparonnes et trois d'étoupes, deux aulnes de toile de lin et une livre de laine.

« A la fin de janvier 1625, j'ay faict fagotter à la journée à raison de 2 sols par jour, nostre taillis du bois Lyssandre. Il y a eu la dicte année, sept cents et demi de fagots moins un quinteau. Pour faire les dicts fagots, on a employé 19 journées.

« Le 16 juin 1627, ma jument qui vient de chez Brigeau, a été

(1) Il s'agit ici de Charles de Champlong et de sa mère Renée de Barbezière veuve de Anne-Marc de Champlong dont il est question à l'article des seigneurs de La Boisse.

(2) Daniaud de l'Anglade fermier des rentes de la paroisse avec Jehan Cholous des Rompis procureur et frère de Jacques.

22

à un cheval des écuries de maître Chabot de Saint-Aulaye. Je l'y ay ramenée, car il est fort beau.

« Le 30ᵉ jour de mars 1630, nous avons loué Jehan Richard pour nous servir ung an. A qmensé son temps le même jour et finira de même en 1631. Son salaire est de 4 # 5 sols en argent, six aulnes de toile, deux aulnes de lin et fourni de galoches.

« Au mois d'août, j'ay affermé les noix qui sont provenues de nos noyers ladite année, sçavoir : celles qui sont au champ du parc, celles du cormier, combe de Guyonnet, combe des Poiriers, dessoubs la vigne, et celles de la terre que j'ay acquise de Dumeteau à la combe des poiriers, à Jehan Esgreteau barbier, pour 25 pintes d'huile et ung pain de nougeat. Celles de la terre du pré, pour 14 pintes, à autre Jehan Esgreteau le jeune. Celles des Caillots à Jehan Viaud du village de chez Jehan du Bois en Bellon, moyennant 15 pintes et ung nougeat; celles de chez Rillat, 2 pintes, à Guilliem Rillat, qu'ils doibvent me délivrer dans le jour de la Toussaint prochaine.

« Le 20 mars 1629, avons donné notre fils Nicolas Cholous (1) à nourrir à la femme de Marsaut, et avons promis de lui donner pour chascun moys, quarante sols argent, une douzaine de fagots, demy douzaine de bûches, et une chopine d'huile. A qmensé son moys ledict jour 20 de mars, et lui ay advancé le moys, et debvront continuer de payer par advance le temps, si longuement qu'elle le gardera.

« Au mois de mars de l'année 1632, j'ay faict escarder et filer...... livres de laine blanche en trois fois, et 29 livres de noire que j'ay faict filer à la quenouille. Les escardeurs ont employé 32 jours, je les ay nourris. Pour la blanche qu'ils ont escardée et filée eux-mèmes, je leur ai donné 2 sols pour chaque livre et pour la noire qu'ils ont escardée seulement, 1 sol, se monte la façon... 6 #

Plus nourriture des trois hommes à 10 sols au total 32 jours............................. 16 #

Plus, payé aux femmes pour avoir filé 29 livres de noire à 2 sols 6 deniers................... 3 # 18 s. 6 d.

Au sargeur, pour la première pièce qu'il a faicte, 29 aulnes à 5 sols..................... 7 # 5 s.

Au même pour une seconde pièce.......... 7 # 5 s.

Plus pour 10 sols de graisse et 2 de farine.... 0 # 12 s.

Plus pour la faire mailler à 1 sol 6 deniers, 58 aulnes................................. 4 # 7 s.

Total de la dépense.... 45 # 7 s. 6 d.

(1) Ce Nicolas est le 7ᵉ des 10 enfants de Jacques Cholous l'avocat au parlement marié à Marguerite Verdeau, voir page 209.

« Le 1ᵉʳ febvrier 1633, j'ay loué François Gigon dict Mignard, pour mon service jusqu'à la Sainct-Martin, je luy donne 10 # en argent et 4 aulnes d'étoupes.

Payé pour achapter un pareil de galoches.......	5 sols.
Pour aller achapter des châtaignes à Villebois...	16 s.
Pour frais de saisie et exécution, par Chauvin sergent............................... .	15 s. 6 d.
Pour deux quartiers de tailles, impôts de 6 mois..	46 s.
Pour un boisseau de méture.................	26 s.
Pour un boisseau semence de baillarge..........	16 s.
Pour achapter des galoches..................	4 s. 6 d.
Pour aller à Chalais achapter un chapeau.......	9 s.
Pour achapter de la toile....................	24 s.
Soldé à Gigon.............................	38 s.
Total..........	200 sols.

« Mémoire des frais et journées que j'ay employées à réparer la maison que j'ay acquise au bourg, de Jacques Jousseaume et de Guillemette Montrignac, son épouse.

Le 8 décembre 1632, j'ai achepté de maistre Jousseaume et de Guillemette Montrignac, sa femme, aujourd'huy propriétaires à La Roche, tous les biens et droits qu'ils avaient anciennement au dict bourg de Montboyer, consistant en une maison appelée la maison de la Baumarde (1) et autres bastiments ayreaux et domaynes qui en dépendent et qui sont limités et confrontés plus à plain sur mon acte, et qu'ils avaient acquis pour une moitié de Jehan Montrignac, dict La Chaume, dans lesquels biens j'ay faict faire les réparations qui s'ensuivent :

« J'ay faict planchéier la galerie devant la maison et employer six brasses de planche outre celles que Jousseaume avait laissées et payées à deux quarts d'écu la brasse.............   9 # 12 s.

─────────────

(1) Il est difficile de trouver exactement où était au bourg cette maison. En 1744, d'après le papier censif de Montboyer (registre couverture jaune), Laulaigne médecin en paie la rente, soit deux chapons et 13 sols, alors que pour son habitation particulière alors baptisée la maison de M. de Courlac (maison Lajeunie), il donne un boisseau de froment, un d'avoine, un chapon et 2 sols 6 deniers. La maison de la Baumarde devait alors se trouver à gauche après les halles en allant à la fontaine. Il y avait là autrefois un pâté de maisons qu'habitèrent les Montrignac. Le dernier des Montrignac, dit Pays qui y demeura, laissa son nom à ce quartier qui s'appela dès lors chez Pays.

Report........	9	#	12 s.
12 journées de charpentier à 5 sols et 8 sols de nourriture par jour..........................	7	#	16
Pour clous fournis........................	2	#	2
Plus j'ay faict recouvrir la dicte maison, crépir à la chaux et blanchir aussi le courroir, le haut des portes, l'escalier et la boutique; 13 boisseaux de chaux à 5 sols, 2 charretées de sable à 16 sols, autant au charroyeur, en total 6 # 13 sols, qui avec les 9 journées de maçon à 13 sols, nourriture comprise.	12	#	10
Plus 200 lattes-feuilles posées jointes, au bout de la galerie où sont les pigeons, à raison de deux quarts d'écu le cent. clous de lattes 1 # 10..............	4	#	14
Plus 400 de carreaux pour la chambre, 200 de briques pour le fouyer de la chambre basse, 50 grands carreaux au fouyer de la chambre haute et devant les fenestres............................	4	#	16
Plus 2 journées de maçon et pour le charpentier à la galerie où il y avait une sablière et 2 chevrons cassés, le tout..........................	3	#	9
Plus pour 3 seuillets aux portes principales, 1 jour.	0	#	13
Pour recouvrir le fournion. Journées, lattes, clous et 1,000 tuiles..........................	9	#	15
Pour 3 serrures neufves à la maison et au fournion, agraffes et pose......................	6	#	10
Pour 6 targettes neufves aux fenestres et 2 varouilles............................	2	#	
Plus pour un châssis neuf dans la chambre haute............................	6	#	
Pour une couchette dans la chambre basse aussi par Jehan le menuisier......................	4	#	
Il a raccommodé le buffet, refait une armoire et deux tirettes..........................	7	#	18
Plus pour 2 serrures au cabinet et à la boutique, targette et varouille........................	5	#	8
Plus à Abraham Chauvier, maréchal, pour gonds et bandes..........................	2	#	
Plus 4 boisseaux de chaux pour le puits, et seuil à une porte..........................	1	#	
A reporter........	90	#	3

Report........   90 # 3

Plus pour faire maçonner le bas de la galerie, y faire une fenestre en pierre de taille, les portes du puits, de la chambre basse et de la boutique, y faire maçonner l'autre, y faire deux fenestres et changer trois crochettes à la chambre qui entre dans le courroir, en tout 35 journées du maçon Pierre et de son fils Polyte, à 13 sols.........................   18 # 15

Plus 25 journées de Jehan le menuisier aux portes du cabinet de la chambre haute, du puits, du...... avec la fenestre de la boutique et le cabinet qui est dans la croisée de la chambre basse du côté de la rue. Le tout à 13 sols, nourriture comprise........   14 # 5

Pour deux vitres que j'ay faict mettre à la dicte croisée, par le vitrier de Curac..................   4 # 10

Plus payé au serrurier pour les portes et fenestre.   13 #

Pour la grange que j'ay faict refaire tout à neuf, avec l'appant qui est entre la grange et le fournion, ouvriers et matériel.........................   150 #

Pour la petite porte de la grange et le portail en bois...   27 # 1

Pour la chambre neuve et fournion dessoubs, les planchers, les portes, les fenestres et les journées d'ouvriers. ....   150 #

Plus pour fermer de palins, près de la grange....   4 #

Pour renfermer de palins tous les bastiments, faire la briasse, renfermer le petit jardin près de la rue..   12 #

Pour fermer aussi le jardin qui est sous les poiriers.   2 #

Plus pour faire dresser le contre-appant qui est proche de la porte de l'écurie, où il y a deux estelons...   25 #

Total..........   510 # 14 s.

Sur une autre partie du registre, sont portées par les mêmes, les récoltes de la métairie des Unau, restée longtemps sans doute indivise entre les deux frères. De 1618 à 1642, ces notes sont de la même écriture. Elles semblent d'une main plus jeune, de cette dernière date à 1679. Toutes intéressent par leur diversité le détail des récoltes obtenues, leur prix courant, la constatation des années vimères, et surtout par l'énumération des parcelles de la propriété, qui à peu de chose près, sont encore les mêmes aujourd'hui.

« Nombre des quintaux de bled et grossailles de l'année 1630, récoltés dans la métairie des Unan :

Febves au-delà des prés...... 2 charretées.
    Id.   au champ du Cormier.. 1   id.
    Id.   au chêne de Servoles.. 1   id.

Avoine à La Chaume................ 11 quintaux.
Baillage à la pièce des prés............ 4   id.

Bled de la pièce échangée au cousin Daniel du
Bourjadon............................... 42 quintaux.
Au dessoubs dans la terre rouille-dîne....... 4 id. 1 gerbe.
A La Combe Guyonnet.................... 16 id. 4 id.
A La Chaume........................... 19 id.
Aux Caillots........................... 69 id. 1 id.
Au-delà des prés....................... 46 id.

En total.......... 197 q. 1 gerbe,

qui nous ont donné 213 boisseaux de bled, 3 de baillarge, 18 d'avoyne, 50 de febves avec 4 de pois rouges, valant le bled 33 sols le boisseau, la méture 26.

Suivent quelques autres récoltes relevées en bloc sur le registre et à de grands intervalles.

En 1649, récolté aux Unau 260 boisseaux, — en 1659, autre année d'abondance, 252 boisseaux, — en 1676, 273 et quantité de grossailles.

En 1663, grande vimère de grêle et d'inondations; 107 boisseaux de bled seulement.

En 1677, autre année malheureuse, grande sécheresse; ni foin, ni paille, 108 boisseaux.

En 1679, il neige tout le mois de febvrier. Les bleds gèlent, 128 boisseaux. Le bled valut cette année-là 66 sols le boisseau, les febves 45, la méture 52.

* *
*

En 1685, Pierre Cholous le dernier des 10 enfants de Jacques Cholous l'avocat et de Marguerite Verdeau, entré depuis longtemps dans le sacerdoce, était curé de Berneuil. Cette année-là, eut lieu le partage des biens de sa famille, et la métairie de la Messagerie en Montboyer lui échut avec quantité de papiers, parmi lesquels se trouva le vieux registre de la famille où nous avons déjà copieusement puisé.

L'abbé Cholous en souvenir de ses auteurs, crut devoir en continuer l'usage. Il en fit aussi son livre journalier. Nous ne puiserons dans les pages qu'il y a écrites que les notes relatives à Montboyer. Si nous en relevons d'étrangères, c'est qu'elles nous offriront d'utiles enseignements ou des faits d'un intérêt général.

« Estat des revenus de la métairie de la Messagerie à moy appartenans Pierre Cholous, curé de Berneuil.

« 1688. — Nous avons partagé, Michel Festy et moy tous nos grains et revenus de l'année courante. Les semences levées, les rentes, les dîmes, les droits du maréchal et du panseur de bœufs déduits, il s'est trouvé pour chacun de nous : 95 boisseaux et demy froment, 20 boisseaux et demy febves ; pois rouge, demy boisseau, baillarge 5 boisseaux 1/2, chanvre femelle 66 livres, et 5 livres de laine.

« Le 15 novembre 1688, j'ai arrêté pour mon vaslet Guillaume..... de La Chapelle Grezignac en Périgord, auquel j'ai promis pour ses gages pendant un an, quatre escus et une paire de souliers, sur quoi je lui ai donné deux paires de galoches à 3 sols et demy, six liards de clous et 6 liards pour un couteau. Puis je lui ai fait faire un justaucorps, une paire de chausses (culottes courtes) et une paire de bas, pour lesquelles choses Villeneufve le tailleur a employé 6 aunes du droguet que m'a fait Roulleau et valant 15 sols l'aune, avec une aune de toile reparonne à 9 sols et deux d'étoupe à 8 sols, plus deux douzaines et demie de boutons à 6 liards la douzaine et pour faire ledict habit, Villeneufve a reçu 30 sols et j'ai fourni le fil.

« Le 16 août 1689, j'ai pris chez Desdurand à Barbezieux 9 aulnes et demi de cadix ratiné à 24 sols l'aulne, à payer en octobre.

« Le 4 octobre j'ai fait payer la note ci-dessus par mon fermier et Villeneufve a achepté pour moy 4 aunes du même cadix et une autre de soye.

« Le 13 mars 1689 Giré m'a presté 4 escus en outre de ce que je lui dois. Le 22 je lui ai cédé 4 boisseaux de froment, mesure de Barbezieux à 24 sols et donné le 2 août un billet de 35 # qui est tout ce que je lui doibs maintenant.

« Le 16 novembre 1690 Bernard Cholous mon neufveu est venu de Saint-Aignan où il a travaillé en qualité de frater (1) chez M. Syr,

_____

(1) Bernard devint plus tard un habile chirurgien. A cela rien d'étonnant puisque à 15 ans, avant même d'avoir achevé ses études classiques, il s'était déjà

et le mercredi suivant Villeneufve est venu luy raccomoder ses habits, à quoy faire il a employé deux jours pendant lesquels je l'ai nourri et payé 20 sols.

Je l'ai remis en pention à Chillac chez M. de Lavaure où il a esté norri et instruit par le précepteur, à qui j'ai payé 100 # par an. — J'ai aussi payé a Saintes chez Merlet, diverses choses ».

L'abbé Cholous parle aussi de bien d'autres neveux ou nièces qu'il fait vêtir et chausser à l'occasion. Il fait bon voir de quelles étoffes étaient pour la bourgeoisie les vêtements d'alors, et de quelle chaude doublure on les renforçait.

« Marie Cholous. — Le 3 juin 1689, je luy ay donné trois aulnes de brin. — Le 3 juillet, une livre d'estin pour filer et se faire un manteau. — Le 8 octobre, j'ay payé pour elle au cordonnier de Passirac une carrelure, 10 sols — Le 14 mars 1690 une paire de souliers au même, 4 # — Le lundy 28 juin je luy ay donné 6 aulnes de crespon et pour ce, j'ay payé à Doubleau 6 sols par aulne — Le 22 juillet, Pierre, tailleur à Barbezieux a faict un manteau à la dicte Cholous à quoi il a employé deux jours, pour chacun desquels j'ay payé 6 sols de salaire et la nourriture.

« Saint-Hubert. — Le samedy 21 may 1689, étant à Brossac, j'ay levé un habit pour Saint-Hubert, mon neufveu. J'ay pris du nommé Moisne de Brossac 6 aulnes de droguet fin à 26 sols l'aulne, 8 douzaines de boutons, un quart de soye, et Villeneufve a pris demi once de fil. Ledit Villeneufve avec son garçon a mis trois jours à l'y faire, pendant lesquels je les ay nourris. Plus le jeune Gaberot luy a fait une paire de souliers que j'ay promis de payer.

« Pour doubler l'habit cy-dessus, j'ay fourni deux aulnes trois carts de toile de brin, valant 12 sols l'aulne.

« Le samedy dernier juin 1690, j'ay achepté pour luy faire un habit complet 7 aulnes et demi de chaysne d'estaing à 22 sols l'aulne, 8 douzaines de boutons à 2 sols la douzaine, demy once de soye, une once de fil écru ; et pour doubler tout l'habit, j'ai achepté trois aulnes de toile à Gabriel Morpin, laquelle Villeneufve est allé chercher ».

9 mars 1704. — Dernier compte avec Giré mon fermier. Ce jour, Daniel Giré et moy, avons compté pour ce qu'il a achepté pour moy à Barbezieux et les dîmes qu'il a touchées de mme des Roys. Il m'a donné deux louis neufs de 4 escus et un chaigne, qu'il m'a

fait la main chez le barbier Syr et savait à cet âge, raser, saigner, purger et *clisterium donare*.

vendu dans le village de chez Jean de Grange en Condéon, pour ma construction et nous sommes tout à fait quittes.

Signé Giré, Pierre Cholous curé.

« Pierre Sicard, sacristain de Saint-Martial de ville recognade est mon fermier de trois pièces de pré, dont l'une est dans la prairie entre le bourg et chez Sureau, laquelle feu mon frère, curé dudit Saint-Martial, avait acquise de Symon Sureau. L'autre, appelée le pré du Bournat, il l'avait eue en échange avec Me Arnaud Sureau, notaire royal. La troisième, dans le pré barré, qu'il avait acquise de Denys Léger, et pour ce il me doibs donner 6 # par an, ce qui fait pour cinq années 30 #.

« Sur quoi il a payé pour moy au sieur du Bois Dunaud (1), mon neufveu, greffier à Chalais 13 # ; à Vallade chapelier chez Geoffroy en Peudry 4 # ; à la Ruffine marchande au bourg de Saint-Laurent de Belzagot 8 # ; à Balay le recouvreur 5 #. Partant il me redoit 3 # dont il a terme jusqu'à la fête de Noël prochain. Ce 19 juillet 1691 ».

Suivent plusieurs pages où sont inscrites les pièces de toile faites chaque année au curé de Berneuil par ledit Sicard sacristain.

« Le 24 juin 1700, Pierre Sicard m'a apporté 22 # 14 sols 6 deniers provenant de 48 aunes d'étoupes qu'il a vendues à 10 sols et demy, et dont je lui dois la façon. — Ledit Sicard ne jouit plus à dater de 1705 du pré de Symon Sureau. Le décharger d'autant dans le compte à faire en fin d'année.

*
* *

Il était d'un usage général dans la région que les curés missent en ferme les divers produits de leurs dîmes. A Berneuil on fit longtemps exception à la règle, et le curé Cholous, malgré son grand âge, levait encore à ses risques et périls les fruits décimaux de sa paroisse.

« Le 26 juillet 1700, mes valets finirent de serrer le foin et commencèrent à couper le blé. On continua le lendemain jusqu'au 7 août, puis on coupa les avoines, baillarges et le reste de grossailles. Cela dura six jours. Le 20, on battit 7 boisseaux de pesilles et garobes. Le 27, 21 boisseaux de febves ; — le 29, 14 boisseaux d'avoine ; — le 30, 26 boisseaux d'orge et de méture.

(1) Cholous Bois Dunaud.

Le 31 août, on battit du blé................... 24 boisseaux.
Le 2 septembre id .... 33 id.
Le 3 septembre id .... 34 id.
Le 4 septembre id .... 25 id.

« Le 25 juillet 1704, François Richier, mon vaslet, coupa trois gerbes de méture derrière Malifaud, métayer de mon paroissien Augeay, au lieu appelé le Clamard.

« Le 29 juillet et le 1er août, Marie Grandet, ma servante, coupa quelques gerbes de blé chez Gourdeau, et le domestique, du seigle derrière le mestayer de M. Rochefort à Palenard. Le 30, les mestiviers ont achevé de couper le froment. Le lendemain on tira les febves près de la vigne de Rochefort. Il resta encore à Palenard quelques avoines et des grossailles, ainsi qu'à la Duranderie et chez Gourdeau.

« Le 12 may 1706, j'ai accueilly pour mon vaslet mestivier Pierre Martin du village des Bergères, lequel me doibs aider à faucher et serrer mes foins, couper, battre mes grains, serrer mes pailles, faire mes vendanges, cueillir et amasser mon blé d'Espagne; et pour ce, je lui donne 5 boisseaux de froment, 4 de grossailles et luy laisserai le temps d'ayder sa femme à couper son blé.

« Le 27 juin 1714 nous avons fauché, et le 29, jour de Saint-Pierre, à 4 heures du soir jusqu'à neuf heures, il est venu une pluie tellement forte qu'elle ressemblait au déluge, et emporta notre foin jusque sur les bords du Lamaury.

« J'ai cette année pour mestiviers : Louis Chadefaud et son fils, Jean Baudet de chez marquis. Jacques Chaillot du Tâtre, Arnaud Bonnet, Gabriel Moreau et Pierre Arnauld. Les charriqueurs seront Jacques Fournier de chez les Roys, et Arnaud de Fontauger. — Les métives commencèrent après la Madeleine et finirent le...... du mois d'août, restèrent le blé d'Espagne et le chanvre.

* *

Si la perception des dîmes par les intermédiaires ou fermiers avait — nous l'avons dit ailleurs — le désavantage de mettre les cultivateurs à la merci de gens souvent très durs, s'autorisant des charges de leur mandat pour pressurer le menu peuple et le mener à la ruine, nous voyons par les notes ci-dessus, que la levée des fruits décimaux par le curé lui-même présentait aussi, bien que dans un ordre tout différent, des inconvénients pour le moins aussi graves.

En effet, bien avant l'ouverture des métives, le curé devait arrêter ses nombreux travailleurs, débattre les prix, fixer les époques, prendre toutes mesures utiles pour la bonne exécution de ses travaux. Et, au jour dit, sa maison d'ordinaire si paisible devenait comme le centre d'une grande exploitation, où il n'y avait plus pour lui-même ni repos ni trêve. Ne voyez-vous pas d'ici le curé de Berneuil donner un matin de l'an 1714, et dès l'aube, le mot d'ordre à tous ses ouvriers, lesquels aussitôt répartis dans les villages à eux désignés, coupent ou arrachent de ci, de là, le treizième sillon laissé debout par les cultivateurs, avec même travail le lendemain et jours suivants, de sorte qu'avec le temps ils durent parcourir toute la paroisse, enlevant chaque soir, à l'aide des charroyeurs gagés par le curé, tous les grains abattus dans le jour. Et puis, ce n'était pas tout, la récolte une fois engrangée, il fallait la battre, nettoyer le grain, et ce n'était pas là. pour le curé, le moins encombrant des travaux de la saison.

D'ordinaire les battaisons s'ouvraient aussitôt la fin des métives. Alors, par un beau soleil et des jours encore assez longs, on allait vite en besogne, mais que d'entraves le mauvais temps apportait souvent à ces pénibles travaux! aussi quand arrivait le dernier jour, les ouvriers, en signe de réjouissance, glissaient dans l'aire sous le dernier vergeat (1), une assez forte planche, sur laquelle les fléaux, vivement menés, résonnaient plus que d'habitude, et annonçaient au loin la clôture des travaux. Puis tout cela se terminait par le blé fin, jour de fête et de régalade pour les moissonneurs. Dès le matin. les grains de toutes sortes, portés à l'aire, étaient jetés séparément à la pelle, mis en tas, mesurés au boisseau, et portés dans les greniers du curé qui, défalquant de sa récolte la part revenant à ses journaliers, pouvait enfin connaître son revenu net de l'année.

Mais, avant d'en arriver là, que de soucis et de préoccupations pour le prêtre qui, durant tout l'été, devait souvent faire défaut aux devoirs de son ministère, car ses intérêts continuellement en jeu, l'obligeaient à la plus active surveillance. Heureux encore quand, au milieu de ses courses, il ne rencontrait pas quelque paroissien grincheux lui reprochant de décimer au treizième sillon, alors que le curé voisin se contentait du quatorzième, ou s'opposant carrément à la levée des pois secs, sous prétexte qu'ils auraient du l'être

(1) Terme campagnard, partie de l'airée, battue à chaque reprise dans la longueur de la verge des fléaux.

en vert ; parfois même, profitant de la moindre vétille pour entamer avec son curé, de ces regrettables questions d'intérêt, d'où la dignité sacerdotale ne sort jamais sans quelque sérieuse atteinte !

Janvier 1898.

XVII

16 MARS 1680. — AVEU DE LA PRISE ET VILLAGE DES BLAIS

Aveu ou déclaration des lieux, domaynes et héritages que les habitans et manans du village du Blais font, devant M. le juge sénéchal de la chatellenie de Montboyer, à haut et puissant seigneur, Jacques Nompar de Caumont, chevalier, seigneur de La Force, Masdurand, de la prévosté de Bergerac, ains (1) de Magezir et Montbouyer, demandeur en déclaration contre les dits tenanciers, suivant appointement de Me Gast de Bois-Neuf, son mandataire et recepveur.

Premièrement. Tenant et avouhent tenir de mon dict seigneur, pour cause de la seigneurie de Magezir et Montbouyer, ung maysne, appelé le maysne de Blais, avec quatre journaux joignant, contigus du dict maysne, au devant duquel maysne, sont basties et édifiées les maisons, granges et aultres bastiments des dicts Blais frères, Héliot et Bernard, Pierre Renaudeau, Bernard Esgreteau, Étienne Chaignaud, Antoine Rigolet, Pierre Vion, Marsaut Genin et Héliot Galleteau, à présent appelé le village des Blais (2), avec aussy sept journaux de prés situés et assis en la rivière de Thude, pour lesquels dicts maysnes et pré, ils doivent chacun an, payables aux époques accoutumées, 2 boisseaux froment, 5 boisseaux avoine, 24 sols 6 deniers argent et 2 chapons.

Puis, avouhent tenir dudict seigneur un aultre petit maysne assis entre le chemin qui va du bourg de Montboyer à Malatrait, et le chemin qui va aussi dudict bourg à Saint-Laurent des Combes avec 4 journaux de terre autour du maysne, et 3 journaux de pré, dont

---

(1) Vieux mot, signifiant aussi, et parfois mais.

(2) Il n'y reste aujourd'hui que les bâtiments de la métairie Dumeteau, et ceux de la borderie Audouin.

deux en la rivière de Thude, joignant les précédentes, et l'autre assis en une combe qui est au dessous de la maison de feu Étienne Chollet que, à présent tient Mathurin Robert, tenant d'un bout au pré dudict Robert, un chemin entre deux, et d'autre au chemin qui part de la maison Robert à tirer au bourg de Montbouyer. Le tout au debvoir de 1 boisseau froment, 2 d'avoine, 12 sols 6 deniers argent et 1 geline.

Plus avouhent tenir en diverses pièces des alentours, 12 journaux un tiers, dont 8 qui soulaient (1) être en bois et à présent sont en labourage, formant combe, plus 4 journaux de terre en trois autres pièces, dont l'une de 2 journaux est entre les maisons du village et le chemin de Montbouyer au village de Montjoye, aujourd'huy chez Mousset; l'autre près des anciennes maisons : la troisième entre le dit village et celui de Chollet. Pour lesquelles dictes terres, faisant 16 journaux 1/3, les dicts tenanciers offrent de payer à la recepte de Magezir, 6 boisseaux froment, 6 d'avoine et 8 sols tournois.

Plus, advouhent tenir dudict seigneur au *droit d'agrier* les lieux cy amprès : Ung mas de terre et bois touchant les agriers de Baudin et ceux au village des Ducs, compris entre le chemin de Montbouyer à Montjoye et celui du bourg au village de Chollet, touchant des autres parts aux prinses sus indiqués du village des Blais. Avec trois autres mas au nord et levant du même village. Pour lesquels les dicts tenants avouhent et sont tenus de bailler et payer à mon dict seigneur la dixième partie de tous les fruits croissant par racines, et y ceux comme bled, sauf les fruits pendants des garobes, vesces, pesillons, rabes, etc., lesquels, le dict seigneur n'y a et ne doit avoir aulcun chose, ains appartenant le tout aux dicts tenanciers. Lequel droit d'agrier, recueillir, ramasser et y celuy mener et rendre au chasteau de Magezir, et où par luy, son recepteur, fermier ou commis, venant agréer les dicts fruits 24 heures après qu'ils auront été advertis par les dicts tenanciers, chascun en son endroit, les ayant ramassés en la manière accoutumée. Et aussi que le dict seigneur sera tenu de garantir et relever indemne les dicts advouhants d'yceux devoirs et aultres cy-dessus spécifiés et déclairés.

Laquelle susdite déclaration, les soussignés s'engagent d'augmenter ou diminuer par tant que besoin sera, et ledict seigneur les tenir et entretenir comme ses antiens en tous leurs privilèges et droits accoutumés. Laquelle déclaration a été donnée en présence de Thomas Collin et de Guillaume Duchain à Me François Daniaud,

(1) Soulaient être, vieux langage, pour : venaient d'être, avaient été autrefois.

procureur fiscal, sur l'instance ouverte contre les dicts tenanciers par Mᵉ Jacques Gast, recepteur de mon dict seigneur.

Signé : GENTAULT, notaire à Magezir et Montboyer.

XVIII

ACENSEMENT ET COTISATION DU VILLAGE DES RABIER

En 1647, Pierre Merlet, notaire à Montboyer, chargé par plusieurs tenanciers du village des Rabier de vérifier leurs cotes, eut en mains, pour servir de base à ses recherches, les trois baillettes passées autrefois entre la famille Rabier et le mandataire du seigneur de Montboyer. Elles sont aux dates du 15 may 1457, — 12 janvier 1462 et 7 décembre 1474. — Merlet constate dans son acte d'acensement que la prise du village des Rabier, autrefois nommé Labouchat, comprend, avec les maisons et aireaux du village, un lot de 32 journaux 8 onces. et 6 journaux de pré au dessous du moulin Dupuy (Rabier), devant. le tout annuellement, 55 boisseaux froment, 32 d'avoine, 6 # 4 sols, 5 chapons et 2 gelines; que la prise du patis est de 1 journal 2 onces: celle de la Chataignerie de 3 journaux 4 onces; celle des bois de devant, de 8 journaux 1 once; celle des grands bois, de 7 journaux: celle des bois de réserve, 6 journaux 10 onces; celle du maysne Dupuy, en partie détruit, de 7 journaux : celle du mayne à Fontaine, 7 journaux ; celle du petit Masureau, de 3 journaux 5 onces: celle de la Coudraye, de 8 journaux 10 onces et celle du mayne au Caire au dessous du maine Lafont, de 8 journaux 1 once.

Figurent sur l'acte de Merlet comme propriétaires habitant le village des Rabier en 1647 : Bertrand Rabier, pour 8 articles; — Jehan Rabier et Mery Rabier frères, pour 8 aussi; — Élie Bernier, pour 4; — Jehan Mestayer, pour 3; — François Dubreuil, pour 5 : — François, Jehan et Estienne Mestayer frères, chacun pour 5; puis Jehanne Deluze, veuve Michelon, chez Michelon, pour 8; — Pierre Baudon le jeune, pour 7; — Jehan Musseau, pour 3; — Jehan de Vieille-Ville, pour 7; — Jehan Chauvin, pour 3, et Pierre Dallet de chez Dallet, pour 1.

Les descendants des Rabier se maintinrent longtemps dans ce village. Guillemette Rabier, propriétaire, y meurt en 1735. Le dernier des Rabier de Montboyer est mort chez Dallet, en 1834. Marié dans ce village à Marie Joyeux, il en eut une fille qui fut la femme de Philippe Veillon, charpentier, mort chez Dallet il y vingt-cinq ou trente ans.

XIX

AVEU DES GRIMAUD-BAUDIN ET FAVREAU AU PRINCE DE CHALAIS

Aujourd'huy le 15 mars 1743, après midi, pardevant le notaire soussigné, et en présence des témoins bas-nommés ont été présents et personnellement établis, très-haut et puissant seigneur monseigneur Charles de Talleyrand de Périgord, prince de Chalais, marquis d'Excideuil, baron de Mareuil, Salles, Yviers et autres places, grand d'Espagne de 1re classe, gouverneur des villes, châteaux et province du Berry, demeurant ordinairement à la cour, étant de présent en son château de Chalais d'une part ; et Pierre Filhol bourgeois, Pierre Masson, Jean Veillon, Jean Pélerin, Louis Bardon, laboureurs, demeurant tous dans la paroisse de Montboyer, tenanciers du village et prises des Grimaud-Baudin et Favraud, lesquels ont de leur bon gré et libre volonté reconnu tenir de mon dict seigneur et des siens aux temps avenir, savoir est la prise sus énoncée consistant en trois mas.

Dans le premier, sont bâtis et édifiés les maisons, grange et autres bâtiments du village des Grimaud-Baudin avec jardin, aireaux, aizines et terres labourables, joignant sur main droite le chemin de La Boisse au village des Blais au nord, et aussi sur main gauche le chemin du bourg à la Croix Baudin, du levant à la vigne de Michelon chirurgien et à la combe en agrière du seigneur de Magezir, une palisse entre deux, du midi à la métairie de La Boisse, contenant 12 journaux 12 onces.

Le second mas de 11 journaux 14 onces, comprend tous les bâtiments jardin et cour des sieurs Favraud et Pélerin, avec les terres environnantes, longeant le chemin sur main gauche de La Boisse à La Croix Baudin touchant au nord les agrières du village des Foucaud, au couchant ceux de M. Filhol.

Le troisième mas, terre, pré et pâtis de la prise des mulets, contient 6 journaux 1/2 ce qui fait un ensemble de 29 journaux 2 onces au devoir de 9 boisseaux 6 picotins froment. 7 boisseaux d'avoine, 14 sols 6 deniers et deux chapons, de rente, que les dicts tenanciers ont promis de payer solidairement et chaque année à la recepte de la principauté. Ils s'engagent en outre à faire feu et résidence aux dicts villages, à y tenir bœufs charrettes et charrues pour cultiver le sol, de plus ils hypothèquent tous et chacun leurs biens à la garantie des présentes.

Faict et passé au château de Chalais en présence de messire Jean de Beynac escuyer, sieur du Mas, capitaine des chasses du château, et de Jean Daniaud clerc, qui ont signé avec le notaire Poirier et les tenanciers (1).

XX

AVEU ET BAILLETTES DE LA TAVERNERIE

Le village de la Tavernerie, bien que très rapproché du bourg, était de la juridiction de La Boisse et faisait partie de la principauté de Chalais. Il n'a été trouvé dans ce village que des notes très vagues sur les baillettes de l'ancien temps. Celle du 15 février 1553, signée Charles notaire de La Boisse, est seulement relatée dans le calcul du 16 may 1688, par Birot notaire, lequel indique comme propriétaires de la Tavernerie à l'époque, Thévenin sieur de Courlac, Jacques d'Enfer de Chalais, Mathieu Cholous, Cholous marchand et Sébastienne de Launay, veuve de Pierre Cholous des Unau.

Un aveu de 1743 au prince de Chalais, signé Poirier notaire, mentionne que les quatre mas de la Tavernerie sont alors aux mains de Mathurin Dumonteilh bourgeois, de Simon Cholous domiciliés au dit village, et de Jean Bordes maître sellier à Chalais. Le 1er mas comprend toute la partie du village où sont édifiées les

_____

(1) Cet aveu n'est pas le seul que nous ayons à Montboyer de la seigneurie de Chalais. Ceux de La Tavernerie et des Daniaud de La Boisse sont plus anciens, mais aucune des baillettes primitives n'a pu être retrouvée.

maisons d'habitation avec granges, cours, aireaux, jardins et terres descendant jusqu'à la prairie et touchant au nord à la prise des Unau Cholous, qui vient jusqu'à la grange de Dumonteilh. Les prés au levant constituent le 2me mas ; les terres au midi forment le 3e, et le 4e et dernier comprend tout le plateau situé au couchant.

A la date du 25 apvril 1783, Dumeteau notaire au bourg procède à un nouveau calcul (1) de la Tavernerie et indique le chiffre de la rente due par chacun des propriétaires de l'époque : François Dumonteilh bourgeois, Mathieu et François Cholous père et fils. marchands bouchers au village, puis Joseph, Jean et François Bordes, arquebusiers à Chalais.

XXI

CALCUL DES DANIAUD DE LA BOISSE

En 1780, le notaire Jean Dumeteau du bourg de Montboyer, chargé d'arpenter à nouveau les anciennes prises de ce village, indique dans son acte que trois baillettes lui ont été remises par les intéressés. Il en relève les dates et les noms des notaires, mais ne dit pas un mot des premiers acquéreurs, ni des autres indications qu'elles lui fournissent. Celle du 18 août 1612 était parait-il signée Thévenin et Daniaud notaires ; celle du 25 avril 1673 de Fouyne notaire au château de Chalais, et la dernière, du 24 décembre 1774 de Poirier aussi notaire au château. Aucune n'a pu être retrouvée.

Figurent comme co-tenanciers dans le calcul de Dumeteau : Jean Penard maître chirurgien à Chalais, tuteur des enfants de Philippe Penard son frère décédé : Étienne Quichaud, son beau-frère ; — François Gros de Chalais ; — François Glenisson tailleur d'habits ; — Léonard Favier ; — Jean Poincaud et Élie Fonteneau.

Espière et Damour détiennent la majeure partie du Giboin, village tout voisin.

---

(1) Dans le coût de son acte, Dumeteau émarge 12 ₶ pour avoir étudié et lu les baillettes et calculs à lui remis. Ce n'était point toujours facile en effet de déchiffrer ces vieux papiers, souvent mal écrits et fourmillant d'abréviations. Certains notaires trouvèrent à ce supplément de travail un revenant bon qu'avec raison ils ne négligèrent point de se faire payer.

XXII

COPIE D'UNE LETTRE DE LA COMTESSE D'ANLEZY, NÉE GASSION, A SON
FERMIER GUIMBELLOT, NOTAIRE CHEZ GIGON

« Vous avez du recevoir dans le temps, monsieur, ma quittance pour les 6 mois de la Saint-Jean dernière, mais en tout cas, je vous en donnerai une généralle de l'année, lorsque vous me payerez le pacte de Noël prochain. Je consent très volontiers que vous ne me payez qu'en même temps les 675 # que j'ay avancées pour vous au sieur Delcayeux votre procureur. Notre bail, monsieur, n'a commencé qu'à la Saint-Jean-Baptiste 1782, et ne finira par conséquent qu'à la même date 1791, pour remplir les 9 années. Vous ne m'avez fait que des propositions vagues de vous charger de toutes les impositions. Il est vraysemblable qu'on en mettra de considérables sur nos terres. Ainsi nous prendrions des engagements que vous ne connaissez pas et qui seraient peut-être beaucoup trop forts. Il faut sçavoir ce que l'on fait. D'autres m'ont fait des propositions auxquelles je n'ay point répondu, attendant les vôtres.

Je sçay qu'on a supprimé les corvées. Comme vous ne jouissez que d'une très petite métairie (Magezir) et que le reste sont des redevances qu'on apporte dans vos greniers, je ne sçay pas que cela fasse une grande différence pour vous.

Vous me mandez, monsieur, qu'on va procéder à un rôle de taxation pour les privilégiés et que vous êtes un membre de ce comité. Comme il n'y a encore rien de décidé ny d'ordonné sur cela, je n'entends pas comment, ny de quel droit, vous pouvez taxer aucune terre. M. l'Intendant n'en a pas plus droit que vous, et tout ce qu'il ordonnerait sur cela serait nul. Vous ne devez pas vous mêler en aucune façon du taux des revenus qu'on demande. C'est icy que je dois faire les déclarations du quart de mes revenus en déduisant les charges.

Sy vous m'envoyez des perdrix, je demande qu'elles soient en pâtés. J'en ferai du reste un article dans le prochain bail comme autrefois.

Je souhaite, monsieur, que cette lettre vous trouve en meilleure santé.

6 décembre 1789.

La comtesse de D'Anlézy.

Si vous avez besoin des décrets, je vous les enverrais (1).

*
* *

J'ai reçu trop tard pour la faire figurer en meilleure place, par exemple sous forme de note, au chapitre des seigneurs, une bonne partie de la généalogie des Damas d'Anlézy qui, par suite du mariage de Louis-François, comte d'Anlézy et de Thianges, avec Madeleine-Angélique de Gassion, signataire de la lettre ci-dessus, fille de Jean de Gassion, baron d'Andau et seigneur de Montboyer, devint lui-même, en 1730, vicomte de Magezir et Montboyer.

Louis de Damas d'Anlézy mourut relativement jeune en 1758, laissant trois enfants dont l'aîné, Jean-Pierre de Damas, eut en partage la vicomté de Montboyer, que la Révolution lui enleva peu de temps après. Il mourut en 1800, sans postérité, et eut pour héritier un descendant des Damas de Cormaillon dont la famille, revenue plus tard à Anlézy, est représentée aujourd'hui par le comte Pierre de Damas d'Anlézy, domicilié à Anlézy (Nièvre).

Je dois à une circonstance fortuite d'être entré en correspondance avec le descendant de nos anciens seigneurs. Dans un journal du 29 août 1897, je lus une note émanant du Ministère, et portant que le comte de Damas d'Anlézy était suspendu de ses fonctions de maire, pour avoir, à l'occasion d'un mariage, critiqué les articles du Code relatifs au mariage civil. Je pris la liberté d'écrire à ce maire suspendu, pensant que, rendu à ses loisirs, il aurait le temps de répondre à mes questions, et de lire ce que j'avais à lui communiquer sur les anciens vicomtes de Magezir et Montboyer, les Damas d'Anthézy ou de Dantzig, comme on les appelait ici, et que je supposais être ses ancêtres, bien que leur nom ne fut pas en tout pareil

(1) Les lettres de Paris et de Bordeaux arrivaient alors toutes dans nos contrées par La Graulle, village et bureau de poste de la Charente-Inférieure, sur la route nationale de Paris. Le port en était calculé à raison de la distance et marquée par un chiffre tracé à la main en travers de l'adresse. Ce chiffre indiquait que le courrier ou facteur ne devait remettre la lettre au destinataire qu'en échange de la somme inscrite sur l'adresse. Les lettres de Paris coûtaient alors 10 sols.

au sien. Vers la fin du xviiie siècle, on trouve en effet sur nombre de vieux actes : vicomte d'Anthézy ou de Dantzig, et les affiches et autres imprimés du district de Barbezieux, aux années 1792 et 93, portent tous cette mention : « Biens saisis au préjudice ou sur la tête de la cy-devant Dantzig, émigrée ».

Cette altération du nom de la famille explique jusqu'à un certain point le dit-on, alors ici répandu, que les seigneurs de Montboyer n'étaient même pas français. Au dire de la populace, leur nom ainsi déformé sentait affreusement le prussien ; et, dans un écrit de 1793, du reste fort peu convenable, le fait se trouve consigné tout au long. Certains gros bonnets de Montboyer savaient cependant tout le contraire. Relevèrent-ils l'erreur? ou dans ces temps troublés, se montrèrent-ils bassement lâches ou complices? La question est évidemment plus facile à poser qu'à résoudre.

Cela dit, je reviens à M. de Damas, maire révoqué, pour qui ma lettre avait naturellement un mot de condoléance. Le comte y répondit en me faisant observer que l'Administration, pour justifier l'acte inqualifiable qui le visait, avait donné le change au public, en stipulant, dans son communiqué, que le maire d'Anlézy s'était permis de critiquer le mariage civil, alors que lui, M. de Damas, déclare formellement n'avoir blâmé que le divorce et ses conséquences déplorables pour l'avenir des familles. Mais, dit-il, le tour était joué, et il n'en avait coûté à l'Administration peu scrupuleuse, qu'une grosse entorse à la vérité pour arriver à ses fins.

M. de Damas ajoutait : « J'ai lu avec intérêt vos longues notes sur les propriétés qu'à possédées ma famille en Charente, détails que j'ignorais absolument. Quant aux faits que vous me signalez et que j'ai pu contrôler, ils sont, à part deux dates, rigoureusement exacts. A première vue, je ne trouve rien dans mes archives sur les anciennes possessions de la famille en Saintonge. Si je découvre quelque chose, je me ferai un plaisir de vous en donner communication ».

Sur cette offre obligeante, je suis plus tard revenu à la charge et tout dernièrement, M. le comte de Damas a bien voulu m'envoyer les notes généalogiques qui suivent et où figurent deux des anciens **vicomtes de Montboyer.**

*
* *

Marquis de THIANGES — Comtes de CHALENÇAY

Générations et dates.

XVIII — .... Léonard Damas, seigneur de Thianges (1),
chevalier de l'Ordre du roi, gentilhomme ordinaire de la chambre
de Henri III. Siégea aux États de Bourgogne. — Marié en 1554 à
Claudine d'Orge, baronne de Chalençay (2).

XIX — .... François Damas, baron de Thianges et de
Chalençay, capitaine de cent hommes d'armes. — Marié en 1580 à
Françoise, dame de Dio (3).

XX — .... Charles Damas, comte de Thianges et de
Chalençay, maréchal de camp. — Marié en 1609 à Jeanne de La
Chambre, décédé en 1638.

XXI — .... Claude Léonor Damas, marquis de Thianges,
comte de Chalençay, mestre de camp de cavalerie. — Marié en
1655 à Gabrielle de Rochechouart, sœur de madame de Montes-
pan et de l'abbesse de Fontevrault. Une de leurs filles épousa le
duc de Nevers.

XXII — 1663....... Claude-Henri-Philibert Damas, marquis de
Thianges, comte de Chalençay, lieutenant-général des armées. —
Il épousa : 1° Anne de la Chapelle en 1695 ; 2° Geneviève-Fran-
çoise de Harlay en 1708, et mourut sans postérité.

DAMAS D'ANLÉZY

XXI — .... Nicolas-François Damas, comte d'Anlézy (4)
épousa en 1668 Marie-Agnès Tiercelin de Rancé et laissa
trois fils et une fille, décédé en 1679.

XXII — .... 1° Louis-Antoine Érard Damas, comte d'Anlézy, maréchal de camp, commandeur de l'ordre de Saint-Louis

(1) Bourgade de la Nièvre.
(2) Près de Langres, en Champagne.
(3) Près de Lodève, en Languedoc.
(4) Anlézy — Petite ville du Nivernais.

épousa en 1701 MARIE ÉLISABETH, palatine de Dio, de Montpey-roux (1) et mourut en 1712.

2° NICOLAS FRANÇOIS DAMAS, marquis d'Anlézy mestre de camp de cavalerie. — Marié à MARIE-MADELEINE DE VAUX.

3° JACQUES-PAUL DAMAS, dit l'abbé de Druge.

4° MARGUERITE-AGNÈS DAMAS, mariée en 1704 à Pierre François de Damas, comte de Cormaillon.

XXIII — 1698.... LOUIS-FRANÇOIS DAMAS, comte de Thianges et d'Anlézy devint par alliance vicomte de Magezir et Montboyer. Fils de Louis-Antoine Érard Damas, il épousa en 1732 MADELEINE ANGÉLIQUE DE GASSION, fille de Jean de Gassion, seigneur de Magezir et Montboyer, et mourut en 1758, laissant trois fils ; Marie Jeanne-Angélique, sa jeune fille, étant morte en 1743 à l'âge de onze ans.

XXIV — 1734.... 1° JEAN-PIERRE DAMAS, comte d'Anlézy et de Thianges, maréchal de camp, fut député aux États-Généraux de 1789. Il mourut en 1800 sans enfants de son mariage en 1758 avec MICHELLE-PERRETTE LE VENEUR DE TILLIÈRES. Dès 1784, il avait institué pour héritier universel le baron de Damas de Cormaillon son cousin issu de germain, et au besoin les enfants qui naîtraient de son mariage avec Marie Gabrielle de Sarsfield. Il fut vicomte de Montboyer en février 1791 par suite de la démission de sa mère.

2° LOUIS-ALEXANDRE VICTOR DAMAS, chevalier d'Anlézy, officier de marine, commandeur de l'Ordre de Malte, mort à Dijon en 1813

3° LOUIS FRANÇOIS DE DAMAS, dit l'abbé d'An-lézy.

DAMAS DE CORMAILLON

XIX — 1632...... CHARLES DE DAMAS, comte de Cormaillon, gouverneur de Copenhague, siégea aux États de Bourgogne, marié en 1663 à MARGUERITE DE GRAND, ils eurent :

1° LOUIS DE DAMAS, chevalier, seigneur de Cormaillon, officier du génie, tué à Namur en 1692, sans enfants de son mariage avec MADELEINE PERROT.

XX — .... 2° PIERRE-FRANÇOIS DE DAMAS, chevalier, sei-

(1) Montpeyroux, près Lodève, Hérault.

gneur de Cormaillon, marié en 1704 à MARGUERITE AGNÈS DAMAS D'ANLÉZY sa cousine, mort en 1714.

3° ÉTIENNETTE DE DAMAS mariée à GILBERT DE CHAUVIGNY.

4° ANNE DE DAMAS, religieuse.

5° MADELEINE DE DAMAS religieuse.

XXI — 1712.... 1° CHARLES-JULES, fils de PIERRE FRANÇOIS, chevalier, comte de Cormaillon, capitaine d'infanterie, épousa en 1745 JACQUELINE DU BOIS D'AIZY, décédé en 1771.

2° MARGUERITE DE DAMAS, mariée à César de Fresne.

3° CATHERINE DE DAMAS, religieuse.

4° MARGUERITE DE DAMAS, religieuse.

5° LOUISE DE DAMAS, religieuse.

XXII — 1758...... CHARLES DE DAMAS fils du précédent, baron de Damas de Cormaillon, colonel, émigré, aide de camp de Monsieur, depuis Louis XVIII, périt à Quiberon le 20 juillet 1795, marié en 1784 à GABRIELLE DE SARSFIELD,

XXIII — 1785..... ANGE-HYACINTHE MARENCE, baron de Damas, général-major dans l'armée russe, lieutenant-général en France sous Louis XVIII, gouverneur de Marseille, ministre de la guerre et des affaires étrangères, pair de France, gouverneur du duc de Bordeaux, grand-croix de l'ordre de Saint-Louis, grand-officier de la légion d'honneur, marié en 1818 à CHARLOTTE D'HAUTEFORT. Il eut dix enfants dont le second seul eut une postérité mâle. Il décéda en 1862.

XXIV — 1820-1875 EDMOND, comte de Damas d'Anlézy, épousa en 1844 BLANCHE DE BESSON et eut deux filles et Pierre de Damas qui suit :

XXV — .... PIERRE comte de Damas d'Anlézy né en 1861, marié en 1884 à Mathilde de Maillé, La Tour-Landry d'où :

1° MARENCE de Damas d'Anlézy né en 1885.

2° HENRI de Damas né en 1886, et quatre filles : MARIE, CATHERINE, ALIX et JEANNE.

XXIII

ÉTAT ET MÉMOIRE DU LINGE QUE J'AY LAISSÉ AVANT MON DÉPART
POUR L'ARMÉE EN 1804.

(Copie textuelle. — Papiers Courtaud chez Michelon).

15 chemises, 10 fines et les cinq autres en toile de brin ordinaire.
Une lévite d'un beau calmout, 2 pantalons, un de calmout et l'autre
de basannet à points ; de plus 2 paires de pantalons, un de siamoise
blanche, l'autre d'un bon retor : plus un abit d'un beau drap couleur
marron ; trois gilets de dessous, un de calmout, l'autre de coton
bleu, le troisième de passé en couleur ; — deux paires de culottes
de velours (culottes courtes) : un beau chapeau à demi-poil quy n'a
esté porté que deux fois, et ajeté cheux Dominique Vinson marchand
à Angoulème. Quant aux livres que je laisse aussy, il y en a sept :
une gammaire française. — un livre de contes (comptes) où j'ay
inscrit plusieurs affaires ; — une civilité puérile ; — un comantaire
sur la coulthume de la Prévosté et vicomté de Paris, — un magazin
des enfants, demy neuf ; un barème neuf, un catéchisme aussi neuf
et la science parfaite des nations.

De plus une veste de cadix bleu demy usée. Me réservant aussi le
coffre où sont déposés mes vêtements.

PIERRE DANIAUD.

Nota. — En 1804 la toile du pays ne formait plus alors comme en
1689 au temps du curé Cholous, la base du vêtement ordinaire. Ce
Pierre Daniaud, d'une famille bourgeoise de Montboyer, nous donne
vers 1800 la mesure du luxe de l'époque. La lévite (redingote)
à longues basques pour les fêtes ordinaires, la veste pour le tout
aller ; et pour les grandes occasions. l'habit avec les culottes
courtes et le chapeau. L'usage du pantalon se généralisait de plus
en plus. Cette forme de vêtement commode pour les travailleurs,
avait été particulièrement adoptée par la populace au temps de la
révolution en vue de se distinguer des aristos. Aussi valut-elle aux
bandes armées et tapageuses de l'époque, le nom de sans-culottes.

Le calmout, dont était la lévite de Daniaud, s'employait alors beaucoup. Imitée d'un tissu russe (kalmouck) fort chaud, cette étoffe était pure laine, maillée et teinte en bleu ou en noir. Elle remplaçait alors la serge des siècles précédents. A douze ans, j'ai porté, je me le rappelle encore, un vêtement de cette étoffe tissée à Deviac, teinte et maillée aux usines de Palluaud.

XXIV

ÉCHAUFFOURÉES DE SAINT-LAURENT DE BELZAGOT ET DE SAINT-MARTIAL EN 1791

Le 5 juin 1791, à la suite de faux bruits, la population de Saint-Laurent de Belzagot se souleva contre son curé, bêtement accusé d'être l'auteur de l'épouvantable grêle qui, l'avant-veille avait ruiné le pays. Il fut hué, poursuivi, traqué jusque dans sa chambre, où il dut se barricader. La foule armée l'y garda à vue pendant le pillage du presbytère qui fut saccagé de la cave au grenier. Le lendemain, même échauffourée dans une commune voisine, Saint-Martial, desservie par Pierre Hervoit, curé, lequel était, disait-on, de connivence avec son confrère de Saint-Laurent pour attirer sur leur paroisse les vengeances célestes.

Prisonniers dans leurs presbytères jusqu'au 7 juin, les deux pauvres curés furent ce jour-là conduits sous bonne escorte, et à leurs frais, à la ville de Barbezieux et mis, rue du Chaperon, non pas en prison, mais placés, suivant un aimable euphémisme du temps, sous la protection de la loi et la sauvegarde de la justice. Dénoncés à l'accusateur public, nos deux curés eurent le grave tort de croire qu'il y avait encore en France des lois protectrices de tous les citoyens, et des juges pour les appliquer. Ils ouvrirent une instance contre les principaux auteurs des attentats dont ils avaient eu à souffrir : mais ils en furent pour leurs frais et échouèrent partout : c'était prévu : les pièces suivantes en font foi.

Assignation en conciliation à la justice de paix de Barbezieux.

Le 27 janvier 1792, an IVᵉ de la Liberté, aux requêtes de Jean Simon Héráut, curé de Saint-Laurent de Belzagot, et de Pierre

Hervoit, curé de Saint-Martial, de Ville Recognade, demeurant ensemble en la ville de Barbezieux, paroisse de Saint-Mathias, rue du Chaperon, sous la garde de la loi et de la justice, pour se soustraire aux vexations et mauvais traitements qu'ils ont éprouvés les 5 et 6 juin derniers, en chacun leurs paroisses et presbytères, en leurs personnes et propriétés ; lesquels ont élu domicile en la dite ville. Nous, Laurent Nadaud, huissier audiencier au tribunal du district de Barbezieux, y reçu et immatriculé, y demeurant soussigné, citons Étienne Hays, maire de Saint-Laurent de Belzagot, en son domicile de Beaulieu ; — Élie François Argoullon, bourgeois, fils mineur de François Argoullon, notaire royal, le père autorisant son fils, demeurant au Moulin du Pont ; — Louis Poitevin, dit Galochon, charpentier, domicilié à la Picauderie, le tout paroisse de Saint-Laurent de Belzagot ; — Et Pierre Damour aîné, bourgeois ; Pierre Le Breton, filassier ; Jean Mazurie, tailleur de pierres chez Sureau, paroisse de Saint-Martial, et Jean Vincent, officier municipal de la même paroisse, à comparaître mercredi, 1er février prochain, au bureau de paix de la ville et district de Barbezieux, à deux heures de relevée, à l'effet d'expliquer devant les membres d'iceluy, et de se concilier si faire se peut, sur le différend subsistant entre eux, relativement à la demande en dommages et intérêts, réparations d'injures, payement de comestibles, de denrées consommées en leur domicile respectif, les dits jours et nuits des 5 et 6 juin 1791, protestant les dits requérants en cas de non conciliation de se pourvoir ainsi que de droit pour l'avenir, et prendre toutes conclusions qu'ils aviseront. Délaissé la présente copie à Pierre Le Breton, en son domicile et parlant à une personne qui a refusé de dire son nom. — Signé : NADAUD.

État des denrées comestibles et effets consommés, enlevés ou détériorés en la maison du curé de Saint-Laurent de Belzagot, le 5 juin 1791.

1° Trois barriques de vin à 45 # la pièce........	135 #	
2° Huit boisseaux de farine froment, mesure de Montmoreau...............................	64 #	
3° Dix poules valant......................	12 #	10 s.
4° Un gros jambon estimé..................	8 #	
5° Deux charniers de salé, contenant environ 125 livres	60 #	
A reporter......	279 #	10 s.

Report........	279 # 10 s.
6° Huit bouteilles de verre fort, verres à boire, salières, carafes, huiliers en cristal, cassés ou enlevés.	37 #
7° Le jardin du sieur curé dévasté, la porte d'entrée de la maison brisée, celle de sa chambre, où fut cassé différentes choses........................	18 #
8° Il fut brûlé dans la maison et sur la place bûches et fagots..............................	24 #
9° Il fut consommé et emporté en huile, pain, grain, durant 2 jours........................	18 #
10° Il fut emporté ou mangé 12 paires de pigeons.	12 #
11° Dépenses payées pour 15 personnes, chez le Blais et à Barbezieux	112 #
Total.....	500 # 10 s.

État des denrées et autres objets consommés ou enlevés au domicile du sieur Pierre Hervoit, curé de Saint-Martial, le 6 juin 1791.

1° 10 grands pains noirs et un pain blanc valant	25 #
2° Ayant enfoncé la porte du grenier, on y a enlevé deux boisseaux farine froment, mesure de Chalais, et trois de blé méture....................	27 #
3° Il fut consommé ou enlevé au moins 100 livres de salé...	50 #
4° Il fut consommé ou enlevé 11 poules et un chevreau	16 # 14 s.
5° Le jardin fut pillé et dévasté..............	10 #
6° On coupa à coups de sabre la toile du garde-manger, prit les provisions. On brûla tout le bois dans la cour. On consomma pain, vin, viande, etc.	53 # 16
7° On emporta 6 nappes, 2 douzaines de serviettes, 4 mouchoirs de poche, un bonnet de laine, une chemise de brin, 7 paires de souliers, un chapeau, un plat d'étain à festons, 10 fourchettes d'acier, un cent de clous et un gros crochet en fer..............	79 #
8° Ayant enfoncé la porte de la cave où il y avait 4 barriques de vin, elles furent consommées et le reste sali et inserviable.......................	300 #
9° On prit au sieur curé son argent écus.......	476 #
A reporter......	1037 # 10 s.

Report........ 1037 # 10 s.
10° On prit aussi plusieurs livres qu'il est difficile
d'estimer.
11° On fit des dépenses en chemin à Poulignac,
en allant à Barbezieux et dans cette ville, pour 15
hommes. .... 111 # 14

Total..... 1.149 # 4 s.

*Extrait du registre des délibérations du bureau de conciliation
du district de Barbezieux. 1ᵉʳ février 1792.*

Vu l'acte de citation donné à la requête des sieurs curés de Saint-
Martial et de Saint-Laurent de Belzagot, à Étienne Hays, maire de
Saint-Laurent, E. François Argoullon, bourgeois, fils mineur assisté
de son père, Louis Poitevin, dit Galochon, charpentier, Pierre Damour, Le Berthon et Jean Vincent, officier municipal de Saint-Martial, aux fins de dommages et intérêts et réparations d'injures, sont
comparus les défenseurs, qui se présentent pour obéir à la loi; ils
ont répondu que c'est mal à propos qu'ils ont été cités en ce lieu,
attendu que les demandeurs prennent la qualité de curés des dites
paroisses, qu'ils y ont leur domicile réel et relèvent de la justice de
paix de Montmoreau; qu'au surplus les défendeurs font toutes réserves de droit pour leurs dépens, dommages et intérêts, contre les
sieurs Héraut et Hervoit, qui de fait habitent Barbezieux depuis
huit mois qu'ils ont quitté leurs cures; et attendu que nous n'avons
pu concilier les parties, les renvoyons à qui de droit. Signé au registre : FILHON, GADRAT et DROUET. DAVIAUD, secrétaire.

* *

L'affaire est alors renvoyée devant maître Limosin, juge de paix
de Montmoreau, qui dresse de son côté un autre acte de non conciliation.
Aujourd'hui 20 février 1792, devant nous, Jacques Limosin, procureur du roy et juge de paix du canton de Montmoreau, soussigné,
sont comparus : Sieurs Pierre Damour, Pierre Berthon, Jean Mazurie et Jean Vincent, officier municipal, tous de Saint-Martial, lesquels disent : 1° Le sieur Damour, lieutenant, que : incontinent la
grêle, il est venu au bourg pour dire à la municipalité qu'il fallait
présenter une requête au Directoire afin qu'il envoyât un commis-

saire faire l'état des lieux et estimer le dégât. Il survint alors quelques individus qui dirent que le curé avait empêché de sonner la
cloche, que c'était lui qui était cause de la grêle. Ils se mirent alors
à carillonner, et vainement le maire les en détourna, disant qu'ils
finiraient par faire accourir toute la paroisse. Ce qui eut lieu. La
population menaçait le curé. On lui reprochait d'avoir empêché de
sonner, d'avoir fait des procès à quelques paroissiens, et surtout de
recevoir trop souvent le curé Héraut, que ce dernier était encore
chez lui la veille de la grêle, et qu'en s'en retournant, il cassait des
morceaux de bois et les jetait dans les champs qui ont le plus grêlé.
Damour déclare avoir cherché à faire comprendre aux habitants
irrités que le curé n'était pour rien dans le dommage éprouvé par la
commune. Mais on l'accusa de s'entendre avec le curé contre lequel
tout le monde se tournait. Damour envoya quérir le curé pour le
protéger au sein de la municipalité, où se trouvaient Berthon et
Mazurie; lesquels déposent dans le même sens que le maire, disent
comme lui qu'ils n'ont aucune connaissance des dégâts et méfaits
dont se plaint le curé, et qu'ils lui réclament la somme de 10 # 3 s.
pour frais faits durant leur voyage et séjour à Barbezieux, à l'époque où il l'y ont conduit, et ont signé.

De son côté, Vincent déclare faux les dires du curé, assure qu'on
ne lui a fait aucun mal, que s'il a aidé à le conduire à Barbezieux et
à le mettre en sûreté, ce n'est que par l'amitié qu'il avait pour lui,
que ce voyage lui a occasionné des frais dont il réclame le montant.
Il affirme que le curé n'a subi aucun dommage, et a signé, ainsi que
Ducluzeau, mandataire du curé Hervoit, lequel n'approuve rien de
ce qui est dit de contraire à la vérité.

Étienne Hays et François Argoullon arrivent tard et demandent
actes de leurs réponses. Ils refusent de se concilier avec le sieur
Ducluzeau mandataire du curé, jusqu'à ce qu'ils aient été dédom-
magés des frais occasionnés par l'action à Barbezieux qui leur a été
mal intentée. Ils exigent en outre un acte de réparation, justifiant le
fils Argoullon et disant qu'il est homme d'honneur et incapable de
commettre une bassesse. Hays s'associe au refus de son voisin et
affirme qu'il n'a été dans l'affaire que le défenseur du curé et que
s'il l'a conduit à Barbezieux c'était pour le soustraire à la colère de
ses administrés, et ont signé.

La déposition de Poitevin est un comble: il dit au fondé de
pouvoir qu'il était surpris de la demande du curé, qu'il doit le
ressouvenir qu'il l'a sorti par la main de la chambre où il était
détenu, que son corps lui a servi de rempart; qu'il ne l'a pas aban-

donné d'un instant ; que sur sa demande, il lui a procuré un cheval, et que c'est le curé qui l'a demandé pour venir avec lui jusqu'à Barbezieux ; qu'il n'a point connaissance des désordres dont le curé se plaint ; que c'est par pure malice que ces deux curés se plaignent et grande ingratitude de leur part. Et il a signé dit le juge Limosin avec toutes réserves de droit : quelle audace !

N'obtenant conciliation nulle part, il fallut frapper à la porte du **Tribunal**.

　　　A MM. les Juges du district de Barbezieux,

Supplient humblement. Pierre Hervoit prêtre, curé de Saint-Martial de Ville-Recognade, et Jean-Simon Héraut, prêtre, curé de Saint-Laurent de Belzagot, disant que leurs malheureuses personnes ont été exposées à tous les outrages, aux persécutions de tous genres, qu'une populace en furie les a menacés de mort, a pénétré de force dans leurs presbytères, a brisé les portes, forcé les armoires, enlevé les provisions, brûlé ou emporté tout ce qu'ils possédaient en meubles, vaisselles, grains, argent. Les suppliants se permettent de demander le châtiment des coupables, plutôt pour éviter dans le pays la continuation des troubles amenés par la révolution que pour leur propre satisfaction. Ce considéré, messieurs. ils vous prient d'accéder à leur requête et de leur permettre de citer devant vous, au délai de l'ordonnance du roy, les sieurs Étienne **Hays**, maire de Saint-Laurent de Belzagot, Élie-François Argoullon, fils capitaine de la troupe de Saint-Laurent, Louis Poitevin, dit Galochon. capitaine de la même troupe, Pierre Damour lieutenant de la troupe de Saint-Martial, Jean Mazurie tailleur de pierres et Jean Vincent officier municipal dudit Saint-Martial pour être comdamnés solidairement à payer au sieur curé de Saint-Laurent la somme de 500 # 10 sols, et au sieur curé de Saint-Martial celle de 1149 # 4 sols pour le montant des meubles, effets, grains, argent, dégâts stipulés au présent, et qu'ils offrent d'affirmer, avec défense de ne plus jamais les insulter. maltraiter, et aussi de retirer les accusations calomnieuses dont ils se sont rendus coupables auprès de l'accusateur public. Les suppliants font élection de domicile en **l'étude de Mᵉ Maignant leur avoué à Barbezieux. Signé Hervoit et Héraut. — 15 mars 1792 ».**

　　　　　　⁎

Nous ne savons ce qu'il advint de ce procès au tribunal du

district, mais il y a lieu de croire qu'avec les tendances de l'époque, l'impunité resta acquise aux malfaiteurs. Déjà, avant le 5 juin 1791, Héraut avait retracté le serment prêté tout d'abord à la constitution civile de clergé. Cet acte n'avait point été sans influence sur le soulèvement populaire qui l'avait chassé de sa paroisse. Depuis sa persistance à réclamer, justice avait achevé de le perdre; il dut se sauver en Espagne. Hervoit était dans le même cas, mais perclus de rhumatismes, bien que encore dans la force de l'âge, il ne put fuir et reçut l'hospitalité chez son ami Clauzy, boulanger à Barbezieux où à un moment donné, sa présence attira l'attention de la municipalité et mit bientôt toute la ville en émoi. C'était en 1793. Un jour de février, des municipaux escortés de la troupe se présentent chez Clauzy. Ils y trouvent le curé dans le plus piteux état, impotent, presque grabattaire. Ils le reconnaissent sans peine comme peu dangereux ; mais de crainte de supercherie, ils le font examiner par l'officier de santé Gardrat. lequel déclare que le sus-nommé est atteint d'un rhumatisme goutteux à l'état chronique, et dans l'impossibilité absolue de voyager : qu'il y a lieu de le retenir en prison, plutôt que de le déporter. On décida de le laisser momen-tanément chez Clauzy, mais, dit le rapport. à la visite de ses papiers, on découvrit une chanson anti-patriotique sur l'air alors si goûté du *Ça ira ;* mais avec refrain, ça n'ira pas. Tout fut aussitôt bel et bien saisi ; et notre infirme peu après, envoyé à la prison des carmélites d'Angoulême, où il resta jusqu'à la fin de 1795, époque où il fut transféré comme reclus à Périgueux. Le 4 décembre 1794, dit l'abbé Blanchet dans son bel ouvrage, *Le clergé charentais pendant la Révolution.* Hervoit est du nombre des prisonniers d'Angoulême qui se plaignent au Directoire du département du complet abandon où on les laisse, sans feu ni vêtements, et il demande pour ses besoins particuliers, une veste, un pantalon, des souliers et une cravate chaude. Au moment du concordat, dit le même auteur, Hervoit était de nouveau interné à Angoulême et y exerçait clandes-tinement le saint ministère. Quant à Héraut, condamné à la dépor-tation il passa en Espagne et eut pour successeur à Saint-Laurent, le curé constitutionnel Jean Augereau, venant de Tusson.

XXV

A propos du curé Héraut et de sa paroisse de Saint-Laurent de
Belzagot, je crois devoir donner ici, par ordre de dates, copie de
quelques vieux actes trouvés dans les papiers de la famille Sallier
de chez Mousset, et prouvant que les difficultés d'ordre spirituel,
soulevées en ces derniers temps entre cette paroisse et Peudry, son
annexe, ne sont pas choses nouvelles.

> 1° Acte notarié accordant droit de banc et de sépulture dans
> l'église de Peudry, par maître Constant, curé de Saint-
> Laurent, en faveur de François Durandeau et Marie Tisse-
> reau, sa femme.

Le 28ᵉ jour de janvier 1649, par devant le notaire royal soubsigné,
en présence des tesmoings bas nommés, a esté présent et personnellement estably en droict : Messire Estienne Constant, prestre
curé de la paroisse de Sainct-Laurent de Berzagot et de Sainct-
Nicolas de Peudry, diocèse d'Angoulmois, lequel soubs le bon plaisir de Monseigneur le révérendissime et illustrissime Evesque
d'Angoulesme et non autrement; de son consentement et bonne volonté, pour luy et ses successeurs, curés dudict Saint-Laurent et
de Peudry, dézirant l'accroissement du bien temporel de la fabrique
de la dicte paroisse, a promis, concédé et accordé par ces présentes,
à François Durandeau et Marie Tissereau sa femme, le droict de
banc et sépulture corporelle à iceux et qui d'eux, auront droict et
cause à l'advenir, en la dicte église de Saint-Nicolas de Peudry, et
avoir les dictes sépulture et banc à main gauche en entrant en la
dicte église, au dessous le premier pilier en montant, de l'étendue
de six pieds de longueur et six pieds de largeur, et le banc au des-
sùs. La dicte sépulture à la charge toutefois et non autrement que
les dicts Durandeau et Tissereau se sont obligés et seront tenus de
bailler et payer aux mains de maistre Pierre Merlet, fabriqueur de
ladicte paroisse, la somme de huit livres tournois pour estre employée aux réparations les plus urgentes de la dicte église, et

comme aussi seront tenus de payer au dict curé et à ses successeurs chaque année et le 8 janvier, la somme de huict sols de rente que le dict curé et ses successeurs seront tenus de dire et célébrer en la dicte église de Saint-Nicolas de Peudry une messe annuelle en chascun dict jour du huict janvier.

Tout ce que dessus a esté par les dictes parties consenti, stipulé et accepté, etc.; et ont les dicts Durandeau à ce hypothéqué une pièce de terre contenant deux journaux, appelée aux Motard, tenant des deux costés à la terre de Jehan Chastaigner, d'un bout au chemin que l'on va dudict Peudry vers Sainct-Laurent, sur main gauche. Et pour le payement de la dicte rente de 8 sols à chascun dict jour du 8 janvier.

Faict au bourg dudict Peudry, maison de Mathurin Roux, hostellier, en sa présence, et de François Grenier, laboureur, demeurant au dict Peudry, tesmoings à ce requis et qui ont déclaré ne savoir signer, ainsi que les dicts Durandeau et Tissereau.

Signé : CONSTANT, curé et PIRAULT, notaire royal.

Quittance. — Et advenant le 20 novembre 1650, par devant nous, notaire royal soubsigné, à esté personnellement estably le dict M⁰ Estienne Constant, prestre curé dudict Sainct-Laurent et Peudry, lequel de bonne volonté a confessé avoir reçu dudict François Durandeau, stipulant et acceptant, la somme de huict livres, estant en quart d'escus et aultre bonne monnaye que le dict sieur curé a prise serrée et s'en contente, quitte le dict Durandeau et les siens, avec promesse qu'il ne luy en sera jamais faict aucune demande. Laquelle somme ledict curé a dict avoir esté employée à une custode servant à la dicte église pour mettre le Sainct-Sacrement. Le tout soubs les mesmes obligations que dessus. Faict au dict Peudry, maison de Mathurin Roux, et en sa présence, et de Guillaume Goret, demeurant au dict Peudry, pour ce requis, qui ont déclaré avec le dict Durandeau ne sçavoir signer. Ainsi signé à l'original : CONSTANT, pour avoir reçu huict livres, et PIRAULT, notaire royal.

Délivré pour première copie.

PIRAULT, notaire royal.

* * *

Le titre suivant indique que les hostilités entre les paroisses de Saint-Laurent et de Peudry s'ouvrirent judiciairement le 6 avril 1654.

24

« FACTUM pour les habitans de la paroisse de Sainct-Nicolas
de Peudry contre maistre Pierre Faure, prieur, et maistre
Léonard Dupuy, prestre, curé de Sainct-Laurent de Belzagot, faict au mois de septembre 1654, par moy, Pierre
Merlet, procureur fondé des dicts habitans en la cause du
6 apvril de l'an 1654 ».

Et premièrement : Il est à remarquer que la dicte paroisse de
Peudry, quoiqu'on la veuille qualifier *chapelle* de Sainct-Laurent de
Belzagot, elle est de tout temps taxée et elle faict un rôle particulier et de la communauté particulière de la dicte paroisse, et est
ainsi qualifiée paroisse de Sainct-Nicolas de Peudry, aussi depuis
longtemps le bourg dudict Peudry se compose de 17 familles :

Le village de La Ronde, de dix familles ;
Le village des Jouffroy-Baillif, de neuf familles ;
Le village des Grands-Buissons, de deux familles ;
Le village du maysne Jolly, de deux familles ;
Le village de chez Nollet, de deux familles.

« Que le bourg est loing dudict Sainct-Laurent d'une lieue, avec
une fort mauvaise rivière à passer en temps d'hiver, avec un bac et
un .... qui paraissent avoir esté destruits.

« L'église qui est bastie dans le milieu du bourg marque, par le
clocher qui passe au dessus d'ycelles, que c'est une paroisse particulière, le cimetière estant tout autour avec nombre de grosses tombes.

« Ledict bourg estait le chef-lieu de la chastellenye où il y avait
une hasle depuis long-temps démolie, pour servir les jours où les
foires et marchés se tenaient.

« Les revenus des fruicts dessimaux s'élèvent annuellement à
cent boisseaux, mesure de Chalais, huict barriques de vin, sans
compter les menues dismes du chanvre, et tous lesquels dessimes
les paroissiens feront valoir annuellement et perpétuellement deux
cents livres.

« Comme aussy est à remarquer que le service divin était fait antiennement dans notre église dudict Peudry par un prestre qui y ad-
ministrait le Saint-Sacrement et faisait toutes les fonctions curiales,
et tel que il sera justifié que le Seigneur en rendra les preuves, que
les prestres de la religion avaient un viquaire quy faisait toutes les
fonctions curiales, et pendant la Sainte Quarantaine, avaient les
privilèges pour prescher .... absoudre .... (mots effacés
.... et pour faire les offices. Maistre Constant, Estienne, curé
de Sainct-Laurent avant le dict Dupuy, y a faict toutes les fonctions
curiales comme messe paroissiale, baptêmes, mariages, confessions

et administration du Sainct-Sacrement, la Saincte Quarantaine et emprès.

« Lesquels néanmoings avec les dicts seigneurs et aussy les devanciers ont diminué le service, prenant avantage de la simplicité des pauvres paroissiens, emprès les guerres civiles et autres, qui ont couru depuis quarante ans.

« Et avant ledict Faure, frère prieur dudict Saint-Laurent, se serait fait taxer pour les services qu'il avait rendus à l'église dudict Peudry, pendant six mois, la somme de soixante livres .... (illisible) .... le jeune vicaire n'ayant pas ....

« Pareillement sera remarqué que les villages de Grate-Loube, Jean-Rose, Mestreau, Barrière, Beaulieu et Verdu circonvoisins du dict Saint-Nicolas de Peudry, ont la sépulture en l'église et cimetière de ladite église, et en jouissaient de tout temps, toujours et temps immémorial, étant beaucoup éloignés dudict Saint-Laurent et ladicte rivière à passer.

« Y ayant dans le village de Grate-Loube le nombre de sept familles ; dans celuy de Jean-Rose, deux familles ; Verdu, trois familles ; Mestreau, dix familles ; Beaulieu, sept familles ; Barrière, trois familles, auxquelles on a coutume d'administrer le Sainct-Sacrement comme aux autres, dudict Peudry.

« Que la cure dudict Saint-Laurent, tant pour le curé que pour le prieur, vaut ordinairement, et au moindre prix des denrées, *sept cents* livres, comme on s'obligera de les faire valoir annuellement et perpétuellement, sans comprendre les rentes foncières et décimales dont le prieur jouit particulièrement comme il en sera justifié au rôle des tailles.

« En cas qu'on veuille dire que l'église dudict Peudry est la chapelle du Seigneur, du lieu, il se justifiera qu'il n'y a pas cinquante ans que les murs et tour de la maison dudict Seigneur ont esté bastis, et la dicte maison achaptée d'un habitant dudict bourg. Pour la .... des habitans ils firent bastir la dicte tour et murs au milieu desquels se trouve la dicte église et bastirent à costé la cour de la dicte maison, à cause des guerres civiles. Il sera justifié et prouvé que le chastel dudict Seigneur est indépendant du cimetière et de l'église.

« On sait que dans ladicte église, il y avait deux cloches comme disent les anciens, pour avoir ouy dire à leurs pères, qu'on les avait vendues et qu'elles furent cassées aux premiers temps des guerres civiles. La majeure part d'une d'elles, les Sureau disent s'être trouvée dans les chenevaux près de la dicte église.

« Comme aussi il y avait deux échelles. L'une d'elles est à l'église de Sainct-Laurent, que défunt Messire Léonard Rougier, prestre, oncle du dict Messire Étienne Constant, devancier dudict Dupuy, avait emportée. Que mesme, ledict Constant avait de son vivant voulu faire emporter la chaire du prédicateur, qui est encore en la dicte église de Peudry, lequel en fut empesché par le sieur Ménager et autres habitants.

« Comme aussi ledict Constant, de son vivant, avait emporté le *calice* qui avait été donné à la dicte église de Peudry par *Chataigner* du village des Barrières, et jouissait du debvoir de sépulture en ladicte église. Ledict calice est à présent au lieu de Beauvais, où demeure ledict Faure religieux. De plus ledict Constant avait emporté une *chasuble de camelot rouge* sur laquelle y a un Sainct Nicolas en broderie, laquelle est à présent dans l'église du dict Saint-Laurent. Elle avait esté donnée à l'église de Peudry par maistre PIERRE GILBERT, sieur de .... du village de Jean-Roze, qui jouit du droict de sépulture en ladicte église de Peudry.

« Plus aurait emporté une *custode* servant en ladicte église pour mettre le Sainct-Sacrement et est aussy à Sainct-Laurent. Laquelle custode coustait 8 livres, que François Durandeau aurait donnée pour son droict de sépulture en l'église dudict Peudry, comme il appert par la quittance donnée par ledict Constant devant Me Pirault, notaire, le 21 janvier 1649.

« Et davantage, aurait emporté nombre de napes de serge de ladicte église de Peudry qui est le subjet qu'elle n'est garnie et ornée comme elle le serait, si les ornements d'ycelle n'avaient pas esté emportés. Comme dict est. Ayant mesme ledict Dupuy emporté le jour de la visite de Monseigneur l'Esvesque d'Angoulesme la boiste des saintes huiles qui estait à ladicte église.

« Que s'y on veust dire : il n'y a pas de fonts baptismaux, il faut respondre qu'ils estaient à l'entrée de l'église, à la main senestre, et qu'ils ont esté rompus durant les guerres civiles. Lesquels les paroissiens s'empressèrent de remettre.

« S'y on veust aussy dire qu'il n'y a pas de maison presbytérale, les anciens disent avoir ouy dire qu'elle estait bastie en les chenevaux proche la dicte église. Laquelle fut destruite par les Huguenots dans le temps des guerres civiles.

« Que l'église du dict Sainct-Laurent qu'on veut prétendre estre l'église paroissiale est bastie plus sur les limites de la paroisse que celle de Peudry, n'y ayant aulcun village au delà, ni proche de la dicte église du dict Sainct-Laurent, où il n'y a jamais eu d'union des dictes églises en laquelle les fonts baptismaux ont esté faicts par le dict Constant près environ vingt ans.

« Que dans l'enqueste, si la commission des tailles prétend soutenir que ladicte église de Sainct-Laurent est l'église paroissiale et que toutes les dictes paroisses de Sainct-Laurent et de Peudry ne font qu'une seule paroisse, on sera bien fondé en soutenant que l'église de Peudry est au milieu de la masse des dicts villages dépendant des deux églises et doict estre servie ou desservie aussi bien que celle dudict Sainct Laurent.

« Davantage, sur cette contestation, on peut obtenir un sursis et attendre que l'on rende le service actuel audict Peudry. Pour cela mettre les fruicts dessimaux en main tierce pour estre employés aux fonctions curiales de la dicte église.

« De plus, voudraient soubstenir que...... les provisions du curé de ladicte paroisse, qu'il n'y a pas que la paroisse dudict Sainct-Laurent avec la chapelle ou annexe de Peudry dont ils ne sauraient faire aparoir qu'elle y a jamais été annexée.

« Que l'intention du curé qui a fait cette contestation est de priver ladicte église de Peudry de tout service.

« Sy ceux qui prétendent sépulture dans ladicte église et cimetière dudict Peudry, sont compris dans le rôle de Sainct-Laurent, doivent-ils bailler provision sur la conscience, si on ne peut pas contraindre de force, aux fins de la poursuite, ou ne faut-il pas leur rendre le prix du droict de sépulture ? »

Ce factum est suivi d'une consultation restée malheureusement à l'état de question. Le corps d'icelle et les conclusions manquent.

Le consulteur donne d'abord en latin trois extraits du droit canon, spécifiant les différents cas d'union des paroisses (1) et il paraphrase ensuite la citation de la manière suivante :

« Les autheurs qui ont traicté des unions, et entre autres Féburer, en son traité des appellations comme d'abus, remarquent que 1° l'union ne se faict pas toujours par l'anéantissement de l'un des bénéfices, en sorte qu'il ne reste qu'un ministère, qu'une église, qu'un bénéfice, (union par suite d'extinction) ; 2° Il y a une autre espèce d'union, quand le bénéfice uni n'est pas éteint, mais joint accessoirement (union par dépendance). 3° D'autres fois encore, en telle façon que le titre et la dignité demeurent à l'une et l'autre église soubs le gouvernement et intendance spirituelle d'un seul c'est ainsi que...... et Valence sont deux éveschés, deux sièges

---

(1) Dit un ecclésiastique compétent en la matière.

épiscopaux, deux églises cathédrales unies en 1255 quoi qu'il n'y ait qu'un seul évesque. (Union simple sous le pied d'égalité par la seule augmentation des revenus des bénéfices. »)

Et il ajoute : « En droict canonique, le nom de *chapelle* s'entend d'une *église paroissiale*. C'est ainsi qu'il se prend dans tout le titre des chapelles monastiques. Celui qui dessert une église paroissiale est appelé dans le langage juridique un *chapelain*, et les *presbytères* des *chapellenies* ».

∴

Une autre pièce fort délabrée constate en l'année 1655 la saisie des fruits décimaux de Peudry, et leur distraction d'avec ceux de Saint-Laurent sous l'obligation étroite imposée au fermier de ne se dessaisir des dîmes de Peudry que pour le service religieux des habitants de cette dernière paroisse.

Quelle fut la suite de cette affaire? on l'ignore complètement. Les habitants du Peudry n'eurent point satisfaction évidemment, car le 1er dimanche de mai 1662, jour de leur frairie, tous réunis au devant de leur église, ils requièrent Me Jean Bourdier notaire au Moulin Teinturier, de constater par un acte capitulaire et en forme, que même le jour de la fête patronale de la localité, le curé de Saint-Laurent n'y vient pas dire la messe.

L'année suivante, à pareil jour de Saint-Nicolas, nouvel acte par le même notaire, constatant de nouveau devant la principale porte de l'église de Peudry et en présence de tous les habitants indignés accompagnés de leurs amis et connaissances de Montboyer et d'ailleurs que M. le curé de Saint-Laurent, n'est encore pas venu leur dire la messe.

« Aujourd'huy neufviesme du mois de may 1663, pardevant le notaire royal soubsigné et les tesmoings bas nommés, ont comparu en leurs personnes. maistre Pierre Merlet, juge sénéchal de Peudry, Me Nicolas Pirault, notaire royal, Me Jehan Bouchier notaire et arpenteur, Guilhaume et Jehan Goret, Denis Lermat, François Guyot, Pierre Sureau, Jehan et Guilhaume Ardouin, Jehan Mathieu mareschal, Jean Launay habitants du bourg de Peudry, Georges Montauzier, Jean Baillif, Pierre Giraud. Clément Motard, André Sarrazin, Jean et Pierre Mestreau et Pierre Murat, tous habitants de la paroisse de Peudry, lesquels, tant pour eux que pour les autres manants et habitants de la dicte paroisse, ont dict que quoy que de droict et de coutume ils fussent accoutumés d'estre servis eu l'église parochiale, qui est située en ledict bourg de Peudry, en laquelle les prieur et curé de Saint-Laurent de Belzagot avaient accoutumé de dire et célébrer la messe, non seulement les dimanches et les festes, et faire autres fonctions curiales, entre autres tel jour que cejourd'huy qui est la feste du glorieux Sainct-Nicolas, patron de la dicte église, ce néantmoings au mespris de Dieu et de son église, et à la confusion du peuple, auquel ils doibvent servir d'exemple et lui montrer et enseigner les voies et chemin de leur sallut, se sont tellement laissés aller à la négligence et distraire des debvoirs de leur charge, qu'ils ne célèbrent plus aulcune messe à Peudry, même le jour du sainct patron, bien qu'ils ayent chaque année pris les fruicts et grains dessimaux de ladicte paroisse de Peudry, sans jamais rendre aulcun service, ce pourquoy les dicts habitants désirant se pourvoir aux fins d'obtenir chez eux le rétablissement des pratiques religieuses, car déjà nombre de pauvres enfants sont morts en ladicte paroisse sans avoir été baptisés, d'autres personnes sans s'estre confessées ny reçu le Sainct-Sacrement, viennent y faire attestation et à ces fins ont présenté pour attestants, Jacques Chastaigner, sieur du Petit-Bois ; Jacques et Robert de La Chaussade, François Durandeau, Jacques et Robert Tissereau, Pierre de Forlière, Guillaume Goret, Jean Richard habitant la paroisse de Courgeac, Julien André, Mathurin Tissereau, Jean Garnaud, Bastien et Pierre Bardon, Jean Baillif et Jean Montauzier de la paroisse de Montboyer, Guillien Poineau, Jean Michelon, dit La Croix ; Pierre Raymond sieur de La Fontayne, habitant la paroisse de Bors, Léonard Richard et Jean Duc de celle de Juignac ; lesquels unanimement et d'une mesme voix, emprès serment par eux faict en tel cas requis, ont dit que despuis la mort de messire Pierre Faure, qui fust au mois d'aoust 1661, il n'a esté dict ny célébré aulcune messe en ladicte église de Peudry les jours de dimanches et de festes ; qu'aujourd'huy même, jour de la feste du sainct patron, ils n'ont point veu qu'il y eut été célébré de messe, et attestent que les habitants leur ont souvent déclaré que le curé ne disait plus de messe audict lieu, que l'on ne baptisait plus ni ne confessait à Peudry, à cause que les prieur et curé de Sainct-Laurent ne soullaient (voulaient) prendre la payne de venir administrer les sacrements audict lieu, bien qu'ils prissent toujours les grains et fruicts dessimaux. Et auparavant ont veu à diverses fois célébrer la messe les jours de festes et dimanches, et faire des baptêmes, mariages et proclamations, ensemble les enterrements et services. de quoy les dicts habitans de Peudry nous ont requis acte, que

nous leur avons octroyé pour valoir et servir ainsi que de raison.
Estant au devant ladite église paroissiale, en présence de Pierre
Toyon, tixier à toile et Jeoffroy Salmon, masson, Pierre Fournemyl
tixier à linge, habitans de la paroisse de Juignac, et austres
tesmoings à ce appelés et requis. Ceux qui savent escrire ont signé.
Les autres disent ne le sçavoir faire de ce enquis. Ainsi signé à la
minute des présentes : Merlet, Pirault, M. Tissereau, J. Tissereau,
J. Bouchier, T. Durand, J. Chastaigner, J. Poineau, Richard, J. Duc,
Pirault, Richard, Jaulin et de moi Bourdier, notaire royal héréditaire.

FIN

TABLE DES MATIÈRES

PIÈCES JUSTIFICATIVES

FIN DE LA TABLE DES MATIÈRES

Impr. de Poissy
S. LEJAY.

www.ingramcontent.com/pod-product-compliance
Lightning Source LLC
Chambersburg PA
CBHW050320030726
47505CB00003B/784